이상
문학상
작품집

2013년도 이상문학상 작품집
제37회 대상 수상작 김애란 〈침묵의 미래〉 외 8편

ⓒ 문학사상, 2013

2013년도 제37회 이상문학상 작품집
침묵의 미래 외8편

문학사상

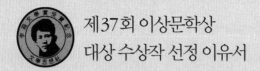
제37회 이상문학상
대상 수상작 선정 이유서

2013년도 이상문학상 대상 수상작으로 김애란 씨의 단편소설 〈침묵의 미래〉를 선정한다. 김애란 씨는 등단 이후 십여 년 동안 특유의 감각과 문체를 통해 일상적 삶의 어두움을 걷어내고 그 명랑성의 의미를 새롭게 조명하는 화제작들을 내놓은 바 있다.

단편소설 〈침묵의 미래〉는 문명 비판을 위한 일종의 우화에 해당한다. 인간이 사용하고 있는 언어의 생성과 그 사멸의 과정을 인간 자신의 운명처럼 그려내고 있는 이 관념소설은 서사를 극단적으로 절제하면서 내면적인 사유의 공간을 이야기의 무대 위로 끌어올려놓고 있다. 그러므로 이 소설은 외형상으로는 일종의 에세이처럼 느껴지기도 하지만 그 내면에 엄청난 고뇌와 갈등을 내포하고 있다고 할 수 있다. 지구상의 어떤 종족이 자기 언어를 상실하는 과정은 자기 문화와 역사와 그 존재의 정체성 자체가 소멸함을 의미한다. 이것은 거대한 문화적 제국주의가 문화라는 이름으로 자행하는 문화적 파괴이다. 작가는 인간이 언어를 상실하는 과정을 개인의 죽음과 연결시켜보기도 하지만, 언어 자체가 스스로 그 존재와 가치를 되묻고 그 운명에 대해 질문하게 함으로써 언어의 사멸이라는 현상이 현대문명을 살아가고 있는 인간에게 본질적인 문제가 되고 있음을 말해주고 있다.

　이상문학상 심사위원회는 김애란 씨의 〈침묵의 미래〉에서 보여주는 소설적 상상력이 최근 일상성의 깊은 늪에 빠져들어 있는 우리 소설의 새로운 돌파구를 열어가는 데에 크게 기여하게 될 것임을 높이 평가하여 2013년도 제37회 이상문학상 대상 수상의 영예를 드린다.

2013년 1월
이상문학상 심사위원회
김윤식, 서영은, 윤후명, 권영민, 윤대녕

차례　　　제37회 이상문학상 대상 수상작 선정 이유서　4

1부　대상 수상작 그리고 작가 김애란

2부　우수상 수상작

3부　선정 경위와 심사평

'이상문학상'의 취지와 선정 방법　348

- 대상 수상작 | 김애란 • 침묵의 미래   10
- 자선 대표작 | 누가 해변에서 함부로 불꽃놀이를 하는가   35
- 수상 소감 | 당신의 궤적   62
- 문학적 자서전 | 카드놀이   66
- 작가론 | 길을 걸었지, 누군가 옆에 있다고 • 편혜영   76
- 작품론 | 다시 두근두근, 문학이여 • 안서현   85

- 함정임   기억의 고고학 −내 멕시코 삼촌   102
- 이평재   당신이 모르는 이야기   125
- 천운영   엄마도 아시다시피   151
- 편혜영   밤의 마침   182
- 손홍규   배우가 된 노인   208
- 이장욱   절반 이상의 하루오   236
- 염승숙   습濕   266
- 김이설   흉몽   309

- 심사 및 선정 경위   336
- 심사평
  - 김윤식   이상에게 물어보기   339
  - 서영은   아, 침묵, 모든 부재를 있음으로 바꾸는 고요   340
  - 윤후명   김애란의 새로운 날개   341
  - 권영민   관념적 주제와 문화론적 상상력   343
  - 윤대녕   말(言語)에 대한 사유의 묵시록   345

1부
대상 수상작
그리고
작가 김애란

대상 수상작

김애란
침묵의 미래

1980년 인천에서 태어나 서산에서 자랐다. 한국예술종합학교 연극원 극작과를 졸업했다. 2002년 제1회 대산대학문학상에 단편 〈노크하지 않는 집〉이 당선되었고, 같은 작품을 이듬해 《창작과비평》에 발표하면서 작품활동을 시작했다. 소설집 《달려라, 아비》《침이 고인다》《비행운》, 장편소설 《두근두근 내 인생》이 있다. 한국일보문학상, 이효석문학상, 오늘의 젊은 예술가상, 신동엽창작상, 김유정문학상, 젊은작가상, 한무숙문학상 등을 수상했다.

●

나에게는 오래된 이름이 있다. 그 이름은 길다. 그 이름을 다 부르기 위해서는 누군가의 평생이 필요하다. 혹자는 그것도 너무 짧은 기간이라 말한다. 몇백 년 혹은 수천 년 동안 한 번도 쉬지 않고 불러야 겨우 명명할 수 있는 거라고. 그런데도 누가 정말 그걸 다 불렀다면, 그때 그가 발견하는 건 내 이름의 길이가 배로 늘어났다는 사실일 거라고 말이다. 내 이름을 듣고 나도 내 이름을 잊었다. 내 이름이 궁금할 적마다 나는 내 이름이었거나 내 이름의 일부였을지 모르는 기억을 더듬는다. 그러면 어렴풋이 몇몇 단서가 떠오른다.

나는 누구일까. 그리고 몇 살일까.

태어나, 내가 처음으로 터트린 울음, 어쩌면 그게 내 이름이었는지 모른다. 죽기 전, 허공을 향해 알 수 없는 말을 내뱉은 어떤 이의 절망, 그것이 내 이름이었을지도 모른다. 복잡한 문법 안에 담긴 단순한 사랑, 그것이 내 이름이었는지 모른다. 범람 직전의 댐처럼 말로 가득 차 출렁이는 슬픔, 그것이 내 이름이었는지도 모른다. 나는 내 이름을 못 왼다. 하지만 내가 누구인지 설명할 수는 있다. 당신이 누구든 내 말은 당신네 말로 들릴 것이다.

●

나는 오늘 태어났다. 그리고 곧 사라질 것이다. 우리는 모두 공평하게 하루씩 산다. 노인으로 태어나 하루 더 늙은 뒤 노인으로 죽는다. 그 하루는 어느 종種의 역사만큼 길며, 그 종의 하품만큼 짧다. 우리는 태어나자마자 우리의 이력을 단숨에 학습한다. 전생前生으로 태어나 전생으로 죽는다. 우리가 우리의 고유한 단어를 발음하면, 저 멀리 심연으로부터 여러 개의 시간이 물수제비뜬 듯 퐁, 퐁, 퐁 하고 단번에 뜀박질해 덤벼온다. 시공時空이 밀려온다. 아마 당신네 말도 그러할 것이다. 그것이 오래된 말이기만 하다면, 그렇다면.

나는 누구일까. 그리고 몇 명일까.

나는 이 세계에서 하나의 언어가 사라진 순간, 그 말(言)에서 빠져나온 숨결과 기운들로 이뤄진 영靈이다. 나는 거대한 눈(目)이자 입(口). 하루치 목숨으로 태어나 잠시 동안 전생을 굽어보는 말(言)이다. 나는 단수이자 복수, 안개처럼 하나의 덩어리인 동시에 낱낱의 입자로도 존재한다. 나는 내가 나이도록 도운 모든 것의 합, 그러나 그 합들이 스스로를 지워가며 만든 침묵의 무게다. 나는 부재不在의 부피, 나는 상실의 밀도, 나는 어떤 불빛이 가물대며 버티다 훅 꺼지는 순간 발하는 힘이다. 동물의 사체나 음식이 부패할 때 생기는 자발적 열熱이다.

나는 누구일까. 그리고 어디 살까.

나는 구름처럼 가볍고 바람처럼 분방해 시시각각 어디론가 이동한다. 그러다 나와 비슷한 것과 쉽게 결합한다. 다른 영靈들과 만나 몸을 섞는다. 몸을 불려 지상에 그림자를 드리운다. 그 그늘로 단어에 수의壽衣를 입힌다. 나는 시원이자 결말, 미지未知이자 지知, 거의 모든 것인 동시에 아무것도 아닌 노래다. 나는 이런 식으로밖에 나를 설명하지 못한다. 다른 부족의 몇몇 문법을 빌려 말한대도 마찬가지다. 우리에게는 뚜렷한 얼굴이나 몸통이 없다. 하지만 우리는 우리가 누구인지 안다. 그리고 그게 우리의 정체다.

오늘 나는 이 세상에 단 하나뿐인 언어로 이야기하다, 단 하나뿐인 죽음을 맞이한 누군가를 떠났다. 그는 후두암 말기의 노인이었다. 그리고 검은 피부에 놀라우리만치 희고 무성한 눈썹을 가지고 있었다. 그의 목울대에는 조그마한 구멍이 나 있었다. 그는 그 구멍으로 말했다. 그 작고 둥근 기관이 나의 마지막 집家이었다. 물론 나는 그의 가슴이나 머리, 눈동자에도 머물렀다. 하지만 그의 호흡과 근육, 의지를 빌려 바깥을 쏘다녀야 나답게 움직일 수 있었다. 이따금 오염되고, 타인과의 교제에 자주 실패해야 건강해질 수 있었다. 그리고 그도 그걸 원했다. 오래전, 그는 달리기를 잘하는 소년이었다. 소년의 꿈은 자신의 두 다리로 할 수 있는 한 가장 먼 데까지 가보는 거였다. 한참 뒤, 그는 정말 그 일을 해냈다. 그런 꿈을 품은 지 정확히 이십 년이 흐른 뒤였다. 하지만 그때, 그로부터 가장 멀리 떨어져 있던 곳은, 며칠간 뛰고, 걷고, 다시 뛰길 반복해 마침내 그가 도착한 곳은…… 그의 고향이었다. 그는 아흔 살의 나이로 생을 마감했다. 그리고 눈감기 전, 마지막으로 꼭 할 말이 있다는 듯 허공을 보며 가쁜 소리를 토해냈다. 하지만 그의 말을 알아듣는 이는 아무도 없었다. 그 말의 유일한 화자이자 청자가 바로 그 노인이었기 때문이다. 목에 낀 보조장치에선 연신 불안정하고 괴상한 기계음이 났다. 같은 언어권 사람이라도 고도의 집중력을 발휘해야만 알아들을 수 있는 소리였다. 그는 주파수가 잘못 잡힌 라디오처럼 연신 지지직댔다. 하지만 그 순간에도 자신이 하는 말을 전부 이해하고 있었다. 죽기 전, 그는 자기 말을 알아듣는 누군가가 곁에 한 명쯤 있길 바랐다. 상대방의 나이나 성별, 직업 또는 성격 같은 것은 상관없었다. 상대가 혹 범죄자라 해도 반갑게 맞을 수 있을 것 같았다. 그는 누군가 자신의 말에 귀 기울이고, 눈 맞춰주고, 끄덕이며, '혼자가 아닌, 누군가와 같이하는 건 몹시 오랜만' 인 데다가 '너무 평범하고 친근해서 눈물이 날 것 같은' 모국어로 뭐라 대꾸해주길 바랐다. '응' 이나 '그래' 같은 아주 간단한 말이라도, 그뿐이라도.

이 마을에는 몸이 불편한 이들이 많다. 마을 구성원 대부분이 나이를 먹은 탓이다. 그중에는 비록 앞을 보진 못하나 누구보다 비상한 기억력을 가진 노파도 있고, 어릴 적 배운 여섯 부족의 언어로 만날 헛소리를 하는 치매 노인도 있다. 한때 샤먼이었으나 지금은 누구의 존경도 받지 못하는 중이염 환자도 있고, 도시에 나가 '소비자'가 되는 게 꿈이었으나 지금은 그저 어떤 꿈도 꾸지 않고 후식으로 탄산음료가 나오기만을 기다리는 전사戰士도 있다. 이들은 모두 이 세계에 단 하나뿐인 언어를 구사하는 '마지막 화자'들이다. 그리고 대부분 혼자다. 이들은 이미 오래전에 자신이 쩌렁쩌렁한 모어母語 한복판에, 우주 한가운데 버려졌다는 사실을 깨달았다. 시끌벅적한 시장에서 엄마를 잃어버리고 뒤늦게 울어봐야 소용없었다. 다 죽고, 살아남은 건 오직 자기 자신과 엄청나게 아름답고 어마어마하게 정교해 혼자서는 도저히 감당이 안 되는 그 '말'뿐이란 걸…… 결국엔, 받아들여야 했으니까. 이들은 깊이를 알 수 없는 어둠과 침묵 속에서 자신에게 일어난 일을 이해하려 애썼다. 하루 중 대부분의 시간을 스스로를 다독이고 설득하는 데 다 썼다. 누구든 세상에 홀로 남겨질 수 있고, 마지막 화자가 될 수 있지만 하필 그게 '나'라는 걸, 지금도 그렇고 앞으로도 그럴 테며, 그 사실은 영원히 바뀌지 않을 거라는 사실을 납득해야 했으니까. 그 단순한 현실을 인정하는 데 누군가는 평생이 걸렸다. 어떤 이는 죽는 날까지 희망을 버리지 않았다. 기적처럼 누군가 방문을 열고 들어와 자기네 부족 말로 아침 인사를 건네주기를. 연민도, 경멸도, 호기심도 없는 얼굴로 이런저런 쓸데없는 말들을 늘어놔주기를 말이다. 그러나 그런 일은 일어나지 않았다. 이곳 사람들은 '혼자'라는 단어를 닳아 없어질 때까지 만지고 또 만졌다. 몸에 좋은 독이라도 먹듯 날마다 조금씩 비관을 맛봤다. 고통과 인내 속에서, 고립과 두려움 안에서, 희망과 기대 속에서 소금처럼 하얗게, 하얗게 결정화된 고독…… 너무 쓰고 짠 고독. 그 결정結晶이 하도 고유해 이제는 누군가에게 설명할 엄두도 내지 못한다. 입을 잘못 떼었다가는 한꺼번에 밀려오는 감정과 말의 홍수에 휩쓸려 익사당할지도 모르니까. 그 얘기를 하기 전에 먼저 이 마을을 소개하는 게 좋겠다.

●

 이곳은 외부와의 접촉이 제한된 특별구역이다. 이곳은 거대한 규모와 빼어난 경관을 자랑하며 기념관인 동시에 학습장, 연구소, 민속촌으로도 쓰인다. 정식 이름은 〈소수언어박물관〉. 지구상에 사라져가는 언어를 보존하고 그 가치를 알린다는 취지로 설립됐다. 박물관 부지로 선정된 곳은 '중앙' 사람들조차 고개를 갸웃거린, 이름이 알려지지 않은 낯선 고장이었다. 붉고 메마른 땅이 끝도 없이 펼쳐진 불모지였다. 중앙의 계획이 발표되고 얼마 지나지 않아 이곳으로 온갖 중장비를 실은 차량이 흙먼지를 일으키며 몰려왔다. 그러고는 뚝딱뚝딱 설은 못질을 하더니 순식간에 모든 공사를 마치고 돌아갔다.

 지금 이곳에는 약 천여 명의 화자가 천여 개의 언어를 지키며 산다. 낮에는 박물관에서 일하고 밤에는 기숙사에 머무는 식이다. 각각의 기념관은 부족의 특성에 맞게, 조상 대대로 내려오는 양식에 따라 복원됐다. 하나의 기념관은 하나의 언어를 대표했다. 전시관 안에는 전통의상을 입은 화자가 한 명 이상씩 상주했다. 대부분 혼자지만 아주 드물게 둘 이상일 때도 있었다. 온종일 홀로 관을 지키고 있는 사람은 짝이 있는 이들을 몹시 부러워했다. 그들이 동성同性 혹은 남남 사이라고 해도 그랬다. 반면 짝이 있는 이들은 상대가 자기보다 먼저 죽으면 어쩌나 근심하느라 얼굴이 항상 핼쑥했다. 상대를 별로 좋아하지 않아도 그랬다. 이들은 이곳에서 종종 고독 때문에 미쳐가는 자들을 봤다.

천여 개의 전시관은 각 지역의 고유한 기후와 풍경, 자연재료와 전통방식에 따라 다양하게 지어졌다. 하지만 대부분 어딘가 어색하고 볼품없는 모양을 하고서였다. 스티로폼 위로 성의 없게 페인트칠을 해놓은 바위며, 플라스틱 소재의 야자나무, 기둥과 마루 이음새마다 시멘트 자국이 거칠게 남아 있는 원두막, 각 부족의 특징을 다 무시하고 아무 데나 세워놓은 백인 마네킹 등이 그랬다. 각 전시관은 인공 연못과 언덕, 대숲과 오솔길을 따라 드문드문 이어졌다. 그 곁에 매점과 관리실, 기숙사, 공중화장실 등도 사이좋게 들어섰다. 매표소에서 공짜로 나눠주는 지도에는 각 건물의 위치가 번호와 함께 표기돼 있었다. 대부분의 관람객은 그중 일부만 살펴보고 갔다. 천천히 다 둘러보려면 꼬박 며칠이 걸리는 규모였다. 이곳을 디자인한 이들은 한 부족과 다른 부족 사이에 충분한 공간과 거리가 주어져야 한다고 생각했다. 현존 인구가 총 세 명이 안 되는 나라라고 해도 그들이 수천 년간 쌓아온 역사와 문화가 살아 숨 쉴 만한 최소한의 물리적 공간이 필요했다. 이곳이 정말로 무언가를 '보존'하고 있다는 인상을 주기 위해서라도 그랬다. 비록 실물이 아닌 모형이라는 걸 모두가 자각하고 있다고 해도, 그것이 너무 가짜의 느낌이 나서는 안 됐다.

이곳에서 가장 볼 만한 건 중앙 분수대였다. 말만 '분수대'지 구멍에서 물줄기 대신 '말'이 흘러나오는 독특한 조형물이었다. 분수의 지지대 역할을 하는 금속 기둥 위로는 투명하고 커다란 구球가 얹어졌다. 구 겉면에 여섯 대륙의 실루엣이 반투명하게 새겨진 지구본이었다. 유리로 된 투명한 구 안에는 여러 형태의 문자가 반짝이며 자유롭게 떠다녔다. 여러 민족의 언어를 홀로그램을 이용해 3D 빛으로 형상화한 거였다. 사람들은 구에 담긴 말이 활달하게 움직이는 모습을 좋아했다. 그것은 환한 조명을 받으며 개장 시간 내내 춤을 추듯 쾌활하게 떠다녔다. 그러고는 정오가 되면 잠시 움직임을 멈췄다. 꽃잎 모양으로 쪼개지는 구 아래로 폭포처럼 쏟아졌다.

소수언어박물관에는 많은 돈이 들어갔다. 중앙은 그 비용과 부채를 관광수입이 메워줄 거라 기대했다. 하지만 이 먼 데까지, 자동차도, 공룡화석도 아닌 겨우 '사라져가는 언어' 나 보자고, 흙먼지를 뒤집어쓰고 오는 이들은 많지 않았다. 여기가 동물원이거나 로봇전시관, 하다못해 기생충박물관이라면 또 몰랐다. 소수언어박물관은 만성적인 적자에 시달렸다. 기본적인 공과금은 물론이고 천여 명의 거주자를 거둬 먹이는 데 필요한 경비마저 감당이 안 될 정도였다. 결국 중앙에서는 푯값을 두 배 올리기로 결정했다. 그러자 방문객의 숫자는 더 줄어들었다. 지금 이곳을 찾는 이는 거의 없다. 있어봤자 하루에 몇십 명이 전부다. 하지만 그 몇 안 되는 방문자를 위해 날마다 천여 명의 사람들이 일한다. 그 일이 고작 초라하기 짝이 없는 전시실에 앉아 하염없이 방문객을 기다리는 거라고 해도. 이들은 묵묵히 제자리를 지켰다. 모두가 기념우표 같은 얼굴을 하고…… 하루 종일. 그리고 어쩌다 두세 명의 손님이 오면 벌떡 일어나 자신들의 모국어를 몇 마디 들려준 뒤, 춤을 추고 노래를 불렀다. 전시관 한쪽에는 이들의 활자모형과 책, 민속품 등이 전시됐다. 기하학적 무늬가 새겨진 칼이며 색색의 술이 달린 머리장식, 식물의 줄기를 이용해 만든 바구니 등이었다. 주술과 역사와 노래가 담긴 콤팩트디스크(CD)는 현장에서 특별 할인가로 판매됐다.

중앙에서는 멸종 위기에 처한 세계 곳곳의 언어를 보호하고, 사람들에게 경각심을 일깨워주기 위해 이 단지를 세웠다. 결과는 그 반대였다. 그리고 그건 중앙에서 내심 바라는 바이기도 했다. 그들은 잊어버리기 위해 애도했다. 멸시하기 위해 치켜세웠고, 죽여버리기 위해 기념했다. 어쩌면 처음부터 모두 기획된 거였는지 몰랐다. 오늘도 이곳에선 오래된 언어 하나가 거짓말같이 사라졌다. 보름에 한 번꼴로 일어나는 일이라 이제는 놀라는 이도 없다. 그렇게 마지막 화자를 떠나, 하늘로 오르게 된 존재가 나다. 나는 내 과거를 드문드문 떠올리며 저 아래, 누군가 버리고 간 박물관 입장권을 굽어본다.

그것은 바람에 몸을 뒤집으며 이리저리 뒹굴고 있다. 질 나쁜 종이 위로, 화려한 전통의상을 입은 사람들이 일제히 손을 흔들며 웃고 있는 모습이 보인다. 나는 그들에게 미소로 화답한다. 그게 우리의 직업이었으니까. 웃는 것, 더 웃는 것, 무슨 일이 있더라도 웃는 것. 그리하여 영원히, 절대로, 죽지 않을 것처럼 구는 것.

●

박물관은 오전 여덟 시부터 오후 여섯 시까지 개방된다. 밤이 되면 박물관의 문이 잠기는 것과 동시에 단지 내 모든 불이 꺼진다. 이 무렵 마을의 풍경은 한밤중 만조滿潮에 잠긴 갯벌처럼 고요하고 캄캄하다. 기숙사는 야트막한 언덕을 경계로 단지 내 가장 깊숙한 곳에 자리한다. 그 위치는 박물관 안내 책자에도 표시되어 있지 않다. 어쩌면 이 '소수언어박물관'이라는 것 자체가 중앙의 어떤 지도에도 나와 있지 않은, 지구상에 공식적으로 존재하지 않는 장소인지 모른다.

기숙사에서는 모두가 공동규칙을 지켰다. 그중에는 소등시간과 취침시간도 포함돼 있었다. 이들은 기념관에 있을 때만 '자신'인 척할 뿐, 해가 지면 '중앙' 식으로 지어진 방에서 중앙 식으로 잤다. 음식도 규격화된 식판에 받아 중앙 식으로 먹고, 용변도 정해진 장소에서 중앙 식으로 봤다. 그렇다고 이들이 '중앙인'인가 하면 또 그렇지 않았다. 이들은 단체사진 속에서 점점 흐릿해져가는 유령처럼 모호하게 존재했다. 중앙에서는 이들에게 중앙 언어를 배우라고 강요하지 않았다. 의사소통 체계를 통일하면 입주자들을 통솔할 때 여러 모로 효율적이지만, 공용어를 바탕으로 이들이 자기들만의 새 말을 만들어내는 게 두려웠기 때문이다. 관리자들은 각 언어의 고유성을 지킨다는 명분으로 타 민족끼리 말을 섞는 것을 금했다.

지금 여기 모인 사람들은 대부분 고아다. 박물관뿐 아니라 세계 어딜 가도 혼자라는 점에서 그렇다. 박물관에 들어오기 위해서는 중앙에서 정한 몇 가지 자격을 갖춰야 했다. 지구에는 많은 소수민족이 있고, 그들이 쓰는 언어 역시 산재해 있으나 그렇다고 해서 누구나 이곳에 들어올 수 있는 건 아니다. 중앙에서는 해당 언어의 실제 사용자가 열 명 미만인 경우에 한해 입주를 허용했다. 언론에서는 모든 입주자의 동의를 구한 거라 떠들어댔다. 하지만 이곳에 온 많은 이들이 중앙에서 말하는 '동의'의 정확한 뜻을 알지 못했다. 누군가는 엉겁결에 강제이주를 당한 거라고 했고, 누군가는 '동의서' 따위 구경도 못해봤다고 했다. 말이 좋아 '소집'이지 수집이고, 징집이며, 사냥이라고까지 얘기하는 사람도 있었다. 그러나 혈기 좋게 투덜대던 이들도 이제 나이를 먹어 무거운 침묵 속에 잠긴 노인이 됐다. 마지막 화자가 됐다. 중앙에서는 해당 언어의 마지막 사용자가 죽어도 기념관을 그대로 유지한다는 방침을 세우고 있었다. 기숙사와 기념관에서는 보름에 한 번꼴로 방 하나가 비었다. 생전, 화자가 앉아 있던 자리는 마네킹이 대신했다. 어딘가 늘 한 치수 큰, 전통의상을 입고서였다. 더불어 기념관 앞에는 압류 딱지마냥 붉은색 글씨로 '멸滅'이란 의미의 중앙어가 씌어졌다.

아직 죽지 않아, 기념관을 지키게 된 이들의 일과는 비슷했다. 이들은 기념관 한쪽에 오도카니 앉아 있다 관광객이 오면 얼른 일어나 자세를 가다듬고 몇 마디 회화를 했다. 주로 '안녕하세요'라든가 '제 이름은 아무개입니다', '우리 아버지가 지어줬지요'라는 식의 간단한 인사말이었다. 반복되는 문장은 전시관마다 조금씩 달랐다. 땅의 정령이 여러분의 방문을 허락한다고 얘기하는 부족도 있고, 이곳을 통과하려면 당신도 우리 조상 말로 얘기해야 한다며 가짜 엄포를 놓는 화자도 있었다. 관람객은 귀에 작은 기기를 꽂고 이들 말을 중앙 말로 걸러들었다. 그러고는 가이드의 안내를 따라 형식적으로 이곳저곳을 둘러본 뒤 가끔 무례하고 어리석은 질문을 하고 돌아갔다. 하지만 방문자들이 귀에서 그 작은 기계를 빼고 '관람'에만 열중하는 경우도 적지 않았다. 기념관 앞에 해당 언어에 대한 별 소개 없이 '번역불가' 혹은 '연구 중'이라는 푯말이 붙어 있는 경우가 그러했다. 그런 딱지가 붙은 기념관 속 화자들은 말 그대로 동물원에 갇힌 짐승처럼 앉아 있었다. 다른 부족보다 훨씬 어두운 얼굴을 하고 서였다. 이들은 차안此岸이 피안彼岸을 건너보는 듯한 눈으로 이쪽을 바라봤다. 그럴 때 이들은 시험관 안에 담긴 청동기시대의 볍씨 품종처럼 보였다. 단지 오래 살아남았다는 이유로, 그 사실만으로 어딘가 메마르고 징그러운 인상을 주는. 관람객들은 한 손을 길게 뻗어 이들을 배경으로 자신의 얼굴이 나오도록 사진을 찍었다.

각 부족의 인사법 중에는 상대와 뺨을 비비거나 정수리나 발등에 입 맞추는 것도 있었다. 하지만 어느 순간부터 중앙에서는 화자들과 관람객 간의 직접적인 접촉을 금했다. 중앙이 정해준 매뉴얼대로 십년 내내 웃는 얼굴로 '오늘 날씨가 참 좋군요!', '오늘 날씨가 꽤 좋군요!' 라고 얘기해온 어느 화자가, 한 날 충동적으로 관람객의 목덜미를 그은 적이 있어서다. 나는 이 이야기를 잘 알고 있다. 왜냐하면 그가 바로 내 마지막 화자였기 때문이다. 당시 그의 손에는 칼처럼 날카로운 물체가 쥐어져 있었다. 관리자들은 처음에 그게 뭔지 몰랐다. 하지만 자세히 살펴본 결과 그것이 그가 속한 부족의 전설과 노래가 담긴 콤팩트디스크라는 걸 알았다. 관람객을 공격하기 며칠 전부터 그는 그걸 반으로 쪼개 가슴에 품고 다녔다. 관람객은 목을 감싸안은 채 쓰러졌고, 바닥에 떨어진 반짝이는 콤팩트디스크에서는 피가 뚝뚝 흘러내렸다.

●

바위를 들어올렸을 때, 빛을 보고 놀라 달아나는 벌레 떼처럼 이곳에는 온갖 말들이 바글거린다. 오직 신만이 전부 이해하고 기뻐할 만한 문법들과 시제 그리고 멜로디가…… 여성과 남성형, 복수와 단수, 수동과 능동, 반말과 높임말 등 각 나라의 고유한 문법이 오선지 역할을 하면, 사람이 낼 수 있는 많은 소리들, 어금닛소리, 혓소리, 입시울소리, 잇소리, 반잇소리와 콧소리, 목소리 등이 음표가 되어 장엄한 오케스트라 연주를 한다. 거기에 억양이나 손동작, 표정 같은 것이 가미되는 것은 물론이다. 이 다채로운 화음 안에는 도무지 지루한 걸 싫어하는 신의 성격과 남과 똑같은 걸 못 견뎌하는 인간의 의지가 담겨 있다. 예를 들면 끝도 없지만 그중 내가 이웃 영靈들에게 주워들은 몇 가지만 소개하면 대충 이렇다. 어느 부족의 언어에는 성조가 수십 개다. 그들은 어느 열대지방에 사는 빨갛고 쭈글쭈글한 멱을 가진, 화려한 희귀 새처럼 운다. 이방인의 귀에는 그저 '크, 크헉, 흐허, 헉' 처럼 들리는 소리가 어떻게 수만 가지 문장으로 확장되는지 나도 알지 못한다. 어느 부족의 시제에는 전생前生과 환생還生이 들어간다. 그런 건 누가 정하고, 어떻게 설득되는지 다른 이들은 조금도 가늠하지 못한다. 어느 나라의 동사는 백오십 번 이상 몸을 바꾼다. 그것은 프리즘에 닿은 빛처럼 여러 갈래로 꺾이며 굴절된다. 단어가 소리에 반사되어 영혼에 무지개를 비춘다. 어느 민족에게 사랑은 접속사, 그 이웃에게는 조사다. 하지만 어느 부족에서는 그런 건 본디 이름을 붙이는 게 아니라 하여 아무런 명찰도 달아주지 않는다. 어느 민족에게 '보고 싶다'는 한 음절로 족하다. 하지만 다른 부족에게 그 말은 열 문장 이상으로 표현된다. 뿐만 아니다. 어느 추운 지방에서는 몇몇 입김 모양도 단어 노릇을 한다.

이곳에는 그 언어만큼 다양한 얼굴과 사연을 가진 사람들이 살아간다. 그중 한 노파는 글을 알지 못하는데 수만 년 된 서사시를 한 줄도 틀리지 않고 끝까지 불러낸다. 마치 자기 가슴에 돋을새김한 점자點字 하나하나를 공들여 더듬어나가는 모양새다. 그녀는 단지 '아름답다'는 이유로 수집의 표적이 되는 아라비아오릭스의 뿔처럼 사라질 운명을 타고났다.

이곳에서 가장 나이 든 축에 속하는 어떤 노인은 어린 시절 이국의 언어학자들을 따라다니며 등짐을 나르던 소년이었다. 소년은 학자들이 바다 건너에서 가져온 커다란 '녹음기'를 어깨에 인 채 강을 건너고 구불구불한 골짜기를 지나 산에 올랐다. 소년은 평소 자기가 등에 지고 다니는 것이 보통 물건이 아니란 걸 알았다. 이따금 거기서 자기가 아는 사람들의 목소리가 들려왔기 때문이다. 당시 학자들은 몇몇 부족의 서사시를 녹음하기 위해 0.5톤에 달하는 알루미늄 디스크를 사용했다. 그래서 그걸 산간벽지 별별 오지에 다 들고 다녀야만 했다. 그때만 해도 소년은 그런 노래나 말 들이 그렇게 빨리 사라질지 몰랐다. 하지만 그가 가장 예상하지 못한 건 자기 자신이 이렇게 '살아 있는 테이프'로 전시되리란 거였다.

한번은 이 단지 안에서 아기가 태어난 적이 있다. 개관 이래 처음 있는 일이었다. 아기의 부모는 서로 다른 언어권에 속한 소녀와 소년이었다. 감시와 통제 속에서 어떻게 그런 일이 가능했는지 사람들은 의아해했다. 동시에 지혜롭고 나이 많은 인간들은 그런 일이란 언제 어디서든 일어날 수 있는 일이라며 금세 고개를 끄덕였다. 출산은 순조로웠고 우린 모두 그 아기를 좋아했다. 화자 대부분이 노인들이라 그렇게 보드랍고 따뜻하고 작은 생명을 좋아하지 않을 수 없었다. 중앙에서는 아이의 발달과정을 좀 더 지켜보고 싶어했다. 중앙의 큰 제재가 없는 한 아이는 제 부모와 살게 될 확률이 높았다.

어머니와 아버지 둘 모두는 아니더라도 적어도 한 명의 보호자 아래서 그 부족의 말을 배우며 성장하게 될 터였다. 하지만 소년과 소녀는 자신들이 죽고 난 뒤 박물관에 홀로 남겨질 아이의 고독을 걱정했다. 다른 누구보다도 본인들이 잘 아는 크기의 고통이라 그랬다. 설사 자기 자식이 아니더라도 누구도 그렇게 살아서는 안 됐다. 결국 소년과 소녀는 아이를 내다버렸다. 중앙인처럼 커서 중앙 사람이 되라고 중앙인 차에 몰래 실어 보냈다. 그들은 가슴이 몹시 아팠지만 그 정도의 괴로움은 아기가 박물관에 남을 경우 맞닥뜨리게 될 절망과 외로움에 비하면 아무것도 아니라고 생각했다.

그리고 내 화자…… 어려서는 달리기를 잘했고 늙어서는 후두암에 걸린 내 화자는 한때 이 소수언어박물관을 탈출한 적이 있는 용감한 청년이었다. 그는 열다섯에 이곳에 들어왔다. 어느 여름밤, 이 방인이 건넨 술을 먹고 잠이 들었는데 일어나보니 여기였다고 했다. 그는 며칠 동안 지나가는 사람을 붙들고 자신의 처지를 설명했다. 하지만 그의 하소연을 들어주는 이는 없었다. 일단 그가 쓰는 언어를 이해하는 사람이 아무도 없었기 때문이다. 격분하고, 저항하고, 애원하고, 의기소침해하기를 몇 번. 그는 곧 이곳에서의 삶에 적응해갔다. 물론 처음 몇 달간은 그도 약간 정신 나간 사람처럼 무기력하게 앉아 있었다. 그러다 어느 날 관람객을 향해 벌떡 일어나더니 자신조차 놀랄 만큼 유쾌한 목소리로 '안녕하세요.'라고 말했다. '만나서 반갑습니다.' 라고. '오늘은 날씨가 참 좋군요!' 하고.

서른다섯 생일을 맞았을 때, 그는 구내식당에서 숟가락으로 통조림 바닥을 긁고 있었다. 통조림 속에 든 낯선 생선의 살점에는 '중앙'의 전통 향신료와 화학조미료가 고루 버무려져 있었다. 꽃다발을 한 솥 끓인 듯한 냄새에 비위가 상해 처음에는 손을 안 댄 음식이었다. 그는 손가락에 묻은 생선 기름을 쪽쪽 빨며 의뭉스러운 눈으로 주위를 천천히 둘러봤다. 그리고 그날 저녁 박물관을 벗어나기로 결심했다. 오랫동안 품어온 계획이었다. 탈출은 태연하고 조심스럽게 이뤄졌다. 그는 화자들이 기숙사로 돌아가는 대열에서 이탈해 가짜 대숲에서 옷을 갈아입은 뒤 관람객들 틈에 섞여 박물관을 유유히 빠져나갔다. 생각보다 쉽고 시시한 일이었다. '삶'과 '삶 비슷한 것'의 경계를 넘는 일이 하도 간단해 진작 계획을 실행하지 못한 게 억울할 정도였다. 그는 자신의 두 다리와 귀동냥으로 배운 '중앙어'에 의지해 고향을 찾아가기 시작했다. 별을 보고 방향을 가늠하며 달리다, 걷다, 다시 뛰기를 반복했다. 뒤꿈치가 갈라지고 발톱에서 피가 나도 개의치 않았다. 고향에서 새로 꾸릴 '새로운 인생'을 상상하니 그 정도는 얼마든지 견딜 수 있었다. 물론 아직까지 그곳에 부족이 남아 있을지는 확신할 수 없었다. 중앙에서는 자기를 '마지막 화자'라 명했지만 그건 어디까지나 그들의 획책일지 몰랐다. 그가 떠날 당시 그의 고향에는 여섯 명의 어른과 세 명의 아이가 살고 있었다. 이제는 수가 불어 그럴듯한 부락을 이루고 있을지도 몰랐다. 하지만 한편으로 계속 불길한 예감이 드는 것은 어쩔 수 없었다. 고향과 가까워질수록 곳곳에 불타, 흉흉하게 널브러진 나무들이 눈에 띄었기 때문이다. 그래도 그는 걷고 또 걸었다. 그리고 앞으로 고향사람들을 만나 밤새 이야기할 거리를 생각했다. 정신이 혼미해졌을 땐 어릴 적 자신이 먹고 자란, 아주 달고 시원하며 과즙이 가득 들어 있는 열매를 떠올렸다. 그리하여 마침내 거의 몇 달 만에, 갖은 고생을 한 그가 고향에 도착했을 때. 협곡을 지나 산등성이를 넘고, 무성한 덤불을 헤쳐 마침내 마을 입구에 다다랐을 때…… 그곳에는 먼지바람이 이는 황량한 평원이 끝도 없이 펼쳐져 있었다. 다 잘려, 밑동만 남은 나무들이 처참하게 박혀 있었다.

그는 스스로 박물관을 떠났을 때와 똑같은 방식으로 '소수언어박물관'에 돌아왔다. 관리자는 거지꼴로 온 사내를 무표정한 얼굴로 가만 바라봤다. 이런 일이 처음은 아니라는 식의 태도였다. 박물관에서는 그에게 몇 가지 형식적인 질문을 한 뒤 간단한 주의를 줬다. 그는 소독약이 섞인 물로 샤워를 하고 의료진이 처방해주는 약을 먹은 뒤 기숙사로 돌아갔다. 그러고는 며칠 동안 아주 긴 잠을 잤다. 땀을 뻘뻘 흘리고 고열에 시달리며 헛소리를 했다. 그의 몸에 이상이 온 건 그때부터였다. 침이나 음식을 삼킬 때마다 목에 자꾸 이물질이 걸린 듯하고 통증이 귀로 뻗는 느낌이 났다. 그는 고장 난 라디오처럼 날마다 지지직댔다. 그리고 긴 세월이 흐른 뒤 라디오는 건전지가 다 된 듯 꺼져버렸고 그의 몸에서는 더 이상 어떤 소리도 나지 않았다.

중이염이나 후두암, 치매뿐이 아니라 이곳의 화자들은 평생 마음의 병을 안고 살았다. 그것은 말에 대한, 말을 향한, 지독한 향수병이었다. 이들은 과거에 들었으면 절대 흔들리지 않았을 몇몇 밋밋하고 순한 단어 앞에서 휘청거렸다. 그래서 누군가는 자기네 말로 무심코 '천도복숭아'라고 말하며 울고, 어떤 이는 '종려나무'라고 한 뒤에 가슴이 미어지는 것을 느꼈다. 뜬금없이 떠오른 '곤지곤지'라는 단어에 목울대가 뜨거워진 이가 있는가 하면, '연두' 또는 '뽀뽀'라는 낱말 앞에서 심호흡을 한 사내도 있었다. 내 마지막 화자도 그런 말들과 이별하고 싶어 얼마간 입을 굳게 닫고 살았었다. 하지만 살해당한 뒤 며칠 동안 보이지 않다, 어느 날 불쑥 강물 위로 떠오르는 시신처럼, 무언無言의 주장처럼, 굳이 입을 떼지 않아도 내면에 떠다니는 온갖 상념이 그에게 말을 걸어왔다. 그에게 모어母語란 호흡이고, 생각이고, 문신이라 갑자기 그걸 '안 하고 싶어졌다'고 해서 쉽게 지우거나 그만둘 수 있는 게 아니었다. 그는 말과 헤어지는 데 실패했다. 그렇다고 말과 잘 사귄 것도 아니었다. 말을 안 해도 외롭고 말을 하면 더 외로운 날들이 이어졌다. 그는 자기 삶의 대부분 시간을 온통 '말'을 그리워하는 데 썼다. 혼자 하는 말이 아닌 둘이 하는 말. 셋이 하면 더 좋고, 다섯이 하면 훨씬 신 날 말. 시끄럽고 쓸데없는 말, 유혹하고, 속이고, 농담하고, 화내고, 다독이고, 비난하고, 변명하며, 호소하는 그런 말들을…… 그는 언제고 자유롭게 나를 부리고 싶어했다. 그리고 내 이름의 메아리와 그 메아리의 메아리가 만들어내는 오목한 자장 안에 머물고 싶어했다. 그는 단지 그 소박한 바람 때문에 가슴이 찢어지는 느낌을 자주 받았다. 소리를 표현하고, 맛을 그리고, 감정을 가리키는 그 풍부한 어휘들을 죽어서도 잊지 못할 거라고, 그는 죽으면서 생각했다. 그때 그는 짐승처럼 그저 '크허, 흐어어, 흐억' 이라고밖에 얘기하지 못했지만, 나는 순간 그가 부른 이름이 내 이름이라는 걸 알았다.

●

그가 숨을 거두기 전 모습이 떠오른다. 감정을 가진 로봇처럼 기계음을 내며 계속 몸을 떨던 얼굴이. 그가 계속해서 '우어어, 흐어어'라고 웅얼댈 때 그것은 빙하가 무너지는 풍경과 비슷했다. 수백만 년 이상 한자리에 태연하고 엄연하게 존재하다 우르르— 한순간에 무너져내리는 얼음의 표정과 흡사했다. 그것은 무척 고요하고 장엄하며 안타까웠지만 심지어 아무렇지 않아 보이기까지 했다. 뭐랄까. 세상에 아무 반향도 일으키지 못하는 멸망, 어색한 침몰을 목격하는 기분이었다. 그는 끝내 온전한 문장 하나를 완성시키지 못하고 숨을 거뒀다. 그가 눈을 감자 세상은 뭐라 설명할 수 없는 고요에 휩싸였다. 적어도 내가 느끼기에는 그랬다. 동시에 내 속에 이상한 그리움, 뜻밖의 욕구가 일었는데, 그것은 다름 아닌 내가 태어난 장소에 가보고 싶다는 거였다.

언젠가 너무 추워, 신조차도 살 수 없는 행성에 대해 들은 적이 있다. 그 별 둘레에는 지구에서 쏘아올려진, 누군가의 마지막 꿈과 비명이 메아리쳐 겹겹의 띠를 이루고 있다고 했다. 색이 다른 넓적한 고리 위에는 한 부족의 언어를 물감처럼 풀어 종이로 갓 뜬 듯한 영혼의 무늬가 새겨져 있다고. 우리가 죽으면 그 속에 황색 먼지 또는 얼음 알갱이가 된다고 했다. 우리에게도 그런 미신과 전설은 있다. 내가 죽어 그렇게 차가운 것이 된다고 생각하니 기분이 이상했지만. 그렇게 어딘가에 여전히 존재할 수 있다는 게 싫지는 않았다. 그런데 오늘, 내 마지막 화자를 떠나며 한 가지 알게 된 사실이 있다. 그 소문이 틀렸다는 거다. 우리의 종착지는 신의 입김도 얼어붙을 정도로 추운 행성이 아니었다. 우리가 죽은 뒤 한 번 더 죽게 되는 장소는 '내세'도 '우주'도 아닌 '공장'이었다. 지옥처럼 뜨거운 데였다.

저 멀리, 몇몇 거대한 영靈들이 바람을 따라 어딘가로 흘러가는 게 보인다. 그런데 그 '방향'이란 게 고집스럽게 유독 한 곳을 향하고 있다. 그것들은 흘러가고, 흘러가고, 또 흘러가다 어느 순간 거대한 주둥이 모양의 관 안으로 호로록 빨려들어간다. 순식간에 흡수돼 회오리쳐 사라진다. 뭔가 이 세계의 특별한 자장 속으로 수렴돼가고 있는 모습이다. 나는 황급히 몸을 반대로 튼다. 하지만 자석처럼 강한 힘이 계속 나를 끌어당긴다. 그리고 한참 뒤, 나는 저 아래 펼쳐진 풍경에 압도돼버리고 만다. 박물관을 에워싼 야트막한 언덕 너머로 방사선 모양의 도로가 끝도 없이 나 있는 모습이 눈에 들어왔기 때문이다. 도로 사이로는 똑같은 크기와 모양의 공장이 셀 수 없이 빽빽하게 들어서 있다. 그런데 그 중심에 뜻밖의 소수언어박물관이 있었다. 평소 담벼락 역할을 했던 언덕과 큰 원반 모양의 평지가 박물관 주위를 공터 비슷하게 에워싸고 있지만 그 너머로는 까마득한 공장, 또 공장이었다. 이렇게 높은 곳에 올라서니 비로소 이 고장의 성격이 보였다.

　……나는, 누구일까. 그리고 어찌 될까.

　나는 나무에 그려지고 돌에 새겨지며 태어났다. 내 첫 이름은 '오해'였다. 그러나 사람들이 자신들의 필요에 의해 나를 점점 '이해'로 만들어주었다. 나는 내 이름이었거나 내 이름의 일부였을지 모르는 그 단어를 좋아했다. 나는 복잡한 문법 안에 담긴 단순한 사랑, 단수이자 복수, 시원이자 결말, 거의 모든 것인 동시에 아무것도 아닌 노래였다. 하루치 목숨으로 태어나 잠시 동안 전생을 굽어보는 말(言)이었다. 내 몸은 점점 불어났다. 내 이름은 길어졌다. 오랜 시간이 흘러 누구도 한 번에 부를 수 없는 이름이 됐다. 하지만 이 순간, 나는 그게 어떤 세계에서는 한 마디로 요약될 수 있다는 걸 깨달았다. 누군가 나를 '에너지'라 부르는 게 들려왔기 때문이다. 어떤 이는 '연료'라고 하고 혹자는 또 '자원'이라고 하는 것 같다. 어쩌면 나는 꽤 오래전부터 이 세계를 돌아가게 하는 동력, 쓸모 있는 죽음이라 불려왔는지 모른다. 나는 정체를 알 수 없는 거대한 관 속으로 빨려들어가며 내가 마지막 생을 보낸 소수언어박물관과 그곳의 자랑, 중앙 분수대를 떠올린다. 그것은 지구본 모양의 특별한 조형물이었다. 유리 구 안에는 갖은 형태의 활자가 분방하게 떠다녔다. 여러 부족의 언어를 홀로그램을 이용해 입체적으로 형상화한 거였다. 그것은 밝은 조명을 받으며 오전 내내 춤을 추듯 투명하게 떠다녔다. 그러고는 정오가 되면 잠시 제자리에 멈추었다, 꽃잎 모양으로 갈라지는 지구본 아래로 경쾌하게 쏟아졌다. 나는 그 광경이 항상 아름답다고 생각했다. 하지만 그것은 악몽 같은 아름다움이었다. 하지만 지구가 꾸고 있는 이 예쁜 꿈이 앞으로도 쉽게 끝나지 않을 것 같아, 죽은 뒤 한 번 더 죽으면서도, 나는 그 장면으로부터 쉽게 눈을 떼지 못한다.

* 이 소설의 후반부에 나오는 '서사시를 읊는 노파' 란 설정과 '녹음기' 와 관련된 정보는 《아무도 모르는 사이에 죽다》(니컬러스 에번스, 글항아리)에 나오는 내용을 참고했다.

자선 대표작

김애란
누가 해변에서
함부로 불꽃놀이를 하는가

바람이 많이 불던 밤이었다. 바람이 많이 불어서, 무엇이든 묻고 싶은 밤. 뭐라도 묻지 않으면 누군가 굉장히 어려운 질문을 해올 것만 같은— 그날은 그런 바람이 불던 밤이었다.

나는 재래식 화장실에 앉아 식은땀을 흘리고 있었다. 다리 밑, 까마득한 어둠 사이로 휘이— 바람이 지나갔다. 피로에 지친 여자의 미간처럼 좁은 등압선을 가진 바람이었다. 사람들은 그 바람이 북태평양에서 오는 바람이라고 했다.

나는 두 다리로, 네모난 어둠을 간신히 딛고 있었다. 두 발에는 최근 아버지가 생일선물로 사준 새 신이 신겨 있었다. 발바닥이 땅에 닿을 때마다, 반투명한 밑창에서 번쩍번쩍 빛이 나는 운동화였다. 전구 나간 화장실 안, 어둠 속에서 빛나는 것이라곤 오직 그 푸른빛밖에 없었다. 운동화 주위로 날벌레가 모여들었다. 휘이— 바람이 불었다. 나는 내 사타구니 아래로 '북태평양'이 지나가는 것 같아 괜히 똥구멍이 시큰했다. 나는 그렇게 계속 쭈그리고 앉아 아버지와의 점심을 생각했다.

그날 오후, 나는 아버지와 함께 어느 식당에 앉아 있었다. 간판이라고는 나무판 위에 '복집'이라고 씌어 있는 것이 전부인 허름한 가게였다. 아버지는 계속 그 집이 얼마나 유명한가에 대해 열심히 설명했지만, 손님이라고는 아버지와 나 둘밖에 없었다. 머리에 파마용 비닐을 뒤집어쓴 아주머니가 냄비를 들고 들어왔다. 아버지는 간장 종지에 고추냉이를 풀었다. 우리는 마주 보고 앉아 묵묵히 물 끓는 소리를 경청했다. 가족끼리 나누는 불친절이 이상하게 편안함을 주었고, 그것을 충분히 느끼라는 듯 국물은 최선을 다해 끓고 있었다. 아버지는 소매를 걷고 국자를 들었다. 그러고는 국물 위로 배를 뒤집으며 동동 떠오르는 복어를 건져주며 말했다.

"비싼 거다. 많이 먹어라."

냄비를 다 비울 때까지 우리는 서로 단 한 마디도 하지 않고, 비지땀을 흘려가며 복어를 뜯었다. 식사 안에 깃든 어떤 순수한 집중이 부유하는 먼지들과 함께 빛나던 오후. 아버지는 물수건으로 얼굴을 닦아낸 뒤 마침내 입을 열었다.

"복어에는 말이다."

아버지가 입술에 침을 묻혔다.

"사람을 죽이는 독이 들어 있다."

"······."

"그 독은 굉장히 무서운데 가열하거나 햇볕을 쬐도 없어지지 않는다. 그래서 복어를 먹으면 짧게는 몇 초, 길게는 하루 만에 죽을 수 있다."

나는 후식으로 나온 야쿠르트 꽁무니를 빨며 아버지를 멀뚱 쳐다봤다.

"그래서요?"

아버지가 말했다.

"너는 오늘 밤 자면 안 된다. 자면 죽는다."

짧은 정적이 흘렀다.

"뭐라고요?"

"죽는다고."

나는 아버지를 멍하니 바라보았다.

"아버지는요?"

"나는 어른이라 괜찮다."

나는 몸을 꼰 채 식탁 위에 수줍게 서 있는 아버지의 야쿠르트를 바라봤다. 아버지는 주방에 커피를 시켰다.

"근데 왜 나한테 이걸 먹였어요?"

아버지가 잠깐 고민하는 듯하더니 대답했다.

"네가…… 어른이 되어야 하기 때문이다. 아버지도 어릴 때 이걸 먹고 견뎌서 살아남았다."

"정말이요?"

"그럼."

아버지는 덧붙여 말했다.

"옆집 준구네 삼촌도…… 이걸 먹고 죽었다."

나는 준구네 삼촌이 사고로 죽었다는 말은 들었지만, 그것이 복어 때문인지는 몰랐다. 나는 심각하게 물었다.

"아버지, 전 이제 어떡하죠?"

아버지가 말했다.

"너는 오늘 밤 자면 안 된다. 자면 죽는다."

복집을 나서는 아버지의 발걸음은 느긋했다. 나는 야광 운동화를 꺾어 신고 아버지를 허둥지둥 쫓아갔다. 그러곤 걷는 내내, 아버지의 얼굴을 살폈다. 잘생기진 않았지만 거짓말을 할 사람의 얼굴은 아니었다. 아버지는 동네사람들에게 사소한 참견과 인사를 건넸다. 그중에는 준구 엄마도 있었는데, 우리에게 "밤에 태풍이 온다고 하니 장독을 덮고 빨래를 걷어라."라고 충고했다. 나는 아버지를 따라가며 오늘 밤, 아버지에게 뭔가 물어야 하지 않을까 생각했다. 무엇인지는 모르겠지만 무엇이라도. 그러나 그 순간, 내가 아버지를 쫓아 졸래졸래 골목으로 사라지는 동안, 줄곧 내 발꿈치를 따라오는 하나의 환한 빛이 있었다는 사실을 나는 까맣게 잊고 있었다. 그러니 그때 누군가 나를 보았다면, 이제 막 아비를 따라 비행을 나서는 한 마리 반디 같다고 했을지도 몰랐다.

●

집으로 돌아온 나는 준구 엄마 말대로 장독 뚜껑을 덮고 빨래를 걷었다. 혹 다음 날 내가 잘못된다손 치더라도, 아버지가 여전히 새 옷을 입고, 된장을 먹을 수 있게 하기 위해서였다. 사실 예전에 나는 죽으려고 한 적이 한 번 있었다. 아버지가 내게 시험지를 집어던지며

"이것도 점수냐, 머리는 얻다 쓰려고 달고 다니냐, 이럴 거면 당장 학교 때려치워라."라고 소리 질렀을 때였다. 정말이지 그날 나는 살고 싶지 않았다. 그래서 숙제도 하지 않고 이불 위에 누워 '그것'을 꺼냈다. 그것은 포장용 김 안에 들어 있는 작고 흰 봉투였다. 봉투에는 '먹지 마시오'라는 문구가 씌어 있었다. 그것은 언제나 나로 하여금 많은 생각을 하게 하는 문장이었다. 두근거리는 가슴으로 봉투를 찢자, 투명한 모래알갱이 같은 것이 쏟아져나왔다. 나는 그 알갱이를 혀끝에 두세 알 묻힌 뒤 침을 삼켰다. 아무 맛도 나지 않았다. 나는 담담하게 이불을 뒤집어쓰고 눈을 감았다. 그리고 다음 날 눈을 떴을 때 아버지는 "왜 지금 일어났냐, 학교는 어쩌려고 그러냐, 공부도 못하는 게 잠만 많이 처잔다."며 고래고래 소리를 질렀다.

정말 폭풍이 오려는지 날이 흐렸다. 화장실에서 나온 나는 방 안에 웅크리고 앉아 아버지를 기다렸다. 복어 때문에 자꾸 속이 메슥거리고 배가 알싸했다. 그런데도 화장실에만 가면 소식이 없었다. 변비가 있는 것도 아닌데 이상했다. 텔레비전에서는 나이 많은 기상캐스터가 알 수 없는 그림과 기호를 가리키며 뭔가 열심히 설명하고 있었다. 고기압, 북태평양, 기류, 전선 뭐 그런 말들이었다. 나는 지구본을 즐겨봤던 탓에, 북태평양이 무엇인지 알고 있었다. 그것은 이곳에서 어마어마하게 먼 곳에 있는 어마어마하게 큰 바다였다. 나는 내가 맞고 있는 이 바람이 그렇게 먼 곳에서 오는 바람이라는 게 믿기지 않았다.

아버지는 꽤 늦는 모양이었다. 나는 '아버지가 오면 가장 먼저 머리를 깎아달라고 해야지.' 생각했다. 그런 뒤 이런저런 얘기를 시켜봐야지. 그러면 잠도 덜 오고, 무섭지 않을 것이다.

아버지는 내가 태어났을 때부터 지금까지 내 머리를 잘라줬다. 딱히 기술이 좋은 건 아니었는데, 아버지가 이발하는 걸 매우 좋아했다. 아버지는 서툰 솜씨로 끙끙대며, 한 시간이 넘게 내 머리를 자르곤 했다. 덕분에 나는 몇 년째 똑같은 모양의 머리를 하고 다녀야 했다. 아버지는 "부자끼리 정답고 얼마나 좋으냐."고 했지만 사실 돈을 아끼려고 그랬던 것 같다. 아버지는 공책만 한 거울이 달린 벽 앞에 나를 앉혀두고 정성스레 이발을 했다. 그러면서 자신이 군대에서 이발병이었다며 늘 자랑하곤 했다. 나는 군대도 다녀오지 않은 아버지가 어떻게 이발병을 할 수 있었는지 의아했지만, 군말 없이 아버지에게 머리를 맡겼다. 머리를 깎는 동안 아버지가 들려주는 이야기가 좋았기 때문이다.

아버지는 열 시가 넘어서야 집에 왔다. 나는 아버지의 다리에 껌처럼 붙어 머리를 잘라달라 졸랐다. 아버지는 나를 이상하게 내려다보더니, "자꾸 짜증나게 왜 그러냐."고 했다. 나는 "부자끼리 정답고 얼마나 좋으냐."고 했다. 아버지는 잠시 갈등하다가 점퍼를 옷걸이에 건 뒤, "알았다."고 했다.

●

"아버지, 나는 어떻게 태어났나요?"

"움직이지 마라."

차가운 가윗날이 귀 끝을 스쳤다.

"그런 건."

아버지가 말했다.

"엄마에게나 물어보는 거다."

나는 의자에 앉아 조그만 거울을 바라봤다. 신문지를 뒤집어쓴 채 고개를 숙이고 있는 내가 보였다. 작고 네모난 빗이 두피를 훑고 지나갔다. 아버지의 모습은 언뜻언뜻 비쳤다. 가위 쥔 손등이나, 팔뚝, 옆구리만 비치는 식이었다. 나는 얼굴이 보이지 않는 아버지의 목소리를 들으며 노래하듯 물었다. 아버지, 아버지, 나는 어떻게. 집 안 곳곳에서 바람 새는 소리가 들렸다. 먼 곳에서도 그보다 더 먼 곳에서도. 묻지 못하는 안부가 전해지는 그곳에서도. 바람이 불었다. 아버지, 아버지, 나는 어떻게.

"하지만, 엄마는…… 죽었잖아요."

아버지가 말했다.

"그랬지."

웅웅. 바깥에선 계속 바람이 불었다.

"궁금해요, 아버지. 나는, 어떻게."

아버지가 한숨을 쉬었다.

"말해줘도, 믿지 않을 거다."

"믿을게요, 아버지."

후드득. 신문 위로 머리카락이 쏟아졌다.

"고개 좀 숙여봐라."

아버지의 손등이 내 뒤통수를 지그시 눌렀다. 아버지의 한 손에는 작은 그릇이 들려 있었다. 그릇 안에는 비누거품이 그득했다. 아버지는 두툼하고 부드러운 솔에 거품을 묻힌 다음, 내 뒷덜미에 담뿍 발랐다. 간지러운 느낌 때문에 고추 끝이 찡했다. 아버지가 속삭였다.

"이건."

아버지가 말했다.

"아직 아무에게도 말하지 않은 거다. 그러니까……"

"비밀요?"

"그래, 비밀."

나는 고개를 끄덕였다. 아버지는 한 손에 면도칼을 쥔 채 이야기를 시작했다.

"그러니까 내가 스무 살 때였지……"

날카로운 면도날이 천천히 목 위를 미끄러져나갔다. 그래서 아버지의 이야기를 듣는 내내 내 몸에는 오스스 소름이 돋았다.

아버지의 여름은 어느 바다에서 시작된다. 아버지는 더벅머리에 빨간 사각팬츠를 입은 채 웃고 있다. 나는 그 웃음이 다신 볼 수 없는 사진처럼 느껴져 마음이 아프다. 아버지는 훤칠하지만, 몸에 근육이 하나도 없다. 그리고 저 다리는 어디서든 잘 도망치게 생겼다. 나는 착 달라붙은 팬츠 위로 튀어나온, 아버지의 그곳을 슬쩍 훔쳐본다.

작고 말캉한 그곳은 거짓말을 하고 있는 사람의 표정처럼 천연덕스럽다. 내게 미소를 보여주려 잠시 멈춰 있던 아버지는 곧 친구들에게 달려간다. 아버지의 겨드랑이털에서 뚝뚝 소금물이 흐른다. 친구들의 얼굴은 내가 오래전 잡지에서 본 옛날 사람들을 닮았다. 그 어떤 선량함이, 그들이 옛날 사람이라는 것을 내게 알려준다. 모래 위로 찐 감자와 오징어, 소주병이 보인다. 아버지는 감자를 우물거리며 어딘가를 계속 흘끔거린다. 저기 젖은 모래로 두꺼비집을 짓고 있는 아가씨들이다. 그녀들은 짧고 통통한 허벅지에 살풋 나온 어여쁜 아랫배를 가지고 있다. 아버지는 아마도 그중에 한 처녀, 저기 저 넓고 시원한 이마를 가진 처녀에게 마음이 끌렸으리라. 그녀는 당시 유행하던 양배추 모양의 수영모자를 쓰고 있다. 아버지의 친구들은 그녀들을 의식한다. 그녀들도 그것을 알고 있지만, 사내들보단 마음을 더 잘 숨긴다. 하하하하. 아버지와 친구들의 목소리가 난데없이 크다. 여자들이 이쪽을 흘끔 한번 쳐다본다. 하하하하. 사내들이 다시 웃는다. 사내들은 아가씨들과 합석할 수 있는 방법을 궁리하지만, 떠오르는 것마다 마땅치 않다. 때마침, 저쪽에서 아가씨 한 명이 운다. 크고 시원한 이마를 가진 그 처녀다. 아가씨들이 그녀를 에워싸고 웅성거린다. 아버지와 친구들은 사정을 궁금해한다.

"가볼까?"

누군가 묻는다. 아버지 일행은 걱정스러운 척 아가씨들에게 다가간다. 아버지도 먹고 있던 찐 감자를 손에 쥔 채 주춤 일어난다.

"무슨 일이에요?"

한 처녀가 대답한다.

"모르겠어요."

사내들은 모두 울고 있는 여자를 내려다본다. 여자의 몸 여기저기에 불긋한 두드러기가 나 있다. 여자는 겁에 질려 창백하다. 다른 처녀가 말한다.

"모래나 바닷물 때문인 것 같아요."

여자는 온몸이 가렵고 따끔거린다고 한다.

"약국은요?"

"너무 멀어요."

두드러기는 더 붉게 커지는 듯하다. 모두가 어찌할 줄 몰라 당황하고 있다.

"어쩌죠."

아버지가 용기 내어 말한다.

"괜찮다면 제가 어떻게 좀 해볼까요."

"어떻게요?"

아버지가 그녀 앞에 무릎 꿇는다. 그러고는 한 손으로 그녀의 팔을 가만히 들어올린다. 사람들은 기대와 의혹에 싸인 눈길로 아버지를 바라본다. 아버지는 숨을 크게 들이마시더니, 손에 쥐고 있던 감자를 그녀의 팔에 비비기 시작한다. 사람들의 표정이 난감하다. 감자 부스러기들이 지우개 가루처럼 파슬파슬 떨어져나온다. 아버지는 오랫동안 정성스럽게 여자의 팔을 마사지한다. 잠시 후 여자가 어머, 하고 외친다. 두드러기가 가라앉은 것이다.

"어머."

아버지가 말했다.

"그게 네 엄마가 내게 건넨 첫마디였지."

자신감을 얻은 아버지는 다소 과감하게, 마사지의 범위를 넓혀간다. 그러나 손끝은 여전히 바들거린다. 아버지의 손이 지나는 곳마다 여자의 가려움과 부기는 사라진다. 여자는 계속 감탄하며 외쳐댄다. 어머, 어머.

"졸리니?"
"아니에요. 아버지, 계속하세요."
"첫날밤에도 네 엄마는."
아버지가 쑥스러운 듯 말했다.
"어머, 어머 하고 미친 듯이 외쳤지."
나는 얼굴이 창백해져서 물었다.
"뭐라고요?"
아버지가 면도칼을 바닥에 떨어뜨리며 말했다.
"아니다."

여름. 깊이를 알 수 없는 바다와 달빛. 그리고 두드러기 때문에 같이 놀게 된 무리가 있다. 모두 맨발이고, 모래를 밟을 때마다 전해오는 저릿함에 괜한 요의尿意를 느낀다. 그래서 아무것도 아닌 일에 과장되게 웃고, 서로의 호감을 사려는 어이없는 농담을 주고받는다. 청춘. 배고픈 듯 활짝 벌어진 동공들이 반딧불처럼 모래사장 위를 날아다닌다. 그들은 모두 알고 있다. 이렇게 두근거리는 순간일수록 모두에게는 어떤 시치미를 뗄 만한 장난이 필요하다는 것을. 친구들은 아버지를 땅에 묻기로 한다. 아버지는 버둥대다 친구들의 손에 이끌려 모래 위에 뉘어진다. 하늘 위로 친구들의 악의에 찬 미소가 보인다. 아버지는 불안하다. 사내들과 여자들은 아버지를 둘러싸고 앉아 아버지의 몸에 모래를 덮는다. 모래알갱이들이 수천 년 전의 시간처럼 한꺼번에 흘러내린다. 아버지의 몸은 갑자기 나이를 많이 먹어버리는 것 같다. 발끝으로 빨려드는 파도 소리. 아버지의 몸통 위로 곧 작은 언덕이 생긴다. 친구들은 이제 그 언덕을 부수어 윤곽을 만들 것이다. 그러나 실루엣을 잡도록 허락된 사람은 그녀다. 그녀는 아버지의 몸에서 섬세하게 모래를 걷어낸다. 아버지에게 팔과 다리가 생긴다. 파도에 실려온 아담처럼, 아버지는 똑바로 누워 있다. 아버지는 고개를 빠끔 내밀어 자신의 몸통을 살펴본다. 건장하니 마음에 든다. 그런데 가슴 위로 웬 젖퉁 두 개가 솟아 있다. 아버지는 얼굴이 빨개진다. 뭐야? 친구들은 대답하지 않고 아버지의 아랫도리 근처에 모여 웅성거린다. 아버지는 초조하다. 그리고 왠지 그들이 무슨 짓을 할지 알 것 같다. 아버지는 울며 '하지 마, 이 개새끼들아아아―.' 라고 외치고 싶다. 친구들이 비켜선다. 아버지가 고개를 든다. 하늘을 향해 불뚝 솟은 성기가 보인다. 아주 거대한 모래 성기다. 친구들이 와아― 하고 웃는다. 아버지는 창피해서 죽어버리고 싶다. 고개를 저으며 몸부림쳐보지만 꼼짝할 수 없다. 커다란 유방과 성기를 단 채 저항하다 그녀와 눈이 마주친 아버지는 순간 국민교육헌장을 떠올린다. 우리는 민족중흥의 역사적 사명을 띠고 이 땅에 태어났다. 아버지는 자신이 이 땅에 태어난 진짜 이유를 생각한다. 그러나 아무것도 생각나지 않는다. 하지만 분명, 이러려고 태어난 것은 아닐 것이다. 누군가 아버지의 성기에 기다란 불꽃놀이 막대를 꽂는다. 그러곤 그곳에 라이터로 불을 붙인다. 아버지가 놀란 눈으로 자신의 아랫도리를 바라보는 동안 친구들은 하나, 둘, 셋을 외친다. 심지를 타고 조급하게 타들어가는 불꽃이 피유우웅— 하늘 높이 날아오른다. 아버지도, 그녀도, 친구들도 모두 고개를 들어 하늘을 바라본다. 아주 짧은 순간의 고요가 그들의 머리 위에 머문다. 펑! 펑! 불빛이 터져나온다. 아버지는 누운 채 불빛을 세례 받는다. 펑! 펑! 활짝 피는 불꽃들이 아름답다. 그리하여 아버지의 거대한 성기에서 나온 불꽃들이 민들레씨처럼 밤하늘로 퍼져나갔을 때. 아버지의 반짝이는 씨앗들이 고독한 우주로 멀리멀리 방사放赦되었을 때.

"바로 그때 네가 태어난 거다."

면도를 마친 아버지가 말했다. 나는 꼼짝 않고 앉아 있다가 아버지를 향해 말했다.

"거짓말."

●

거울 속, 아버지의 손가락이 보였다. 아버지는 손끝으로 내 머리를 가만히 고정시킨 채 비례를 맞춰보고 있었다. 아버지는 내 오른쪽 머리를 더 잘라냈다. 신문지 구멍 사이로 들어온 머리카락 때문에 목 주위가 따끔거렸다. 그리고 문득, 엷은 졸음이 몰려왔다.

"그래서요?"

아버지가 말했다.

"뭐가 말이냐?"

"그래서 나는 어떻게 태어났어요?"

"방금 말해줬잖니."

"불꽃요?"

"그래."

나의 볼은 복어처럼 퉁퉁 부어올랐다.

"그게 정말 아버지의 씨앗이면, 나머지 자식들은 지금 다 어디 있어요?"

아버지가 말했다.

"코펜하겐."

"네?"

"코펜하겐에 있다. 스칸디나비아반도에도 있고, 부에노스아이레스에도 있고, 스톡홀름에도 있고, 평양에도 있고, 이스탄불에도 있다."

나는 지구본을 즐겨봤던 탓에 아버지가 말한 곳을 다 알고 있었다.

"그런 거 말고 진짜 얘길 해주세요. 아까 말한 첫날밤 같은 거요. 아버지, 나는 진짜 얘기가 듣고 싶어요."

아버지는 아무렇지 않게 답했다.

"알았다."

나는 아버지가 순순히 대답하는 것이 이상했지만, 이야기를 경청하기 위해 바르게 앉았다.

"이것도 아직 아무에게도 말하지 않은 거다. 그러니까."

"비밀요?"

"그래, 비밀. 그리고 진짜."

아버지가 내 앞머리를 빗어내렸다. 나는 눈을 감았다. 어둠 속, 가위질 소리가 눈치 없이 경쾌했다.

"그러니까 그 후 몇 달이 지나서였지……"

얼굴 위로 머리카락이 쏟아졌다. 나는 꿈을 꾸지 않기 위해 감은 눈을 더욱 꼬옥 감았다.

빈대떡집이다. 좁고 어두운 가게 안에 테이블 몇 개가 옹기종기 모여 있다. 벽 위쪽에선 먼지 낀 환풍기가 부지런히 돌아간다. 아버지는 그곳에 앉아 아까부터 자신의 두 손을 물끄러미 바라보고 있다. 무엇을 해야 할지 모르는 손. 아버지의 젊은 손. 나는 아버지의 손에서 그리움을 본다. 아직도 아버지의 발끝에는 아버지를 향해 달려왔던 파도 소리가 파랗게 배어 있는데 그녀는, 오지 않을 모양이다.

"여기 막걸리 하나 주세요."

아버지가 맑은 콩나물국을 한 술 뜬다. 그리고 깍두기 하나를 집어 입안에 넣는다. ……맛있다. 너무 사실적으로 맛있다. 이럴 때는 세상 모든 깍두기들이 아무 탈 없이 잘 익어가고 있다는 사실만으로도 화가 난다. 아버지는 단숨에 막걸리를 들이켠다.

"아니, 학생 뭐 해?"

"네?"

옆 테이블을 행주질하던 아주머니가 아버지를 쳐다본다. 아버지는 자신의 손을 내려다본다. 숟가락 하나가 꽈배기처럼 휘어져 있다.

"아, 죄송합니다. 제가 술 먹으면 힘 조절을 못해서요."

"그래도 그렇지 남의 집 장사하는 물건을."

"진짜 죄송합니다."

아버지가 구부러진 숟가락을 들어 겸연쩍게 콩나물국을 뜬다. 그녀는, 오지 않을 모양이다. 아버지는 점퍼 안에 있는 편지 한 구절을 조용히 읊는다. 안녕하세요. 가늠할 수 없는 안부들을 여쭙니다. 잘 지내시는지요. 안녕 하고 물으면, 안녕 하고 대답하는 인사 뒤의 소소한 걱정들과 다시 안녕 하고 돌아선 뒤 묻지 못하는 안부 너머에 있는 안부들까지 모두, 안녕하시길 바랍니다.

"여기 막걸리 하나 더요."

그러곤 한 번 더 소리 내어, 안녕하세요. 아버지는 며칠 전, 그녀의 집 앞에서 있었던 일을 떠올린다.

초록색 페인트가 칠해진 철문 앞. 아버지는 몇 시간째 서성이고 있다. 안녕하세요, 가늠할 수 없는 안부를. 철컥, 문이 열린다. 아버지는 허걱 놀라 뒤로 물러선다. 커다란 사내의 그림자가 아버지를 산처럼 가로막고 서 있다.

"너 뭐야?"

그녀의 오빠다.

"아, 안녕하세요."

"너 이 새끼 뭔데 아까부터 남의 집 앞을 기웃거려?"

아버지가 한 발짝 물러서며 말한다.

"경자 씨, 집에 있나요?"

사내는 아버지를 훑어보며 말한다.

"경자? 경자는 왜?"

"아니, 저, 그냥."

"왜 그러는데?"

술 먹으면 힘이 세지는 아버지. 사내 앞에서 꼼짝을 못한다.

"아니요, 저 다음에."

"그건 뭐야?"

사내가 묻는다.

"아무것도 아닙니다."

"뭔데?"

사내가 편지를 가로챘다.

"보지 마세요."

아버지가 손사래를 친다. 그러나 사내는 벌써 봉투에서 편지를 꺼내고 있다. 아버지는 사내를 계속 만류하지만 결국 모든 것이 소용없다는 것을 안다. 사내는 편지가 무슨 해로운 약물 설명서라도 되는 듯 해독한다. 안녕하세요. 가늠할 수 없는 안부를 여쭙니다. 아버지는 사내의 얼굴을 살핀다. 사내의 표정이 딱딱하다. 아버지는 어쩔 줄 몰라한다. 사내의 얼굴은 점점 더 일그러진다. 아버지는 초조하다. 하지만 이런 순간에는 이상하게도 난데없는 희망이 생기게 마련이어서, 아버지는 어쩌면 잘된 일일지도 모른다고 생각한다. 예전에 그녀에게서, 사내가 국문과에 다닌다는 얘길 들은 적이 있어서다. 불같은 성격이지만 가끔은 시를 읽고 운다고도. 사내는 어쩌면 아버지를 이해해줄 것이다. 그리고 진심은 누구에게든 전달되는 거니까. 아버지는 사내의 표정을 천천히 살핀다. 그리고 자신이 쓴 문장을 되짚어본다. 제 가슴에는 바깥에서 부조된 이름이 있죠. 사내의 얼굴이 점점 부드럽게 변한다. 편지를 다 읽은 사내는 아버지를 바라본다. 아버지도 사내를 응시한다. 가로등 불빛 아래, 두 사내의 침묵이 뭔가 용서해주려 할 때. 사내는 아버지의 얼굴에 편지를 집어던지며 버럭 소리친다.

"넌 인마, 문장이 안 돼!"

"여기 얼마예요?"

아버지가 자리에서 일어난다. 술집을 나서는 아버지 뒤로 아버지가 앉아 있던 자리가 보인다. 탁자 위, 꽈배기처럼 꼬인 숟가락이 열 개도 넘게 쌓여 있다. 구부러진 숟가락—마술이 아니라 완력인. 내 아버지의 우스운 사랑.

"졸리니?"

나는 꾸벅 졸다 정신을 차리며 말했다.

"아니에요, 아버지, 계속하세요."

"그래."

"그런데 아버지, 그게 무슨 말이에요?"

"뭐가?"

"문장요."

아버지가 말했다.

"언젠가 네가……"

나는 '언젠가'라는 말을 들으며 아버지의 따뜻한 설명을 기다렸다. 이럴 때 좋은 아버지들이란 대개, 아이의 눈높이에 맞춰 얘기해주기 때문이었다.

"스칸디나비아반도에 사는 형을 만나게 되면, 그 애에게 물어보아라."

나는 소리쳤다.

"아버지 좀! 그러지 말고 말해보세요. 진짜 이야기를."

아버지가 말했다.

"지금 하고 있다."

나는 눈꺼풀이 무거웠지만 아버지의 이야기를 들으려 정신을 차렸다. 계속하세요, 아버지. 아침 해가 뜰 때까지 나는, 자면 안 돼요.

아버지는 고쳐쓴 편지를 다시 꺼내 읽는다. 아버지는 편지를 구긴다. 아버지는 "나는 문장이 안 돼!"라고 외치며 거리에서 운다. 그러나 아버지는 어머니가 아버지를 향해 달려오고 있다는 사실을 모른다. 어딘지는 모르겠지만 어디에선가 어머니와 아버지가 서로의 이름을 부른다. 그리고 그날. 두 사람이 마주쳤을 때.

"네 엄마가 뭐라고 했는지 아니?"

"뭐라구요?"

"그날 이후로 당신이 보고 싶을 때마다…… 온몸이 가려워지곤 했어요."

나는 아버지의 얼굴을 볼 수 없었지만, 아버지가 웃고 있다는 것을 알았다.

두 사람의 어깨가 보인다.

"미안해요."

어머니가 말한다.

"아니에요."

초등학교 안, 빈 그네가 밤바람에 흔들린다.

"오빠 때문에 계속 나올 수가 없었어요."

아버지가 눈치를 보며 말한다.

"저를 싫어하나요?"

"네."

"왜요?"

"그냥 생긴 게 맘에 안 든대요."

아버지가 갑자기 버럭 화를 낸다.

"아니, 그렇다고 그걸 꼭 그대로 말해야겠어요?"

어머니가 말한다.

"미안해요."

두 사람은 이내 어색해진다. 불꽃놀이가 터지기 직전의 순간처럼 사방은 조용해진다. 머쓱해진 아버지가 말한다.

"재밌는 거 보여줄까요?"

아버지가 주머니에서 숟가락을 꺼낸다. 어머니는 기대에 찬 눈으로 아버지를 바라본다. 아버지가 숟가락을 비튼다.

"어, 이상하다. 아까는 됐는데."

숟가락은 꿈쩍도 하지 않는다. 아버지는 다시 온 힘을 다해 숟가락을 비튼다. 얼굴은 시뻘게지고 팔뚝 위의 핏줄은 꿈틀댄다. 그래도 숟가락은 여전히 멀쩡하다. 아버지는 숟가락을 집어던지며 소리친다.

"이런 씨발!"

놀란 어머니가 아버지를 빤히 바라본다. 아버지가 당황하며 변명한다.

"하하, 정말 할 줄 아는데."

아버지가 머리를 긁는다.

"이거라도 보여주고 싶었는데."

두 사람은 다시 어색해진다. 그리고 이런 때면 꼭 할 말이 없다. 그들은 서로 얼굴을 바라본다. 아버지가 주춤한다. 배고픈 듯 활짝 벌어진 동공. 아버지가 어머니를 바라본다. 어머니도 아버지를 바라본다. 그리고 이제, 입 맞출 시간이다. 두 사람의 마음이 닿을락 말락 한다. 그런데 아버지, 아까 먹은 깍두기가 생각난다. 한 갑 넘게 피운 담배도 막걸리도 모든 것이 신경 쓰인다.

"잠깐만요."

아버지가 말한다.

"잠깐만 여기 있어요. 금방 올게요."

어머니가 불안한 듯 아버지를 바라본다.

"잠깐이면 돼요."

아버지는 헐레벌떡 수돗가로 달려간다. 수도꼭지를 돌려 두 손 가득 찬물을 받는다. 자신의 손금이 투명하게 비치는 손바닥 안으로 고개를 박는다. 그러고는 몇 번이나 입안을 헹군다. 아버지는 손바닥을 코앞에 갖다댄다. 고개를 갸웃거리지만 여전히 안심할 수 없다. 그때 마침, 아버지가 뭔가 발견한다. 파란색 비놀리아 비누다. 아버지는 급한 마음에 손가락으로 비누를 찍어낸다. 물에 녹아 물컹해진 비누는 손쉽게 담뿍 묻어나온다. 아버지는 손가락을 앞니에 마구 비빈다. 비누는 아버지의 이빨 사이로 녹아든다. 아버지는 입을 크게 벌리고 어금니도 허둥지둥 닦는다. 우웩— 곧바로 구역질이 난다. 아버지는 다시 입안을 헹군다. 아무리 해도, 비누 맛이 영 가시질 않는다. 메스껍고, 비위가 상한다. 비누 냄새 때문에 머리가 깨질 듯이 아프다. 마치 자신의 뇌가 온통 비누로 만들어진 기분이다. 아버지는 휘청거리는 다리를 붙잡고 다시 어머니에게 달려간다.

"오래 기다렸어요?"

"어디 갔다 와요?"

"아무것도 아니에요."

아버지는 머리가 지끈거린다. 그러나 어머니의 얼굴을 본 순간, 맨발로 뜨거운 모래를 밟았을 때처럼 온몸이 저릿해진다. 아버지는 자기도 모르게 입술에 침을 바른다. 세상에서 가장 중요한 거짓말이라도 할 것처럼, 아버지가 입술에 침을 바른다. 아버지가 어머니의 어깨를 잡는다. 어머니가 눈을 감는다. 그리고 두 사람의 얼굴이 점점 가까워진다. 두 입술이 닿기 전. 세계의. 고요함. 그리고 오래도록 기다려온 입맞춤. 말캉 두 사람의 입술이 겹친다. 순간 아버지의 머리 위로 수천 개의 비눗방울들이 한꺼번에 올라온다. 나풀나풀. 우주로 방사되는 아버지의 꿈. 그리하여 투명한 비눗방울들이 낮꿈처럼 흩날렸을 때. 싱그러운 비놀리아 향기가 밤하늘 위로 톡톡 파랗게 퍼져나갔을 때.

"바로 그때 네가 태어난 거다."

나는 마구 콩닥이는 가슴을 안고 소리쳤다.

"정말요?"

아버지가 담담하게 말했다.

"거짓말이다."

●

아버지는 마른 수건으로 내 어깨에 묻은 머리카락을 탁탁 털어냈다. 나는 졸린 눈을 치켜뜨며 하품을 했다. 지구는 한쪽으로 돌고 바람은 여러 방향에서 부는 밤이었다. 아버지는 말이 없었다. 나는 노래하듯 물었다. 아버지, 아버지, 나는 어떻게. 먼 곳에서 파도 소리가 들려왔다. 내가 알고 있는 파도 소리였다. 아버지, 진짜 이야기를 해주세요. 복어 독이 점점 퍼지나 봐요. 목이 마르고 눈알이 아파요. 어지럽기도 하구요. 아버지, 나는 이제 알아야겠어요.

"졸리니?"

"아니에요, 아버지."

"끝났으니 그만 자자."

아버지가 신문지를 걷어냈다.

"안 돼요. 나는 오늘 밤 자면 안 돼요. 자면 죽어요."

아버지가 말했다.

"자도 괜찮아."

"거짓말!"

"정말이다."

"그걸 어떻게 믿어요?"

"맘대로 해라."

"엄마가 살아 있었음."

아버지가 멈칫했다. 나는 이때다 싶어 떼를 썼다.

"그렇게 말하지 않았을 거예요."

"……"

"아버지, 더 이상 안 물어볼게요. 마지막으로 한 번만요, 네?"

아버지는 두 손으로 내 어깨를 짚었다. 아버지는 한참 동안 말이 없었다. 나는 아버지가 화가 난 게 아닐까 싶어 걱정이 됐다. 아버지는 진지한 목소리로 말했다.

"알았다. 대신 너는 이 이야기를 다시는 해달라고 하면 안 된다, 알겠니?"

나는 힘주어 고개를 주억거렸다.

"지금부터 하는 이야기는 모두 사실이다. 네 엄마를 두고 맹세할 수 있다. 그렇다고 조금 전에 했던 얘기가 모두 거짓말이라는 것은 아니다."

나는 이번에도 고개를 끄덕였다. 아버지가 깊은 숨을 쉬었다.

"내가 너희 엄마를 만난 것은 춘천역 휴게소에서였다. 그때 나는 군화끈을 고쳐매며 기차를 기다리고 있었다. 청량리행 세 시발이었지."

'이제 곧 이야기가 끝나려나 보다. 그리고 이 밤도 어쩌면 이제 끝날 것이다. 나는 죽지 않고 살아 언젠가 이 이야기를 사람들에게 들려줘야지.' 하고 생각한다.

꾸벅, 고개를 가누다 움찔 놀란다. 아득히 아버지의 목소리가 들려온다. 이제부터 정말인데 졸음이 밀려온다. 꾸벅. 나는 다시 고개를 떨군다. 아버지, 아버지, 나는 어떻게. 어디선가 바람이 말한다. 지금 이건 네가 묻고 있는 말들이 아니라고. 나는 어디론가 둥실둥실 날아간다. 아버지의 이야기를 들어야 하는데. 지금 듣지 못하면 다시는 들을 수 없는데. 목소리는 멀어져간다. 저기 옛날 옛날의 오래된 하늘 위로 펑! 펑! 불꽃놀이가 터진다. 점멸하는 불빛들. 나는 하늘 위에 높이 떠 우리 집을 내려다본다. 저 멀리 스칸디나비아반도의 내 형제가 보인다. 그는 산 위에 올라 한쪽 손을 높이 흔들고 있다. 그가 나에게 알은체를 한다. "어이—" 나는 그의 목소리를 들으려 한다. 잘 들리지 않는다. 그가 다시 외친다. "어이!" 쩌렁쩌렁, 반도의 산맥을 타고 울려퍼지는 너의 목소리. 나는 용기 내어 말해본다. "뭐라구요?" 그가 말한다. "우리 땅은 간빙기라 일 년에 이 센티씩 떠오르고 있어요!" 나는 좀 더 큰 소리로 묻는다. "뭐라구요?" 그는 손을 흔들며 온 힘을 다해, 마치 그러지 않으면 안 되는 듯, 내게 외친다. "돌아서며 묻지 못하는 안부 너머에 있는 안부들까지, 모두 안녕하세요." 나는 그 자리에 서서 스칸디나비아반도의 형제에게 아주 작은 목소리로 대답한다. "……고마워요."

바람이 잘 새는 어느 집. 졸고 있는 한 아이를 본다. 좁은 등압선을 가진 바람이 몰고 오는 이야기에 귀 기울이고 있는 저 아이를. 아버지의 목소리가 들리지 않기 때문에 이제 아이는 스스로 이야기하려 한다. 아버지가 어머니를 만나는 이야기를.

어머니가 말한다. 당신이 보고 싶어질 때마다 온몸이 가려워지곤 했어요. 아버지가 말한다. 재밌는 거 보여줄까요? 아이가 하늘 위로 수백 개의 숟가락을 집어던진다. 빙글빙글 돌며 비상하는 숟가락들이 폭죽처럼 반짝거린다. 아버지가 어머니를 껴안는다. 어머니의 몸이 숟가락처럼 구부러진다. 어머니가 말한다. 거짓말. 아버지가 말한다. 아니에요. 정말이에요. 아이가 말한다. 맞아요. 정말이에요. 아버지가 어머니를 바라본다. 어머니도 아버지를 바라본다. 잠깐만 기다려요. 아버지가 말한다. 걱정 마요, 어머니는 저기 있을 거예요. 안녕하세요. 잘 지내시는지요. 아이는 점점 작아져 씨앗처럼 움츠러든다. 끔뻑이는 복어들의 눈빛. 복어들의 헤엄. 북태평양의 바람. 그러니까 이건, 비밀이라고. 멀리 동이 터오고 있지만 누구도 정말이냐고 묻지 않고 누구도 거짓말이라고 대답하지 않는다. 나는 아버지가 나를 아랫목에 누이는 기척을 어렴풋 느낀다. 나는 입을 열지 않고 중얼거린다. 이건 모두 꿈일지도 모르지만 나에게 오기 위해 북태평양에서 수천만 킬로미터를 날아온 바람처럼, 어쩐지 나는 그 꿈과 꼭 만나야만 할 것 같다고.

• 출처 | 《달려라, 아비》(창비, 2005) 중에서

수상 소감
김애란
당신의 궤적

겨울이다.
눈밭에 난 선배들의 발자국을 따라
걸음을 옮긴다.
발밑으로 전해지는 한기寒氣가
복되고 서늘하다.

한 발짝 또 한 발짝
짐작으로 알던 것을 몸으로 익히며
누군가의 보폭을 쉽게 판정하지 않는 법을 배운다.
그 자리에 다른 짐작을 앉힌다.

길 위에 '방향'을 만든 것은
당신의 무게.
혹은 이 걸음과 다음 걸음 사이에 놓인
고민의 시차時差.

가끔 그 고민이 궁금해

당신이 쓴 말과 쓰지 않은 말,
쓸 수 없던 말들을 가늠해본다.
무릎 꿇어 그 자국에 손을 대본다.
몇 명이 지나갔는지 모를
겹겹의 발자국에 눈이 시리다.

한 발짝 또 한 발짝
겨우 깊어져가는 겨울.

길에서 과분한 소식을 들은 데다
발도 시려서, 방정맞게 좀 움직여볼까 하다
능청은 잠시 고요에게 맡겨두기로 하고
허공에 입김을 내뱉으며 맑게 웃는다.

그런 뒤 조금 더 딴청을 피우려다가
문득 나와 같은 시대에 같은 자리서,
글을 쓰고 있는 이들을 떠올려본다.

주머니서 '동료'라는 말을 꺼내 한참 들여다본다.
그러곤 목례하듯,
그 이름에 입 맞추려
고개 숙인다.

문학적 자서전
김애란
카드놀이

아버지와 어머니가 처음 만난 곳은 '송방'이었다. '송방'은 '가게'를 일컫는 충청도 말로 나도 어머니를 통해 알게 된 단어다. 생선가게면 생선가게, 이불가게면 이불가게지 가게 이름이 왜 그냥 '가게'냐고 묻자, 어머니는 더듬더듬 처녀 적 기억을 되짚으며 말을 이었다.

"그게…… 뭐든 다 파는 집이었거든."

술도 팔고, 공책도 팔고, 부탁하면 국수도 끓여주는 데다, 소화제며 비누 등 없는 게 없는 곳이었다고. 주로 초등학교 앞에 자리했다는 어머니의 설명을 바탕으로 짐작건대 송방이란 아마도 문방구와 구멍가게, 분식집의 기능을 한데 섞어놓은 곳이었던 것 같다. 지금으로 치면 도시락과 볼펜, 스타킹과 아이스크림을 같이 파는 편의점 정도가 아니었을까. 물론 그보다는 훨씬 초라하고 애매한 곳이었겠지만 말이다. 아무튼 삼십여 년 전, 그러니까 1970년대 말, 충청남도 서산시 대산읍 독곶면 독곶리의 한 '송방'에서, 보다 정확하게 말하자면 송방 한쪽에 딸린 온돌에서, 어머니와 아버지는 소개팅을 했다.

"뭐?"

'온돌'과 '소개팅'이라는 단어를 나란히 접한 내가 말꼬리를 올렸다. 주선자 둘, 당사자 둘, 청춘남녀 네 명이 좁은 온돌방에 앉아 어색하게 인사를 나눴을 상상을 하니 내가 다 쑥스러워진 까닭이었다. 그건 뭐랄까. 마치 각 나라의 작가들이 일본의 전통 난로인 '고타쓰

(こたつ)' 주위에 모여앉아 담요를 덮고 귤을 까먹으며 진지하게 '문학'을 논하는 풍경과 비슷할 것 같았다. 누군가는 엉덩이가 따뜻해진 나머지 까다롭기로 유명한 노老작가의 어깨에 기대 잠이 들고, 또 어느 거장의 손에는 귤 물이 들어 있는, 그런 장면과…… 그럼 그 방에서 넷이 무얼 했냐는 질문에 어머니는 '뽕을 쳤다'고 했다. 나는 그건 또 무슨 말인가 싶어 잠시 침묵했다. 아무래도 오늘은 새 말(言)을 많이 배우는 날인가 보다고. 아무렴, 모름지기 부모란 자식들에게 옛말을 새말처럼 알려주는 데 이골이 난 사람들이지…… 하고. 어머니는 얼핏 들어도 뭔가 '고상한 대상'을 가리키는 건 절대 아닐 것 같은 데다가, 어딘가 음성적인 분위기마저 풍기는 그 단어가 실은 '화투'의 한 종류라 일러주었다.

"뭐어?"

내 말끝은 방금 전 '소개팅'이란 말을 들었을 때보다 조금 더 올라갔다. 아니, 그럼 초면에 아버지랑 화투를 친 거냐고 묻자, 어머니는 그게 무슨 문제가 있느냐는 듯 천진하게 답했다. 찻집도 극장도 없는 시골에서 할 일도 없고 심심해서 그랬다고. 당시 어른들은 고스톱 전에 민화투를 쳤고 젊은 사람들은 주로 '먹기 뽕'을 했는데, 여기서 '뽕'이란 서양의 '원카드'마냥 화투 일곱 장을 갖고 노는 게임이었다고 했다. 그날 처음 만난 아버지와 어머니는 무려 두 시간 동안 진지하게 '뽕'을 쳤다. 진 사람은 이긴 쪽에게 먹을 것을 사주기로 했다. 그래서 '누가 이겼느냐'고 묻자 어머니는 의기양양한 투로 답했다.

"내가."

아버지는 여자들에게 삶은 계란과 엿을 샀다. 게임에서 진 건지, 져준 건지는 알 수 없으나 어찌 됐건 그 음식들 모두 송방에서 파는 거였다. 그러니까 지금까지 내가 어머니에게 들은 얘기를 정리하면 이렇다.

 '먼 옛날, 넓고 넓은 바닷가에 한 청년과 처녀가 살았습니다. 두 청춘은 송방에서 처음 만나 화투를 쳤습니다. 그리고 화투에서 이긴 처녀는 청년에게 엿을 얻어먹었습니다.'

 더불어 그날의 작은 패배를 시작으로 아버지는 지금까지 사는 내내 어머니를 한 번도 이겨본 적이 없다. 적어도 겉으로 보기에는, 그랬다.

 소개팅이 끝난 뒤 아버지는 어머니가 마음에 들었는지 집까지 바래다주겠다고 했다. 어머니는 '나도 다 아는 길이니 혼자 가겠다'고 했다. 아버지는 머뭇대다가 그게 '배웅'인지 '추격'인지 모를 걸음새로 엉거주춤 어머니를 따라갔다. 그 뒤로 두 사람은 소극적인 만남을 이어갔다. 어머니가 만나주겠다고 했다가, 아니라고 했다가 자꾸 빼는 바람에 아버지는 애를 먹었다. 다방도 없고 빵집도 없는 강촌에서 두 사람이 주로 만난 곳은 한밤의 백사장이었다. 가로등 하나 없이 사방이 캄캄한 해변에서, 아버지와 어머니는 처얼……썩, 철썩…… 줄기차게 밀려오는 파도 소리를 들으며 등대 불빛만 하염없이 바라봤다. 그리고 다시 한참 만에 만나서는 역시 아무 말 없이 밤바다만 바라보다 엉덩이에 묻은 모래를 털고 일어서 헤어졌다. 두 사람이 언제, 어디서 마음이 통通하게 된 건지는 알 도리가 없다. 다만 어느 순간 카드를 갖고 노는 데 싫증이 났는지 다른 놀이를 찾은 모양인데, 그 '놀이'라는 게 다름 아닌 서로의 몸을 만지작거리며 밀담을 나눈 거였는가 보다고 추측할 뿐이다. (어머니는 그 대목을 건너뛰지만 나는 다 알 수가 있다.) 처음에는 수치심에 놀라, 나중에는 그 수치심을 자꾸 확인하고 싶어 몇 번이고 반복했을 무엇. 몇 년 뒤 결국 두 사람은 살림을 합쳤고, 큰언니를 낳은 지 얼마 지나지 않아 다시 서로를 껴안았다. 그리고 그렇게 둘 사이를 오간 호흡 속에서, 허풍과 약속 안에서, 노동과 낙관 속에서 태어난 게 나다. 목소리 크고 일 잘하는 어머니와 말수 적고 노래 잘하는 아버지의 셋째 딸로. 좀 엉겁결에. 나는 다른 아이들처럼 앉다, 기다, 걷다, 달릴 수 있게 되었고, 웃고, 울고, 종알거리다 어느 순간 무럭 자라 소설가가 되었다.

    소싯적에 '뽕' 좀 치고 논 부모님에 비해 나는 아직도 고스톱을 잘 칠 줄 모른다. 기회가 없지는 않으나, 손에 단풍이나 송학, 흑싸리가 쥐어지면 그것들을 골똘히 쳐다보다 그저 그림이나 맞추는 수준이다. 반면 부모님은 여전히 화투를 갖고 노는 데 특별한 즐거움을 느끼는 듯하다. 내가 알기로 실력은 아버지가 낫고 속도는 어머니가 빠르다. 동네마다 규칙과 문화가 다르다지만, 동네 아주머니들이 화투 치는 모습을 보고 입이 딱 벌어진 적이 있다. 패를 섞고 가르고 돌리고 거두는 손놀림은 물론이며 판 돌아가는 속도가 눈이 팽팽 돌아갈 정도로 정말 빨랐기 때문이다. 그 짧은 시간 안에 어떻게 상대의 패를 가늠하고 자기 수를 파악하고 경우의 수를 짚어보는지 이해가 안 될 정도였다. 그래서인지 다른 때는 몰라도 적어도 군용담요 앞에서만큼은 동네 아주머니들이 모두 한 가지 일을 오래해 어떤 경지에 이른 장인들처럼 보였다. '이야기꾼' '소리꾼' 할 때의 그 '꾼'들처럼 보였다. 누군가 '이런 경망스러운 여편네들을 봤나.' 하고 혀를 찰 수도 있으나, 그럴듯한 문화시설 하나 없는 시골에서 촌부들이 나름 재미를 찾는 방식이라 생각하면 이해 못할 일도 아니다. 더불어 이런 고향 풍경은 먼 훗날 내 소설의 밑거름이 됐다. 아래 장면도 모두 이러한 배경에서 나온 거다.

……보상심리 때문에 화투판에도 곧잘 꼈다. 형님 소리를 듣기 위해 나이를 속이는 여자들과 함께. 미용실이나 선술집에서 신발을 숨겨놓고. 그러다 한 아주머니의 애인이 파출소에 신고를 했다. 자기를 만나주지도 않고 만날 화투만 친다 하여 홧김에 그런 거였다. 경찰들이 문 두드리는 소리에 '고꾼'들은 허둥지둥 흩어지고, 어머니는 양손에 현금을 쥔 채 논둑길을 달려가다 넘어져 흙투성이로 돌아왔다.

— 단편 〈칼자국〉 중(《침이 고인다》, 문학과지성사, 2007)

이제 와서 하는 말이지만 저기서 황급하게 '돈을 들고 논둑길을 달려가다 넘어진' 아줌마가 바로 내 엄마다. 이렇듯 손재주가 좋은 부모님과 달리 나는 카드를 가지고 하는 종류의 놀이에는 영 소질이 없었다. 공기나 고무줄도 잘 못했고, 산수는 초등학교 4학년 때부터 힘들어했으며, 중학교에 올라가서는 가정시간에 저고리를 만들다 잘 안 돼서 미쳐버리는 줄 알았다. 하지만 어려서부터 종알종알, 패를 맞추듯 말을 맞추며 뭐라 떠들어대는 것은 좋아했다. 일곱 살 때였던가. 우리 집 옆에는 방앗간과 세탁소, 정육점 등이 나란히 들어서 있었다. 거기 주인아저씨들은 한가할 때면 가게 앞에 앉아 지나가는 사람들을 붙들고 한담을 나누거나 바람을 쐬곤 했다. 그리고 심심하면 아직 학교도 들어가지 않은 우리(나와 똑같은 옷을 입고 다녔던 내 쌍둥이 언니)를 불러다 괜히 노래도 부르게 하고 이야기를 시켰다. 물론 이때의 이야기란 줄거리가 있는 진짜 이야기라기보다, 시시껄렁한 대화에 가까웠지만. 어른들은 그 되바라진 대꾸가 듣기 좋은 모양이었다. 얼마 뒤 나는 초등학교에 들어가 '한글'을 깨쳤다. 가벼워 민첩한 대신 흩어지고 사라지기 쉬운 '소리'를 글자로 적어 지상에 남겨두는 법에 대해 알게 되었다. 자음 열네 개, 모음 열 개, 이렇게 스물네 개의 활자가 적힌 낱말카드가 그 도구였다. 그리고 그때 느낀 모종의 경이, 재미와 설렘은 다른 소설 안에 고스란히 스며들었다.

바람이 불면, 내 속 낱말카드가 조그맣게 회오리친다. 해풍에 오래 마른 생선처럼, 제 몸의 부피를 줄여가며 바깥의 둘레를 넓힌 말들이다. 어릴 적 처음으로 발음한 사물의 이름을 그려본다. 이것은 눈(雪), 저것은 밤(夜), 저쪽에 나무, 발밑엔 땅. 당신은 당신…… 소리로 먼저 익히고 철자로 자꾸 베껴쓴 내 주위의 모든 것. 지금도 가끔, 내가 그런 것들의 이름을 안다는 게 놀랍다.

—《두근두근 내 인생》중(창비, 2011)

새 글을 쓸 때마다 나는 내가 가진 한정된 개수의 카드로 짝을 맞추고, 패를 가른 뒤 '빈 문서' 위에 펼쳐보고는 한다. 그러곤 각 낱말의 소리와 뜻, 온도와 질감을 가늠하며, 그 조합의 결과가 만들어내는 우연과 리듬, 서사의 당위를 고민한다. 물론 나는 그 말(言)과의 씨름에서 지지만, 그 실패가 종종 나를 또 다른 이야기의 세계로 인도해주는 것을 느낀다. 그러다 자주 호출된 이름 중에 하나가 내 '가족'이었을 거다. 교육을 많이 받지 못했고, '학부모 편지' 같은 거라도 한번 쓰려고 하면 끙끙대며 골치를 앓은 이들이지만, 살면서 내가 처음 한 말, 그리고 평생 쓸 말을 가르쳐준 이들이 바로 내 부모였기 때문이다. 물론 가족 안에서 깨친 말로 가족 이야기를 꾸린다 해서 늘 잘 써지는 것은 아니었다. 오히려 그때마다 내가 온전히 이들을 이해하지 못하며, 이해할 수도 없다는 사실을 깨달았다. 그러니 '도시'를 다룬 소설이든 '늙음' 혹은 '언어'를 다룬 이야기든 번번이 맞닥뜨리는 난처함은 또 말해 무엇하랴. 예컨대 평생 이런저런 실수를 한 탓에 가족 안에서 다소 입지가 약해진 아버지와 그 뒷수습을 해오느라 씩씩하다 못해 거칠어진 내 어머니만 봐도 그렇다. 그 모든 일이 지나간 뒤, 자식들이 다 떠나간 자리에서, 두 사람이 요즘 무얼 하는지 보라. 나이 들어, 이제는 눈도 처지고 목소리도 작아진 내 부모는 저녁마다 서로 머리를 맞댄 채 '맞고'를 친다. 두 사람이 처음 만났을 때와 마찬가지로 영화관도 없고, 무도장도 없고, 문화센터도 없는 동네에서, 해가 지면 멍하니 티브이를 보는 일 외에 별로 할 일이 없어서다. 언젠가 부모님께 안부전화를 드렸다, 수화기 너머로 탁, 탁 화투 소리가 나는 걸 듣고 나도 그 사실을 알았다. 한때 아이들이 시끄럽게 뛰어놀던 거실에는 어둠과 침묵이 짙게 깔려 있고, 이제는 미움도 사랑도 희석된 채 이따금 서로를 연민으로 바라보는 두 사람만이 오도카니 남겨져 있다. 가스 값을 아끼느라 보일러를 틀어놓지 않은 거실에 군용담요를 깔고 바싹 웅크린 채. 돈을 자주 따는 쪽은 단연 아버지다. 총각 때야 부러 져줬다 해도 결혼하고 애도 낳고 볼 장 다 본 여자한테 돈을 잃어줄 이유가 별로 없어서다. 더욱이 노년에게 돈이란 없어서 못 쓰는 종류의 물건 중 하나니까. 그런데 흥미로운 건 통화할 때마다 어머니가 자주 웃는다는 거다. 내가 왜 그러냐고 묻자 어머니는 '네 아버지가 자꾸 욕을 해서 그런다.'고 했다. 화투판이라는 데가 원래 세상 어디가도 듣지 못할 낯 뜨겁고 풍요로운 말들이 오가는 장소란 건 알았지만. 점잖고 숫기 없는 우리 아버지가 그런다니 뜻밖이었다. 어머니는 네 아버지가 욕도 보통 잘하는 게 아니라며 뭘 그리 놀라느냐고 물었다. 하지만 내가 볼 때 보다 이상한 건 어머니였다. 어머니는 아버지에게 욕을 먹을 때마다 미친 사람처럼 깔깔대며 엄청 좋아했다. 마치 그렇게 하대받아 기쁘다는 듯. 오랫동안 당신이 나를 이렇게 대해주길 기다려왔다는 듯 말이다. 그 얘기를 들은 뒤 나는 '세상은 정말 이해할 수 없는 것투성이구나.' 하고 고개 저었다. 어쩌면 여느 많은 부부의 이부자리 속, 사정이라는 것 역시 그와 비슷하지 않을까 하고. 그러니 송방에서 처음 '뽕'을 친 이래 삼십 년 넘게 같이 살아오면서 한 번도 상대를 이겨본 적 없는 사람은 사실 아버지가 아니라 어머니였을지도 모르리라.

그러니 이쯤에서 나도 잠시 낱말카드를 내려놓고, 부모님을 따라 화투를 좀 해보려고 한다. 어릴 때 어깨너머 배운 지식으로 화투 점을 쳐보려 한다. 매화는 님, 벚꽃은 여행, 흑싸리는 근심, 소나무는 소식이라든가. 내게 들어온 패는 세 개. 벚꽃, 모란 그리고 국화다. 여기서 각 화투장에 깃든 의미를 붙여 문장으로 만들면 이렇다.

— 여행지에서 친구를 만나니 술 마실 일이 생긴다.

점占이란 게 본디 해석하기 나름이지만. 아무래도 나는 이 패가 앞으로 내가 다급하게 해야 할 일을 예고하는 듯해 넋을 잃고 먼 산을 본다. 그리고 낯선 대도시에서 자식들을 만날 때마다 시무룩한 얼굴로 '이젠 내가 결정할 수 있는 일이 별로 없는 것 같은……' 라고 말하는 내 부모에게, 자식들 눈치 보는 일이 많아진 아버지에게, 타고난 자존심만큼 경제력이 따라주지 않아 종종 울적해하고, 험난하게 펼쳐진 인생길 앞에서, 자식들의 호의와 배려 앞에서, '나도 다 아는 길이니 혼자 가도 된다.' 며 화를 내는 어머니에게, 알겠으니 편히 가시라고, 대신 나도 뒤에서 조용히 따라가보겠노라고 약속드리고 싶다. 당신들보다야 언제나 한 발짝 늦게 도착하겠지만, 글을 쓰며 부지런히 쫓아가보겠노라 말이다. 이것이 누군가의 겸연쩍은 '뽕치기'로부터 '소설'이란 그럴듯한 '뻥치기'에 이른 나의 과거다.

작가론·작가가 본 작가
편혜영·소설가
길을 걸었지, 누군가 옆에 있다고

그 애의 휘파람

　오래전이다. 아직 말을 나눈 지 얼마 되지 않았을 무렵. 많은 사람이 뒤섞인 자리에서 만났다가 소박하고 도란하게 몇 명이 불러 다시 모인 자리. 지금은 후배 어려운 줄 몰라서 후배라면 무턱대고 편하게 말을 놓는 편이긴 하지만, 선배고 후배고 다 어렵던 시절이라, 이제 겨우 두서너 번 만난 '애란 씨'와도 어정쩡하게 호칭을 생략하거나 반말과 존대를 티 나지 않게 오가며 말을 나눴다.
　그때만 해도 '애란 씨'였던 애란이는 과묵하고 신중하고 진중해 보였다. 종종 커다랗고 둥근 눈을 천천히 끔뻑이는 애란 씨를 보노라면, 내가 후배 앞에서 너무 수다하고 가벼운 게 아닐까, 촐싹맞아 보이지는 않을까, 걱정될 정도로 눈이 깊고 검었다. 일행이 서로 앞서거니 뒤서거니 걸음을 옮기다가 얼마간 둘이 걷게 되었다. 평일이나 휴일 가릴 것 없이 왁자지껄해서, 말을 할 때면 공연히 목소리를 높이게 되는 거리에서, 우리는 잠자코 걸었다.
　서먹하여 예를 차리는 사이라면 흔히 그렇듯, 침묵이 무례라도 된다는 듯, 무슨 말이라도 해야 하는 걸까 싶던 차였다. 사소한 일에도 예의와 배려를 의식해야 할 만큼 가깝지 않을 때였다. 옆에서 휘파람 소리가 들렸다. 나직하고 짧지만 힘 있는 소리였다. 애란 씨가 부는 것이었다. 아마 애란 씨도 그래서 휘파람을 불었을까.

그런데 휘파람이라니. 노래를 못 부르는 나는 휘파람이라도 잘 불고 싶다고 오랫동안 생각해왔다. 노래를 못하는 사람은 결국 휘파람도 잘 못 부는 걸 확인하느라, 헛바람이 섞인 소리를 무던히도 냈다. 아무리 해도 한참 가려들어야 겨우 휘파람 소리 같은 게 들리는, 대체로는 볼 빠진 호루라기 소리가 나는 게 전부였다.

나는 어엿한 휘파람 소리를 내는 애란 씨를 힐끔거렸다. 몰래 보았다는 느낌 때문에 뒤늦게 여느 때 그러는 것보다 더 수선스럽고 호들갑스럽게 칭찬했다. 애란 씨가 예의 그 신중한 투로 말했다.

"그러게요. 휘파람도 잘 부는데, 왜 헤어졌을까요."

아, '애란 씨'는 선배에 대한 배려는 안중에도 없이 헤어진 남자친구 생각만 하는구나. 휘파람은 잘 불지만, 그래서 헤어졌나? (그 남자친구와 애란이는 지금은 가족이 되었다.) 그렇게 생각하기는 했지만, 그 밤 애란 씨의 휘파람은 침묵을 멋쩍지 않게 만드는, 서먹한 공기를 친근하게 잠재우는, 관계의 조바심이 보이지 않는, 그 애만큼이나 깊은 휘파람이었다.

길을 걸었지, 누군가 옆에 있다고

간혹 애란이는 눈으로 생각하는 사람 같다는 느낌이 들 때가 있다. 그 애는 검고 커다란 눈을 장난스럽게 뜨고 우선 세계를 오래, 고이, 깊이, 머물러 바라본 후에 검은 눈으로 자기 안쪽을 들여다본다. 아마 그러고 난 다음에는 눈으로 본 것들을 마음에 담는 것 같다. 그런 다음 오래, 고이, 깊이, 머물러 본 것에 낱말을 입혀 천천히 몸에서 끄집어낸 후에 한 문장씩 쓰는 것 같다.

말을 할 때도 그럴 때가 있다. 애란이가 누군가의 얘기를 듣다 말고, 아무도 말을 안 하고 있는 중에, 천천히 눈을 끔뻑이고 허공을 향해 검고 커다란 눈동자를 움직인다면, 그것은 일종의 도움닫기라고 생각하면 된다. 근육을 수축해 생각을 도약한 다음 애란이는 대개 농담으로 착지한다. 우리는 농담을 듣고 함께 웃거나 간혹은 주억거리며 공감한 후에 농담을 하고 다시 웃고 간혹은 애란이의 농담이 경박하다고 핀잔하며 웃는다.

애란이는 자주 농담으로 어떤 시간, 예측할 수 없는 우연, 소소하고도 깊은 걱정 같은 것을 털어내지만, 실은 농담 너머에 있는 것들, 농담과 농담 사이의 보이지 않는 틈, 농담의 얇고 부스러지기 쉬운 결을 오랫동안 생각한다. 그래서 어떤 일이 제게 남긴 얼룩을 얼른 지워버리려 애쓰지 않고, 오랫동안 생각하고, 바라보고 품으려 한다. 말하거나 설명하기 어려운 것은 섣불리 꺼내지 않으려 하고 우스갯소리로 만들지 않으려 하고 서사로 단정 지어 털어내려 하지 않는다. 세계와 자기를 동시에 들여다보는 검고 깊은 눈이 그 일을 하는 게 틀림없다.

어쩔 수 없이 노래를 불러야 하면, 애란이는 결코 빼지는 않지만 썩 흔쾌하지도 않게 자리에서 일어선다. 일어서서 다시 예의 그 눈을 크고 동그랗게 굴리다가 떨리는 손을 맞잡고, "길을 걸었지." 하고 혼잣말하듯 내뱉는다. "누군가 옆에 있다고 느꼈을 때 나는 알아버렸네." 혼잣말인 줄 알았던 노래가 계속된다. 그때쯤이면 사람들도 이게 노래라는 걸 알아버리게 된다. 산울림의 〈회상〉이라는 노래가 이처럼 다소곳하고 쓸쓸한 읊조림 같은 노래라는 것도 새삼 알아버리게 된다. 그런 것에 아랑곳없이 애란이는 여전히 수줍어 떨리는 목소리로, 나직하게 "우~ 돌아선 그 사람." 하고 노래한다. 그쯤 되면 노래를 열렬히 시켰던 사람들은 대개가 그렇듯이 애란이의 노래와는 상관없이 아까 하던 얘기를 마저 떠들거나 자기 차례가 오면 부를 노래를 생각한다. 그러고도 "미운 건 오히려 나였어." 하고 노래가 끝나면 환호하듯 박수를 친다. 애란이는 노래시키고 딴짓할 줄 알았다는 표정으로, '선배들만 아니었으면 확' 하는 표정으로, 그러니까 '미운 건 오히려 나였어' 하는 표정으로 다시 자리에 앉는다.

언젠가 친구들과 모인 자리에서 애란이가 노래를 잘하냐 못하냐를 두고 잠깐 동안 설왕설래를 벌인 적이 있다. 누군가는 잘한다고 했고, 누군가는 못하는 건 아니라고 했고 누군가는 "길을 걸었지." 하고 창을 하듯 같은 음을 내는 걸 흉내 냈다. 애란이는 선배들이 투닥거릴 때면 늘 하듯이 "선배님들 기러지 마세요." 하고 충청도 사투리를 섞어 말하면서, 장난으로 시작했다가 진지하게 이어지는 말꼬리를 다시 농담으로 잡아챘다. 그만큼 산울림의 〈회상〉을 부르는 애란이의 노래는 실력을 헤아리기 힘든, 모호하고 불분명하고 애매한 매력이 있다.

오래전 애란이는 종종 "나중에 힘들어지면 같이 노래방이나 가요."라고 말한 적이 있다. 나로 말하자면 노래방이라면 질색이지만, 그 '나중'이 오면 군말 없이 노래방에 따라갈 작정이다. 그건 분명히 '나중'의 일이 될 테니까.

우리는 종종 '나중'에 힘들어질 거라고 얘기했다. 지금, 이번에, 얼마 전에, 어제, 오늘 힘든 게 아니라, '나중'에 힘들어질 거라고. 그건 지금, 이번에, 얼마 전에, 어제, 오늘, 우리가 힘들지 않아서가 아니라, 얼마간 힘들고, 얼마간 좌절하고, 얼마간 속상했지만, 그래도 견딜 만했다는 위안이 담긴 말이다. '나중'을 얘기하는 동안, 우리는 터무니없는 문장으로 힘들었던 어제가, 맺음새가 거칠고 이음새가 서툴러 영 마음에 안 드는 이번을 응석 없이 묵묵히 지나가게 됐다. 그러는 사이 우리는 여러 번 '나중'을 지났고, 어쩌면 지금도 '나중'을 통과하는 중이지만, 노래방만은 가지 않아도 되었다. 다행이다.

진작 잃어버린 초심에도 불구하고

그동안 함께 다닌 곳이 제법 되어, 우리는 봉평의 작은 시외버스터미널에서는 버스 출발 시간을 기다리며 경계석에 앉아 시원한 캔커피를 마셨다. 군산에서는 낡은 동네를 기웃거리며 오래 걸었다. 춘천에서 내려오는 길에 들른 이상한 지하터널에서는 촐랑대며 어린 애들처럼 뛰었다. 다시 봉평을 다녀오는 길에는 홍대 부근에서 짧은 불꽃놀이를 보기도 했다. 휴일이라 모든 상점이 문을 닫아 텅 빈 유령도시 같은 엑상프로방스의 거리를 묵묵히 걷다가 우연히 세잔의 집을 발견했다. 리옹에서는 구시가지 쪽으로 걷다가 얼기설기 하늘 가득 뜬 비행운을 발견하고는 고개 들어 한참 쳐다보았다.

실은 애란이는 여행을 그다지 좋아하는 사람은 아니다. 그래도 낯선 물건을 좋아해서 유심히 들여다보고 쓰임을 상상하며 즐거워한다. 카페에 가면 한겨울에도 아이스 아메리카노를 첫 잔으로 마시고 나서 뜨거운 아메리카노를 시켜 한 잔 더 마신다. 술집에서는 '히야시' 된 생맥주를 늘 첫 잔으로 마신다. 채식주의자처럼 담백해 보이는 체형과 달리 심한 육식주의자다. (간혹 마감 때 잔뜩 초췌해져, 평상시의 물광피부를 잃고 신경성 여드름이 잔뜩 난 얼굴로 나타날 때면, 에고, 저렇게 글 쓰면 뭐하겠노, 소고기 사먹겠지, 하는 생각이 든다.) 예쁘게 나온 자기 사진을 보면 흡족해서 "나지만 나랑 사귀고 싶다."고 농담하고, 언어감각에 치중하느라 공간감각이 덜 발달해서 같은 길을 여러 번 와도 처음 온 곳인 듯 신기해한다. 약속에 늦어 폐를 끼치는 걸 싫어하기 때문에, 아예 일찍 나와 작정하고 헤매는데, 요새는 부단히 애를 쓴 덕에 가게 이름만 말해줘도 대번에 찾아온다. 머리 자르는 일은 꼭 '이발' 한다고 하고, 가끔 순전히 웃으라고 유튜브의 최신 몸 개그 동영상을 보여주고 나서 내가 즐거워 호응하면 "언니, 저질……" 하면서 무안케 한다. 내가 보기엔 진작 초심을 잃어버린 것 같은데, "확 초심이나 잃어버릴까 보다." 하고 자주 농담한다.

　버스를 타고 가거나 기차를 타고 갈 때, 우리는 자주 붙어 앉아 다른 사람에게 방해될까 조심스러워하며 나지막한 목소리로 도란도란 수다한다. 얼마 전 기차를 타고 어딘가 다녀올 때도 그랬다. 같은 객차에 타고 있던 한 선배가 내리면서, "둘이 뭘 그렇게 소곤소곤 계속 얘기해요?" 하고 묻자 애란이가 "문학 얘기 했어요, 문학." 하고 서둘러 대답했다. 문학을 그런 식으로 둘러대는 데 써먹는 걸 보면, 아무래도 초심을 잃은 게 분명하다.

　진작 잃어버린 초심에도 불구하고, 애란이는 소설 쓰는 일을 무척 좋아한다. 사람에 대해서건 세계에 대해서건 섣부른 법이 없어, 단정 짓고 확언하기보다는 '그런 것 같아요' 하고 추측하고 짐작하는 일이 많다. "소설을 써서 좋을 때가 있는데, 종교를 갖지 않았어도 세상과 사람에 대해 경외심을 가질 수 있는 순간"이 있어서라고 생각하고, 소설을 쓰는 일은 결국 최선을 다해 세상과 사람을 짐작하려는 어떤 '태도'라고 생각한다.

　한 손을 기쁨에 내주면 나머지 한 손은 반드시 슬픔이 맞잡는다는 걸 안다. 고맙다는 말을 전하고 싶을 때는 눈을 동그랗게 뜨고 어쩔 줄 몰라하거나 무슨 말을 할 듯 안 할 듯 옴짝달싹하며 머뭇거리기만 한다. 선뜻 고맙다고 말하지 못하는 것은 고맙지 않아서가 아니라, '정말' 고마운 마음을 '잘' 말하고 싶어서이다. 뭔가 속상한 일이 있어 털어놓으면 애란이는 '아주 시원하고 천박하게' 내 편을 들어준다. 되려 나를 무안하게 만들어서 속상하고 화난 일을 금세 털어버리게 해주려는 속셈이다.

기실 우리는 둘 다 적당히 수줍고 적당히 멋쩍어 친근함을 덜 드러내는 쪽이다. 말로 하지 않은 마음의 깊이를 짐작해주겠거니 생각하고 말로 사무쳐 따뜻해지기보다 무심히 따뜻한 마음을 만나는 게 반가운 사람들이다. 지나치게 살갑지 않고 과하게 다정하지 않다. 흔한 여자 친구들이 그렇듯 손을 잡거나 팔짱을 끼고 걷는 법도 없다. 어쩌다 과하게 친밀함이라도 보일라치면 곧바로 "어디서 애교야." 하는 애란이의 농담 섞인 핀잔을 들어야 한다. 혹 애란이가 그럴라치면 나 역시 지지 않고 핀잔한다. 그러고 보면 또래 여자들끼리의 살가운 우정이라기보다는 무덤덤한 자매들이나 오히려 사내들의 우정에 가깝다.

프랑스에 포럼이 있어 함께 출국했다가, 내가 좀 더 파리에 남아 있기로 하면서 일주일간 동행한 애란이와 헤어진 적이 있다. 먼저의 일정에서 애란이와 나는 엑상프로방스를 떠나면서 그곳 레지던스에 머물고 있던 한유주와 포옹을 하고 프랑스식으로 비주를 나누고 온 터였다. 우리가 헤어질 때도 누군가 비주를 하라고 부추겼다. 우리가 남의 말에 휘둘릴 만큼 귀가 얇지 않았으면 쿨하게 그냥 손만 흔들었을 텐데, 아니면 '잘 가'라고 하면서 사내들처럼 악수만 할 수도 있었을 텐데. 우리는 귀가 얇고 기대에 부응하기 위해 애쓰는지라, 처음으로 짧게 안았다. 등을 토닥토닥하며, "언니, 잘 있다 와요." "조심히 가."라는 작별인사를 나눴다. 우리는 여러 곳에서 자주 만났고 만날 때마다 헤어졌지만, 그렇게 헤어지는 건 처음이었다. 그때 알았다. 애란이가 프랑스에서 고기만 먹더니 살이 쪘구나.

그 농담을 할 참도 없이, 우리는 헤어졌다. 일행을 실은 차가 곧 떠나고 나와 트렁크만 덩그러니 남았다. 트렁크를 끌고 다른 곳으로 이동하면서, 나는 어쩐지 여전히 애란이와, 정확히 어디인지 모를 길을 함께 걷고, 한참 걷다가 길이 잘못된 걸 알고 돌아나오고, 저만치 영감처럼 뒷짐 지고 걸어가는 애란이의 뒷모습을 바라보고, 애란아, 하고 불러 뒤돌아보는 모습을 사진으로 찍고, 사진은 항상 실물보다 못하다는 걸 확인하고 금세 지워버리고, 다시 종종거리며 함께 걸어가다가 문득 멈춰서서 쇼윈도에 있는 오래된 나침반이나 시계 같은 물건들을 구경하고, 한가로이 앉아서 뜨겁고 진한 양이 적은 커피를 마시는 일이 얼마간 계속될 것 같은 기분에 사로잡혔다.

작품론
〈침묵의 미래〉와 김애란의 작품세계
안서현 · 문학평론가
다시 두근두근, 문학이여

《호모 사케르》로 유명한 철학자 조르조 아감벤은 몇 년 전《언어의 성사》라는 책에서 언어가 본래 가지고 있었던 성사적聖事的 기능—종교적 혹은 정치·윤리적 규약으로서의 구속력—을 점점 잃어가고 있다고 진단한 바 있다. 언어가 신성과 분리되고, 공동체 내의 약속과도 무관해지면서, 결국 껍데기만 남은 '빈말'이 횡행하는 시대가 되었다는 역사적 통찰이다.

이번 이상문학상 대상 수상작인 김애란의 〈침묵의 미래〉 역시 이러한 언어의 황폐화가 진행 중인 작금의 현실과 무관하지 않은 듯 보인다. 지금 막 사멸한 언어의 영靈을 화자로 삼고 있는 이 소설은, 소수언어박물관에서 한 언어의 마지막 화자로서 '전시'되다가 숨을 거둔 한 노인의 마지막 순간을 증언한다. 노인을 떠나보내면서 스스로도 죽음을 맞게 되는 이 언어는 흡진吸塵 장치에 의해 다시 수집되어 세상을 돌아가게 하는 '자원'으로 재활용되기 위해서 '공장'으로 끌려간다. 이 소설은 언어가, 그것을 사용해온 공동체가 누대에 걸쳐 축적한 정신적 가치의 총체로서 존중되는 것이 아니라, 전시물로써 대상화되거나 자원으로써 도구화되는 현실을 그려 보이고 있는 것이다.

이 소설의 미학적 성취의 핵심은, 언어의 정령을 화자로 삼아 그 목소리를 직접 들려주는 우언寓言의 형식을 취하고 있는 데에서 찾을 수 있다. 언어는 늘 화자에게 자리를 내어주는 텅 빈 형식이자 매

개인데, 바로 그 빈자리에 '나'라고 말하는 목소리를 부여한 것이다. 이는 소설적 상상력 속에서만 가능한 전도顚倒다. '매개의 현시'이자 '형식의 주체화'인 것이다. 이를 통해 작가는 문학의 질료인 언어 자체의 본질에 대한, 혹은 이 시대의 언어의 존재방식에 대한 성찰의 형식을 고안해내고 있다. 독자는 사라져가는 언어의 마지막 말을 듣는 영매靈媒의 자리에 놓이게 되며, 이를 통해서 언어의 존재와 죽음을, 문학의 가능성과 불가능성을 동시에 목격하게 되는 것이다.

나는 이 세계에서 하나의 언어가 사라진 순간, 그 말(言)에서 빠져나온 숨결과 기운들로 이뤄진 영靈이다. 나는 거대한 눈(目)이자 입(口). 하루치 목숨으로 태어나 잠시 동안 전생을 굽어보는 말(言)이다. 나는 단수이자 복수, 안개처럼 하나의 덩어리인 동시에 낱낱의 입자로도 존재한다. 나는 내가 나이도록 도운 모든 것의 합, 그러나 그 합들이 스스로를 지워가며 만든 침묵의 무게다. 나는 부재不在의 부피, 나는 상실의 밀도, 나는 어떤 불빛이 가물대며 버티다 혹 꺼지는 순간 발하는 힘이다.

위 대목을 읽으면 마치 언어학의 일장一章이 소설 속에서 눈부시게 펼쳐지는 것을 보는 듯하다. 언어가 개별자에게서 발화되지만 동시에 하나의 공공재로서도 존재한다는 것, 소쉬르의 말을 빌리자면 랑그이자 파롤인 동시에 그것들의 총체로서 존재한다는 것, 또 플러스(+) 양태로도 존재하지만 "침묵의 무게", 즉 마이너스(-) 혹은 잠재적 양태로도 존재한다는 사실들이 언어의 자기진술의 형식을 통해 제시된다. 이렇게 언어의 내밀한 본질에 대한 직관적 사유가 이 소설 안에는 시종일관 넘쳐흐르고 있다.

나는 구름처럼 가볍고 바람처럼 분방해 시시각각 어디론가 이동한다. 그러다 나와 비슷한 것과 쉽게 결합한다. 다른 영靈들과 만나 몸을 섞는다. 몸을 불려 지상에 그림자를 드리운다. 그 그늘로 단어에 수의壽衣를 입힌다. 나는 시원이자 결말, 미지未知이자 지知, 거의 모든 것인 동시에 아무것도 아닌 노래다. 나는 이런 식으로밖에 나를 설명하지 못한다. 다른 부족의 몇몇 문법을 빌려 말한대도 마찬가지다. 우리에게는 뚜렷한 얼굴이나 몸통이 없다. 하지만 우리는 우리가 누구인지 안다. 그리고 그게 우리의 정체다.

위 대목에서는 언어라는 것이 갖는 본질적 역설이 포착되고 있다. 언어는 자기 자신의 이름이나 얼굴이 없는 빈자리, 커다란 공백이다. 그리고 언어는 그 빈자리를 화자話者에게 내어줌으로써, 즉 스스로 탈주체화됨으로써 자신의 기능을 수행한다.[1] 그리고 작가는 이러한 역설을 다시 뒤집어, 언어 자체를 주체화해 보이는 소설적 언어학의 방법을 시연해 보이고 있는 것이다.

이 작품의 구성적 특징이 이렇듯 화자를 잃은 언어의 최후 자기진술이라는 설정에 있다면, 내용면에서의 핵심적 특징은 과거와 현재라는 시간, 혹은 말 속에 담긴 상상적 고향과 기념관이라는 황폐한 공간 사이의 대비를 통해 언어의 상실이 가져오는 고독과 절망을 강조하고 있다는 점에서 찾을 수 있다. 소수언어기념관에서 살고 있는

---

[1] 이에 관련해 아감벤의 《언어의 성사》의 일절을 읽어볼 수 있다. "인간의 언어에 특이한 미덕을 부여하는 결정적인 요소는 그러한(비할 데 없는 힘, 효력, 아름다움 등의—인용자 주) 도구 자체에 있는 것이 아니라 인간의 언어가 화자에게 비워주는 자리에 있다. 즉 인간의 언어는 자신의 속을 비워내어 화자가 말하기 위해서는 언제나 떠맡아야만 하는 어떤 형식을 자신 안에 마련한다는 사실에, 다시 말해 화자와 그의 언어 사이에 설정된 윤리적 관계에 있는 것이다." 조르조 아감벤, 정문영 역, 《언어의 성사》, 새물결, 146면.

각 소수언어의 "마지막 화자"들은 제각각 "말을 향한, 지독한 향수병"을 앓고 있는 정신적 실향민들로 그려진다. 모어母語의 화자들이 더 생존해 있을 것으로 믿으며 끝없는 길을 걷고 또 걸어 고향을 찾아간 젊은 시절의 '노인'은 폐허가 된 마을을 목격하고 다시 돌아온다. 그러나 그 후에도 계속해서 그곳을 그리워하며, 끝끝내 "말과 헤어지는 데 실패"한다.

이들은 과거에 들었으면 절대 흔들리지 않았을 몇몇 밋밋하고 순한 단어 앞에서 휘청거렸다. 그래서 누군가는 자기네 말로 무심코 '천도복숭아'라고 말하며 울고, 어떤 이는 '종려나무'라고 한 뒤에 가슴이 미어지는 것을 느꼈다. 뜬금없이 떠오른 '곤지곤지'라는 단어에 목울대가 뜨거워진 이가 있는가 하면, '연두' 또는 '뽀뽀'라는 낱말 앞에서 심호흡을 한 사내도 있었다. (중략) 그는 자기 삶의 대부분 시간을 온통 '말'을 그리워하는 데 썼다. 혼자 하는 말이 아닌 둘이 하는 말. 셋이 하면 더 좋고, 다섯이 하면 훨씬 신 날 말. 시끄럽고 쓸데없는 말, 유혹하고, 속이고, 농담하고, 화내고, 다독이고, 비난하고, 변명하며, 호소하는 그런 말들을…… 그는 언제고 자유롭게 나를 부리고 싶어했다. 그리고 내 이름의 메아리와 그 메아리의 메아리가 만들어내는 오목한 자장 안에 머물고 싶어했다. 그는 단지 그 소박한 바람 때문에 가슴이 찢어지는 느낌을 자주 받았다. 소리를 표현하고, 맛을 그리고, 감정을 가리키는 그 풍부한 어휘들을 죽어서도 잊지 못할 거라고, 그는 죽으면서 생각했다.

'노인'에게 그의 모어는, 자신이 속했던 공동체의 공유 기억, 그 안에서 향유했던 과거 삶의 풍요, 그때의 느낌과 감정 들, 이 모든 것이 "메아리"처럼 되돌아오는 원형회귀의 공간을 열어준다. 그러나

이 세계는 반대로 그를 비롯한 각 언어의 최후의 화자들을 이러한 '말의 고향'으로부터 분리하여 조악한 기념관 안에 가둔다. "스티로폼 위로 성의 없게 페인트칠을 해놓은 바위며, 플라스틱 소재의 야자나무, 기둥과 마루 이음새마다 시멘트 자국이 거칠게 남아 있는 원두막"이 있는 그곳은 말이 더 이상 전달되고 전승되지 않는 단절의 공간, '말의 황무지'이다. 기념관은 언어의 절멸을 섣부르게 애도하고, "멸시하기 위해 치켜세웠고, 죽여버리기 위해 기념"한다. 마지막 화자가 사망하면 재빨리 그가 서 있던 자리에 '멸滅'이라는 표시를 붙인다. 이러한 과정을 거쳐 언어는 죽기 이전부터 이미 가사假死 상태로 화석화되고, 그 안에 펼쳐졌던 풍요로운 "서사시"적 낙원 역시 잊혀간다. 그런데 이러한 '노인'의 실낙원失樂園의 경험은 반드시 소수언어 사용자들에게만 국한되는 것일까? 작가의 이러한 설정은 비단 소수언어의 사멸로 인한 언어 다양성의 위기만을 강조하기 위한 것일까? "후두암"에 걸린 '노인'이 "크허, 흐어어, 흐억"이라는 마지막 단말마만을 남기고 죽어가는 장면은 언어가 껍데기만 남은 채 뒹구는 이 시대, 그리고 언어에 기반한 수많은 '작은 공동체'들이 존립의 위기에 놓인 이 시대에 대한 쓰디쓴 알레고리는 아닐까.

　이 소설이 언어의 사멸이라는 문제를 전면에 내세웠지만, 실은 시대의 병리에 대한 커다란 질문을 그 배면에 깔아놓고 있다는 것은 자명해 보인다. 근대 이후 식민화나 세계화 과정을 거치며 수많은 소수언어들이 사라져갔고, 이러한 언어들의 '아무도 모르는 죽음'[2]은 지금도 현재진행형이다. 그러나 이러한 세계의 "침묵" 현상은 다만 그 언어들이 지녔던 인문사회학적 가치의 상실이나 문화적 다양

---

[2] 김애란 작가 자신이 이 작품을 쓰는 데 영감을 받았다고 밝힌 니컬런스 에번스, 김기혁·호정은 역, 《아무도 모르는 사이에 죽다》, 글항아리, 2012 참조.

성의 멸실滅失만을 의미하지 않는다. 그것은 더 본질적인 언어 기능의 변화를 지시하고 있는 것이다. 언어는 공동체의 고유한 기억, 전통, 이야기, 심성 등을 전달하는 역할을 점점 제한적으로만 수행한다. 그리고 그보다는 더 큰 권력이나 자본의 장치들을 돌아가게 하는 '동력' 으로써, 국가나 기업의 통제 혹은 관리의 도구로써 점점 더 많이 쓰이게 된다. 그러다 보니 '작은 공동체' 가 아닌 '큰 장치' 들을 위한 언어, 효율적인 명령 전달을 위한 "중앙언어"만이 남고, 다른 군소언어들과 그 언어들이 하나씩 품고 있었던 풍요로운 시적 세계들은 하나둘씩 사라져가고 있는 것이다. 이러한 언어들의 죽음과 그로 인한 "침묵"은, 인간적 가치들 역시 존립하기 어려운 세계, 대신 물신物神만이 지배하는 차가운 세계의 밑그림이 된다.

이 소설 속의 세계가 바로 그러하다. 이 소설 속 소수언어 사용자들은 생명력이 거세된 "살아 있는 테이프"들로 박제되어, 기념관의 규율과 관리 속에서 "삶"이 아닌 "삶 비슷한 것"을 살아간다. 그들 대부분은 "소비자"가 되기를 꿈꾸거나, 극도의 무기력 속에서 "후식으로 탄산음료가 나오기만을" 기다릴 뿐이다. '노인'만은 이러한 상황에 저항하기 위하여 반으로 쪼개진 "콤팩트디스크"를 무기로 휘둘러보기도 한다. 그러나 그의 고통과 절망을 담아낼 언어라는 질료가 사라지고 있기에 그러한 감정들 역시 누구와도 분유分有되지 못한 채 주인과 함께 산화해갈 뿐이다.

사라져가는 언어를 위해 세워진 기념 조형물은 화려하지만 그 안에 내용을 담지 못한다. 언어의 분수대에서 흘러나오는 말은 아무리 그것이 아름답다 해도 텅 빈 껍데기일 뿐, 전시행정 혹은 관광수입을 노린 상품화의 산물일 뿐이기에 "악몽 같은 아름다움"에 지나지 않는다. 남는 것은 물상화된 언어의 표면뿐이다. 그리고 이러한 언어의 잔해마저 빠짐없이 "공장"으로 보내져 이 악몽을 지속시키기 위한 연료로 사용되는 악순환이 이어진다. 무엇보다 이러한 상황에 대해 질문할 언어가 사라져가고 있기 때문에 이러한 악몽은 영원히 끝날 수 없다. 즉 "침묵"이란, 언어의 죽음만이 아니라 질문 없는 디스토피아의 도래를 의미하는 것이다.

혹시 김애란을 발랄한 성장담류의 소설로만 기억하는 독자들이라면 이 소설에서 작가의 변모를 가늠해보고 있을지 모르겠다. 그러나 되짚어보면, 김애란의 소설 속에서 말은 언제나 중요한 문제로 등장하고 있었음을 쉽게 확인할 수 있다.[3] 예를 들어 오늘의 김애란이 있게 한 〈달려라, 아비〉의 첫 부분은 이렇게 시작된다.

> 내가 씨앗보다 작은 자궁을 가진 태아였을 때, 나는 내 안의 그 작은 어둠이 무서워 자주 울었다. 그러니까 내가 아주 작았던 시절—조글조글한 주름과, 작고 빨리 뛰는 심장을 가지고 있었던 때 말이다. 그때 나의 몸은 말(言)을 몰라서 어제도 내일도 갖고 있지 않았다.
>
> —〈달려라, 아비〉,《달려라, 아비》, 창비, 2005, 8면

그러니까 〈달려라, 아비〉는 잃어버린 부성에 대한 이야기이기도 했지만 "말을 모르는 몸뚱이"로 태어난 자신이 어머니로부터 말을 전달받는 이야기이기도 했던 것이다. "어머니는 농담으로 나를 키웠"다고 〈달려라, 아비〉의 화자는 말한다. 또 자신 역시 어머니에게 아버지의 자식으로부터 온 편지의 내용을 거짓말로 들려줌으로써 위로를 건네는 법을 배운다. 요컨대 〈달려라, 아비〉는 말을 작동하게

---

[3] 이에 관해서는 졸고,〈사랑의 스토리텔러—김애란론〉,《문학의 오늘》, 2012년 가을호 참조.

하는 근원적 결핍, 즉 '부재하는 아버지'와, 말과 그 안에 담길 유산을 전해주는 어머니로부터 한 명의 화자 혹은 이야기꾼이 탄생하는 이야기로도 다시 읽힐 수 있다.

같은 소설집에 수록되었던 〈사랑의 인사〉라는 김애란의 단편소설 역시 "나는 오래전 사라진 말(言)을 알고 있다."는 문장에서 시작되고 있다. 그리고 그 사라진 부족의 말처럼, 혹은 잠깐씩 출몰했다 자취를 감추는 네스 호의 괴물처럼, 실종되었다가 불현듯 나타나 웃음을 건네는 아버지처럼, 있다가 사라지는 것들이 남기고 간 빈자리, 그곳이 곧 의미가 생겨나고 발화發話가 시작되는 지점이라는 것을 이 소설은 우리에게 이야기하고 있었다. 아버지의 짧은 "사랑의 인사"와 작별 이후에 나의 말하기는 다시 시작된다. 그러니까 이 소설 속에서도 '나'의 말을 작동시키고 '나'를 화자로 세우는 것은 바로 빈자리인 것이다.

나는 어머니의 뒤태에서 곧 사라져갈 부족의 그림자를 봤다. 어쩌면 어머니의 말, 한국이라는 작은 나라 사람들 중 더 작은 나라 사람들이 쓰는 그 말 때문인지도 몰랐다. 벵골 호랑이에게는 벵골 호랑이의 말이, 시베리아 호랑이에게는 시베리아 호랑이의 말이 필요하듯. 나이 들어 문득 쳐다보게 되는 어머니의 말. 아름다운 관광지처럼, 나는 그것이 곧 사라질 것 같은 예감이 든다. 대개 어미는 새끼보다 먼저 죽고, 어미가 쓰는 말은 새끼보다 오래되었다. 어머니가 칼을 갈 때면 이상하게 그런 생각이 든다. (중략) 어머니는 바닥에 구부정히 앉아 칼을 갈았다. 나는 숫돌 앞에서 엉덩이를 들썩이는 어머니를 보며 웅얼거렸다. "어머니는 좋은 어미다. 어머니는 좋은 여자다. 어머니는 좋은 칼이다. 어머니는 좋은 말(言)이다"라고.
— 〈칼자국〉, 《침이 고인다》, 문학과지성사, 2007, 152~170면

〈칼자국〉은 또 어떤가. 이 소설에서 우리는 〈침묵의 미래〉에 나타난 '사라지는 말(言)'의 이미지가 이미 나타나 있음을 발견한다. 위에 인용한 대목에서 읽어볼 수 있듯, 사라지는 말은 곧 인생 자체를 의미한다. 말은 인생의 내밀한 비의秘意가 숨 쉬는 곳, 탄생과 전승과 죽음이라는 우주의 법칙이 통용되고 있는 장소인 것이다. 이렇게 〈침묵의 미래〉를 경유하여 우리는 그간의 김애란의 작품들을 모두 말에 대한 우화寓話로서 다시 읽는 재귀적인 독법을 발견할 수 있는 것이다. 근간의 장편소설 《두근두근 내 인생》 역시, 말을 처음 익히던 순간부터 그 말을 남겨두고 떠나야 하는 죽음의 순간까지를, 조로早老를 앓는 주인공 '아름'을 통해 압축적으로 그려낸 작품으로 읽어볼 수 있다. 다음의 두 장면을 참고하자.

i) 바람이 불면, 내 속 낱말카드가 조그맣게 회오리친다. 해풍에 오래 마른 생선처럼, 제 몸의 부피를 줄여가며 바깥의 둘레를 넓힌 말들이다. 어릴 적 처음으로 발음한 사물의 이름을 그려본다. 이것은 눈(雪). 저것은 밤(夜). 저쪽에 나무. 발밑엔 땅. 당신은 당신…… 소리로 먼저 익히고 철자로 자꾸 베껴쓴 내 주위의 모든 것. 지금도 가끔, 내가 그런 것들의 이름을 안다는 게 놀랍다.

—《두근두근 내 인생》, 창비, 2011, 10면

ii) 눈을 감으면, 내 속에서 아무렇게나 버려진 단어들이 어지러이 뒹굴었다. 누군가 오랫동안 방치해둔 정원처럼 흉흉하고 어수선한 풍경이었다. 나는 나뒹구는 낱말카드 중 하나를 주워 주의깊게 들여다보았다. 그러곤 내가 끝끝내 알지 못하고 가게 될 말들에 대해 생각했다. 안다면 그건 어떤 모양을 하고 있을까, 새삼 사무치게 궁금해지는 단어들이었다.

어려서부터 나는 늘 내가 가진 사전을 고쳐쓰고 싶었다. 그때그때 나이와 경험에 맞게. 할 수 있다면 여러 권의 사전을 가지고도 싶었다. 하지만 이젠 알고 있는 단어를 추스르기도 버거웠다. 어느 때는 아주 쉬운 단어도 잘 떠오르지 않아 그걸 설명하기 위해 먼 데서부터 휘휘 돌아와야 했다. 엄마, 그거 있잖아요, 하얗고 네모난 거…… 나는 말들이 나를 떠나가고 있다는 걸 알았다.

— 같은 책, 305면

각각 소설의 도입부와 끝 부분에 위치한 이 대목들에서 작가는 우리가 인생에서 필연적으로 겪는 말과의 만남과 이별의 순간을 포착해내고 있다. 요컨대 이 소설 역시 짧은 삶을 두고 어떻게든 말 속에 자신의 잔여를 남기려는, 그리고 그 말을 이용해 '사랑의 이야기'라는 자신만의 유산을 남기고 싶어하는 '아름'의 투쟁을 그려내고 있다고 하겠다.

다시 말해 〈달려라, 아비〉 등 기존에 '가족 로망스' 서사로 해석되었던[4] 그의 초기작들에서부터 첫 장편소설 《두근두근 내 인생》에 이르기까지 김애란의 소설은 모두 '말하는 사람(teller)' 혹은 '이야기꾼(storyteller)'의 탄생과 성장의 이야기, 그리고 그 말 속에 자신을 어떻게든 기입해놓고 떠나는 죽음에 대한 이야기에 다름 아니었던 것이다. 또 그 이야기 속에서는 언어사회학적 차원에서의 말의 전승에 관한 사유를 초과하는, 말의 유산 속의 어떠한 신화적 잔여에 대한 경의와, 말을 통해 전해지는 소통과 위로의 가치에 대한 문학인의 존재론적 고민이 발견되고 있다.

[4] 김동식, 작품해설 〈달려라, 작가 — 생의 도약과 영원회귀의 잠재적 공존〉, 《달려라, 아비》, 창비, 2005 참조.

그렇다면 이러한 신화적 잔여란 과연 무엇인가? 그것은 존재의 시원으로부터 출발하여 지금까지 이어지는 유구한 시간성 속에서 계속되어온 소통의 몸짓, 그리고 그것을 통한 사랑의 전승을 뜻한다. 그리고 그것을 통해 엿볼 수 있는 인간 존재와 인간사의 모든 신비 전체를 뜻하기도 할 터이다. 우리가 우리의 존재나 삶에 관해 알고 있는 것이든 미처 해명하지 못하는 것이든, 그 모든 "미지와 지" 자체가 곧 언어라고 김애란은 〈침묵의 미래〉에서도 말하고 있지 않던가. 우리는 어떻게 이 세상에 태어나는가, 우리는 이 세상에 태어나 어떻게 사는 법을 익히고 사랑하는 일을 배우는가, 우리의 인생이 유한함에도 불구하고 우리는 어떤 영원한 것을 남길 수 있는가 등, 이 모든 근원적 질문에 대한 대답이 모두 말 안에 있다고 그녀는 생각하는 것 같다.

말에 대한 김애란의 사유는 이렇게 본원적인 깊이를 가지고 있는 동시에 현실과 시대와의 연관고리 역시 놓치지 않아왔다. 그간 발표한 단편소설들에서 평범한 삶을 쟁취하기 위해 힘겨운 투쟁을 해야만 하는 이들의 이야기가 변주되고 있었음을 보자. "어떤 '보통'의 기준들"에 맞추어 남들 다 다니는 피아노학원에 아이를 보내고 싶어 하고, 끝까지 피아노를 팔지 않고 지하방에라도 억지로 피아노를 들여놓게 하던 '엄마'(《도도한 생활》), 변기 속에 파란 물이 고여 있어야 자신도 "보통의 기준"에 맞는 "괜찮은 인간"처럼 느껴진다며 "아무리 돈이 없어도 화장실 세정제는 반드시 사 넣어야 한다"고 주장하지만 사실은 연인과 함께 남들처럼 크리스마스 하루를 기념하는 일조차 어려운 처지인 '사내'(《성탄특선》), 선배 언니의 깨끗한 손톱을 부러워하며 자신도 "조촐한 낭비"로서 네일케어숍에 가보는 젊은 직장여성 '나'(《큐티클》), 남들이 해외여행을 떠나거나 일을 쉬고 고향에 가는 추석에 "자신이 이 세상의 풍속에 속하고, 풍속을 지키는 사람"이라는 게 좋아서 전단지 아르바이트는 하루 쉬지만 그래도 오후에는 공항에서 화장실 청소를 해야 하는 '기옥 씨'(《하루의 축》), "이전에도 채무자, 지금도 채무자"인 자신의 처지를 생각하며 자신이 가르치는 학생들에게 "너는 자라 내가 되겠지…… 겨우 내가 되겠지"라고 말하는 '나'(《서른》)의 이야기들이 그것이다. 그녀가 그려내는 이 시대 삶의 풍경들은 보통만큼 살려고 아무리 뛰어도 그 발치까지 쫓아가기에도 숨차고 버겁기만 한, 그럼에도 불구하고 멈출 수 없는 끝없는 달리기와도 같다. 그것은 〈달려라, 아비〉에 나오는 '아버지'나 이 〈침묵의 미래〉에 나오는 '노인'의 달리기와 같이 한편 발랄한 생동감을 느끼게 하기도 하지만, 다른 한편으로는 아무리 달려도 제자리뛰기에 불과하다는 점에서 한없는 연민을 자아내는 달리기다.

이 소설들에서 이 인물들이 한줄기 위로를 얻는 것은 그래도 말을 통해서였다는 것은 의미심장하다. 그러한 말들이 이 세계의 '시스템' 속에서 이들을 근본적으로 구원해줄 수는 없다 해도, 이들은 아들의 별다른 내용 없는 편지 한 통(《하루의 축》), 녹음테이프 속 죽은 아내의 목소리(《그곳에 밤 여기에 노래》), 먼 과거에서 도착한, 자신의 이름이 적힌 빵집 카드 한 장(《서른》)을 통해 심심한 위로를 체험하는 것이다. 또 《두근두근 내 인생》에서도 김애란은 '아름'을 통해, 자신을 대신해 이야기가 남아서 부모님을 위로해주리라는, 그리고 자신의 첫사랑인 '서하'가 비록 꾸며낸 거짓말 속의 인물이라 해도 이야기 속에서 만나고 소통했기 때문에 그는 존재하는 것이나 다름없다는 한없는 낙관의 세계를 보여주지 않았던가. 그런데 〈침묵의 미래〉에서 그녀는 돌연 무거운 질문을 던지고 있는 것이다. 이러한 마지막 소통의 끈인 말과 이야기마저 잃게 된다면, 그리하여 침묵 속에 우리가 놓이게 된다면, 그때는 어떻게 될까?

자연스럽게 다시 〈침묵의 미래〉로 돌아와보자. 자신이 그 안에 몸담았고, 또 자신의 몸 안에 담았던 모어와 함께 죽어가는 이 '노인'의 형상을 통해서 작가는 우리에게 무엇을 말하고자 하는가. 이 소설은 한때 인간의 삶이 깃드는 자리였던 동시에 인간의 삶에 깃든 온기였던 언어가 머지않아 사라져버리고 말 것이라는, 언어의 종말과 문학의 미래에 대한 묵시默示인가. 아니면 황폐해진 삶 속에서 어느 누구도 언어 속에서 떠낸 "영혼의 무늬"에 관심을 갖지 않는 이 세계의 근원적 불모성을 슬퍼하는 비가悲歌인가.

그러나 동시에 이 소설이 절망만이 아니라 그 속에 숨겨진 역설적 가능성을 보여주고 있다는 점 또한 우리는 놓쳐서는 안 될 것이다. 앞서 언급했다시피 이 소설은 죽어가는 언어를 소설의 화자의 자리에 세움으로써 역설적으로 그 언어에 다시 신화적 부피를 부여하고 있다. 즉 말이 사라지고 이야기가 빛을 잃으며 소통이 그 필요성을 의심받는 이 시대를 아프게 진단하고 있는 한편, 우리로 하여금 그 말의 가치를 돌아보게 만들고 있는 것이다. 아감벤 식으로 말하자면, '말할 수 없음'의 자리에서 '증언'이 시작되는 것처럼 '침묵'의 자리에서 비로소 문학의 가능성은 다시 모색될 수 있다. '침묵'은 이 시대의 정신적 가난의 상징이기도 하지만, 한편으로는 언어의 외부, 국가나 자본의 장치에 의해 운용되면서 심각하게 오염된 언어의 바깥에서부터 다시 이 시대에 대한 반성적 힘을 내장한 새로운 말과 이야기가 시작될 수 있는 역설적 희망의 자리가 되기도 하는 것이다.

저 "근대문학의 종언", 즉 문학이 대사회적인 기획·구성력을 가지고 있었던 시대가 이미 끝났다는 동아시아 발發 선언을 다시 상기해보자.[5] 그럼에도 불구하고 〈침묵의 미래〉에서는 '말'을 삶의 기억과 공동체의 윤리가 머무르고 깃들어야 할 최후의 장소로 다시 지정하고, '문학'을 그러한 고민이 다시 시작될 출발점으로 정위定位하고 있지 않은가. 아직 말과 문학의 힘을 굳게 믿는 젊은 작가의 신념과 패기가 엿보이는 대목이다. 그러한 믿음을 일정 부분 우리 모두가 공유한다는 것을 전제했을 때, 분명 "침묵의 미래"에는 아무것도 없는 것이 아닐 터이다. 우리가 잊고 있었던 정신적 고향으로서의 언어에로 다시 회향回鄕할 수 있는, 우리가 잃어버린 언어의 근원적인 힘을 다시 되돌리는 방법이 있을 것이다. 언어 속에 숨겨져 전승되어오고 있는 풍요로운 정신성을 다시 회복하고, 그 안에 담긴 노래와 이야기의 힘을 통해 이 세계를 좀 더 따뜻한 곳으로 복원할 수 있는 가능성이 찾아질 것이다. 그리고 그 일이 시작되게 하는 주문은, 김애란의 소설 속에서 힌트를 찾아보자면, 혹시 "다시 한 번, 두근두근 내 인생"이 아닐까. "두근두근"이라는 제목이 의미하듯 우리는 언어 이전의 언어인 어머니의 심장박동을 통해 처음 이 세계와 연결된다. 〈침묵의 미래〉가 이야기하듯이 "태어나, 내가 처음으로 터트린 울음", 그것이 바로 언어의 시작인 것이다. 우리는 그곳에서부터 다시 시작하면 어떨까. 이 작품 속 사라져가는 언어가 마지막 순간에 말하듯이 바로 그곳으로 돌아가고자 하는, "다름 아닌 내가 태어난 장소에 가보고 싶다"는 그 희망에서부터 시작해보면 어떨까. 그렇게 언어의 바깥에서부터, 말 이전에 우리가 품는 공감과 이해에의 열망 그 자체에서부터 이야기는 다시 시작될 수 있지 않을까. 그러니 김애란이 늘 우리에게 말해왔던 대로, 다시 한 번, 두근두근, 문학이여.

---

5 가라타니 고진, 조영일 역, 《근대문학의 종언》, 도서출판b, 2006 참조.

2부
우수상 수상작

함정임
기억의 고고학
—내 멕시코 삼촌

1964년 전북 김제에서 태어나 이화여대 불문과와 중앙대 대학원 문예창작학과 박사과정을 마쳤다. 1990년 《동아일보》 신춘문예에 단편 〈광장으로 가는 길〉로 등단했다. 소설집 《이야기, 떨어지는 가면》 《밤은 말한다》 《동행》 《당신의 물고기》 《버스, 지나가다》 《네 마음의 푸른 눈》 《곡두》, 중편소설 《아주 사소한 중독》, 장편소설 《행복》 《춘하추동》 《내 남자의 책》, 산문집 《하찮음에 관하여》 《지금 살아 있다는 것은》 《나를 미치게 하는 것들》 《나를 사로잡은 그녀, 그녀들》 《소설가의 여행법》 《그림에게 나를 맡기다》, 예술기행서 《그리고 나는 베네치아로 갔다》 《인생의 사용》, 번역서 《불멸의 화가 아르테미시아》 《행복을 주는 그림》 등이 있다. 현재 동아대 문예창작학과 교수로 재직 중.

내가 그를 찾아볼 생각을 한 것은 멕시코에서 날아온 한 통의 이메일을 통해서였다. 편지 발신자는 멕시코시티 우남대학에서 한국어를 가르치는 J 선생이었다. 편지는 멕시코와 쿠바에서 한국문학심포지엄과 문학의 밤을 공동 개최할 것을 제안하는 내용이었다. 최근 한류가 전 세계로 퍼져나가면서 한국문학에 대한 관심과 요청이 늘고 있었다. 2000년 벽두에 창립된 한국문예창작학회는 이러한 흐름의 일환으로 매년 한두 차례 국외에서 국제문학심포지엄을 열어왔고, 더불어 그곳 동포들과 현지인들을 대상으로 문학의 밤을 진행해왔다. 학회에서 국제교류를 맡고 있던 나는 주말에 학회장인 강 선생을 만나 의논하기로 하고, 대강의 프로그램 구상을 교환하자는 내용의 답신을 J 선생에게 보냈다. 그리고 그동안 국제학술대회가 개최된 국가가 표시된 세계전도에서 태평양을 건너 중남미 쪽으로 시선을 돌렸다. 멕시코라는 글자가 눈에 들어오자 한동안 뚝 끊겼던 소리가 이어지듯 아코디언 선율이 아련하게 귓가에 울려퍼졌다.

*

　그는 빨간 아코디언과 함께 나타났다. 내 나이 아홉 살, 밤이면 손바닥선인장 가시에 온몸을 찔리는 꿈을 꾸던 무더운 여름날이었다. 사녀일남의 형제 중 막내였던 아버지는 방학만 되면 나를 고모들 집으로 번갈아 보냈고, 개학날 하루 전에야 집으로 데리고 갔다. 고모들은 부산과 울산, 김해와 밀양 어름에 흩어져 살았고, 일곱 살에 엄마를 여읜 나는 네 명의 고모들 집을 차례로 순례하며 눈칫밥을 먹었다. 그런데 고모들과 아버지 사이에 무슨 협약이 맺어졌던지, 아홉 살 겨울 이후 울산의 진아 고모네로 가는 것으로 고정되어버렸다. 자동차회사에 다니는 고모부 덕분에 진아 고모네는 넓은 아파트에 씀씀이가 좋았다. 반면 부산 아미동의 춘아 고모네는, 고모들 집 중에서 가장 작을뿐더러(사실 길쭉한 방 한 칸에 부엌을 겸하여 사용하고 있어서 집이라고 부를 만하지 않았다), 그 알량한 집으로 들고나려면 뱀처럼 구불구불 휘어진 비좁은 골목의 셀 수도 없이 많은 계단들을 밟아야 했다. 그래도 나는 춘아 고모네에 가는 것을 제일 좋아했다. 춘아 고모는 화를 내거나 슬픈 표정을 짓는 일이 없었고, 언제나 웃는 눈에, 입에서는 노래가 끊이지 않았다. 무엇보다 춘아 고모에게 가족이 없는 것이 마음에 들었다. 그리고 춘아 고모네에 가면 보습학원이나 피아노학원에 가지 않아도 되었고, 아버지 입에서 나는 지독한 술냄새를 맡지 않아도 되었다. 오직 골목에서 동네 아이들과 뛰어놀다가 춘아 고모가 입구에 나타나면 후다닥 달려내려가 두 손에 들고 있는 봉지를 들어주면 되었다. 골목은 미로처럼 골목에서 골목으로 이어졌고, 나는 아버지가 데리러 오지 않는 한 골목 밖으로 나가는 일이 없었다. 그러므로 한동안 나는 춘아 고모네가 동네 어디쯤에 위치해 있는지, 또 골목 꼭대기까지 올라가면 무엇이 보이는지도 알지 못했다. 고개를 들면 슬레이트 지붕 사이로 보이는 파란 하늘에 전선줄들이 거미줄처럼 얽혀 있었다. 어쩌다 풍선놀이를 하다 놓쳐서 둥실 솟구치는 그것을 따라 허공을 올려다볼 때면, 시커먼 전선줄들이 쉬익쉬익 기분 나쁜 소리를 내며 집과 집 사이를 건너지르고 있었다. 맹렬하게 흐르는 전류 소리 때문인지, 끊어질 듯한 긴장감 때문인지 그것에 눈이 닿는 순간 목 뒷덜미가 감전이라도 된 듯 찌릿찌릿했다. 왜 그런지 모르지만 골목 아이들에게 춘아 고모는 마녀로 불렸다. 춘아 고모 그림자가 골목에 비치기가 무섭게 함께 놀던 동네 조무래기 녀석들은 쥐구멍을 찾아 들어가듯 얼른 제집으로 달아나버렸다. 하루에도 몇 번씩 뼈가 으스러져라 나를 껴안아주는 춘아 고모를 아이들은 러시아 마녀라도 되는 듯이 두려워하였다. 이유가 있다면, 춘아 고모의 특이한 머리 모양새와 목소리 때문일 것이었다. 춘아 고모는 긴 파마머리를 거푸집처럼 크게 부풀려 빨갛게 염색하고 있었다. 그래서인지 그녀가 골목 입구에 나타나면 마치 기골 있는 사내가 버티고 선 듯 골목통이 꽉 차 보였다. 게다가 어디에서 나오는지 춘아 고모가 나를 찾아 부르는 목소리는 골목통에 쩌렁쩌렁하게 울렸다. 한번은 술래잡기하다가 늦게 대답하는 바람에 춘아 고모가 사방팔방에 내 이름을 불러대서 아랫집 유리창이 깨지는 사태가 돌발했다. 그렇잖아도 오랫동안 금이 가 있던 유리창이었지만, 그 사건 이후로 나는 춘아 고모가 부르기 전에 기다렸다가 후다닥 달려내려가곤 했다. 그런 춘아 고모가 작지만 맵시 있는 원래 모습으로 돌아간 것은 빨간 아코디언을 가슴에 안고 그가 나타난 뒤였다. 그가 골목 입구에 들어서자 우리는 약속이나 한 듯이 하던 술래잡기놀이를 멈추고 모두 그를 바라보았다. 그는 킹콩처럼, 아니 코끼리처럼 쿠궁쿵 한 발 한 발 내디디며 다가왔고, 두 볼이 상기된 채 헐떡이고 있던 우리는 담벼락에 등을 바짝 대고 껌딱지처럼 달라붙었다. 그는 아슬아슬하게 우리 옆을 지나, 나선형으로 이어지는 좁은 골목의 울퉁불퉁한 계단을 한 발 한 발 밟고 올라갔다. 정지된 화면처럼 그 자리에 멈춰서서 그의 뒷모습을 눈으로 쫓던 우리는 그가 시야에서 사라지자 다시 술래잡기놀이를 하려고 각자의 위치에 가 섰다. 그때 골목이 쿨렁, 하고 휘청거릴 정도로 크고 우람한 아코디언 소리가 골목 너머에서 들려왔다.

*

　태평양 건너 J 선생의 제안은 두 가지 의미에서 고무적이었다. 멕시코는 프랑스, 페루와 함께 한류 바람의 정점에 있었다. 학회 차원의 의견 수합이 필요했다. 한류와는 별도로 멕시코의 소식은 잊고 살았던 내 어두운 유년의 삽화 한 자락을 불러내었다. 나는 멕시코에 대한 자료 수집에 적극적으로 나섰다. 그런데 십 년 전 학회 설립 초창기에 다녀온 터라 강 선생은 물론 학회원들이 멕시코에 다시 갈지 의문이었다. 그때 다녀온 사람들은 고개를 절레절레 흔들며 이구동성으로 비행 노선에 대한 불편을 언급했다. 십 년 전보다 교통편이 나아졌다고 해도 멕시코행을 성사시키려면 획기적인 프로그램 구성이 중요했다. 강 선생과 만나기 전에 한류의 세계적 현상을 점검하고 정리했다. K-POP과 SNS에 관한 리뷰가 꽤 올라와 있었다. 한류의 전 세계 확산에는 바로 소셜네트워킹서비스와 유튜브의 역할이 일등 공신임을 부인할 수 없었다. 파리에서는 한글 학원인 세종학당이 개원하고, 멕시코에서는 한국문화원이 개원할 것이라는 뉴스가 토픽으로 보도되었다. 그러나 한류 속에 문학의 자리는 미미했다. 한류와 문학을 효과적으로 연계시키는 방법을 모색하다가 시계가 다섯 시를 가리키는 것을 보고 책상을 정리했다. 낙원상가에 들를 참이었다. 즉흥적으로 떠오른 생각이었다. 사무실 문을 열고 계단을 뛰어내려오는 발걸음이 경쾌하게 느껴졌다. 경쾌한 발걸음은 예기치 않은 일이 기다리고 있을 것 같은 기대감으로 이어졌다.

*

멕시코 삼촌이라 불러! 춘아 고모는 내가 문지방에 들어선 것을 알아차리고는 눈짓으로 방구석에 놓여 있는 물건을 가리키며 말했다. 가슴에 빨간 아코디언을 메고 골목 너머로 사라졌던 코끼리처럼 육중한 남자가 춘아 고모를 찾아온 손님이었다는 사실이 믿어지지 않았다. 춘아 고모는 내가 술래잡기놀이를 하는 동안 무슨 뜻밖의 횡재라도 한 듯이 콧노래를 흥얼거리며 찌그러진 양은냄비에 손바닥선인장을 옮겨 심고 있었다. 멕시코 삼촌. 콧노래가 절로 나도록 신이 난 춘아 고모처럼 나도 애타게 기다리던 누군가가 돌아온 것처럼 눈앞이 환해지면서 몸이 공중으로 붕 떠오르는 기분이었다. 춘아 고모는 손바닥선인장을 지붕 위에 사뿐히 올려놓았고, 나는 창공을 향해 손을 뻗으며 깡충 뛰어올랐다. 골목을 따라 늘어선 집들은 움막처럼 작고 낮아서 뛰어오르면 내 손에도 지붕이 닿을 것 같았다. 나는 술래잡기놀이를 하러 골목을 뛰어 내려가거나 올라올 때 가시 투성이 선인장의 색깔을 보고, 날이 맑고 흐린 정도를 알아맞히곤 했다. 맑은 날에 손바닥선인장은 투명한 녹청색이었고, 흐린 날에 그것은 불투명한 암청색이었다. 하늘에 잔뜩 먹구름이 끼고 천둥을 동반한 번개가 골목을 찢어놓을 듯이 번쩍번쩍 내리찍으며 빗방울이 떨어지려 할 때, 손바닥선인장은 애꾸눈 해적처럼 사나워 보였다. 그런 날이면 춘아 고모는 얼른 지붕에 올려놓았던 손바닥선인장을 들여와 윗목 구석에 놓았고, 밤이 되면 그 옆에 자리를 깔고 나를 재웠다. 멕시코 삼촌과 춘아 고모, 그리고 내가 발을 뻗고 잠을 자기에 방은 비좁았고, 나는 밤새도록 손바닥선인장 가시에 온몸이 찔리는 불편한 꿈을 꾸다가 이른 새벽에 깨곤 했다. 춘아 고모가 애지중지 키운 탓인지 손바닥선인장의 가시는 날이 갈수록 수북하게 번성했고, 아버지는 방학이 끝나도록 나를 데리러 오지 않았다.

*

"벌써 십 년 전이군."

약속 시간보다 삼십 분 먼저 보데기타에 와서 모히토 한 잔을 비우고 있던 강 선생은 내가 문을 열고 들어서는 것을 확인하고는 바텐

더에게 내 것과 자신의 두 번째 모히토를 시켰다. 요즘 갑자기 홍대 앞 주점가에서 모히토가 유행이었다. 은근히 새것에 민감한 강 선생은 학회 단골 주점인 야술가를 제치고 '그럼 우리 보데기타에서 럼이나 한잔 하지.' 라고 통화 말미에 제안했다. 보데기타는 쿠바 아바나에 있다는 클럽 라 보데기타 델 메디오에서 따온 것으로, 홍대 앞에서 모히토를 마실 수 있는 몇몇 바 중의 하나였다.

"그땐, 좀 무리를 했지."

스크린에는 쿠바를 무대로 한 재즈 애니메이션 영화 〈치코와 리타〉가 흐르고 있었다. 연초 짐 정리 문제로 희제와 신촌에서 만나 아침 겸 점심을 먹은 뒤 근처에 있는 아트하우스 모모에서 함께 본 영화였다. 재능과 사랑, 상승과 좌절의 러브스토리가 폐부 깊숙이 파고들었지만 눈물을 자아낼 정도로 누선을 자극하지는 않았다. 그러나 나는 영화가 끝날 때까지 어둠 속에서 몇 차례 눈물을 훔쳤다. 리타가 부르는 노래들은 무의식의 골방 속에 가둬두고 좀처럼 풀어내지 못했던 춘아 고모를 둘러싼 오래된 기억들을 무장해제시키는 마력이 있었다. 춘아 고모에게 마지막으로 간 것이 언제였나 기억이 가물가물했다. 용인까지 그리 먼 거리는 아닌데 한번 가야지 마음만 먹을 뿐 몇 년을 그대로 훌쩍 흘려보냈다.

"다시 가고 싶긴 하네만, 문제는 가고 오는 데 너무 많은 시간이 든단 말이지. 경비도 만만찮고."

좁고 길쭉한 유리잔에 얼음과 애플민트를 줄기째 넣은 모히토 한 잔이 내 앞에 놓였다. 유리에 비친 민트의 초록색이 보기만 해도 시원했다. 강 선생과 가볍게 잔을 부딪친 뒤 한 모금 마셨다.

"이제 좀 나아지지 않았겠어요? 십 년이면 짧은 세월이 아닌데요."

입안에 도는 라임의 맛이 눈이 질끔 감길 정도로 시큼하고 상큼했다. 눈가의 경련을 지그시 누르며 〈치코와 리타〉로 시선을 돌렸다. 애니메이션 영화로는 믿기지 않을 만큼 리타의 육체가 생동감이 있었다.

"글쎄, 한류 때문에 십 년 전과는 양상이 달라졌다지만 그렇다고 해도 회원들이 두 번 가기는 무리일 거야. 프로그램 여부를 떠나서."

무대에 오른 리타에게 조명이 쏟아지고 있었다. 다시 봐도 리타의 허스키한 목소리는 몸에 난 솜털을 하나하나 훑고 지나가듯 전율을 일으켰다. 영화 속의 치코처럼 나도 강 선생도 잠시 리타에게 사로잡혀 숨도 쉬지 않고 바라보았다.

"그렇죠?"

나는 라임과 민트가 골고루 잘 섞이도록 모히토 잔을 흔들며 뒤늦게 강 선생 말에 응수했다. 스페인 출신의 일러스트레이터가 재현한 리타의 육체적 볼륨감은 살아 있는 배우보다 더 관능적이었다.

"그렇지. 하 선생이 정 가고 싶으면 구성원을 새로 꾸려보소."

리타가 부르던 〈베사메 무초〉가 끝나자 무대의 스포트라이트가 거둬지고, 서로의 재능을 알아본 치코와 리타가 아바나의 해변 도로를 질주하는 장면으로 이어졌다.

"아, 말레콘 해변이군."

강 선생은 십 년 전 아바나의 밤을 떠올리고 있는 모양이었다. 나는 오픈카에 실려 바람을 맞으며 심야의 해변 도로를 질주해 어둠 속으로 사라지는 연인의 뒷모습을 쫓으며 희제와의 마지막 섹스를 되새기고 있었다. 그날 영화가 끝나자 누가 먼저랄 것도 없이 택시를 잡아타고 오피스텔로 와서 격렬하게 섹스를 한 것은 희제나 나나 리타의 몸에 심어진 관능성에 걷잡을 수 없이 휩싸였기 때문이었다. 한겨울 햇볕이 내리쬐는 이른 오후의 섹스는 마지막답게 외설스러웠고, 석양 무렵 깨어 침대에 혼자 남게 되었을 때는 꿈속의 일인 양 아련하기만 했다. 희제도 나도 선물처럼 치른 사랑의 행위에 만족했다. 우리는 서로의 몸에서 떨어져나오기 전에 귓불을 핥으며, 고마워, 라고 속삭였고, 그것으로 마지막 미련의 찌꺼기를 깨끗이 씻어버렸다. 그날의 열기가 새삼 떠올라 귓불이 화끈거렸다. 분위기를 바꿀 겸 남은 모히토를 단숨에 마시고는 바텐더에게 잔을 들어 한 잔 더 주문했다.

"카리브해의 물결이 하얀 포말을 몰고 낮이나 밤이나 저 둑을 넘어 도로를 흥건히 적셨지. 길 건너 골목에서는 춤과 노래가 끊이지 않았고."

쿠바는 멕시코행의 연장선에 놓이지만, 멕시코로 향하는 여행자들의 마음에는 쿠바에 대한 동경이 더 컸다.

"강 선생님께서 가신다면 어렵지 않을 것 같은데요."

"어이쿠, 날 볼모로 삼는구먼. 그런데 하 선생, 평소답지 않게 멕시코에 적극적인걸. 누구, 만나볼 사람이라도 있나?"

나는 새로 채워준 모히토를 한 모금 마시며, 멕시코 삼촌의 얼굴을 떠올렸다. 설사 간다 한들 멕시코 삼촌이 지금 어디에 살고 있는지 알 수 없었다. 리타의 노래는 끝이 났는데 허스키하게 온몸을 휘감는 고혹적인 음색은 여전히 귓전을 맴돌았다.

"혹시 모르죠. 멕시코에서 뜻밖의 행운이 기다리고 있을지요."

평소 농담을 모르던 내가 어울리지 않게 너스레를 떨자 강 선생이 피식 웃으며 물었다.

"그나저나 염 시인 소식은 들었소?"

학회 자료실에 올라온 사진 사건을 떠올리고 있는 모양이었다. '아바나의 불타는 밤'이라는 제목으로 올라온 사진 속 주인공인 염 시인은 십 년이 흐르는 동안 학회원들 간에 잊힐 만하면 다시 떠올라 회자되었다. 염 시인은 맥주 한 모금만 마셔도 얼굴이 불난 것처럼 빨개져서 학술대회 뒤풀이 때마다 일찍 숙소로 들어가곤 했다. 그런데 그날은 어쩌다가 몇몇 회원들과 올드 아바나의 클럽에 갔다가 우연히 어울려 춤을 추게 된 남성과 기념사진을 찍었는데, 그녀의 어깨를 힘차게 끌어안은 현지 남성의 근육질 팔뚝에 포커스가 맞춰지는 바람에 불타는 밤의 주인공이 된 것이었다. 염 시인은 한동안 쿠바 이야기만 나오면 얼굴을 붉히며 곤혹스러워했는데, 들리는 말에 문화예술인 교류사업의 일환으로 쿠바에 파견되어 두 달째 머물고 있다고 했다.

"이번에 가면 찾아봐야겠어."

강 선생은 회한에 잠긴 목소리로 흘리듯 말하고는 모히토를 한 모금 마셨다.

"염 시인요?"

나는 모히토 잔을 손끝으로 만지작거리며 물었고, 강 선생은 다시 잔을 입으로 가져가며 고개를 저었다.

"물론, 염 시인이야 쿠바 가면 만나겠지. 내가 만나려는 사람을 하 선생은 몰라."

얼음이 녹으면서 모히토 잔에 물방울이 흥건히 맺혔다.

"그때 만난 사람인가 보죠, 쿠바에서."

잔에 맺힌 물방울들이 후루룩 아래로 흘러내렸다.

"아니, 멕시코에서."

*

빨간 아코디언을 가슴에 메고 멕시코 삼촌이 골목에 나타난 이후 춘아 고모의 손바닥선인장은 멕시코선인장으로 불렸다. 멕시코 삼촌은 혁이 할머니가 살던 토끼집으로 옮겨가기까지 두 사람이 겨우 누울 정도로 작은 춘아 고모의 쪽방에서 함께 살았다. 토끼집은 춘아 고모네 맞은편에 있었다. 그 집은 골목통에 늘어서 있는 대부분의 움막집들처럼 긴 사각형 모양이 아닌 기이하게도 긴 삼각형 모양이었다. 아이들은 투박한 계단을 엉금엉금 기다시피 올라가 회색 쪽문을 열고 굴속처럼 컴컴한 안으로 들어가는 혁이 할머니의 모습이 늙은 토끼처럼 생겼다고 해서 토끼집이라고 불렀다. 나는 여섯 살때 토끼가 얼어죽은 것을 유치원 마당에서 목격한 뒤로 토끼에 대한 공포를 품고 있었다. 죽는다는 것이 무엇인지 토끼는 눈앞에서 보여주었고, 나는 비명도 못 지르고 와락 엄마 품에 안겨 눈물을 쏟았었다. 좀처럼 울음을 그치지 않는 나를 안고 엄마는 힘없는 손으로 등을 쓰다듬어주었다. 엄마를 입원시키기 위해 병원으로 가려던 아버지는 기다리다 못해 나를 엄마 품에서 떼어 유치원 선생의 손에 넘겨주고는 엄마를 감싸안듯이 차로 데리고 갔다. 엄마는 창백한 얼굴로 차창에 기대어 나를 보고 손을 흔들었고, 이후 다시는 집으로 돌아오지 않았다. 이듬해 봄이 되어서야 나는 얼어붙은 채 숨을 쉬지 않던 토끼를 발견했을 때처럼 액자 속 엄마 사진 앞에서 숨이 멎는 고통을 겪었다. 나는 토끼를 닮은 혁이 할머니를 보는 것이 두려웠다. 좋지 않은 일이 일어날 것처럼 가슴이 아팠다. 나의 두려움과 혁이 할머니의 죽음 사이에 무슨 연관이 있는지 알 수 없지만, 내가 춘아 고모네에 간 지 얼마 안 되어 혁이 할머니는 골목의 수많은 계단들 중의 하나를 헛짚어 뒤로 굴러떨어졌고, 오른쪽 엉치뼈가 내려앉았다. 그리고 곧 토끼집 처마 밑에 조등이 달렸다. 아이들은 여느 때처럼 조등 아래서 고무줄놀이와 술래잡기놀이를 했지만, 나는 아이들이 건넛마을에 있는 학교로 모두 가버리고 혼자 남은 낮에는 조등이 걷힐 때까지 문밖에 나가지 못했다. 문간에서 춘아 고모가 혁이 엄마와 주고받는 대화를 흘려듣던 나는 사람의 엉치뼈라는 것이 가슴에 손을 얹으면 두근두근 뛰는 심장과 다르지 않다는 것을, 그 엉치뼈가 무너지면 죽을 수도 있다는 것을 깨달았다. 토끼집에 있던 유일한 창문과 창문을 뒤덮고 있던 철망은 누구의 손을 탔던지 쥐 파먹은 듯이 후벼 파헤쳐지고, 녹슬어갔다. 골목 입구에서 치킨집을 운영하는 혁이 아버지가 토끼집을 허물고 이층집을 짓는다는 소문이 돌자 춘아 고모가 득달같이 혁이네로 달려갔고, 다음 날 멕시코 삼촌은 거구를 우그려넣듯 어깨를 옹송그리며 토끼집으로 들어갔다. 처음 모습을 보고 움츠러들었던 때와는 달리 멕시코 삼촌이 토끼집 문을 열고 밖으로 나오면 아이들은 우르르 몰려가서는 동네 악대처럼 삼촌의 뒤꽁무니를 쫓았다. 멕시코 삼촌의 가슴팍에서는 수공작의 날개만큼이나 다채로운 아코디언 소리가 울려퍼졌고, 그 소리는 골목을 에돌아 변전소에서 뻗어나가는 수많은 전선줄들을 타고 집집마다 창문 틈으로 흘러들어갔다. 베사메, 베사메 무초. 춘아 고모는 손거울을 들여다보며 맨드라미보다도 더 붉은 립스틱을 입술에 찍어바르며 아코디언 선율을 따라 흥얼거렸다. 멕시코 삼촌이 토끼집으로 옮겨간 뒤로 춘아 고모는 오후 늦게 골목을 내려가서는 새벽녘에야 열쇠로 문을 열고 들어왔다. 해질녘이면 아이들은 골목을 버리고 모두 제집으로 돌아갔다. 밥 먹으라는 엄마의 부름에 움직이는 아이들은 거의 없었다. 오히려 아이들이 고사리 같은 손으로 가족이 먹을 밥을 지으러 가는 것이었다. 열 살 안팎의 나이, 아미동에서는 밥을 짓고 빨래를 하는 나이였다. 나는 나선형 계단이 꺾이는 계단참에 앉아 춘아 고모를 기다렸다. 태풍이 몇 번인가 골목통의 지붕들을 날려 보냈고, 그해 가을이 가고 겨울이 와도 아버지한테서는 소식이 없었다.

*

밤에 오피스텔 현관문을 열고 들어가면 어두운 유리창가에 빨간 아코디언의 건반들이 반짝 빛을 내었다. 낙원상가 악기점에 전시된 아코디언들 중에는 멕시코 삼촌이 켜던 아코디언과 같은 빨간색은 없었다. 인터넷 중고악기 사이트를 물색해 겨우 하나를 구입했다.

아코디언을 오피스텔에 들여놓은 이후 일찍 귀가하는 날이 많았다. 아코디언 교습을 하고 싶은 마음은 없었다. 다만 대학 졸업을 하면서 칠 년간 동거했던 희제와 관계를 정리한 뒤, 딱히 감지하지 못했던 어떤 균열감, 또는 결락감을 그것이 잠재워주고 있는 것만은 확실했다. 새벽까지 프리미어리그 축구경기를 보다가 아코디언 옆에서 잠드는 날이 많았고, 잠들면서 옆에 누군가 함께 있는 느낌이 좋았다. 어느 날에는 새벽에 깨어 춘아 고모를 느꼈다. 그런 날 아침이면 춘아 고모가 좋아하던 리라꽃을 사들고 용인에 다녀와야겠다는 생각이 절실해졌다. 아버지는 춘아 고모를 입에 올리기를 꺼려했다. 멕시코 삼촌의 존재는 아예 무시했다. 춘아 고모는 내가 졸업 직후 프랑스에 연수 가 있던 중에 눈을 감았다. 사실을 모르다가 귀국 후 진아 고모와 전화 통화를 하면서 알게 되었다. 춘아 고모는 멕시코로 가려고 수속을 밟다가 췌장암 확진을 받았고, 석 달 만에 세상을 떠났다. 진아 고모는 전화를 끊는 중에 왜 멕시코에 가려고 했는지 알다가도 모르겠다고 말끝을 흐렸다. 멕시코에 가면 강 선생이 말하던 에네켄 박씨를 찾는 길에 멕시코 삼촌을 수소문해볼 수도 있을 것이었다. 멕시코 삼촌이라도 되는 듯이 아코디언을 물끄러미 바라보다가 멜로디 건반에 다섯 손가락을 가만히 얹었다. 힘을 주어 누르지 않았는데도 숨소리처럼 건반에서 멜로디가 흘러나오는 듯했다. 베사메, 베사메 무초.

*

 춘아 고모는 가수였다. 멕시코 삼촌의 빨간 아코디언은 춘아 고모를 앞세우고 좌우로 날개를 활짝 펼쳤다가 접었다 하며 무지개 빛살과도 같은 신비로운 소리를 자아냈다. 그 소리는 마음속 허기를 꽉 채워주듯 단단하게 날 붙잡아주었다. 나는 공기주름통을 울리며 퍼져나가는 소리도 소리려니와, 그 전에 바쁘게 움직이는 멕시코 삼촌의 왼손과 오른손을 번갈아 바라보느라 정신이 없었다. 멜로디 건반을 누르는 왼손과 수십 개의 흰 단추를 누르는 오른손이 신기하게만 보였다. 추석 전날이었다. 춘아 고모는 백화점에서 사왔다며 나에게 빨간 원피스를 입혀주고 꽃단장을 시키고는 앞세워 집을 나섰다. 아버지가 데리러 오는 대신 춘아 고모가 직접 데려다주려는구나 생각했는데, 멕시코 삼촌이 아코디언을 메고 뒤따라나왔다. 여름방학이 시작되자마자 아버지 손을 붙잡고 힘겹게 올라왔던 골목길을 처음으로 밟고 끝까지 내려갔다. 빨간 원피스와 까만 구두가 마음에 들었고, 여행을 가는 것처럼 설레기까지 했다. 골목에서 내려오자 고갯길이 나왔고, 아버지와 함께 내렸던 버스정류장이 중간에 보였다. 그런데 춘아 고모는 버스정류장을 지나쳐서는 고갯길을 건너 또다시 구불구불한 골목길을 따라 올라가기 시작했고, 숨이 턱밑에 차오를 즈음 만국기가 펄럭이는 운동장이 나왔다. 운동장 가에 하얀 천막 텐트가 쳐 있었고 안에는 골목통에서 얼굴을 익힌 노인들이 홀쭉한 볼에 입을 앙다문 표정으로 가슴에 울긋불긋한 꽃을 달고 플라스틱 의자에 줄지어 앉아 있었다. 춘아 고모는 자신을 마녀라고 부르던 동네 녀석들의 틈새를 우악스럽게 비집고 나를 앉혔다. 교장선생님이 훈시를 하는 연단에 임시 무대가 꾸며져 있었고, 한복을 요란하게 차려입은 여자가 마이크를 들고 춘아 고모의 이름을 불렀다. 남포동의 달리는 꽃마차에서 부산 갈매기들의 사랑을 한 몸에 받았던 왕년의 가수 하춘아와 멕시코에서 아코디언을 메고 태평양을 건너온 춘아의 남자 천호운! 멕시코 삼촌의 이름이 천호운이라는 것과 춘아 고모가 왕년의 가수라는 것을 그날 처음 알았다. 왕년의 가수가 무슨 뜻인지 몰랐던 나와 동네 아이들은 처음 들어보는 '왕년의'라는 말을 기억에 새겼고, 그중 한 계집애는 소꿉놀이를 하다가 '그래 커서 네 꿈이 뭐냐'고 물으면 '왕년의 가수'라고 자랑스레 말하기까지 했다. 춘아 고모는 무대에 올라가더니 '달리는 꽃마차의 하춘아입니다, 예쁘게 봐주세요!' 라고 간드러지게 콧소리를 내며 고개를 숙여 공손하게 절을 했고, 운동장 바닥에 앉아 있던 나와 동네 아이들은 내리쬐는 햇볕에 오만상을 찡그리며 춘아 고모를 우러러보았다. 멕시코 삼촌의 아코디언에 맞춰 춘아 고모가 부르던 노래는 그녀가 늘 방에서 흥얼거리던 것들이었다. 어느 나라 말인지 가사를 알아들을 수 없는 노래였으나, 모든 노래는 몇 소절만 지나면 똑같은 말이 몇 번이고 되풀이되는 특징을 가지고 있었다. 가령, 베사메, 베사메 무초나 끼샤쓰, 끼샤쓰, 키샤쓰. 춘아 고모는 그날 이후 마녀에서 동네 계집애들의 우상으로 바뀌었고, 고무줄놀이나 줄넘기놀이를 할 때에도 춘아 고모를 흉내 내어 눈꼬리를 살짝 치켜세우며 끼샤쓰, 끼샤쓰, 키샤쓰 하고 따라 불렀다. 그리고 누가 시작했는지 골목통 집들마다 벽에 춘아 고모와 멕시코 삼촌의 모습이 줄줄이 그려지기 시작했다. 춘아 고모는 검은 선글라스에 스카프로 머리를 묶고 바바리를 입고 뾰족구두를 신고 바람을 일으키며 골목통을 횡하니 빠져나가고 있거나 흰 레이스 숄을 어깨에 두르고 프릴이 달린 긴 플레어 치마를 치렁치렁 걸치고 멕시코 삼촌을 따르고 있었고, 배불뚝이인 멕시코 삼촌은 발목이 드러나는 체크무늬 멜빵바지에 빨간 아코디언을 가슴에 안고 있었다. 손바닥선인장과 아코디언이 뿔뿔이 흩어져 제멋대로 그려졌고 멕시코 삼촌이 멀리 떠나가는 배를 타고 있었다. 아이들이 여러 번에 걸쳐 덧칠을 하는 바람에 춘아 고모 눈 밑에는 눈물방울이 그려졌고, 멕시코 삼촌의 얼굴에는 외딴 섬의 외눈박이 괴물처럼 이마에 눈이 하나 더 그려져 있었다. 춘아 고모와 멕시코 삼촌의 초상화는 한 편의 러브스토리처럼 이어지다가 겨울방학이 시작되기 직전 아버지가 골목에 나타난 이후 내 기억 속에서 사라졌다.

*

보데기타에서 강 선생이 들려준 에네켄 박씨에 대한 이야기는 나를 더욱 강하게 멕시코로 밀어붙였다. 자료에 의하면 백여 년 전 멕시코 에네켄 선인장 농장에 채무 노동자로 팔려가 갖은 고생을 하며 살아남은 한인 후예들이 현재 삼만에서 사만 명에 이르렀다. 박씨는 멕시코에 살고 있는 동포로 강 선생이 첫 국제학술대회 개최지였던 멕시코에 갔을 때 만났던 육십대 중반의 에네켄 후예 3세였다. 학회원들의 이동을 맡은 전세버스의 운전자였던 박씨가 헤어지던 순간에 강 선생에게 쪽지를 건네주었고, 거기에는 한국의 주소와 함께 서너 명의 이름이 적혀 있었다. 그리고 뒷장에는 자신의 이름과 멕시코 주소가 적혀 있었다. 강 선생은 박씨의 손을 잡으며 꼭 알아봐주겠노라고 했다. 그런데 멕시코에서 쿠바를 거쳐 다시 멕시코와 캐나다를 경유하는 복잡한 귀국길에 쪽지를 분실하고 말았다. 강 선생은 본의 아니게 약속을 지키지 못한 것이 늘 마음에 걸렸는데 이번에 가면 박씨를 찾아볼 수 있을 것으로 기대했다. 그러려면 살아 있어야 할 텐데. 차기 겨울 국제학술대회를 멕시코와 쿠바로 결정하면서 강 선생은 안타까움과 단호함이 엇갈린 표정을 지으며 말했다. 별일 없을 거라고, 십 년은 짧은 세월이 아니지만, 그렇다고 긴 세월도 아니라고, 인연이라면 만나지 않겠냐고, 위로 삼아 말을 건넸는데, 그 말은 곧 내가 멕시코 삼촌에게 거는 마음이었다. 그래, 살아만 있다면. 강 선생과 헤어져 오피스텔로 돌아와 처음으로 아코디언을 가슴에 안아들었다. 쿵짝 쿵짝. 공기주름주머니가 가슴에 닿자 마치 사람처럼 체온이 느껴졌다. 나비야, 나비야. 멕시코 삼촌이 무등을 태워주기 위해 나를 번쩍 들어올렸던 그날처럼, 춘아 고모가 뼈가 으스러져라 껴안아주던 그날들처럼, 나는 아코디언을 안은 채 전율을 느꼈다.

*

구름이 검게 보이는 것은 구름 뒤에 숨은 해 때문이었다. 바람이 동쪽으로 구름을 밀고 가면서 해가 구름 뒤에서 보였다 안 보였다

했다. 멕시코 삼촌의 뒤를 따르는 조무래기들 무리에 끼여 골목을 올라간 적이 있었다. 골목 끝에 다다르자 풀이 우거진 도랑길이 나왔고 멕시코 삼촌은 잡풀이 우거진 그 길을 따라 계속 걸어갔다. 석양빛이 길게 그림자를 남기는 오솔길을 아이들은 시답잖게 장난을 치며 멕시코 삼촌의 뒤를 따라갔고, 나는 골목에서 멀어질수록 가슴이 두근두근 뛰었다. 우리말을 모르는 멕시코 삼촌은 늘 벙어리처럼 입을 굳게 다물고 있었고, 이마에 눈이 하나 더 박힌 괴물처럼 우락부락했지만, 천성이 순하다는 것을 아이들은 본능적으로 알아봤다. 여름 내내 웃자란 잡초 덤불숲에서 와글거리던 하루살이 떼를 지나 도착한 곳에는 골목통에서는 한 번도 본 적이 없는 놀라운 장면이 기다리고 있었다. 멕시코 삼촌 앞에는 셀 수도 없이 많은 흰 불상들이 앉아 있었고, 영문을 모른 채 따라만 왔던 아이들은 불상들을 보고 입을 딱 벌렸다. 수백 기의 불상들 뒤에 잠시 서 있던 멕시코 삼촌은 문득 아이들을 돌아보더니 가슴에서 아코디언을 내려놓고, 한 명 한 명 번쩍 들어올려 무등을 태워주었다. 아이들은 처음엔 하늘 위로 솟구치는 것처럼 신이 나서 비명을 질렀고, 그다음에는 하아, 하고는 놀라움의 감탄사를 내질렀다. 나는 그날 멕시코 삼촌의 어깨 위에서 처음 보았다. 변전탑 아래 수많은 전선줄들 사이로 보이는 푸른 바다를. 멕시코 삼촌은 오솔길을 되밟아오면서 쿵짝 쿵짝 아코디언을 켰다. 춘아 고모가 부르던 낯선 노래가 아닌, 우리가 다 아는 노래였다. 나비야, 나비야. 이리 날아오너라. 노랑나비 흰나비. 춤을 추며 오너라. 동네잔치가 끝난 날 오후 나는 골목을 뛰어올라가 불상들 사이에 누웠다. 멕시코 삼촌의 어깨 위에서 볼 때처럼 넓은 바다는 아니었지만, 멀리 호수 같은 바다 위로 흐린 날의 햇살이 흘러내리고 있었다. 아버지가, 아니 엄마가 보고 싶었다. 나는 해질녘이면 자주 골목을 뛰어올라갔고, 불상들 사이에 서서 바다를 바라보고 서 있던 멕시코 삼촌을 발견하기도 했다. 멕시코 삼촌은 나를 무등 태워 넓은 바다를 보여주었고, 건반을 만지작거리는 내게 아코디언을 가르쳐주었다. 피아노를 치던 내 손가락은 멕시코 삼촌이 일러주는 대로 척척 따라했다. 멕시코 삼촌은 내 손등 위에 자신의 손을 얹고는 공기주름통을 좌우로 움직이며 나비야를 끝까지 연주했다. 창공을 향해 기세 좋게 가시를 뻗어가던 멕시코선인장은 겨울이 시작될 무렵 지붕에서 사라졌다. 나는 아버지 손에 이끌려 골목을 내려왔고, 다시는 아코디언 소리를 들을 수 없었다.

*

멕시코의 J 선생으로부터 최종 프로그램이 도착했다. 강 선생의 요청에 따라 에네켄 후예들의 모임에 등재된 이름들의 목록이 별도로 첨부되어 있었다. 최근에 멕시코 의회에 진출한 에네켄 후예 4대 노라 유의 이름도 올라와 있었다. 명단에서 박씨와 함께 천씨를 찾아보았다. 다수의 박씨가 명단에 있었다. 그러나 천씨 성을 가진 사람은 한 명도 보이지 않았다. 강 선생에게 프로그램 최종 확인과 한국 측 참가자 확정 명단을 받아서 J 선생에게 보내주기 위해 컴퓨터를 켜고 자리에 앉았다. 쓰던 편지를 임시보관함에 저장하고 잠시 생각에 잠겼다. 춘아 고모는 왜 멕시코에서 온 그를 삼촌이라 부르라고 했을까. 나는 멕시코에서 무슨 이야기를 할 수 있을까. 새 글 창에 막 머릿속에 떠오른 제목을 적었다. 기억의 고고학—내 멕시코 삼촌*.

---

*이 소설의 부제 '내 멕시코 삼촌'은 알랭 레네 감독 영화 〈내 미국 삼촌〉에서 착상한 것이다. 그러나 미국으로 떠난 뒤 잊혔던 삼촌이 어느 날 부자가 되어 유산을 물려주기 위해 돌아와 뜻밖의 횡재를 안겨준다는 뜻의 프랑스 속담 '내 미국 삼촌'과 이 소설의 내용은 아무 관계가 없다.

이평재
당신이 모르는 이야기

1959년 서울에서 태어났다. 미술을 전공하고 화가 생활을 하면서 소설 습작을 했으며, 1998년 단편소설 〈벽 속의 희망〉이 《동서문학》 신인상에 당선되어 본격적으로 소설가의 길을 걷기 시작했다. 소설집 《마녀물고기》 《어느 날, 크로마뇽인으로부터》, 장편소설 《눈물의 왕》 등이 있다. 현재 소설가 모임 '문학비단길'에서 활동하고 있으며, '예술서가'를 이끌고 있다.

1

이제 세상은 죽고 싶은 사람들과, 살고 싶은 사람들로 나뉘어졌다. 죽고 싶은 사람들은 매 순간 자살을 꿈꾸었고, 살고 싶은 사람들은 매 순간 행복을 꿈꾸었다. 그러나 세상은 그렇게 호락호락하지 않았다. 죽고 싶은 사람들도, 살고 싶은 사람들도 자신의 꿈을 쉽게 이루지 못했다. 그런 세상에서 나는 죽고 싶은 사람들의 몸에 스며들어 그들의 꿈이 이루어지도록 도와주는 작고 비밀스런 존재이다. 나는 내가 어디에서 왔는지 잘 모른다. 내가 분명하게 알고 있는 것 하나는, 나와 같은 개체가 시간이 지날수록 점점 더 많이 늘어나고 있다는 사실이다.

우리는 지난겨울 처음으로 세상에 드러났다.

여섯 명의 동반자살자가 있었다. 그들의 시신에서 하나같이 정체를 알 수 없는 녹색물질이 미세하게 배어나왔다. 그것을 이상하게 여긴 한 법의학자가 점점 늘어나는 자살자들의 시신을 집요하게 조사했다. 그 결과, 자살이 예전엔 개인의 감정 상태에서 비롯되었지만 이제는 병원체의 감염에 의해 일어난다는 것을 발견했다. 법의학자는 머지않아 인류가 사라질 수도 있겠다는 생각이 들었다. 경각심을 일깨워주기 위해 나와 같은 개체를 통틀어 디아블로Diabolo라고 기록했다. 단순히 악마라기보다 여린 사람들의 마음을 교활하게 꾀어낸다는 의미가 더 컸다. 그러나 대부분의 사람들은 우리를 '그리네스'라고 불렀다. 현미경으로 보이는 모습이 초록빛 애완용 뱀인 '그린스네이크Green Snake'와 흡사하여 '그린'에다 '스네이크'의 첫 번째 알파벳 S를 합성한 '그린에스'를 소리 나는 대로 부른 것이었다.

나는 '그리네스'라는 말을 처음 접했을 때 조금 의아했었다. 그 심각성에 비해 이름이 너무 예뻤다. 그래도 나와 같은 미물이 사람의 감성을 다 이해할 수는 없었다. 막연하게나마 고미가 남기고 간 유서와 그 맥락이 비슷한 것은 아닐까, 하는 생각을 했다. 그러니까 세상은 이론대로 되는 게 아니라 '그냥'이 더 많다는 거, 똑같은 상황에서도 기분이 나빠지는 사람이 있고, 기분이 좋아지는 사람이 있다는 거. 그냥 그렇다는 거. 고미는 나의 도움으로 자살에 성공한 소녀였다. 고미의 어머니는 성적이 우수한 고미가 법대나 의대를 가지 않고 시인이 되려는 상황을 받아들이지 못했다. 온갖 방법으로 고미의 마음을 꺾으려 했다. 그래도 뜻대로 되지 않자 이성을 잃고 날뛰었다. 고미는 그런 어머니에게 유서를 남겼다. 새의 지저귀는 소리를 이해하려고 하는 사람이 어디 있어? 새의 소리는 그냥 듣는 거야.

어쨌든 우리의 존재가 세상에 알려지자 사람들은 각기 다른 반응을 보였다. 죽고 싶은 사람들은 기대감에 들떠 거리를 활보했다. 살고 싶은 사람들은 일단 대문부터 걸어잠갔다. 가족끼리도 스킨십을 하지 않았으며 언제 어디서건 마스크를 쓰고 있었다. 심지어 방독면을 쓰고 돌아다니는 사람도 있었다. 관공서나 사람이 많이 모이는 곳에도 큰 변화가 일어났다. 출입구마다 살균 부스가 설치되었고, 그 부스를 통과해야만 어디든 드나들 수 있었다. 보건부에서도 매일같이 구제작업을 했다. 무엇보다 정부에서는 우리를 몰살시키기 위해 '그리네스와의 전쟁!'을 선포했다.

그러나 우리는 그렇게 물리적으로 접근할 수 있는 단순한 병원체가 아니었다. 감각세포와 감각신경이 고도로 발달된 개체였다. 보거나, 듣거나, 만지거나 어떤 한 가지 감각만으로도 모든 것을 알 수 있었고, 때론 파장만으로도 모든 것을 지각할 수 있었다. 그 능력이 사람들은 상상도 할 수 없는 수준이었다. 더욱이 보통의 병원체는 신약이 나오면 퇴치가 되지만 우리는 오직 사회의 분위기에만 민감하게 반응했다. 환절기에 독감바이러스가 기승을 부리듯, 환경이 파괴되거나 사회적으로 인류에 반하는 부도덕한 사건이 일어날 때면 걷잡을 수 없이 개체수가 늘어났고 더욱 강력한 생명력을 갖추었다. 우리 스스로도 변종이 많아 서로를 다 파악하지 못할 정도였다. 사회는 무서운 속도로 불행한 사건이 더해졌고, 그에 따라 우리는 더욱 중무장이 되어 아무리 재빨리 신약이 나와도 그 시기가 맞지 않았던 것이다. 그러니 오히려 추상적인 개념으로 접근해야 퇴치가 가능할 터였다. 한마디로 우리는 절망을 먹고 사는 병원체였다. 이 사회에 희망이 흐르지 않는 한 우리를 퇴치할 수 있는 방법은 없었다.

2

길은 어둡다. 낡은 사 층 건물 옥탑방에서 불빛이 새어나오고 있다. 불빛은 창가에 내놓은 하얀 운동화의 외곽선을 따라 흐르며 시선을 유혹한다. 운동화는 바짝 말라 있다. 물기가 있으면 움직이기 좋으련만, 그래도 운동화 안으로 몸을 숨긴다. 아무도 몰래 방 안을 살핀다. 무겁게 내려앉은 절망의 그림자를 감지한다. 재빨리 방 안으로 스며든다. 바람에 실려 이리저리 유영하며 서식처를 찾는다. 방바닥에 던져진 《밑바닥 사람들》이라는 책 하나가 먼저 눈에 들어온다. 곧이어 모기장이 쳐진 간이침대 하나, 네모난 거울이 붙은 붙박이장 하나, 의학 서적이 뒤죽박죽 아무렇게나 꽂힌 책꽂이 하나, 컵라면 용기가 겹겹이 쌓여 놓여 있는 책상 하나, 나무젓가락 서너 개가 굴러떨어져 널려 있는 적갈색 등받이 의자 하나. 그리고 담배를 피우고, 술을 마시고, 휴대폰을 들고 누군가와 통화를 하고 있지만 곧 외로운 짐승처럼 울음을 터뜨릴 것 같은 청년k. 청년k의 하얀 얼굴은 휴대폰을 내려놓으며 더욱 핏기를 잃어 화이트가 된다. 최상의 모습이다. 최고의 조건이다. 게다가 청년k는 오늘 밤도 어김없이 자살을 꿈꾸고 있다!

나는 이제 청년k의 몸 안에 있다.

그러나 언제나 변수는 따랐다. 몸 안으로 침투하는 과정에서 갑자기 힘이 빠졌다. 머리가 깨질 듯 아팠다. 몸통도 활발하게 수축되지 않았고, 꼬리 부분도 너무 느리게 움직였다. 하필이면 바로 그 순간에 청년k가 자신의 아버지를 떠올린 탓이었다. 그로 인해 청년k의 자살에 대한 꿈이 잠시 흔들렸고, 나는 지난여름의 한 사건이 떠올라 불안했었다. 그날은 국가대표 축구팀이 세계대회의 결승에 진출한 날이었다. 때문에 사회 전반적으로 사람들의 행복지수가 높은 편이었다. 그래도 자살을 꿈꾸는 사람들은 있었다. 그들은 자동차를 렌트하여 연탄과 화덕을 싣고 한적한 강가로 향했다. 그런데 그중 한 남자에게 전화가 걸려왔다. 의식을 잃고 누워 있던 아내가 기적처럼 깨어났다는 소식이었다. 남자의 절망은 단번에 희망으로 바뀌었다. 가뜩이나 축구대회 결승 진출로 행복지수가 높은 터에, 남자의 희망찬 기운이 더해지자 자동차 안은 분위기가 순식간에 반전되었다. 걷잡을 수 없이 그리네스가 생명력을 유지할 수 없는 환경이 되어버렸고, 그들의 몸 안에 머물던 그리네스들은 한꺼번에 기운을 잃고 사라져버렸다.

그렇다고 청년k가 그들처럼 쉽게 죽고 싶은 꿈을 버릴 거라는 생각이 드는 건 아니었다. 그러기엔 청년k의 인생이 너무나 불행했다. 청년k는 원래 의학도였다. 가난한 집안의 미래였고, 그만큼 가족의 희생으로 밝힌 한줄기 희망이었다. 청년k도 그것을 잘 알고 있었다. 때문에 늘 최선을 다했고, 공부도 열심히 하여 모든 과목에서 뛰어난 성적을 유지했다. 특히 적성에 맞는 해부학 시간이면 재료로 놓인 시신을 누구보다 잘 다뤘다. 그러던 어느 날, 횡단보도를 건너고 있는 청년k에게 느닷없이 자동차 한 대가 달려들었다. 청년k는 공중으로 한참을 솟아올랐다가 교차로 한가운데로 떨어졌다. 그러곤 가까이 다가온 사고 운전자에게서 뿜어져나오는 술 냄새를 맡으며 의식을 잃었다.

그러나 수술을 받고 깨어난 청년k는 황당했다. 운전자라고 나선 사람이 청년k가 본 사람이 아니었다. 운전자는 청년k와 비슷한 이십대 남자였는데 매번 나타나는 상대는 사십대의 중년남자였다. 그는 먼저 충분한 보상을 하겠다고 했다. 대신 청년k가 무단횡단을 하다가 차에 치인 것으로 하자고 했다. 청년k는 그렇게 할 수 없었다. 그의 성품과 지각이 그것을 허용하지 않았다. 그러나 어찌 된 일인지 청년k가 아무리 진실을 말해도 경찰과 검사와 판사는 아예 귀를 닫아버렸다. 오히려 지능적으로 엄포를 놓으며 사십대 중년남자의 요구보다 더 나쁜 시나리오로 사건을 종결지었다. 청년k가 생활고를 비관해 갑자기 자동차에 뛰어든 것으로 처리해버렸다. 청년k는 기가 막히고, 죽고 싶을 정도로 억울했다. 자다가도 벌떡 일어나 컥컥 울음을 토해냈다. 두 번의 수술, 그리고 어처구니없는 판결이 나기까지 이 년, 점차 시간이 흐르면서 청년k는 이 사회를 움직이는 것이 정의가 아니라는 것을 확실하게 깨달았다.

그뿐이 아니었다. 청년k는 자신의 수술비를 마련하기 위해서 아버지가 어느 돈 많은 노인을 따라 중국으로 건너가 장기를 떼어준 사실을 알게 되었다. 청년k는 비참했다. 자신이 전문의가 될 때쯤이면 아버지의 장기가 하나도 남아 있지 않을 거라는 생각이 들었다. 아무것도 할 수 없었고, 아무것도 하고 싶지 않았다. 특히 해부학이 든 날은 아예 학교에 가지 않았다. 예전엔 그저 재료로만 여겨져 마음대로 뒤적이고, 끄집어내고, 잡아빼고, 붙들고, 자르고, 꿰맸던 시신의 장기들을 이젠 만질 수가 없었다. 돈 많은 노인에게 떼어준 아버지의 장기가 떠올랐고, 자신의 힘으론 도저히 어떻게 해볼 수 없는 당장의 현실이 너무나 버거워 숨을 쉬기조차 힘들었다. 의사라는 직업도 회의적으로 느껴졌다. 결국 사회의 논리에 따라 가진 자들의 특권에 힘을 실어주는 역할일 뿐이라는 생각이 들었다.

3

청년k가 멍하니 앉아 있다. **아직 움직이기엔 이른 느낌, 나는 에너지를 비축하며 만약의 경우에 대비했다.** 그러나 다행스럽게도 청년k가 다 끝장내버릴 거야! 하고 마음속으로 외치며 벌떡 일어난다. **나는 그 모습에 힘을 얻어 꼬리를 움직이기 시작했다. 방향을 틀어 좁고 어두운 관을 빠져나갔다. 별 어려움 없이 원래의 컨디션을 회복했다.** 때맞춰 청년k가 더욱 반가운 행동을 보인다. 나의 불안감이 무색하게 방바닥에 놓여 있는《밑바닥 사람들》이라는 책을 집어든다. 그러면서 중얼거린다. 그래, 내가 받은 판결은 진실에 대한 범죄행위야. 그들을 용서할 수 없어! 역시, **훌륭한 서식처를 선택했다는 생각, 기분이 좋고 행복했다. 나는 눈을 반짝이며 속삭였다. 그래 그들을 용서하지 마, 당장 달려가서 다 없애버리고 너도 보란 듯이 죽어버리는 거야! 그게 어렵다면 네 인생을 망친 그놈들을 지목하여 낱낱이 밝히고 자살을 하는 거야!** 그런 나에게 반응하듯, 책을 펼쳐든 청년k가 점점 결의에 찬 표정을 짓는다. 그러다가 갑자기 흑! 하고 두 손으로 얼굴을 감싼다. **반면에 나는 한결 여유가 생겨**

편안해졌다. 이게 청년의 마지막 울음이 될 거라는 생각에 회심의 미소까지 지었다. 몸을 한껏 이완시키며 청년k의 움직임을 주시했다. 짐작했던 대로 청년k의 입에서 괴상한 소리가 나오기 시작한다. 그 소리는 곧 본능만 남은 외로운 짐승의 속울음이 되어 밤새도록 창밖으로 흐르고 있다. **이제 청년k는 사회가 원하는 이성을 버리고, 자신이 원하는, 또한 내가 원하는 이성으로 무장될 것이었다. 완벽한 자살을 꿈꾸며 자신의 삶을 정리할 것이었다.** 드디어 청년k가 속울음을 그친다. 그러곤 아무래도 자신을 친 이십대 청년이 누구인지, 왜 자신이 이토록 억울한 일을 당했는지 알아야겠다는 생각에 빠져든다. 새벽 네 시, 청년k는 뭔가 결심한 듯 자리에서 일어난다. 침착하게 움직이기 시작한다.

4

　청년k는 서랍 속의 메스를 꺼내 주머니에 넣고, 또 다른 주머니를 뒤져 알약 봉지가 있는 걸 확인하고, 모자를 찾아 꾹 눌러쓰고, 검은 마스크를 쓰고, 창가에 내놓았던 운동화를 신고 집을 나선다. 어두운 골목길을 걸어내려가, 대로로 들어서 버스정류장 앞으로 다가선다. 자동판매기에서 음료수 하나를 꺼내 주머니에 넣은 뒤, 어둠을 가르며 달려온 첫차에 올라탄다. 맨 뒷자리로 가 몸을 웅크리고 앉는다. 모자를 눌러쓰며 곁눈질로 주위를 살핀다. 노인 하나, 젊은 여자 둘, 그리고 운전기사. 다행히 그들은 청년k에게 관심이 없다. 두 명의 여자는 곧 버스에서 내리기까지 한다. 청년k는 고개를 깊이 숙이고 눈을 감는다. 주머니에 들어 있는 메스를 만지작거리며 그동안 알아낸 내용을 하나하나 떠올려본다.

처음부터 하지도 않은 말을 조서에 적어놓고, 정정해줄 것을 요구하자 윽박지르며 오히려 말을 번복하는 것으로 처리한 경찰관은 퇴직을 하고 신도시에 살고 있었다. 카메라가 고장 나 녹화기록은 없지만 사건현장을 목격한 증인이 있으니 차라리 사실을 말하고 선처를 바라는 게 더 좋을 거라고 말도 안 되는 충고를 한 검사는 한 케이블 방송에서 〈정의로운 세상〉이라는 프로그램을 진행하고 있었다. 아무리 억울하다고 말해도 눈길 한번 주지 않던 판사는 국회의원이 되어 있었다. 그리고 사고를 내고 완벽하게 숨어버린 이십대 청년은 누구인지 끝내 알 수 없었다. 사십대의 중년남자 역시 마찬가지였다. 그러니 청년k가 쉽게 접근할 수 있는 사람은 신도시에 살고 있는 경찰관뿐이었다.

버스는 정류장에 정차를 하지 않고 내처 달린다. 삼십 분도 걸리지 않아 신도시에 진입한다. 이대로라면 너무 이르다. 청년k는 목적지보다 두 구역 정도 앞서 내리기 위해 자리에서 일어선다. 버튼을 누르고 재빨리 문을 향해 걸어간다. 그러나 이어폰을 끼고 누군가와 낄낄거리며 잡담을 나누던 버스기사는 정류장을 그냥 지나친다. 청년k는 큰 소리로 항의를 하려다 그만둔다. 잠들어 있는 노인을 힐긋 살핀 뒤 다음에라도 내리기 위해 버튼을 길게 두 번 울린다. 그때, 기사가 여전히 이어폰을 낀 채 인상을 쓰며 소리친다. 거참, 시끄럽게, 그렇게 누르지 않아도 됩니다! 청년k는 화가 치밀어 얼굴이 달아오른다. 그래도 눈에 띄는 행동을 하면 안 될 것 같다. 앞문으로 내리면 된다는 생각에 조용히 기사 옆으로 걸어가 말한다. 아까도 눌렀는데 그냥 지나쳐서 내리지 못했어요. 운전을 하면서 그렇게 통화를 하면 안 되는 걸로 알고 있는데요. 그러자 기사가 신경질적으로 이어폰을 빼고 난폭하게 차를 몰기 시작한다. 청년k는 이리저리 흔들리다가 기어코 쑤셔박히듯 바닥으로 나가떨어진다. 노인은 잠에서 깨어나 뭐야? 하는 표정을 짓다가 문득 창밖을 내다보곤 깜짝 놀라 어이쿠 여기 내려요, 하며 버스에서 뛰어내린다. 버스기사는 문을 열어놓고 서서 청년k가 바닥에서 일어나 내리기를 기다린다. 그러나 청년k가 일어나자마자 문을 닫아버린다.

  그사이, 청년k는 많은 생각을 한다. 이게 뭐지? 저 인간이 왜 이러지? 어떤 의문도 풀 수 없다. 단지 잘못을 하고 오히려 청년k가 잘못한 듯 성질을 부리는 기사의 태도에 화가 치민다. 이런 식으로 많은 사람을 괴롭혔을 거라는 데 생각이 미쳐 용서를 할 수 없다. 정의롭지 못한 일이다. 청년k는 천천히 벗겨진 모자를 주워 쓰고, 천천히 옷을 털어 매만지고, 천천히 차창 밖을 둘러보며, 천천히 주머니에 손을 넣은 뒤, 천천히 메스를 꺼내들고, 천천히 운전기사 쪽으로 다가간다. 백미러에 비친 기사는 설마, 설마 하면서도 점점 더 크게 입을 벌린다. 청년k는 한 팔로 기사의 목을 힘껏 감아 조인다. 그러곤 버둥거리는 그를 내려다보며 주문을 외듯 빠르게 중얼거린다. 경동맥이라고도 하는 목동맥은 머리와 목에 혈액을 공급하는 여러 동맥 가운데 하나이다. 청년k는 그 지점에서 기사의 목을 감고 있는 팔을 왼쪽으로 바짝 당겨올린다. 그러곤 다시 중얼거린다. 머리로 가는 동맥은 양쪽에 한 개씩 있는데 왼쪽 동맥은 심장 바로 위에 있는 대동맥궁에서 시작하고, 오른쪽 동맥은 대동맥궁의 가장 큰 가지인 팔머리동맥에서 시작한다. 청년k의 중얼거림이 끝나기도 전에 오른쪽 동맥이 드러난 기사의 목에 날카로운 메스가 수직으로 꽂힌다.

5

나는 청년k의 과감한 행동에 기분이 좋았다. 청년k가 주문을 외듯 중얼거릴 때 함께 중얼거려준 것이 효과가 있었다는 생각이 들었다. 뿌듯했다. 몸에서도 미끈거리는 녹색물질이 마구 뿜어져나왔다. 꼬리 부분도 힘이 생겨 절로 푸득거렸다. 생명력이 두 배로 강해진 느낌, 최적의 장소로 찾아가는 데 무리가 없을 것 같았다. 구불구불 이어진 경사면을 재빨리 미끄러져 내려가 단단한 막을 뚫고 세포 깊숙이 파고들었다. 섬유다발층의 이리저리 촘촘하게 얽힌 그물 사이사이를 조심스레 가로질러 혈관에 촉수를 박아넣었다. 그러곤 청년k의 심리상태를 살폈다. 생각보다 담담했다. 아무런 걱정도 하지 않는 것 같았다. 우리 그리네스에겐 더없이 바람직한 자세였다.

청년k는 죽어버리면 그만이라는 생각을 하며 아직 하루가 시작되지 않은 신도시의 상점 앞을 지나고 있다. 횡단보도 앞에 서서 거리를 살핀다. 맞은편의 운동기구들을 갖춘 공원을 발견한다. 그곳 화장실로 들어가 손목에 묻은 피를 씻어내고, 세수를 하고, 머리를 감는다. 다시 거리로 나와 산책하듯 길을 따라 걷는다. 새벽 공기가 상쾌하다고 여기며 시선을 멀리 둔다. 저만치 아파트 건물 벽에 붙은 '구경하는 집'이라고 쓰인 현수막을 바라본다. 그러면서 어머니를 떠올린다.

청년k의 어머니는 자주 말했다. 구경이라도 한번 실컷 해봤으면. 그럴 때마다 아버지는 사람 실없긴, 하고 미안한 마음을 감췄다. 반면에 청년k는 나중에 제가 다 해드릴게요, 하고 말했다. 그 말 한 마디에 어머니는 실제 다 해준 것처럼 행복한 표정을 지었다. 그러던 어머니는 청년k가 교통사고가 난 뒤부터 그대로 무너져버렸다. 몸져누워 두 번 다시 기운을 차리지 못했다. 청년k의 여동생마저 희망을 잃고 집을 떠나자 정신을 놓고 청년k를 향해 헛소리를 하기 시작했다. 여보, 우리 자식들이 다 죽었는데 더 이상 살아서 뭐해, 그만 우리도 따라 갑시다. 그런 어머니가 딱 한 번 정신을 차리고 자리에서 일어나기는 했다. 옥상에서 뛰어내리기 위해. 청년k는 생각했다. 사람이 불쌍한 것은 죽기 때문이 아니다. 심지어 굶어죽기 때문도 아니다. 아무 희망 없이 비참하게 살기 때문에 불쌍한 것이다.

6

모퉁이를 돌자 왼쪽으로 하얀 돌집과 소나무가 드리워진 붉은 벽돌집이 보인다. 그 사이로 난 골목길도 보인다. 골목 입구 가로등에 '진달래길'이라는 이정표가 화살표 모양으로 붙어 있다. '진달래길'에는 진달래보다 철쭉이 만개되어 있다. 그래도 죽고 싶은 사람들이 없는 행복한 동네 같다. 청년k의 어머니가 근처를 지나갔다면 분명히 동네 구경이나 한번 하고 가자, 하고 손을 잡아끌었을 터이다. 아무튼 청년k는 연두색 우체통이 서 있는 집을 지나, 주황색 타일이 현관까지 길게 깔려 있는 집을 지나, 건축 잡지에서나 본 듯한 잿빛 스틸하우스를 지나, 향나무 울타리가 쳐진 공터를 지나, 그야말로 '언덕 위의 그림 같은 집' 처럼 생긴 하얀 이층집 앞에 우뚝 멈춰선다. 472-1번지. 청년k가 조사한 대로라면 틀림없이 경찰관 부부가 살고 있는 집이다. 아들이 이혼을 하고 맡긴 어린 손녀딸과 함께.

청년k는 심호흡을 하고 서둘러 자리를 뜬다. 바로 옆 공터의 향나무 울타리 틈새로 몸을 밀어넣는다. 공터를 이리저리 오가며 자리를 가늠한다. 경찰관의 집 현관문이 잘 보이는 자리와, 경찰관의 집에서 내려다보이지 않는 자리를 찾아낸다. 현관문이 잘 보이는 자리에 서서 시각을 확인한 뒤 넓적한 돌을 줍기 위해 돌아다닌다. 적당한 돌을 찾아 경찰관의 집에서 잘 내려다보이지 않는 자리에다 내려놓고, 그 위에 쪼그리고 앉는다. 이런저런 생각에 빠져든다. 갑자기 쳇, 하고 혀를 차며 고개를 젓는다.

나는 청년k가 쳇, 하고 혀를 찬 이유를 파악하고 의미 있는 미소를 지었다. 청년k는 얼마 전 끔찍한 사건을 저지르고 자살한 한 남자의 얼굴을 떠올리며, 나중에 자신이 죽고 나면 어떤 기사가 사회면에 뜰지 생각해보았던 것이다. 사건의 주인공인 남자는 검고 깊은 눈, 윤곽이 또렷한 코와 턱을 가진 눈에 띄게 잘생긴 사람이었다. 또한 착실하게 일도 잘했고 모범적인 한 집안의 가장이었다. 남자의 아내도 순하고 아름다웠다. 아이들도 티 없이 맑았다. 그런데 어느 날 다니던 회사가 부도가 나 일자리를 잃었다. 불황은 계속되었고 남자는 안정된 일자리를 구할 수가 없었다. 칠 년 동안 온갖 임시직을 전전했다. 생활이 점점 팍팍해졌다. 결국 카드빚이 쌓였고, 각종 세금도 체납되었다. 집으로는 온갖 압류장만이 날아들었다. 남자는 차라리 죽는 게 낫다고 생각했다. 점점 구체적으로 자살을 꿈꾸었다. 드디어 아내와 두 아이가 눈앞에서 굶고, 추위에 떨기 시작했다. 강추위가 몰아친 12월 31일 이른 아침, 그는 칼을 들었다. 곧바로 가스가 끊겨 부들부들 떨다가 겨우 잠든 아내의 목을 베고, 여덟 살 난 아들의 목을 베고, 여섯 살 난 딸의 목을 베어버렸다. 그리고 경찰이 올 때까지 하루 종일 가족의 시체 옆에 앉아 있었다. 경찰이 집으로 들어가 전등을 켜려고 하자 남자는 전기도 가스도 끊긴 지 오래라고 말한 뒤, 자신의 목도 베어버렸다. 신문기사에는 그가 무척 잘생긴 남자였다고 적혀 있었다.

그러니까 청년k는 잘생긴 것과 실직 사이에 어떤 연관성이 있는지 생각해보았고, 잘생긴 남자가 정신이상을 일으켜 가족을 살해한 것으로만 포커스가 맞춰진 기사 내용이 웃겼던 것이다. 잘생긴 남자도 의지박약하면 이런 꼴이 된다는 걸 알려주려는 것밖에 시사하는 바가 없다니. 하긴 그 당시 기사를 접한 대부분의 사람들도 그런데 그 남자 말이야, 너무 잘생기지 않았어? 하고 서로에게 물었다. 아무도 진실을 말하고 진단하지 않았다. 때문에 청년k 자신도 일류대학교의 우수한 의대생이었다는 사실만 크게 부각될 것이라는 생각이 들었던 것이다. 그러나 내가 의미 있는 미소를 지은 이유는 따로 있었다. 그렇게 아무도 진실을 말하지 않는 사회, 아무도 책임의식이 없는 사회, 그것이야말로 우리 '그리네스'에게 바람직한 사회였던 것이다.

7

마침내 경찰관의 집 현관문이 열리는 소리가 들린다. 청년k는 움 찔거린다. 몸을 낮추고 살금살금 움직인다. 현관문이 잘 보이는 자리로 가 조심스레 살핀다. 활짝 열린 문으로 노란 유아원 가방을 멘 여자아이와 경찰관의 아내가 나오고 있다. 열린 문 사이로 경찰관의 모습도 어른거린다. 그러나 그뿐, 경찰관은 더 이상 문밖으로 몸을 내밀지 않고 문을 닫는다. 청년k는 공터를 급히 빠져나간다. 저만치 골목을 걸어내려가고 있는 아이와 경찰관의 아내를 바라본다. 잠시 간격을 두고 그들을 뒤쫓는다. 모퉁이를 돌면서 점점 걸음을 빨리하여 아이 옆으로 다가간다. 대로로 나가기 직전 갑자기 아이를 덥석 안고 달린다. 오른쪽 골목으로 돌아, 왼쪽 골목으로 돌아, 또다시 오른쪽 골목으로 돌아, 대로로 나가 길을 건넌다. 카센터가 있는 건물 입구로 뛰어들어가 아이를 고쳐 안는다. 너무 놀라 미처 울음도 터뜨리지 못한 아이에게 활짝 웃으며 속삭인다. 엄마 많이 보고 싶지? 아이는 울먹이며 고개를 끄덕인다. 청년k는 다시 속삭인다. 아저씨 하고 엄마한테 갈래?

아이는 곧 청년k가 준 음료수를 먹고 조용히 잠이 든다. 청년k는 집으로 가려 했던 계획을 바꿔 가까운 건물로 들어간다. 화장실 바닥에 아이를 눕혀놓고 문 안쪽 손잡이의 잠금장치를 누른 뒤 밖에서

문을 닫는다. 건물 밖으로 나간다. 가까운 공중전화를 찾아 경찰관에게 전화를 건다. 경찰관은 벨이 울리자마자 전화를 받는다. 청년k는 침착하게 말한다.

"일 분 안에 말씀을 해주셔야 합니다."

"너, 누구야?"

"그럴 시간 없습니다."

"당장, 우리 아이 데려오지 못해?"

"당신이 진실을 얘기하면 아이는 무사할 겁니다."

"야 인마, 내가 경찰이야, 경찰! 감히 얻다 대고 이런 짓을 벌여!"

"다시 걸겠습니다."

청년k는 다가오는 택시를 잡아탄다. 두 블록을 지나쳐 골목으로 들어가 택시에서 내린다. 공중전화 부스로 들어가 시간을 확인한다. 다시 경찰관에게 전화를 건다. 경찰관이 조금 누그러진 목소리로 전화를 받는다.

"무슨 말을 하라고 하는 거요?"

"창호동 교차로 사건 진범이 누굽니까?"

"……"

"다시 전화를 끊게 하지 마십시오."

"……"

"이번엔 아이를 죽일 겁니다."

"그럼 자네도 무사하지 못할 거야."

"상관없습니다. 저는 오늘 밤 자살을 할 겁니다."

"이봐, 앞날이 창창한 젊은이가 왜 그래?"

"셋까지 세고 끊겠습니다."

"내가 잘못했네. 우리 만나서 얘기하자고."

"하나, 둘, 셋."

"아! 잠깐, 그 친구 비서실 실세 아들이야."

오늘 밤 자살을 할 거라는 청년의 말에 나는 기뻤다. 내 몸에서 왕성하게 뿜어져나온 녹색물질이 혈류를 따라 흘러가는 것이 선명하게 보였다. 그것이 청년k의 모세혈관에 속속들이 채워지기를 바라며 나는 힘차게 꼬리를 저었다. 오늘 밤 청년k의 꿈이 이루어지도록 하려면 서둘러야 할 것 같았다. 간밤에 태아 사체를 말리고 갈아서 알약으로 만든 제품을 수입 판매한 업자가 구속되는 사건이 보도되어 다행이었다. 그만큼 더 힘을 얻은 나는 위험을 불사하고 거센 동맥혈에 몸을 실었다. 숭숭 구멍이 뚫린 막을 통과할 때는 빨려들어가지 않도록 몸을 최대한 수축시켰고, 탄력섬유층에 부딪힐 때는 튕겨져나가지 않도록 몸을 한껏 이완시켰다. 마침 청년k가 자신의 꿈인 자살을 향해 흔들림 없이 가고 있기에 가능한 일이었다.

8

PC방은 깊은 우물 속 같다. 출입문이 열리고 닫힐 때마다 신선한 공기가 일시에 밀려들다가 단번에 차단된다. 청년k는 신선한 공기가 오히려 낯설고 불편하다. 가장 깊고 구석진 자리에 앉아서도 가끔씩 인상을 찌푸리며 출입문을 힐끔거린다. 일부러 더욱 담배를 피워댄다. 포털사이트에 접속해 '핫 뉴스'를 클릭한 뒤에야 시선이 모니터로 고정된다. 모니터에는 태아 사체를 말리고 갈아서 만든 알약 사진이 떠 있다. 청년k는 그것을 들여다보며 많은 검시관들이, 시체보관소 직원들이, 장례식장 직원들이, 심지어 의사들까지도 장기와 조직을 빼내 팔아먹는 세상인데 뭐, 하고 껌을 내뱉듯 중얼거린다. 그러곤 자신이 해부학 시간에 재료로 다뤘던 시신들도 그런 가능성에서 완전히 벗어나지 못할 거라는 생각을 하며 씁쓸하게 웃는다. 빈 담뱃갑을 흔들어보고 구겨 던진다.

그때 옆자리에 앉아 있던 중년남자가 고개를 돌려 청년k를 유심히 살핀다. 뭔가 할 말이 있는 사람처럼 입술을 달싹이다가 담배 한 개비를 꺼내 청년k의 칸막이 안쪽으로 슬그머니 밀어넣는다. 청년k는 담배를 집어들고 고마움과 왜? 가 섞인 어정쩡한 표정으로 중년남자를 쳐다본다. 중년남자가 어렵게 말을 꺼낸다는 느낌으로 말을 건다. 정말 장기를 사고 팔긴 하나요? 청년k는 서슴없이 말한다. 장기 뿐만 아니라 모든 신체 조직이 상품화되고 있는 시대인 거 모르세요? 1999년 터키 대지진 때에는 장기들이 이식용으로 팔렸고, 미국에서는 한 시체보관소 직원이 매장된 신생아들의 사체를 다시 파내어 심장, 폐, 눈, 뇌하수체, 대동맥, 신장, 비장 등을 떼어내어 팔기도 했어요. 장례식장과 화장시설 들에서도 시신들의 장기를 빼내어 보급회사에 내다 팔았죠. 그게 다 어디로 가겠어요? 그뿐이 아니에요. 캘리포니아의 한 의과대학에서도 '시신유증프로그램'의 책임자가 척추를 내다 팔았다가 해고된 적이 있어요. 그리고 프랑스에서도 크리스토퍼라는 사람이 사고로 사망했는데, 동의도 없이 그의 눈이 빼내졌지요. 아들의 다른 신체 일부도 그렇게 된 것을 알게 된 그의 부모가 언론에 그 사실을 알렸고, 그 때문에 한때 장기기증자들이 줄어들어 의학계가 애를 먹었지요. 그리고 영국에서도 유명한 아동병원이 오랜 세월 동안 수천 명의 죽은 아기들의 심장을 빼내 연구용으로 사용해왔다는 사실이 밝혀져 조사를 받았어요.《소년은 한때 인간이었으나 지금은 바코드가 찍힌 신상품이 되었다》라는 책을 보시면 제 말이 하나도 틀리지 않다는 걸 아실 겁니다.

처음엔 고개를 끄덕이던 중년남자의 표정에 점점 당혹감이 깃들고 있다. 청년k는 자신이 너무 많은 말을 한 것 같아 문득 입을 다문다. 잠시 침묵이 흐른 뒤 머쓱한 표정으로 제가 너무 흥분했네요, 하고 사과의 말을 건넨다. 그러나 중년남자는 사과를 받지 않고, 작은 소리로 우물거리며 무슨 말인가를 전하려고 노력한다. 잘 알아듣지 못한 청년k가 네? 하고 되묻는다. 중년남자는 그제야 에라 모르겠다는 표정으로 속마음을 털어놓는다. 그게 아니라, 사실은 내가 장기라도 팔아야 할 처지라서, 그래요. 혹시 그쪽 일을 알고 있는 사람이면 도움을 받을까 해서…… 청년k는 할 말을 잃는다. 자살을 하기 전에 아내와 자식에게 돈이라도 남기려고 한다는 이야기를 들으면서도 아무런 대꾸를 하지 못한다. 장기를 빼낸 뒤부터 힘을 못 쓰는 아버지가 떠올라 그저 고개만 끄덕인다. 오히려 머쓱해진 중년남자가 PC방을 나갈 때까지 키보드의 'Help' 자판을 노려보고 있다.

9

청년k가 또다시 멍하니 앉아 있다. 나는 재빨리 속삭였다. 뭐 해? PC방에 들어온 이유를 잊었어? 시간이 없다고! 그제야 청년k는 머리를 내흔들며 주위를 둘러본다. 자리에서 일어난다. 뒤쪽 비상구를 통해 밖으로 나간다. 서너 걸음 걷는 사이 '좆나'를 열 번도 더 내뱉고 있는 두 명의 여학생에게 말을 건다. 이 동네에 이 PC방 말고 또 있어요? 그렇지, 자리를 옮기는 건 잘하는 일이야. 아까 중년남자하고 이야기하고 있을 때 내가 얼마나 불안했는지 알아? 한 여학생이 킥킥 웃으며 대답한다. PC방은 없고 저기에 멀티방은 하나 있어요. 그런데 좀 비싸요. 침대가 있거든요. 청년k는 여학생의 손가락이 가리킨 곳으로 달려간다. 편의점을 끼고 돌자마자 '등대 멀티방'이라고 적힌 간판을 발견한다. 그 순간, 나는 짜릿했다. 이곳이라면 모든 것이 한꺼번에 끝날 수 있으리라는 기대감! 청년k 역시 그런 생각을 하고 있어 더욱 흥분되었다. 청년k가 눈을 반짝이며 주머니에서 마스크를 꺼내 쓰고, 모자를 벗어 손에 든다. 그래, 그렇게 모습을 바꾸는 것도 나쁘지 않지. 자, 그럼 어서 들어가자고. 꿈을 향해 힘차게 달려가자고! 청년k는 나의 뜻대로 힘차게 지하계단을 내려간다. 멀티방 출입문을 열고 들어간다. 밤바다처럼 검푸른 실내 분위기에 잠시 어리둥절하다가 안내인을 따라 통로를 걷는다. 그러면서 1호, 2호, 3호 방을 살핀다. 아무도 없는 것을 확인하며 4호방을 선택하여 들어간다. 필요한 것이 있느냐는 안내인의 물음에 고개를 젓는다. 필요한 것이 있으면 언제든지 불러달라는 말에는 고개를 끄덕인다. 나도 청년k와 함께 고개를 저었고, 고개를 끄덕였다. 그러곤 안내인이 물러가고 없는 방을 둘러보았다. 컴퓨터와 침대가 하나씩, 그리고 회색 문을 열면 샤워기가 딸린 화장실도 하나 있었다. 최적의 장소였다. 나는 고삐를 늦추지 않고 청년k를 다그쳤다. 어서 움직여! 청년k는 컴퓨터를 켠다. 부팅되는 동안 바지 벨트를 풀러 침대 위에 놓는다. 주머니에 들어 있는 물건을 전부 꺼내 그 옆에 놓는다. 화장실로 가 벽에 박혀 있는 샤워기걸이를 손으로 잡고 힘껏 당겨본다.

10

청년k는 인터넷에 접속한다. 바쁘게 마우스를 움직이며, 거침없이 키보드를 두드린다. 드디어 여한 없는 미소를 지으며 마침표를 찍듯 'Enter'를 친다. 그러곤 자리에서 일어난다. 티셔츠를 벗는다. 바지를 벗는다. 팬티까지 벗어 벌거숭이가 된다. 침대 위의 약봉지를 열어 알약 두 개를 물 없이 삼킨다. 메스와 벨트를 들고 화장실로 들어간다. 벨트를 고리 지어 샤워걸이에 건다. 똑바로 서서 둥근 고리 안으로 얼굴을 집어넣는다. 얼핏, 검은 뱀 한 마리가 소리 없이 벨트를 타고 내려와 목을 감아도는 느낌, 아! 주문을 외듯 빠르게 중얼거리기 시작한다. 경동맥이라고도 하는 목동맥은 머리와 목에 혈액을 공급하는 여러 동맥 가운데 하나이다. 그 지점에서 왼쪽 손을 올려 벨트와 함께 오른쪽 턱을 잡아 들어올린다. 그러곤 다시 중얼거린다. 머리로 가는 동맥은 양쪽에 한 개씩 있는데 왼쪽 동맥은 심장 바로 위에 있는 대동맥궁에서 시작하고, 오른쪽 동맥은 대동맥궁의 가장 큰 가지인 팔머리동맥에서 시작한다. 중얼거림이 끝나기도 전에 오른쪽 동맥이 드러난 자신의 목에 날카로운 메스를 수직으로 꽂는다. 무릎을 구부려 서서히 아래로 주저앉으며 눈을 감는다.

나는 이제 청년k의 몸 밖에 있다.

그러나 언제나 변수는 따랐다. 사건현장에 제일 먼저 도착하여 청년k의 시신을 검사한 사람은 지난겨울 우리 그리네스를 처음 발견한 법의학자였다. 아무튼 청년k가 인터넷에 밝힌 내용은 삽시간에 퍼져나갔지만 일주일 만에 모두 삭제되었다. 관련된 전직 경찰과 검사와 판사는 어떻게 그런 일이 있을 수가 있느냐고 딱 잡아뗐다. 비서실 실세는 대응할 가치조차 없는 얘기라고 잘라 말했다. 유수의 신문사들은 일류대학의 의대생이 정신이상으로 사회에 물의를 일으킨 사건으로 보도했다. 매 순간 행복을 꿈꾸는, 살고 싶은 사람들은 돈에 쪼들린 일류대 의대생이 유괴사건을 일으킨 것이라고 떠들어댔다. 심정의 변화를 일으켜 아이를 화장실에 버리고 갔는데 수사망이 점점 좁혀졌고, 마침 그리네스에 감염되어 자살을 했다는 것이었다. 그래도 매 순간 자살을 꿈꾸는, 죽고 싶은 사람들은 청년k가 주장하는 내용을 어느 정도 수긍했다. 그러나 아무도 나서서 말하지 않았다. 오로지 청년k가 자살을 성공한 방법에만 관심을 보였다. 법의학자는 사건의 진실을 정확히 파악했지만 스스로 알아서 입을 다물었다. 정부는 비서실 실세의 제안에 따라 다시 한 번 '그리네스와의 전쟁!'을 선포했다. 그리고 우리 그리네스들은 비서실 실세 덕분에 더욱 강력한 병원체가 되었다. 사람이 말 한 마디만 해도 그의 과거와 미래는 물론 그와 연관된 모든 사람이 훤히 들여다보이는 능력까지 갖추게 되었다.

노란 방역차가 가로수 길을 천천히 지나간다. 푸른 남방을 입은 남자가 방독면을 쓰고 커피숍 앞을 지나간다. 머리를 붉게 물들인 여자가 마스크를 쓰고 네일숍 안으로 들어간다. 검은 운동화를 구겨 신은 남학생이 캔커피를 들고 편의점에서 나온다. 하얀 교복을 입은 여고생이 초초하게 입술을 깨물며 선물가게 앞을 서성거린다. 일단 방독면과 마스크를 쓴 대상은 제외, 나는 검은 운동화를 구겨 신은 남학생을 살핀다. 잘근잘근 입술을 깨물고 있는 여고생의 마음을 유심히 들여다본다. 그러곤 잠시 뒤, 길 건너편 회색 건물에서 우르르 몰려나오고 있는 한 무리의 남녀를 빠르게 스캔한다. 그들의 표정이 하나같이 침통하다. 심상치 않다. 나는 회색 건물을 올려다본다. KNO협회 간판과 자살방지협회 간판이 나란히 붙어 있다. KNO협회 창문에서만 불빛이 흘러나오고 있다. 나는 먹이를 찾는 독수리처럼 높이 날아오른다. 빠른 속도로 건너편 나무 위에 훌쩍 내려앉는다. 침통한 사람들의 이야기를 엿듣는다. 순식간에 그들에게 드리워진 절망을 감지한다. 마침내 갈색 바지에 검은 뿔테 안경을 쓴 한 남자를 주시한다. 그의 중얼거림을 듣는다. 어떻게 그런 사람을 뽑을 수가 있지? 이건, 아주 부도덕한 일이야! 그 한마디에 나는 모든 것을 감지한다. 사람들이 모르는 이야기를, 아니 모르는 척하는 이야기를 모두 파악한다. 이제 내일이면 우리 그리네스는 아주 부도덕한 일을 벌인 KNO협회 관련자들 덕분에 더욱 강력한 병원체로 무장될 것이다. 나는 휘청휘청 걸어가는 검은 뿔테 안경을 쓴 남자의 뒤를 소리 없이 쫓는다. 그의 갈색 바지자락에 몸을 싣는다. 최상의 컨디션이다.

천운영
엄마도 아시다시피

ⓒ 백다흠

1971년 서울에서 태어나 한양대 신문방송학과 및 서울예대 문예창작과를 졸업했다. 2000년 《동아일보》 신춘문예에 단편 〈바늘〉이 당선되어 등단했다. 소설집 《바늘》《명랑》《그녀의 눈물 사용법》, 장편소설 《잘가라, 서커스》《생강》이 있다. 신동엽창작상, 올해의 예술상을 수상했다.

고요했다. 밤사이 뭔가 살짝 다녀간 느낌이었다. 흐트러짐은 없었다.

그는 노모의 얼굴을 내려다보며 최근에 무슨 기미가 있었는지 헤아려보았다. 노인만의 예감으로 어떤 차비를 하지 않았는지. 특이할 만한 행동이나 언급은 없었는지. 없었다. 여느 날과 다르지 않았다. 어떤 의심도 불안도 끼어들지 않는 밤이었다. 그가 숨을 쉬는 공기와도 같이. 숨 쉴 때마다 조바심을 내며 산소의 함량을 측정할 필요가 없는 바와 같이. 바람결에 라일락 향기가 묻어오는 봄밤이었다는 것뿐.

밤의 기운이 채 가시지 않아 방 안이 서늘했다. 그는 노모의 이마에 손을 얹었다. 그리고 자신의 이마에도 손을 얹었다. 이마를 짚어 체온을 재려는 사람처럼 자신의 이마와 노모의 이마를 번갈아 짚었다. 그의 눈에 핏발이 서면서 턱이 움찔거렸다. 그는 얼른 손을 내려 노모의 눈을 가렸다. 아이에게 몹쓸 짓을 보이지 않으려는 아버지의 손길 같았다. 그는 천천히 길게 숨을 내뱉고 두 손을 공손히 거두어들였다.

그의 어머니가 향년 칠십오 세로 생을 마감했다.

평온하게 잠든 모습으로.

지나칠 정도로 단정한, 그녀다운 죽음이었다.

시곗바늘은 다섯 시 사십 분을 가리키고 있었다. 그는 어머니의 방을 나와 아내가 자고 있는 방으로 들어갔다. 아내가 깨어날 때까지 기다렸다가 어머니의 사망 소식을 알렸다. 그의 아내는 그가 잠꼬대를 하고 있다고 생각했다. 그의 아내는 스탠드를 켜 그의 얼굴을 살폈다. 그는 무표정했다. 그의 아내는 미심쩍은 얼굴을 하고 방을 나갔다. 잠시 후 어머니의 방에서 비명에 가까운 울음소리가 터져나왔다. 그는 아내가 빠져나간 이부자리를 물끄러미 쳐다보며 조용히 앉아 있었다.

그는 형제들에게 어머니의 죽음을 전했다. 쾰른과 코네티컷에서 공부하고 있는 두 자식에게도 각각 전화를 걸었다. 둘 다 할머니의 장례에 참석하길 원했으나 그들이 도착할 때면 모든 장례절차가 끝나 있을 터이므로 방학 때 들어오는 편이 낫겠다고 그가 충고했다. 부하직원에게는 이른 아침부터 사적인 전화를 하게 된 것에 대해 양해를 구한 다음 모친상을 알리고 업무에 관련해 몇 가지 지시사항을 내렸다.

그는 문갑에서 어머니의 사진을 찾아 꺼냈다. 그의 어머니가 환갑이 되던 해 본인의 뜻에 따라 준비해둔 영정사진이었다. 이마에 검버섯이 없는 것 말고는 그가 조금 전 보고 나온 어머니의 얼굴과 다르지 않았다. 입가에 작은 점도 그대로였다. 사진 속 어머니가 그를 향해 입만 빙그레 웃고 있었다.

그의 어머니는 생전에 특별한 유언을 남기지 않았으므로 전통적이면서도 전형적인 방식의 장례절차를 따랐다. 그는 위엄과 예의를 갖추고 상주 자리를 지켰다. 조문객들은 삼가 애도를 표하면서 하나같이 호상이라는 말을 덧붙였다. 자식에게 누를 끼치지 않고 죽는 죽음. 그것은 모두 그의 복과 덕으로 돌려졌다.

 장례식은 적당히 엄숙했고 적당히 번잡했다. 회사 상조회에서 사소한 부분까지 세심히 챙겼으므로 그가 신경 쓸 일은 거의 없었다. 장례식과 관련하여 어떤 분란이나 어긋남은 일어나지 않았다. 장례식 일체의 비용은 장남인 그가 부담했고, 조의금은 유명무실하지만 합리적으로 국가가 정한 법에 따라 형제들이 똑같이 나눴다. 그의 형제들은 장남의 말에 순종하며 자라왔으므로, 조의금은 대부분 그와 연관된 사람들에게 나온 것이었으므로, 토를 달 이유도 없었다.

 어머니의 유품은 그의 아내가 정리했다. 삼우제를 지낸 다음 날이었다. 어머니는 검박하고 깔끔한 생활을 해왔으므로 손댈 것은 많지 않았다. 가구나 보료 등은 그대로 놔두었다. 어머니의 유품은 상자 두 개로 충분했다. 하지만 그의 아내는 노모의 물건들을 하나하나 쓰다듬고 끌어안고 매만지느라, 그것들을 종이에 쌌다가 풀었다가 다시 싸기를 반복하느라, 상자 두 개를 채워넣기까지 꼬박 하루가 걸렸다. 아내는 상자 두 개를 버리지 않고 그대로 장롱 속에 넣어두었다. 유품 정리를 마친 아내는 장롱 문에 기대앉아 소리 없이 눈물을 흘렸다. 울고 싶은 일이 생길 때마다 달려가 기대던 어머니의 어깨 대신 딱딱한 장롱 문이 아내의 눈물을 받아주고 있었다.

 그는 아무것도 손대지 않았다. 그는 아내가 있는 어머니의 방 문을 슬쩍 한번 열어보고는 그가 관여할 일이 아니라는 듯 조용히 문을 닫았다. 그의 눈에는 아내가 부엌에서 냉장고나 싱크대를 정리하고 있는 것처럼 보였다. 부엌은 아내의 영역이었다. 아내가 유품을 정리하는 동안 그는 심사숙고해서 조문 답례문을 작성했다. 방명록과 조의금 봉투를 확인한 후 직접 쓴 답례 편지를 보냈다. 전화를 걸어야 할 곳은 따로 챙겼다. 그 일을 하는 데 꼬박 사흘을 할애했다. 어머니의 죽음과 관련된 각종 서류 절차와 은행 업무들을 마치고 나자 그가 낸 열흘간의 휴가가 마침맞게 끝났다. 어머니의 죽음과 관련하여 그가 할 일은 더 이상 없었다.

마당에 라일락이 지고 담장에 넝쿨장미가 피었다.
그는 지난 삼십여 년간 그래왔던 것처럼 다섯 시에 일어나 머리맡에 놓인 물을 한 잔 마시면서 하루를 시작했다. 어머니의 방으로 들어가 잠시 앉아 있다 나와서 출근 준비를 하고, 구둣주걱을 사용해 구두를 신은 다음 집을 나섰다. 잘 정돈된 주택가 골목을 산책하듯 걸어내려가, 버스를 타고 회사에 도착하면 일곱 시 반. 차 한 잔을 타서 책상 앞에 앉아 전날 책갈피를 끼워둔 책을 펼치면, 업무시간이 시작되기 오 분 전까지 한 자세를 유지했다.
지나치게 단정한, 그다운 일상이었다.
하지만 그는 왜 늘 그 자리에 있던 구둣주걱이 어느 날 갑자기 보이지 않는지, 그것이 어떻게 버스정류장까지 가서 쓰레기통에 처박혀 있는지 알 수가 없었다. 그가 읽고 있는 문장이 왜 전에 읽었던 것도 같고 전혀 아닌 것도 같은지, 봄이 가고 여름이 오도록 왜 한 권의 책을 다 끝내지 못하고 있는지, 이해할 수가 없었다. 그는 책장을 덮고 그가 검토해야 할 서류에 코를 박고 석연치 않은 점을 지적하고 오류를 잡아내는 데 온 힘을 기울였다.

　그는 시장기를 느끼며 시계를 올려다보았다. 점심시간에서 십 분이 지나 있었다. 그는 일정표를 펼치고 혹시 잊은 약속은 없는지 확인했다. 실내화를 벗고 구두로 갈아신은 다음 외투를 걸쳐입고 사무실을 나섰다. 엘리베이터를 타고 십구 층을 내려가 회전문을 통과해 건물 밖으로 나왔다. 왕복 십이 차선 도로 횡단보도에 서서 신호를 기다렸다. 햇빛이 강렬했다. 겨드랑이와 목덜미에 금세 땀이 배었다. 그가 양복 윗도리를 벗기 위해 팔을 빼내려는 순간 신호가 바뀌었다. 그는 사람들에 밀려 연석에서 내려섰다. 그는 다시 옷을 단정히 하고 걸음을 옮겼다. 그는 자신의 의지로 걷고 있는 것이 아니라 사람들의 속도에 밀려 옮겨지고 있는 듯했다.
　그는 세 군데 식당에서 허탕을 치고 난 다음, 뼈다귀해장국집에서 합석을 조건으로 자리를 잡을 수 있었다. 외투를 벗어 얌전히 두 번 접어 무릎 위에 올려놓았다. 잠시 후 뜨겁게 달구어진 뚝배기에 뼈다귀해장국이 나왔다. 첫술을 뜨자 참고 있던 허기가 솟구쳤다. 그는 국을 후후 불어가며 허겁지겁 수저질을 했고, 한 번에 너무 많은 국을 퍼올려 우거지 한 줄기가 숟가락에서 빠져나왔고, 그것은 그의 와이셔츠를 스치듯 지나간 다음 벗어놓은 외투에 떨어졌다. 그는 재빨리 바지 뒷주머니에 손을 넣었다. 주머니는 비어 있었다.
　―손수건이 없어.
　그는 주머니에 손을 넣은 채 조용히 읊조렸다. 동석했던 남자들이

식사를 마치고 자리에서 일어났다. 그는 우거지를 집어 식탁 위에 올려놓고 물끄러미 쳐다보았다. 빈 그릇을 치우러 온 식당여자가 식탁 위를 살피며 조심스럽게 물었다.

─ 왜요? 국이 뭐 잘못됐어요? 머리카락이라도 있어요?

─ 손수건이 없네요. 이걸 닦아야 하는데…… 손수건이…… 없어요.

식당여자는 그의 와이셔츠에 묻은 국물 자국을 보고 안심했다. 뭔가 흘린 태가 나긴 했지만 시뻘건 국물은 아니어서 아주 흉할 정도는 아니었다. 식당여자는 쟁반을 내려놓고 손에 들고 있던 물행주를 들이대고 와이셔츠를 비벼 우거지 자국을 지웠다.

─ 뭐가 문제랍니까? 자, 자, 자. 봐요. 이제 깨끗해졌죠?

─ 손수건을 잊지 말라고 그랬는데.

와이셔츠에 물자국이 넓게 퍼졌다. 그는 다시 주머니에 손을 넣고 손수건을 찾아보았다. 손수건은 없었다. 식당여자는 쟁반에 빈 그릇과 행주를 함께 담아 주방 쪽으로 들어갔다.

─ 손수건은 항상 엄마가 챙겨줬는데. 손수건은…… 엄마는……

손수건은 매일 아침 어머니가 그의 양복 뒷주머니에 넣어주었다. 서랍장에서 하나 꺼내주는 것이 아니라, 저녁에 빨아 새벽에 다린 따끈따끈한 손수건이었다. 그것은 그가 가슴에 손수건을 매달고 초등학교에 입학한 순간부터 계속되어온 어머니의 배웅 방식이었다. 포옹처럼 따끈한.

─ 없어.

그는 다시 주머니에 손을 넣었다. 그곳에 손수건이 없다는 걸 알면서도 자꾸 뒤졌다. 식당여자가 그의 어깨를 건드렸다.

― 자. 또 흘리지 말고, 이거 하고 드세요.

식당여자가 그에게 앞치마를 내밀었다. 소주회사 로고가 새겨진 빨간색 앞치마였다. 그는 앞치마를 빤히 쳐다보았다.

― 괜찮아요. 부끄러워하지 말고 둘러요.

앞치마는 손수건처럼 반듯하게 접혀 있었다. 식당여자는 접힌 앞치마를 툭툭 털어 펼친 다음 그의 목에 직접 걸어주었다. 친절하게도 끈을 등 뒤로 바싹 당겨 묶어주기까지 했다. 그러고는 한 발짝 물러서서 매우 흡족한 듯 고개를 끄덕이며 빙긋이 웃었다. 그는 식당여자의 미소에 측은함이 담겨 있다고 느꼈다. 식당여자는 처음부터 알고 있었는지도 몰랐다. 그가 어머니를 잃은 남자라는 사실을. 그래서 다른 손님들에게 양해까지 구해가며 그의 자리를 만들어주었을 것이다. 그래서 어머니의 손수건 대신 자신의 행주를, 그리고 앞치마를, 그에게 걸어주었을 것이다. 그는 확인하듯 식당여자에게 물었다.

― 저 불쌍해 보여요?

― 이깟 것 갖고 뭘 그래요. 괜찮아요. 괜찮아. 이제 맘껏 드세요.

식당여자는 뚝배기를 그 쪽으로 슬쩍 밀어주었다. 어머니를 잃은 남자를 위한 식당여자의 배려였다. 그는 주위를 둘러보았다. 건너편에 앉은 은행원 복장의 젊은 여자가 그를 향해 안쓰러운 표정을 지어 보이고는 옆에 앉은 여자에게 귓속말을 했다. 어머니를 잃은 사람의 몸에서는 특별한 체취가 풍겨나오는지도 몰랐다. 아니면 어머니를 잃은 사람의 얼굴 어딘가에 특별한 표식 같은 게 있는 건지도.

모두들 알고 있었다. 그가 어머니를 잃은 사람이라는 사실을. 그만 모르고 있었다.

— 엄마는 없어…… 난……

그는 고개를 끄덕끄덕 흔들었다. 그리고 말했다.

— 고아야.

그는 해서는 안 될 말을 한 사람처럼 깜짝 놀랐다. 그리고 그 말을 꿀꺽 삼켰다. 읍. 그는 풍선을 삼킨 듯했다. 그는 삼킨 풍선이 다시 입 밖으로 떠오르지 않도록 손으로 입을 틀어막았다. 그것은 복부 아래쪽까지 쑥 내려갔다. 그리고 펑 터졌다. 터지면서 부서졌다. 부서진 고아 알갱이들이 목구멍 쪽으로 치솟아 올라왔다. 그는 이를 악물고 목젖을 닫았다. 입을 막고 막은 손을 한 번 더 막아세웠다. 그가 버티면 버틸수록 그것은 더 광포한 힘으로 들썩거리며 그를 몰아세웠다. 그 말이 그의 목젖을 후려쳤다. 그 말이 그의 입술을 벌렸다. 그 말이 그의 두 손을 밀쳐냈다. 그리고 용암처럼 분출했다. 파핫 폭죽을 쏘아올렸다. 삼킨 그 말이 울음을 터뜨렸다.

고아가 터뜨린 폭죽.

푸어헝 으허헝 으허헝.

식당 안에 있던 사람들의 시선이 일제히 한 곳으로 모였다. 빨간 앞치마를 두른 채 뼈다귀해장국 앞에서 울음폭죽을 터뜨린 남자에게로 향했다. 사람들은 불안한 눈빛으로 그를 쳐다보았다. 식당여자는 그가 잃어버린 손수건이 꽤나 값나가는 물건이었거나 특별한 추억이 있는 물건이었나 보다고 주방여자에게 알은척을 했다. 그렇다고 목 놓아 울 것까지는 없을 텐데. 식당여자는 혀를 끌끌 차며 고개를 돌렸다.

뚝배기 안으로 콧물이 뚝뚝 떨어졌다. 그는 빨간 앞치마를 수건처럼 얼굴에 덮어썼다. 그가 숨을 들이마실 때마다 빨간 앞치마가 들썩거리며 물기를 머금었다. 식사를 마친 사람들이 하나둘 식당을 빠져나가기 시작했다. 점심시간이 지난 조용한 식당 안에 그의 울음소리만 기괴하게 흘렀다. 식당여자는 식탁 위의 빈 그릇들에 손도 못 댄 채 울고 있는 그를 비껴 보고 있었다. 그는 잠시 눈물을 멈추고 자리에서 일어났다. 지갑에서 만 원짜리 지폐 한 장을 꺼내 식당여자에게 두 손으로 건네주었다. 그러고는 허리를 굽혀 인사를 했다.

─고맙습니다. 이렇게 신경을 써주셔서. 정말 감사합니다.

그는 거스름돈도 받지 않고 연신 고개를 주억거리며 식당 문을 나섰다. 식당여자는 앞치마는 벗고 가라고 말하려다가 그만두었다. 오후의 강렬한 햇살이 그의 정수리에 내리꽂혔다. 그는 빨간 앞치마를 두른 채 길을 걸었다. 아기에게 턱받이를 해주듯, 식당여자가 그에게 둘러준 빨간 앞치마를 무릎으로 툭툭 치면서. 어머니를 잃은 자식의 표식을 매달고. 그는 후미진 골목 끝으로 들어가 몸을 숨겼다.

그리고 울었다.

울고, 울고, 또 울었다.

한번 터진 고아의 폭죽은 쉬지 않고 펑펑, 불꽃을 쏘아올리고 있었다. 그의 울음소리는 통곡에 가까웠다. 그는 주먹으로 눈을 훔치다가 가슴을 치다가 벽을 치며 울었다. 어미를 잃은 늑대새끼처럼 고개를 쳐들고 우우우우 울었다. 그러다가 갑자기 울음을 멈추었다. 그는 붉게 충혈된 눈으로 주위를 둘러보았다. 유령을 본 듯 황망한 표정이었다. 그는 무슨 소리를 들은 것 같았다.

목소리. 어떤 목소리.

그는 고개를 가로저었다. 그리고 더 크게 울었다. 목젖을 찢어버릴 것처럼 울었다. 그러자 그 어떤 목소리가 그의 귀에 더 크게 들렸다. 그는 환청이라고 생각했다. 하지만 환청이라기에는 그 어떤 목소리가 너무 생생했다. 그는 울음을 뚝 그쳤다. 그리고 주위의 소리에 귀를 기울였다. 소음만 무성했다. 그가 들었던 그 어떤 목소리는 더 이상 들리지 않았다. 소리의 미세한 여운도 남아 있지 않았다. 환청일 뿐이었다. 그는 절망적으로 얼굴을 일그러뜨렸고, 다시 시작된 그의 울음소리는 더욱 절망적으로 뒤틀렸다. 그는 목구멍이 타들어갈 것 같았다. 그랬더니 그 목소리가 다시 들리기 시작했다.

그 목소리. 그 어떤 목소리.

약간의 쇳소리를 품은 걸걸한 목소리.

그것은 분명 엄마의 목소리였다.

그는 울음을 멈추었다. 그리고 다시 울었다. 마치 뒤따라오는 사람의 존재를 알아보기 위해 걸음을 멈추고 획 돌아봤다가 다시 걸어가길 반복하는 사람처럼, 그는 울음소리를 냈다가 멈추기를 반복해보았다. 울었다가 그쳤다가, 걷다가 뒤돌아봤다가. 그가 울면 엄마도 울었다. 그가 울음을 멈추면 엄마도 울음을 멈추었다. 그는 깨달았다. 뒤따라오는 것이 자신의 그림자였다는 것을. 환청처럼 들리던 엄마의 목소리가 바로 자신의 울음소리였다는 것을. 울어서 쉰 목소리가 생전의 엄마 목소리를 닮았다는 것을.

그녀의 걸걸한 목소리는 병으로 얻은 것이 아니었다. 늙어서 변한 것도 아니었다. 그녀의 목소리는 타고난 것이었다. 아기일 때부터 그녀는 노인이었다. 그녀의 첫 울음소리는 우렁차다기보다 시끄러웠다. 그녀의 울음소리를 두고, 그녀의 조부는 곧 숨이 넘어갈 노인의 목소리라고 했고, 그녀의 조모는 금이 간 무쇠 솥뚜껑으로 시멘트 바닥을 긁는 소리라고 했다. 경운기 시동 거는 소리라고 말한 사람은 그녀의 아버지였다. 사람들의 표현은 각기 달랐지만 그녀의 목소리에 눈살을 찌푸리는 반응은 한결같았다.

그녀는 타고난 명석함으로 누구보다 빨리 언어를 습득했으나, 그만큼 빨리 말을 아끼는 법도 배워야 했다. 그녀는 나이를 한 살 더 먹을 때마다, 말을 한 마디 더 줄이면서 더 많은 말을 할 수 있는 법을 터득해갔다. 소리 내어 웃지 않지만 환한 얼굴로 기뻐하는 법. 소리 내어 화내지 않고 눈빛으로 엄중하게 경고하는 법. 숨이 넘어갈 것 같은 노인의 음성에 생생한 아이의 눈빛을 담는 법. 그리고 그녀는 걸걸한 쇳소리에서 걸걸함과 쇳소리를 분리해서 사용하는 법도 배웠다.

그녀는 말을 해야 할 순간에 대해 신중을 기했으며, 안에서 충분히 정제되어 나온 말을 최대한 천천히 내뱉었다. 그렇게 내뱉은 말은 무쇠 솥뚜껑을 얹어 뜸을 들인 밥처럼 차지고 윤기가 흘렀다. 그녀의 말 한 마디 한 마디는 그래서 충분히 효과적이었고 절대적이었다. 그녀는 그렇게 단단해져갔다. 그녀가 가진 단단함이 목소리처럼 타고난 것이었는지, 아니면 목소리의 결점 때문에 생긴 훈련의 결과였는지는 알 수 없었다. 어쨌든 그렇게 안으로 쌓아진 단단함은 목소리의 결점까지도 지울 수 있을 만큼 견고했다.

그리하여 그녀의 걸걸한 목소리가 들려주는 말이, 옹기에서 잘 익은 국간장 맛이 난다고 말한 사람은, 그녀의 목소리를 두고 경운기 시동 거는 소리라고 했던, 그녀의 아버지였다. 독은 거칠고 질박했지만 그 독에 든 장맛은 깊고 은근하게 달았다.

그는 그녀의 목소리가 가르쳐주는 단어를 들으면서 세상의 사물을 익혔다. 그가 처음 발음한 단어는 대부분의 아이가 그렇듯이 '엄마'였다. 그녀의 목소리가 가르쳐준 엄마는 보드라우면서도 단단한 힘을 갖고 있었다. 그의 입에 엄마 젖꼭지 대신 약숟가락이 들어왔을 때, 그는 그 섬뜩하게 차갑고 쓴 쇠가 그녀의 입을 통과하면서 풀 냄새를 갖게 된다는 것을 알았다.

침묵 역시 그녀가 내는 목소리의 한 방식이었다. 그는 그녀의 침묵을 헤아리면서 해야 할 것과 하지 말아야 할 것을 배웠다. 그녀는 그에게 말을 하라고 다그치거나 보채는 법이 없었으므로, 언제나 그가 먼저 그녀에게 모든 말을 털어놓게 되었다. 어디서 한 대 맞고 돌아와 그녀에게 매달려 울고불고 횡설수설하다 보면, 그녀는 한 마디도 하지 않고 그가 말을 그칠 때까지 기다렸고, 결국 그는 친구에게 혓바닥을 내밀어 약을 올린 일도 설명해야 했다.

침묵 속에도 소리가 있었다. 그가 잘못을 저질렀을 때 생각해낼 수 있는 모든 변명을 늘어놓고 있으면, 그녀는 그가 하는 변명에 단 한 번도 토를 달지 않았다. 그러나 그는 그녀의 숨소리에서 조금씩 날카로워지는 쇳소리를 감지했다. 그것은 그녀의 인내가 한도에 다다르고 있다는 것을 의미했다. 그것이 침묵을 뚫고 나오는 순간, 그리하여 그녀의 입에서 됐다, 라는 말이 쇳소리를 품고 나오는 순간, 용서받을 수 있는 기회를 영원히 놓치게 된다는 것도 알았다. 그는 고개를 숙이고 자신이 저지른 잘못을 조목조목 인정했다. 그러면 그녀는 맑은 쇳소리로 괜찮다, 말하며 머리를 쓰다듬어주었다. 그는 그 소리가 듣기 좋았다.

실망의 묵직한 쇳소리와 위로의 청아한 쇳소리는 그렇게 달랐다.

죽음을 자연스럽게 받아들이라고 가르친 것도 그녀의 쉰 목소리였다. 그가 열 살이 되던 해였다. 그녀는 갑작스러운 사고로 남편을 잃었다. 그는 아버지를 잃었다. 그녀는 도움의 손길을 정중히 거절하면서도, 허둥대거나 서두르는 법 없이 예를 갖춰 혼자 힘으로 남편의 장례를 치렀다. 장례를 치르는 동안 그녀는 단 한 번도 눈물을 보이지 않았다. 아이고아이고 곡소리도 없었다. 그렇다고 그녀에게 손가락질하는 사람은 없었다. 가만히 서 있는 것만으로도 그녀는 충분히 슬퍼 보였다. 장례를 모두 마치고 집으로 돌아오는 길에 그녀가 그에게 물었다.

— 엄마 죽으면 어떻게 할래?

그 물음에 그는 겁부터 집어먹었다. 당장이라도 그녀가 그의 눈앞에서 사라질 것 같았다. 그리고 심각했다. 그녀는 그에게 무언가를 먼저 물은 적이 없었으므로, 그녀의 물음에는 언제나 답이 내포되어 있었으므로, 그는 그녀의 물음에서 답을 찾아내야 했다. 하지만 대답은커녕 오줌을 쌀 것 같아서 다리를 모으고 허벅지를 조이느라 전전긍긍했다. 그때 그녀가 그의 마음을 다 안다는 듯 그의 머리를 쓰다듬으며 답을 가르쳐주었다.

― 괜찮아.

그는 뭐가 괜찮다는 건지 헷갈렸다. 죽는다는 게 괜찮은 건지. 엄마가 괜찮다는 건지. 아니면 아버지가 죽은 게 괜찮은 건지. 그녀가 힌트 하나를 더 주었다.

― 엄만 금방 안 죽어. 그게 엄마야.

그 말을 하는 그녀의 목소리는 조금 더 쉬어 있었다. 그는 그녀가 준 힌트들을 모두 모아 조합을 하고 해석을 한 다음 결론을 내렸다. 아버지의 죽음은 괜찮은 거다. 엄마는 안 죽는다. 그는 아버지가 죽은 것을 자연스럽게 받아들일 만큼만, 딱 그만큼만 이해했다. 그리고 엄마는 금방 안 죽는 사람이라는 믿음을 가질 만큼만, 딱 그만큼만 이해했다. 그리고 그는 언젠가 엄마가 죽게 된다면, 그녀가 그랬던 것처럼 의연하게 장례를 치러야 한다는 것을 배웠다.

그는 그녀의 가르침을 떠올리며 주먹을 꽉 쥐었다. 그리고 다짐했다. 다시는 고아라는 말을 입에 담지 않겠다고. 그녀가 남편을 잃은 후 단 한 번도 과부라는 말을 하지 않았던 것처럼. 그녀가 과부인 것은 사실이었지만 과부로 살지 않았던 것처럼. 그 또한 고아가 분명했지만 고아로 살지 않을 것이라고.

그리고 그는 그녀의 죽음으로부터 새로운 것을 배우게 되었다. 어떤 죽음은 절대로 자연스럽지 않다는 것을. 극진한 울음이 어떤 목소리를 불러올 수도 있다는 것을. 그것은 그녀의 산 목소리로는 가르쳐줄 수 없는 것이었다. 그가 울음을 터뜨렸을 때, 그 울음소리가 쉬고 갈라져서 그녀의 목소리를 닮기 시작했을 때, 그제야 비로소 알 수 있는 것이었다. 그는 오래전 그녀가 그에게 해주었던 말의 의

미를, 그녀가 죽고 난 후에야 이해했다.

괜찮다. 엄마는 죽지 않는다. 그게 엄마다.

어머니는 죽었다. 죽었지만 아주 죽지는 않았다. 그의 목구멍 속에 엄마가 살아 있었다. 그의 목숨이 붙어 있는 한 그의 엄마도 살아 있을 것이었다. 그는 지금 목구멍에 엄마를 잉태하는 중이었다. 왜 진즉에 울지 못했을까. 울어서 엄마 목소리를 들을 수 있다면 사흘 밤낮을, 또 사흘 밤낮을, 영원한 사흘 밤낮을 울 수도 있었을 텐데. 그는 가슴을 치며 울었다. 울면서 웃었다. 엄마 목소리가 점점 더 생생해져서 웃었다. 웃음이 나서 또 울었다. 그는 웃다가 울기를 반복하며 추임새처럼 엄마를 불렀다. 엄마를 닮은 목소리가 엄마를 찾았다.

— 엄마 엄마 엄마.

집으로 돌아왔을 때 그는 약간의 피로감을 느꼈다. 그는 현관에서 구두를 벗어 구두코가 바깥쪽으로 향하게 돌려놓은 다음 손을 씻고 엄마의 방으로 들어갔다. 어머니가 쓰던 보료는 그 자리 그대로 펼쳐져 있었다. 그는 보료를 손바닥으로 쓰다듬어보았다. 보료 가장자리는 두툼했고 안쪽은 얄팍했다. 보료에는 오랜 세월 어머니의 체중에 눌리고 눌려서 만들어진 굴곡이 가운데로 길게 나 있었다. 한낱 보료도 어머니의 몸을 그대로 간직하고 있는데, 그는 아무것도 간직한 게 없었다.

그는 어머니의 몸을 만지듯 보료의 굴곡을 매만졌다. 어머니의 몸에 그의 몸을 맞추듯 보료의 굴곡 위에 제 몸을 갖다댔다. 입맞춤을 하듯 이마에 이마를 맞대고 볼에 볼을 맞대었다. 두 팔로 서로 끌어안듯 어깨에 어깨를 대고 배에 배를 맞추었다. 그가 완전히 엎어져 온몸을 맞추고 나자, 그의 발목이 보료 바깥으로 삐죽이 나왔다.

― 엄마는 이만큼이나 작았구나.

언제 마지막으로 어머니의 키를 재보았는지, 어머니의 등에 그의 등을 대고 키를 재보던 때가 언제였는지. 어머니가 죽고 난 후에야 비로소 엄마의 키를 짐작할 수 있다니. 그는 보료에 얼굴을 묻고 눈물을 흘렸다. 어머니의 머리에 눌리고 눌려서 둥글납작하게 단단해진 솜이 그의 눈물을 소리 없이 빨아들이고 있었다. 그는 다리를 개구리처럼 벌려 자신의 두 발을 보료 안쪽으로 집어넣었다. 그렇게 자신의 키를 어머니의 키에 맞추었다.

불행히도 그의 쉰 목소리는 금세 회복되었다.

그래서 그는 자신의 목을 혹사하기로 했다. 그는 기침과 함께 눈을 뜨고 가래를 끌어올리면서 하루를 시작했다. 방문을 열고 닫을 때마다 크르륵 칵, 한 번씩 목젖을 긁어주는 습관을 들였다. 버스정류장에 도착하면 입을 크게 벌려 배기가스를 들이마셔 물기를 모두 말린 다음, 배 속에서부터 올려낸 마른 가래를 뱉어냈다. 지금까지 살면서 길바닥에 가래를 뱉어본 적이 없었던 그는 처음에는 걸음을 멈추고 쓰레기통을 찾아 두리번거리곤 했지만, 점차 걸으면서도 능숙하게 침과 가래를 뱉어낼 수 있는 사람이 되었다.

그는 그의 목구멍에만 집중하고, 그의 목구멍만을 위해 온 힘을 쏟았다. 오로지 자신의 목구멍에서 올라오는 소리만이 그의 관심사였다. 톤과 강도를 달리해가며 소리를 내보고 가늠하면서 엄마 목소리를 되살리려 애를 썼다. 그러다 보니 엄마 목소리가 헷갈리기 시작했다. 쇳소리에 더 가까웠는지 천둥소리에 더 가까웠는지. 묵직했는지 둔탁했는지 날카로웠는지. 머릿속에서는 분명히 기억하고 있다고 생각했는데, 그의 목에서 꺼내보면 그릉그릉 가래 끓는 소리만 흘러나왔다. 그것은 답답하고 신경질적인 걸걸함이었다. 그것은 결코 엄마의 목소리가 아니었다.

그는 마음이 급했다. 그의 귓가에 쟁쟁했던 엄마 목소리가 완전히 사라지기 전에 목구멍으로 옮겨와야 했다. 목소리를 혹사하는 것만으로는 엄마 목소리를 닮을 수 없었다. 그에게는 울 곳이 필요했다. 누구의 눈치도 보지 않고 마음껏 울 수 있는 곳. 울어서 쉰 목소리를 만들 수 있는 곳. 그는 바로 그곳을 찾아냈다.

그가 지하 노래연습장 문을 열고 들어갔을 때, 카운터에서 옥수수 뻥튀기를 먹고 있던 주인여자는 오랜 경험으로 그에게 필요한 것이 무엇인지 단박에 알아차렸다. 주인여자는 옥수수 껍질을 입술에 붙인 채 그에게 물었다.

— 도우미 필요하세요?

그는 말없이 고개를 가로저었다. 주인여자는 알아모시겠다는 투로 입을 삐죽거리며 한 시간에 만오천 원, 선불이요, 라고 싸늘하게 말했다. 그리고 그를 카운터에서 가장 가까운 방으로 안내했다. 뭔가 수상쩍은 짓을 하면 바로 망신을 주리라 생각하면서, 문 옆에 몸을 숨기고 유리창 틈을 통해 안쪽을 살폈다.

그는 두 손을 무릎 위에 얌전히 올려놓고 꾸부정하게 앉아 있었다.

그 자세는 보통 실연을 당한 나이 든 여자들이 취하는 자세였다. 그렇게 좀 앉아 있다가 울음을 터뜨리고, 눈물 콧물 다 흘리며 미친 듯이 노래를 부르고, 그렇게 독기를 다 빼내고 난 다음에 다시 그 자세로 멍하니 앉기까지. 그에게는 한 시간으로는 모자랄 듯했다. 그런데 멀쩡하게 생겨가지고는, 마누라가 바람이 나서 도망을 갔나, 젊은 애인이 홀딱 벗겨먹고 내뺐나. 주인여자는 쯧쯧 혀를 차며 카운터로 돌아왔다.

─운다고 떠난 여자가 돌아오겠냐?

주인여자는 옥수수 뻥튀기를 입안에 하나 톡 던져넣으며 누구에게랄 것도 없이 말했다. 그때 새로운 손님들이 문을 열고 들어왔고, 주인여자는 그에 대한 관심을 접었다.

그는 울 준비가 되어 있었다. 그런데 이상하게도 눈물이 나오지 않았다. 그는 눈물을 재촉했다. 울어야 해. 울어야 해. 극진하게 울어야 해. 그는 심장을 압박했다. 슬퍼야 해. 어머니가 돌아가셨잖아. 엄마 목소리가 사라지기 전에 다시 살려내야 해. 그는 기억을 쥐어짰다. 엄마 목소리가 들렸을 때 어떻게 울었었나. 으엉으엉이었나. 으헝으헝이었나. 아이고아이고였나. 그는 이토록 빨리 눈물이 마를 수 있다는 사실이 놀라웠다. 그래서 슬펐다. 슬퍼서 눈물이 찔끔 났다.

노래방 주인여자가 문을 열고 고개를 내밀었다.

─아저씨 노래방 와서 노래는 안 부르고 뭐 하세요? 시간 다 됐는데. 삼십 분 서비스 줄 테니 노래하세요, 네?

울려고 왔는데 노래를 부르라니. 어머니를 잃은 사람에게 노래를 부르라 하다니. 어머니를 잃은 자식의 슬픈 표식이 벌써 사라진 걸까. 그는 눈물 한 방울을 매달고 노래방 주인여자를 쳐다보았다. 노래방 주인여자가 그를 향해 빙긋이 웃었다. 그는 여자의 입가에 콩알만 한 점이 있는 것을 보았다. 크기는 좀 컸지만 어머니의 점과 똑같은 위치였다. 그는 그것이 무슨 신호인 듯 여겨졌다. 저세상에 있는 엄마는 혹시 그에게 하고 싶은 말이 있어서 이 세상의 여자들을 통해 어떤 신호를 보내고 있는 것은 아닐까?

울지 말고 노래하라. 노래할 시간이 되었다. 어머니가 좋아하던 노래. 어머니의 눈을 지그시 감게 만들었던 노래. 어머니가 그에게 무언가 구해달라고 청해왔던 단 한 순간. 엄마의 노래를 불러라.

그는 자리에서 벌떡 일어났다. 그리고 노래방 주인여자의 손을 덥석 잡아쥐었다.

― 고맙습니다. 노래할게요. 네. 이제부터 노래할게요.

그가 고등학교에 막 들어갔을 즈음이었다. 길에서 우연히 그녀를 만난 적이 있었다. 그는 그녀를 불러세우려 했으나 그녀는 그의 목소리를 듣지 못했고, 그러다 보니 얼떨결에 뒤를 밟는 셈이 되었다. 그녀는 안이 환히 보이는 빵집으로 들어가 자리를 잡고 앉았다. 그는 빵집 바깥에서 안쪽을 기웃거리며 그녀를 기다렸다. 그녀는 여자 둘과 마주 보고 앉아 서류 같은 것을 작성하고 있었다. 그것이 무엇인지 보려고 가까이 갔다가 그녀의 눈에 띄었다. 그녀는 몹시 당황한 눈치였지만 그를 보고는 들어오라고 손짓을 했다. 그는 쭈뼛거리며 안으로 들어갔다. 그리고 보았다. 그녀가 어떻게 가족의 생계를 유지하고 있었는지. 그가 먹고 입고 공부하는 돈이 어디서 나오는

지. 아버지가 죽었는데도 왜 그의 생활에는 아무 문제가 생기지 않았는지.

그녀는 보험설계사가 되어 있었다. 그녀는 그 일과 관련된 서류를 집 안에 흐트러뜨리거나 하는 법이 없었으므로 그는 전혀 눈치채지 못했다. 그녀는 아이 셋 딸린 과부라는 사실을 앞세워 집안사람들을 닦달하며 실적을 채우려 하지도 않았다. 그녀가 무슨 일을 하고 있는지 아이들에게 들키지 않을 정도만, 경제적인 타격으로 아이들이 아버지의 부재를 인식하게 되지 않을 정도만, 딱 그만큼의 일을 했다.

그는 뒤를 밟으려던 것이 아니었음을 설명하려 했으나 말이 나오지 않았다. 여자들이 먼저 자리를 뜨고 그는 고개를 숙인 채 그녀가 시켜준 빵과 주스를 먹었다.

─슬픔을 간직한다는 게 뭔지 아는 사람의 목소리로구나.

그녀가 말했다. 그는 고개를 들어 그녀를 보았다. 그녀는 눈을 지그시 감고 있었다. 그제야 그의 귀에 음악 소리가 들렸다. 슬픔을 간직한, 목소리. 여자의 음성이 분명한데 노인 같기도 하고 변성기 남자애 같기도 한 이상야릇한 목소리였다. 슬픔을 간직한다는 게 뭔지는 알 수 없으나, 노래가사는 하나도 알아들을 수 없는 상송이었으나, 목소리만으로도 슬픔이 짐작되는 노래였다.

그는 그녀가 무슨 말이라도 더 해주길 바랐다. 하지만 그녀는 눈을 지그시 감은 채 빵 냄새와 함께 부유하고 있는 선율에 몸을 맡기고 있을 뿐이었다. 그녀는 노래가 끝나고 나서야 눈을 떴다. 그는 그녀와 눈을 맞추며 의미심장하게 말했다.

─훌륭한 사람이 될게요. 어머니.

그녀는 알 듯 말 듯한 미소를 지어 보였다. 그러고는 그 가수의 노래를 구해달라고 부탁했다. 그는 일주일간의 수소문 끝에 앨범을 구해 그녀에게 선물해주었다. 그녀가 그 앨범을 즐겨 들었는지 어쨌는지, 그는 알지 못했다. 다만 그때부터 그는 자신이 한 말을 지키기 위해 부단히 노력했다는 것뿐. 그래서 외국계 보험회사에 평사원으로 입사해 차곡차곡 단계를 밟아 부사장 자리까지 오르게 되었다는 것뿐. 그의 성공 역시 그녀의 목소리 덕분이었다는 것뿐.

콩알만 한 점을 가진 노래방 주인여자가 엄마를 대신해 그에게 그 노래를 상기시켜주었다. 새카맣게 잊고 있던 노래. 슬픔을 간직한 목소리의 노래. 울음을 그치고 그 노래를 불러라. 그는 엄마의 전언을 감사히 받았다.

그는 어렵지 않게 앨범을 구할 수 있었다. 그 노래를 부른 늙은 여가수의 일대기가 마침 영화로 나왔고, 영화와 함께 사운드트랙도 발매되었기 때문이었다. 모든 것이 징조고 전갈이었다. 그는 사무실에 들어서자마자 음악부터 튼 다음 차를 내리고 책상에 앉았다. 책을 펼치지는 않았다. 업무시간이 시작되기 전까지 눈을 감고 그 노래만 집중해서 들었다. 서류를 들여다보다가도 눈을 지그시 감고 목소리에 몸을 맡기곤 했다.

그리고 그는 하루도 빼놓지 않고 노래방으로 가서 그 노래를 따라 불렀다. 처음에는 한 소절도 따라 부르지 못하던 그가 두 달 만에 가사를 외우고, 한 달이 더 지난 다음에는 음정 박자까지 완벽히 따라 부를 수 있게 되었다. 두 달이 더 지난 다음 그의 목소리는 늙은 여가수처럼 쉬어 있었다.

　엄마가 생각날 때마다 그는 노래를 불렀다. 길을 걷다가도 세수를 하다가도 밥을 먹다가도, 언제 어디서든 흥얼흥얼 그 노래를 불렀다. 늙은 여가수의 목소리에 그리움을 담아 조용히 불렀다. 노래를 부르는 동안 그는 엄마와 함께 있었다. 엄마와 함께 있으면 노래를 부르는 그의 목소리가 어쩐지 엄마 목소리를 닮아 있는 듯했다. 그는 노래를 부르면서 생각했다. 울음을 참고 노래를 부르는 일은, 목소리에 슬픔을 간직하는 일과 같은 것이라고. 슬픔을 간직한 목소리와, 슬픔을 간직한다는 게 뭔지 아는 사람의 목소리의 차이는 알지 못했지만, 노래를 부르는 그의 목소리가 슬픔을 간직하고 있는 것만은 분명했다.

　그는 보료 위에 누워 노래를 부를 때가 가장 좋았다. 다리를 세워 한 다리를 무릎 위에 얹은 자세로, 다리를 까딱까딱하며 콧소리를 냈다. 그러고 있으면 그는 노래를 하는 것이 아니라 듣고 있는 것 같았다. 엄마가 그에게 불러주는 노래. 그의 목소리로 부르는 엄마의 노래. 이 세상과 저세상에서 각자 슬픔을 간직한 채 부르는 모자의 노래.

　그는 앨범재킷을 들여다보며 사진 속의 늙은 여가수처럼 손을 허공에 띄워보았다. 후렴구에서는 특히 묵직한 쇳소리에 애처로움을 얹어 음정을 높이 올려야 했는데, 늙은 여가수의 손짓을 따라하는 것은 확실히 도움이 되었다. 가장 높은 음조의 마지막 노래구절에 다다랐을 때, 아내가 방문을 열고 들어왔다. 그는 노래를 딱 멈추고 보료 밑으로 손을 감추었다. 아내는 그를 슬쩍 보고는 장롱 문을 열었다. 발끝을 세워 위쪽을 살피다가 안으로 몸을 굽혔다. 아내가 상자 하나를 꺼내 바닥에 내려놓으면서 말했다.

― 작은집 둘째 대학 합격했대요. 당신도 축하전화 한번 넣어줘요.

― 당신 지금 뭐, 해?

― 어머니 유품 하나도 안 버렸잖아요. 나중에 애들 들어오면 보여주려고. 이 상자가 맞을 텐데…… 막내네 애들 것까지 미리 다 준비해놓으셨더라구요. 장례식 끝나고 나눠주려다가 합격하면 주려고……

그는 몸을 벌떡 일으켜세웠다. 보료 바깥으로는 나가지 않고 고개만 빼 아내가 하는 양을 지켜보았다. 아내는 상자 뚜껑을 열고 종이로 싸인 뭉치 몇 개를 꺼내 바닥에 내려놓더니 봉투 한 장을 손에 들었다.

― 선물 같잖아요. 하늘에서 내려주신 선물.

아내가 그를 향해 봉투를 흔들어 보이며 말했다. 그리고 빙긋이 웃었다. 하늘에서 내려주신 선물이 팔락팔락 소리를 냈다.

그는 봉투를 보고, 종이 뭉치를 보고, 상자를 보았다. 아이들의 입학금만큼은 그의 어머니가 챙겼었다. 한지에 곱게 싼 돈을 봉투에 넣어서 직접 전해주었다. 둘째네 대학 입학금이 든 봉투. 속을 알 수 없는 뭉치들. 그리고 뭉치들의 상자. 아내는 봉투만 챙기고 뭉치들은 상자에 담아 뚜껑을 덮었다. 상자는 도로 장롱 속으로 들어갔다.

아내는 작은집에서 저녁을 먹고 오겠다는 말을 남기고 방을 나갔다. 그는 아내가 외출 준비를 마치고 나갈 때까지 꿈쩍도 하지 않았다. 현관문 닫히는 소리가 들리고 나서도 그 자세를 유지했다. 그는 잠시 더 앉아 있다가 현관으로 달려가 보조키를 잠그고 다시 방으로 돌아왔다. 그러고 나서도 한참을 장롱 문만 쏘아보며 서 있었다. 그의 숨소리가 점점 거칠어지고 있었다. 입을 다물고 숨만 겨우 쉬고 있는데 목에서는 쌕쌕 쇳소리가 났다. 장롱 문을 열었다.

그는 문짝을 붙든 채 입을 쩍 벌렸다. 그는 바보가 된 기분이었다. 금맥을 엉덩이에 깔고 앉아서는 허공에다 맥없는 삽질을 하고 있었다니. 어머니가 환갑잔치 때 입었던 한복이 괜찮다고 말하며, 그를 맞았다. 그는 금덩이를 잡아올리듯 자주고름을 바싹 끌어당겼다. 나프탈렌 냄새가 어렴풋했다. 그는 저고리 소매에 팔 한쪽을 슬그머니 밀어넣어보았다. 저고리 안쪽 어딘가에 어머니의 살비듬 한 조각이 남아 있어 그의 팔뚝으로 옮겨온 것 같았다. 차갑게 닿았다가 뜨겁게 녹아내리는 눈송이처럼. 그는 몸을 바르르 떨었다.

선물이었다. 하늘에서 내려온 선물. 엄마가 하늘에서 내려보내준 선물.

그의 팔뚝에 내려앉은 첫 눈송이가 폭설을 예고하고 있었다.

그는 어머니의 한복을 꺼내 입었다. 어깨끈에 두 팔을 꿰어넣고 끈을 동여맸다. 밑자락으로 발목이 드러나 보이긴 했지만 그런대로 괜찮았다. 저고리도 앞섶을 잘 끌어당겨 입고 옷고름을 단정히 묶었다. 오랜 연습으로 그는 옷을 망가뜨리지 않고 그의 몸에 맞게 입을 줄 알았다. 그는 겨드랑이를 죄어오는 저고리의 감촉을 느꼈다. 엄마가 두 팔로 그의 몸을 바싹 들어올리는 느낌이었다. 엄마 품에 안겨 따뜻한 욕조 속으로 들어가듯, 그는 엄마의 한복 안에 폭 감겨 보료 위로 올라앉았다. 어머니처럼 한쪽 무릎을 세우고 팔꿈치를 얹은 자세였다.

상자를 바싹 끌어당겨왔다. 뚜껑을 열고 뭉치들을 꺼냈다. 뭉치에서 종이를 한 겹 펼칠 때마다 그의 몸에서는 바스락바스락 소리가 났다. 바스락바스락 어머니 머리칼을 빗어내리던 나무빗. 바스락바스락 어머니 손길에 열리던 동전지갑. 바스락바스락 어머니 손목에 감겨 있던 낡은 세이코 손목시계. 어머니의 몸을 기억하고 있는 물건들. 그는 어머니의 돋보기를 코에 걸치고 거울에 비춰보았다. 거울 속 그의 얼굴이 흐릿했다. 돋보기는 어머니의 눈을 밝게 한 만큼 그의 눈을 어둡게 했다. 그는 어머니의 돋보기를 걸친 채 흥얼흥얼 노래를 불렀다. 노래를 부르는 그의 눈은 거슴츠레했다.

상자 맨 안쪽에 있던 뭉치에서는 검정색 플라스틱 팔레트가 나왔다. 그것은 그가 스위스 본사에 출장을 다녀오면서 사다준 것이었다. 무슨 선물을 사야 할지 몰라 다른 사람이 하는 양을 보고 아내 것과 어머니 것 두 개를 샀다. 열 가지 색의 아이섀도와 네 가지 색의 립스틱, 몽당연필만 한 펜슬에 마스카라까지. 팔레트를 열어보던 어머니의 얼굴이 화사했었다고, 그는 기억했다. 그는 돋보기를 벗어놓고 팔레트를 들여다보았다. 팔레트는 흠집 하나 없이 새것인 상태 그대로였다. 분홍색 립스틱 가장자리에 조심스럽게 붓자국이 남아 있을 뿐이었다. 어머니는 딱 한 번 립스틱을 발라보았던 모양이었다.

그는 붓자국이 난 부분을 약지로 살짝 찍어보았다. 전류가 흐른 듯 손가락 끝이 저릿저릿했다. 그는 손가락을 자신의 입술로 가져갔다.

전류는 그의 입술에도 전달되었다. 그는 그것을 어떤 신호로 받아들였다. 어머니의 입술을 간직하고 있던 분홍색 립스틱이 그에게 보내는 신호. 엄마가 미리 알고 준비해놓은 전갈. 그의 입술이 그 신호를 받아들였다.

그는 립스틱을 바르는 엄마를 상상했다. 에 하고 입을 벌리고, 조심스럽게 붓질을 하고, 입술을 비벼 넓게 펴고, 다시 에 하고 거울을 들여다보고. 목구멍이 간질간질했다. 공기방울 같은 것이 목구멍을 뚫고 나올 듯했다. 그의 입에서 쇳소리를 품은 웃음소리가 흘러나왔다.

거울 속에서 분홍 입술의 엄마가 흐릿한 얼굴로 빙그레 웃고 있었다.

바람결에 라일락 냄새가 풍겼다.

어머니의 기일이 다가오고 있었다. 그는 출산 준비를 하는 산모처럼 차곡차곡 준비했다. 아내와 함께 수산시장에 가서 어머니가 즐겨 먹던 민어를 일찌감치 사서 말렸고, 제기도 꺼내 미리미리 닦아두었다. 코네티컷과 퀼른에 있는 두 자식에게는 할머니의 기일에 맞춰 올 수 있도록 비행기표를 보냈다. 형제들과 형제들의 자식들까지 모두 어머니의 첫 제사에 빠지지 말고 참석할 것을 당부했다.

어머니의 기일에는 그가 원했던 대로 모든 식구들이 그의 집에 다 모였다. 집 안에는 전 부치는 기름 냄새가 가득했고, 오랜만에 모인 사촌들은 서로의 근황을 이야기하며 즐거워했다. 음식 준비가 모두 끝나고 그의 동생들이 여자들에게 음식을 받아 나르기 시작했다.

— 과일이 왼쪽이에요 오른쪽이에요?

─ 어머니가 안 계시니까 어디가 어딘지 헷갈리네.

─ 할머니 사진 우리도 하나씩 가지면 안 돼요?

─ 이따 제사 지내고 줄게. 그러잖아도 이따 어머니 유품들 보여주려고 했어.

─ 저건 다 언제 사다 말리셨대요. 어머니 민어 진짜 좋아하셨는데.

─ 저도 대학 입학하면 할머니 봉투 받을 수 있어요?

─ 공부나 열심히 하셔. 봉투 받을 생각만 하지 말고.

식구들은 거실에 마련된 제사상을 둥그렇게 둘러싸고 저마다 한마디씩 하고 웃고 떠들었다. 그는 제사상 위에 나란히 놓인 두 개의 영정사진을 묵묵히 보고 있었다. 하나는 오래전에 죽은 아버지의 것이고 다른 하나는 여전히 살아 있는 엄마의 것이었다. 그는 그것이 한없이 낯설게 느껴졌다. 그 둘은 나란히 놓여서는 안 될 성질의 것 같았다. 그는 목이 메어왔다. 조용히 엄마의 방으로 들어가 문을 잠갔다.

불은 켜지 않았다. 그는 어둠 속에 숨어 울음을 삼켰다. 슬픔을 모으고 눈물을 가뒀다. 그의 몸속 깊은 곳에서 슬픔이 출렁였다. 목이 잠겨오는 것 같아 큼큼 소리를 내 목을 가다듬었다. 장롱 문을 열었다 닫고, 보료 위에 앉았다가 일어났다. 그는 어둠 속에서 조용히 움직였다.

─ 형님 어디 계세요? 준비 다 됐어요.

문밖에서 동생의 목소리가 들려왔다. 그는 더 이상 엄마의 방에 숨어 있을 수 없다는 것을 알았다. 때가 되었다. 그는 옷매무새를 단정히 하고 목을 가다듬었다. 그는 방을 나갈 모든 준비를 마쳤다.

방문을 활짝 열었다. 그는 세상의 불빛을 처음 본 양 눈을 질끈 감았다가 떴다. 그리고 문밖으로 머리를 내밀었다. 잠시 멈추어섰다가 문지방을 넘었다. 미끄러지듯 한 번에 어머니의 제사상 앞으로 걸어갔다. 돋보기를 쓴 그의 눈에는 모든 것이 흐릿해 보였다. 그는 초점이 맞지 않는 눈으로 영정사진 속의 엄마와 잠깐 눈을 맞추었다. 그리고 돌아섰다. 어머니를 잃은 모든 자식들을 향해. 할머니의 임종도 보지 못한 손자들을 향해. 주먹을 꽉 쥐고 노래를 부르기 시작했다. 외롭고 외로운 목소리로 우렁차게 불렀다. 어미를 잃은 자식들아 들어라. 그의 목이 잉태한 엄마의 목소리를 들어라. 그의 목소리로 부르는 엄마의 노래를 들어라.

지금 그의 목구멍에서 엄마가 태어나고 있었다.

우렁찬 고고지성을 울리며 세상 밖으로 나오는 중이었다.

그는 온 힘을 다해 목구멍에서 엄마를 끌어올렸다. 구원을 구하는 사람처럼 고개를 쳐들고 손을 모았다가 위로 올리면서. 치맛자락을 살짝 들었다가 놓기도 하면서. 분홍 립스틱을 덕지덕지 바른 입술을 부르르 떨기도 하면서. 그와 엄마의 슬픈 노래를 완성해가고 있었다.

— 지금 뭐 하시는 거예요, 형님.

막냇동생의 외침. 그는 노래를 멈추지 않았다. 그는 지금 부르는 소절이 아주 중요한 부분이라는 듯 손짓으로 진정시키고 숨을 한껏 들이마셨다. 쇳소리에 가까운 이상한 목소리가 솟아올랐다.

— 왜 그래요······ 여보.

아내가 그의 소맷자락을 잡아당기며 울먹였다. 그의 슬픈 목소리가 아내를 울게 만들었다고 그는 생각했다.

— 그만해요, 아빠.

— 제발 그만둬요, 형님. 어머니 제사에 도대체 이게 무슨.

극적인 후렴구가 지나고 노래가 끝났다. 그는 두 손을 가슴에 엑스자로 얹은 채 고개를 숙였다. 그 상태로 조금 더 있다가 천천히 고개를 들어 주위를 둘러보았다. 흐릿한 돋보기 너머 슬픔으로 가득 찬 눈빛들이 그를 향해 있었다. 무언가를 애도하는, 간곡한 눈빛들이었다. 그의 동생은 얼굴을 일그러뜨리고 먼 곳을 보았고, 그의 아내는 자리에 풀썩 주저앉았다.

— 지금 이러시려고 우리 다 불러 모은 거예요?

— 형님이 어머니를 그리워한다는 건 알겠지만 그래도 이건 아니잖아요.

— 제발 그 가발이라도 좀 벗어요!

그의 귀에는 아무 소리도 들리지 않았다. 그는 감동의 무대를 마치고 난 늙은 여가수처럼 약간 휘청거리며 울먹이며 무대를 빠져나왔다. 엄마의 방을 나올 때처럼 미끄러지듯 엄마의 방으로 들어갔다. 엄마의 방 문이 닫혔다. 그는 보료 위로 쓰러지듯 누웠다. 일 년 전보다 조금 더 넓게 굴곡진 엄마의 보료가 그를 폭 감싸안았다. 출산을 마친 그는 기진맥진이었다.

엄마의 방은 어둡고 따뜻했다. 그리고 고요했다.

누군가 살짝 다녀갈 것 같은 밤이었다.

편혜영
밤의 마침

1972년 서울에서 태어났다. 서울예대 문예창작과와 한양대 국문과 대학원을 졸업했다. 2000년 《서울신문》 신춘문예로 등단했으며, 소설집 《아오이가든》 《사육장 쪽으로》 《저녁의 구애》, 장편소설 《재와 빨강》 등을 펴냈다. 한국일보문학상, 이효석문학상, 오늘의 젊은 예술가상, 동인문학상 등을 수상했다.

*

 엽서를 읽는 동안 많은 일이 일어났다. 그런 느낌이었지만 실제로 이렇다 할 일은 아무것도 일어나지 않았다. 전화가 불길하게 울리거나 누군가 예고 없이 사무실을 방문하는 일은 없었다. 그는 엽서를 들고 창가를 서성였다. 여직원이 그를 힐끔거렸다. 사무실에는 그와 여직원뿐이었다. 여직원은 그가 책상 아래서 살짝 다리를 떨기만 해도 흘겨보곤 했다.

 그는 다시 자리에 앉아 엽서를 손으로 가만히 훑었다. 엽서에 적힌 글자가 발신인에 대한 힌트를 주지 않을까 싶어서였다. 소인이 찍힌 곳은 M동이었다. 서울에서 태어나 계속 자라온 그가 사십이 년 동안 한 번도 가보지 않은 동네였다. 상봉터미널에 가는 길에 지나쳤을지는 모르지만, 그게 다였다. 글씨의 질감이 거의 느껴지지 않는 엽서를 만지작거리는 동안 그는 자신이 생각하고 있는 것을 남들에게는 설명할 길이 없다는 사실을 깨닫고 점점 불쾌한 기분에 사로잡혔다.

 엽서를 상의 주머니에 쑤셔넣고 자리에서 벌떡 일어섰다. 얼굴이 상기되었을까 봐 신경 쓰였지만 여직원은 모니터를 보고 있었다. 그러는 척하는 것인지도 몰랐다. 여직원의 가장 중요한 일은 그의 동태를 아내에게 전하는 게 아닐까 생각될 때가 있었다. 아내는 결혼 전 여직원과 같은 회사에 근무했고 그는 아내의 추천으로 여직원을 채용했다. 지금에 와서는 어리석은 결정이었다고 생각하지만 당시에는 어쩔 수 없었다. 둘은 부쩍 친해져 회사 얘기뿐 아니라 별 얘기를 다 주고받는 눈치였다. 여직원은 자주 그를 무시하고 비아냥거리는 말투를 썼는데, 성격 탓이 아니라 뭘 알고 있어서는 아닌가 싶기도 했다. 간혹은 아내와 자신의 잠자리에 대해서도 알고 있는 건가 의심스러울 때도 있었다.

그가 천천히 사무실 문을 열었다.

"어디 가시게요?"

여직원이 문이 닫히기 전에 답을 듣겠다는 듯 빠른 목소리로 물었다.

"잠깐 우체국 좀 다녀올게."

"방금 우편물 챙겨온 거 보여드렸잖아요."

"뭐 보낼 게 있어서."

"우리 사서함으로 보내시게요?"

"응?"

"에이, 맨날 흘려들으신다니까. 사서함을 유지하려면……"

"그래, 기억났어. 이제 안 잊어버릴게."

여직원은 얼마 전부터 사서함이 폐지될 지경이라고 자주 투덜댔다. 일정량의 우편물이 도착하지 않으면 사서함이 폐지되는데, 그걸 막기 위해 종종 내용 없는 우편물을 사서함으로 보내기도 한다는 거였다.

사무실 문을 닫으며 그는 엽서를 보낸 것이 적어도 여직원은 아닐 거라고 확신했다. 여직원 성격이라면 면전에서 말로 했을 테니까. '사장님, 전 모든 걸 다 알고 있거든요' 하는 식으로. 아내에게 들은 바에 의하면, 여직원은 그를 보수적이지만 어수룩하고, 착하고 순하지만 욕심이 없는 사람으로, 그러니까 법 없이 가난하게 살 사람 정도로 여기고 있는 것 같았다. 무능하지만 그다지 권위적이지 않은 상사에게 하는 흔한 평가였다.

바깥을 산책하는 동안 그는 엽서가 자신을 겨냥한 것이 아니라는 걸 겨우 상기했다. 처음 사서함을 개설할 때부터 발신인이 제대로 표기되지 않거나 간략하게 적힌 엽서들이 '비밀엽서 담당자'를 수신인으로 하여 간혹 배달되었다는 것도 떠올렸다. 방금 그가 주머니에 쑤셔넣고 나온 엽서도 그런 것 중 하나일 것이었다. 엽서는 아마도 주소 변경을 하지 않은 이전 사서함 개설자에게 온 것이거나 어딘가에 잘못 기재되어 배포된 사서함 주소 때문에 온 것일 터였다. 비밀엽서 담당자가 이전 사설함 개설자인가 싶었으나, 우체국에서 개설자의 신상정보를 알려줄 수 없다 하여 확인할 도리는 없었다.

오퍼상을 열고 처음으로 한 일이 사서함을 개설한 것이었다. 이전 회사에서 담당하고 있던 해외 바이어들에게 모두 사서함 주소를 알렸다. 재직 당시 바이어들과 거래처 담당자 이상의 관계를 유지했다 자부했고 그의 퇴직 사실을 알고 먼저 거래를 약속한 바이어도 있어서, 그는 주소만 알리면 당장이라도 신용장이 도착할 거라고 생각했다. 육 개월만 지나면 사서함이 꽉 차게 계약서와 송장, 선적 서류 같은 게 도착할 거라고. 그러나 이 년이 지나도록 그런 일은 일어나지 않았다. 일은 취미 삼아 사무실을 운영하는 거라면 괜찮을 정도로만 유지됐다. 여직원 월급을 주고 사무실 운영비를 제하면 남는 게 별로 없었다. 사서함으로는 우편물 수령지를 죄다 회사로 바꿔놓은 여직원에게 오는, 백화점 디엠과 각종 청구서가 대부분이었다. 그리고 가끔 '비밀엽서 담당자' 앞으로 오는 엽서가 있었다.

'하느님한테 그 사람이 죽게 해달라고 기도했어요.'

사서함 개설 후 처음으로 우편물을 찾아온 여직원이 내민 엽서에 그렇게 쓰여 있었다. 발신인 표기는 없었고 사서함 주소 아래쪽에 비밀엽서 담당자 앞이라고 적혀 있었다.

"이게 뭐야? 나한테 온 거야?"

"비밀엽서 담당자가 저는 아니니까요."

"내가 죽었으면 좋겠다고 기도했다는 거지?"

"제가 기도한 게 아니니까 보여드리는 거죠."

그들은 잘못 온 우편물이라고 생각해서 순전히 장난으로 웃어넘겼다. 웃다 보니 조금 지나자 뜨끔해졌는데, 나중에는 불안한 생각도 들었다. 아내가 사서함으로 그에게 엽서를 보낸 게 아닌가 싶어서였다. 아내에게 사서함을 개설한 얘기를 하지 않았지만 여직원을 통해 알고 있는지도 몰랐다. 아내가 왜 그런 기도를 하고 굳이 엽서를 보내나 싶었지만 잠깐만 생각해도 몇 가지 이유가 금세 떠올랐다.

다음번에 찾아온 우편물에도 비밀엽서 담당자 앞으로 온 엽서가 있었다. 이후 뜸하게 도착하는 엽서들은 제각각의 글씨로 짧은 사연을 담고 있었다. 어떤 것은 고해성사 같고 어떤 것은 간절한 소원 같고 어떤 것은 푸념 같았다. 엽서에는 친구의 물건을 훔치고 돌려주지 않았다고 적혀 있었다. 자그맣고 단정한 글씨체로 누군가를 사랑하는데 아직 고백하지 못했다고 적힌 것도 있었다. 아무도 날 좋아하지 않는 것 같아요. 힘을 줘 천천히 글씨를 눌러쓴 엽서도 있었다. 이력서에는 회사의 종교를 따라 기독교를 믿는다고 썼지만 실제로는 불교를 믿는다는 한 사무원의 고백도 있었다. 그는 엽서가 올 때마다 거기에 적힌 문장들을 되풀이해 읽었다. 어떤 엽서에는 발신인이 있었고 어떤 것에는 아예 없었고 어떤 것에는 간략하게 표기되어 있었다. 길지 않은 문장을 여러 번 읽는 동안 그는 엽서에 적힌 비밀이 낯선 사람의 것이 아니라 자신의 것 같은 느낌을 받았다.

실제로 대학 시절 친구 자취방에 놀러갔다가 이어폰을 훔친 일이 있었다. 훔친 사실을 들키지는 않았지만 친구와 계속 붙어다니는 이상 이어폰을 쓸 수는 없었다. 이어폰은 쓰지 않고 어딘가에 처박아뒀다가 흐지부지 잃어버렸는데, 이십 년이 지난 지금까지도 그 사실을 친구에게 털어놓지 못했다. 누군가를 좋아하지만 말하지 못하고 애태웠던 순간이 그에게도 있었다. 고백하지 않는 게 두 사람의 관계에 더 좋다는 생각이 들어서였는데, 지금에 와서 보면 그다지 절박하지 않은 감정처럼 느껴졌다. 회사에 다니던 시절, 상사 중에는 그의 아버지 고향에 정치적인 편견을 가진 사람들이 많았고, 그는 본래 서울 출생이 아니라 오래전에 본적지를 서울로 옮겼다는 사실을 굳이 밝히지 않았다. 그러고 보니 그에게는 무수히 많은 비밀들이 있었다. 어떤 것은 순전히 말할 기회가 없어서 비밀이 되었고, 어떤 것은 그가 비밀로 유인했고, 제 스스로 비밀이 된 것도 있었다. 비밀은 세포처럼 자생하거나 소멸해서, 이제는 쓸모가 없어진 것도 있고 새로 생겨난 것도 있고 시효가 남아 여전히 효력을 발휘하는 것도 있었다. 그는 비밀엽서 담당자 앞으로 온 엽서들을 서랍 속에 모아두었다. 엽서를 읽고 있노라면 세상에 자기만 비밀을 가진 게 아니라는 생각이 들었고 조금 덜 외로워지는 기분이었다. 엽서들 때문에 그는 자신만 한때 손버릇이 나빴던 것이 아니라는 걸, 자신만 사소하거나 중대한 거짓말을 했던 게 아니고, 자신만 고백 못한 사랑 때문에 마음이 아팠거나 행복했던 게 아니라는 걸 알았다. 세상의 누군가는 그와 마찬가지로 말할 수 없는 비밀 때문에 외롭고 괴로웠다. 충동적으로 친구의 물건을 탐냈다가 오랫동안 가책을 느꼈고 감당하기 힘든 거짓말을 한 후 자책의 밤을 보냈고 고백하지 못할 사랑의 열망으로 고통스러워하다가 흐지부지 사랑을 놓쳐버린 사람이 그 말고도 또 있었다.

그러나 애써 상기한 사실들도 안정을 찾는 데는 별로 도움이 되지 않았다. 그도 그럴 것이 엽서에는 누구에게도 말한 적 없는 그의 비밀이 고스란히 적혀 있었다. 발신자는 분명 자신을 잘 아는 사람일 거라고 생각했지만 누구인지 짐작할 수는 없었다. 그럴 만한 사람을 헤아리며 바깥에서 시간을 보내다가 여직원이 퇴근한 후에야 사무실로 돌아왔다. 밤의 사무실 유리창에 그의 얼굴이 비쳤다. 체격이 탄탄한 중년사내가 유리창 안에 들어 있었다. 실제로는 혈색이 좋고 건장했으나 유리에 비친 몰골은 꼭 부랑자 같았다. 부랑자처럼 보이는 사내가 가장 먼저 떠올린 사람은 아내였다. 아내라니. 그는 툭하면 아내부터 의심하는 자신을 나무랐다. 그다음으로 떠올린 사람이 아이였다. 아이의 얼굴을 떠올려보려 했지만 잘 생각나지 않았다.

하지만 아이가 다시 나타나더라도 이번에는 수월할 것이었다. 그들 사이에 풀어야 할 진실 따위는 없을 테니까. 그렇기는 하더라도 그는 두 번 다시 아이를 만나고 싶지 않았다.

*

집으로 돌아간 그는 옷을 받아 거는 아내를 유심히 살폈다. 피로해 보이는 얼굴이었으나 유별난 일은 아니었다. 요사이 아내의 얼굴은 늘 그랬다. 상의 주머니에 꽂힌 엽서를 먼저 봐줬으면 싶기도 했으나 아내는 알아채지 못하고 옷을 걸고는 바로 부엌으로 나갔다.

그는 엽서를 꺼내 메모지에 적힌 아내의 필체와 대조해보았다. 확인할 것도 없이 아니라는 걸 알면서도 증거를 찾는 형사처럼 구는 게 우스웠으나 그 일을 멈출 수는 없었다. 글씨는 완전히 달랐다. 그는 가치 없는 의심에 사로잡힌 자신을 비웃으며 저녁을 먹었다. 귀가가 늦어 아내와 아이는 식사를 마친 후였다. 자주 있는 일이었다. 아내는 맞은편 자리에 앉아 차를 마시며 그와 아이를 번갈아 바라보았고 그에게 아이가 해준 같은 반 여자아이 얘기를 들려주었다. 얘기 중간에 아이가 부끄러워하면서도 자랑하고 싶은 얼굴로 자주 끼어들어 거들었고 그가 밥을 다 먹을 무렵에는 아이가 귓속말로 여자아이의 이름을 말해주고 몸을 배배 꼬며 웃어서 그들 모두 한바탕 웃음을 터뜨렸다.

식사 후에는 신문을 펼쳐놓고 등을 구부려 발가락을 감아쥐고 발톱을 깎았다. 생각을 정리하거나 결정을 해야 할 때 손톱과 발톱을 깎는 건 그의 오랜 버릇이었다. 그러다 문득 아내가 보이지 않는다는 걸 깨달았다. 그가 등을 둥글게 말아 한쪽 무릎을 세우고 손으로 발가락을 쥐고 있으면, 아내는 뒤뚱거리는 펭귄처럼 우스꽝스러워 보인다며 그를 놀리곤 했다. 그는 아이 방 문을 열어보았다. 아이 숙제를 봐주나 보다고 생각한 것과 달리 아내는 아이 혼자 방바닥에서 놀도록 내버려둔 채 아이의 자그마한 의자에 앉아 좁은 책상에 수첩을 펴놓고 고개를 수그리고 뭔가 적고 있었다. 그가 들여다보는 줄 알고 있을 텐데 방해받고 싶지 않다는 듯 돌아보지도 않았다.

다시 마루로 나와 발톱을 깎다 보니 불현듯 아내가 잠이 안 와 뒤척이는 밤에도 절대로 그의 등이나 어깨에 몸을 기대는 법이 없다는 게 떠올랐다. 아내는 늘 그가 있는 쪽을 보며 누워 잠들었는데, 요즘은 관 속 미라처럼 똑바로 누워 천장을 멀뚱멀뚱 바라보다 잠든다는 것도 생각났다. 베란다에 서서 학교 가는 아이가 아파트단지를 벗어날 때까지 지켜보는 건 여전했지만 그가 다가가면 아이의 모습을 함께 볼 수 있도록 몸을 움직여 자리를 내주지 않았다는 것도 떠올랐다. 그가 거실에 있으면 아내는 대개 슬그머니 자리에서 일어나 아이 방으로 들어가버렸다. 그가 즐겨 먹는 초콜릿향이 나는 커피는 늘 떨어져 있었고 셔츠의 떨어진 단추는 그가 말하기 전에는 다시 꿰매지지 않았다. 주말 밤이면 마트에 함께 가자고 조르는 법도 없었다.

아내는 그 사건이 가져온 파동으로부터 완전히 멀어진 것처럼 보였다. 적어도 그는 그렇게 생각했다. 요즘 아내는 알람 소리를 듣고도 깨지 못하는 그의 어깨를 가볍게 흔들어 깨워주기 시작했고, 퇴근 후 그가 나태하고 수동적인 여직원 흉을 보거나 그에게 사직을 권유한 이전 회사 상사를 욕하면 흥분하여 맞장구를 쳐주었고, 식욕이 없을 때 그가 해달라던 더덕구이를 별말이 없는데도 해주었다. 집안일을 할 때면 작게 노래를 흥얼거리기도 했다. 한동안 말을 할 때면 오래전부터 작정한 얘기를 꺼내려는 듯이 머뭇거리곤 했는데, 이제는 그러는 일도 없어졌다. 그는 아내의 변화를 당연하다 생각했다. 어쨌든 시간은 사람을, 사건을, 해프닝을, 우연을, 고통을 언제나 무사히 통과하는 법이니까. 아내는 그 시간을 견뎠고, 다시 그의 곁으로, 그러니까 사랑과 우정과 욕정의 공동체인 그에게로 돌아온 것이라고 생각했다. 그러나 이전과 다름없어졌다고 생각한 아내는 조금만 주의해서 살펴보면 완전히 다르다는 것을 알아차릴 수 있을 정도로 달라져 있었다.

아내는 뭔가 알고 있을까. 그는 확신하지 못했다. 분명 아내는 아는 것처럼 굴었다. 그렇다고 해서 아내가 그에게 엽서를 보냈다고는 생각할 수 없었다. 아내에게는 그를 놀리거나 위협하거나 불안하게 할 이유가 없어 보였다. 오히려 그에게 완전히 무심해진 것 같았다. 아내는 그에게 정중하고 깍듯하고 상냥했다. 아무 상관 없는 남을 대하는 태도는 아니었다. 그보다는 직장상사나 집안의 어른을 대하는 태도와 비슷했다. 아내는 오래전에 달라졌거나 달라지기로 한 것인데, 그는 이제야 그걸 깨달은 것이었다. 그는 당황했다. 그 일이 닥쳤을 때는 최선을 다해 해명하여 상황을 해결할 수 있었는데, 지금은 뭘 해명해야 할지 알 수 없었다.

*

 그런 일은 어떻게 일어나는 걸까. 예기치 않은 우연, 제어할 수 없는 신체적 욕구, 우발적인 충동과 불확실성 같은 것은 어디에 웅크리고 있다가 정체를 드러내는 걸까.
 미성년자인 여자아이가 친구들과 어울려 신분증 조사를 잘 하지 않는 종로의 한 허름한 호프집에서 술을 마신다. 아이와 함께 온 일행은 모두 미성년자이고 약속이나 한 듯 모두 만취한다. 하필이면 그날이 누구의 생일이거나 하필이면 그날 누군가 이별했거나 그날 누군가 선생에게 억울하게 맞았거나 그날 모두 시험을 치르고 홀가분했을 것이다. 술 취한 여자아이 하나가 비틀거리며 화장실에 간다. 일행은 모두 술에 취해 누구도 여자아이를 부축할 생각을 못한다. 누군가는 테이블에 엎드려 자고 있고 누군가는 친구를 붙들고 울고 누군가는 술에 취한 목소리로 연신 통화를 하고 있어서 여자아이가 화장실에 가는 걸 눈여겨보지 못한다. 화장실은 호프집 뒷문으로 나가 반 층 정도 계단을 올라가는 곳에 있다. 오래된 건물의 호프집이 그렇듯이 화장실은 남녀 공용으로 되어 있고 열쇠로 잠겨 있지 않아 건물 입주자나 호프집 손님, 우연히 화장실을 찾다가 들른 사람들이 모두 무람없이 이용한다. 변기는 더럽고 지린내가 심하며 휴지통은 늘 넘쳐 있고 바닥은 물기로 축축해서 바지 밑단이 젖을까 봐 신경이 쓰이는 그런 곳이다. 그는 진작 화장실에 가고 싶었으나 참고 있다. 일 년 만에 만난 고등학교 동창 녀석은 그때나 지금이나 말이 많다. 얘기를 끊으려다 화제에 휩쓸려 그도 말을 덧붙이는 통에 자리에서 일어나 화장실에 갈 틈을 자주 놓친다. 더 참을 수 없을 만큼 방광이 부풀어올라 벌떡 일어선다. 동창 녀석이 야, 야, 얘기 끊지 말고 이것만 듣고 가, 하며 붙잡아 앉히려는데, 마침 녀석에게 휴대전화가 걸려온다. 그는 서둘러 계단을 올라가 화장실 문을 열고 들어선다. 거기에는 술에 취한 여자아이가 변기에 앉은 채 졸고 있다. 그는 할 수 없이 사람 없는 어두운 계단참에다 오줌을 눈다.

돌아와 자리에 앉은 그는 동창 녀석에게 술 취해 변기에 앉아 졸고 있는 여자아이에 대해 말한다. 그들은 요즘 학생들의 작태를 개탄하지만 이내 자신들도 별다르지 않았다고 자조한다. 이틀 뒤 사무실에서 회의를 하다 말고 그는 경찰의 방문을 받는다. 여자아이는 그가 변기에 앉아 있는 자신의 가슴을 만지고 눈을 가리고 성기를 입에 물리며 추행했다고 주장한다. 여자아이는 경찰과 CCTV를 확인하고는 그를 범인으로 지목한다. 이것이 그 일이 발생한 경위이다.

그는 여러 차례 경찰에 출두하고 조사에 응한다. 아이는 당시 술에 취해 있어서 범인의 옷차림이나 말투, 신체 특징을 정확히 기억하지 못한다. 아이는 조사가 진행되는 동안 몇 번인가 소소한 진술을 바꾼다. 의지할 만한 목격자도 없지만 한번 까먹은 기억은 쉽게 정보를 주지 않는다. 사건은 곧 검찰에 이송되어 불기소처분을 받는다. 이번에는 그가 아이를 고소한다. 무고를 입증하기 위해서다. 굳이 그래야 하느냐는 주위의 만류에도 불구하고 그는 고소를 취하하지 않는다. 그에게는 성문화된 보상이 필요하다. 그는 승소하고 여자아이에게 벌금형이 구형된다.

일련의 일이 진행되는 동안 그는 회사에 자주 결근하고 주요 회의에 참석하지 못하고 거래처 관리에 소홀하고 동료와 후배에게 업무를 떠넘긴다. 소문은 점점 질이 나빠지면서 회복할 수 없는 수준에 이른다. 그는 때마침 불어닥친 구조조정을 비껴가지 못한다. 아파트 주민들 사이에 퍼진 소문에 의하면 그는 성폭행을 일삼는 사람으로, 곧 전자팔찌를 차거나 신상정보가 게시될 예정이다. 이웃에 퍼진 소문 때문에 이제 겨우 초등학교 2학년인 그의 아이는 친구들 사이에서 따돌림을 당한다. 그와 아내는 결혼 후 처음으로 장만해 오랫동안 살던 집을 팔고 낯선 곳으로 이사를 한다. 당신을 못 믿는 건 아니야. 이게 다 당신 탓도 아니고. 모든 일이 끝난 후 아내가 말한다. 하지만 아내는 그 때문에 이 모든 일이 벌어졌고 자신과 아이가 상처를 입었다는 피해의식과 불쾌를 숨기지 못하고 점차 그에게 냉담해진다.

그로서는 이해할 수 없는 처사다. 좋지 않은 일에 연루되었다는 소식을 처음 전했을 때도 아내는 놀라는 기색 없이 묵묵히 듣는다. 다 듣고 나서는 아이가 그날 학교에서 선생님에게 혼나 풀이 죽은 얘기를 들려준다. 그가 대꾸가 없자 이번에는 난방용 가스요금 인상률에 대해 얘기한다. 그렇게 되면 우리 집은 한 달에 삼천 원 정도 오를 거래. 그는 고작 삼천 원 때문에 부당한 자신의 얘기를 못 들은 척하는 아내를, 자신을 걱정하지 않는 아내를, 자신을 오해한 세상에 함께 분노하지 않는 아내를 이해할 수가 없다. 아내의 얘기는 멀고 먼 선사시대의 것처럼 들리고, 삼천 원은 그에게 가장 비현실적이고 무거운 액수가 되어 두고두고 잊히지 않는다. 아내가 드디어 입을 다물고 굳은 표정이 되자 그는 조사를 받기 위해 경찰서로 간다. 그는 아내가, 흔히 그렇게 하는 것처럼, 내 남편은 그럴 리 없다고 길길이 날뛰며 항변하지 않는 게 못내 서운하다. 아내는 어떻게 그 모든 일이 일어날 줄 알았다는 듯이 군단 말인가. 그 일로 상처를 받은 것은 자신이다. 그런데도 아내는 노골적으로 그로부터 멀어져간다. 그와 아내는 오래지 않아 서로에게 고함을 질러대는 사이가 될 게 뻔해 보인다.

그렇게 되지 않기 위해서, 그는 그 일을 겪는 동안 자신이 아내를 왜 사랑했는지를 잊지 않으려고 한다. 물론 어떻게 아내와 사랑에 빠졌는지는 잘 기억나지 않는다. 짐작건대 많은 이유가 있을 것이다. 한 가지 이유만은 분명히 알고 있다. 아내가 지긋한 눈으로 그를 계속 쳐다보는 게 싫지 않았다는 것. 오히려 자신을 보고 있다가 불현듯 마주친 아내의 커다란 눈이 좋았다는 것. 그는, 그들이 함께 본 많은 것들이 담긴 아내의 눈, 제 등짝보다 큰 가방을 메고 아슬아슬한 걸음으로 학교로 걸어가는 아이의 뒷모습, 봉사하고 희생하지는 않았으나 남에게 폐를 끼치며 살지도 않았던 스스로의 인생을 지키고자 최선을 다한다.

일이 거의 끝나갈 무렵 담당 검사가 그를 불러 말한다.

"고생했어요. 액땜했다 쳐요. 앞으로는 좋은 날만 오겠죠."

"네, 좋은 날만 올 거예요."

그가 나지막이 검사의 말을 따라한다.

"요즘 같은 세상에 그런 계집애한테 걸려서 좋을 게 없죠. 화간해놓고도 강간당했다고 신고하는 애들이라니까요."

그는 순한 표정으로 고개를 주억거린다.

"생각해보면 불쌍한 애예요. 그런 애가 커봤자 뭐가 되겠어요? 열여덟 살에 앞으로의 인생이 빤해지는 것만큼 불행한 게 어딨습니까?"

검사의 말에 이번에도 그는 말없이 고개를 주억거리지만 그렇다고 해서 아이가 불쌍하다는 생각은 들지 않는다. 그가 생각하기에 자신은 남의 불운이나 불행에 동정하지 않을 권리가 있다. 그래도 될 만큼 충분히 고통을 받았다. 물론 자신에게 일어난 일은 선량하게 살아왔든 그렇지 않든, 성실했든 아니든, 인생에 대한 신념과 확신이 있든 없든 일어날 수 있는 종류의 일이고 공교롭게 그에게 일어난 것에 지나지 않는다는 걸 알고 있다. 그러니 선량함과 성실함으로, 그간의 신념과 자신에 대한 확신으로 인생이 우연히 던져준 불운쯤은 감당할 줄 알아야 한다는 것도.

"무고죄까지 가지 말고 적당히 합의하는 게 어때요? 아버지는 죽어서 없고 엄마가 남의 집 일 다니는 모양이에요. 벌금형 나올 텐데, 그 돈 마련하려고 또 뭔 짓을 할 줄 알아요."

이번에는 고개를 주억거리지 않는다. 아무런 반응이 없자 검사가 처음으로 흥미롭다는 듯 그를 바라본다. 검사는 내내 서류더미를 뒤적이다가 간간이 그에게 시선을 돌리며 말을 잇고 있었다.

"왜요? 싫어요?"

그는 대답하지 않는다. 벌금이 얼마이건 그 돈을 마련하기 위해 아이와 아이의 엄마가 무슨 일을 하건 얼마나 노고하건 개의치 않을 생각이다. 실은 그러자고 시작한 일이다. 이 일을 겪으면서 자신이 잃은 것에 비하면 그런 수고는 일도 아니다.

"많아봐야 기껏 오백만 원일 겁니다."

검사가 그만한 푼돈에 매달려야겠느냐는 듯 말한다. 검사의 말대로 기껏 오백만 원은 그에게는 있어도 그만 없어도 그만인 돈이다. 물론 있으면 좋을 돈이기는 하다. 그 돈으로 그는 충동적으로 카메라를 살 수도 있고 손목시계를 최신형 모델로 바꿀 수도 있다. 마음고생을 한 아내를 백화점에 데려가 가방을 사줄 수도 있다. 그러니까 그 돈은 기껏해야 자신이나 아내를 위한 선물이 될 것이다. 아이와 그 엄마에게는 아는 사람에게 사정해 빚을 져야 하는 돈이고, 몇 달치 임금을 가불해야 하는 돈이고, 아이의 대학 입학을 위해 오래전부터 저축해둔 돈일지도 모르지만, 대학 졸업 후 십육 년간 한 직장에서 성실히 근무해온 사무원이자 갓 초등학교에 입학한 선량한 아이의 학부모로서의 평판에 끼친 영향에 비하면 하찮은 돈이다. 그는 벌떡 일어나 검사에게 인사하고 사무실을 나온다.

기어이 벌금을 다 받아냈지만 그 돈으로 카메라도 시계도 사지 않는다. 아내에게도 선물하지 않는다. 얼마간은 술을 마시고 얼마간은 여자를 산다. 그 돈을 흐지부지 탕진하는 동안 그는 더할 나위 없이 자명해진 스스로에 대해 자주 생각한다. 그는 자신이 선량하고 성실하며 자신의 인생은 물론이고 타인의 인생에 대해서도 명확한 신념과 원칙이 있다고 생각해왔는데, 이번 일로 그런 게 전혀 없었다는 걸 깨닫는다. 인간이란 신념이 흔들릴 때 어떤 선택을 하는지에 따라서 진정한 자신을 만날 수 있는 법인데, 자신에게는 애당초 흔들릴 신념조차 없었다는 생각이 이제야 든다. 그에게는 그때그때 일어나는 사건과 상황만이 있다. 그는 임기응변에 능하고 순간적인 위기대처 능력이 뛰어나나 그게 가진 능력의 전부이다. 그가 자부하던 건전한 양심과 신념, 사회적 위상과 도덕에의 의지, 원칙이나 선의 같은 것들은 그간 주머니에 비축된 먼지의 양보다 적다. 그는 그저 상황과 위기에 걸맞게 신념과 가치라는 걸 조작해온 것이다. 한마디로 그는 자신을 착각했고 과신해왔다.

*

    골목길 양쪽은 비슷한 모양의 연립주택들이 늘어서 있었고 차들이 밀도 있게 꽉 들어차 있었다. 주차할 자리를 찾지 못한 차들의 클랙슨 소리와 차주의 고성이 주기적으로 반복되었다. 한 번도 와본 적 없는 동네지만 어쩐지 상투적인 풍경이어서 익숙하게 느껴졌다. 아이의 집은 불이 꺼져 검은색 벽돌처럼 연립주택 반지하에 박혀 있었다. 그는 오후부터 이 단조로운 골목을 몇 번이나 왕복했다.
    아이가 골목길에 서 있는 그를 먼저 보고 깜짝 놀라 멈춰서지 않았다면 그는 아이를 알아보지 못했을 것이다. 놀란 표정의 아이를 보는 순간 자신이 왜 아이를 찾아왔고 하루 종일 기다렸는지 알 수 없어 우물쭈물했다. 이미 고등학교를 졸업했을 아이는 차림새로만 보면 지금 대학에 다니는지 재수를 하는지 아르바이트를 하는지 아예 놀며 지내는지 짐작하기 힘들었다.
    "잘 지냈니?"
    한참 만에 그가 입을 뗐다.
    "네."

아이가 비교적 온순하게 대답했다.

"어쩐 일이세요?"

"지나가다 들렀다."

"그럴 만한 동네가 아닌데요."

"근방에 아는 사람이 있다."

그가 멍하니 아이를 보고 있는 사이 골목길에 차가 한 대 들어섰다. 차가 지나갈 자리를 만들어주기 위해 주차된 벽 쪽으로 붙어서느라 아이와 그의 거리가 뜻하지 않게 가까워졌다.

가까이에서 아이를 보자 그는 자신의 추측이 또 틀렸음을 인정할 수밖에 없었다. 아이는 그를 보며 울적하고 골치 아픈 표정을 짓기는 했으나 혐오나 증오 따위는 찾아볼 수 없는 얼굴이었다. 새삼스럽게 다시 분노를 터뜨리거나 자신의 기억에 뒤늦게 확신을 가질 만큼 단호한 얼굴이 아니었다.

아이는 하루 종일 뭘 하다 오는 길인지 지치고 피곤해 보였다. 바짝 자른 앞머리가 좁은 이마를 가리고 있어 얼굴이 넓적해 보였고 미간이 좁으면서 광대뼈가 튀어나와 인상이 강해 보였다. 웃으면 눈 밑에 살이 뭉치면서 귀여워 보이기도 하겠으나 웃지 않을 때는 처진 입꼬리 때문에 퉁명스럽고 화가 난 듯한 인상을 풍겼다. 전체적으로 둔하고 어리석은 느낌을 줬는데, 그새 살집이 더 붙기도 했고 초점 없이 멍하고 흐트러진 시선 때문인 것 같았다.

그날 변기에 주저앉아 술에 절어 졸고 있던 아이의 얼굴이 겹쳐져 보였다. 화장실 문을 열었을 때 제일 먼저 눈에 띈 것은 아이의 무릎께에 걸린 분홍색 면팬티였다. 검은 바지와 살을 연결하는 것이 살

색의 두툼한 허벅지가 아니라 분홍색 팬티처럼 느껴질 정도로, 그것은 아슬아슬하면서 생기 있게, 지저분하면서 음탕하게 아이의 벌린 무릎에 걸려 있었다.

그는 조사를 받는 과정에서, 진술서를 쓰거나 거짓말탐지기 반응 조사를 할 때에 그런 말은 하지 않았다. 거짓말탐지기 반응에서 의심을 사는 일도 없었다. 거짓말을 하는 게 아니라 몇 가지 사실을 단지 필요에 따라 누락하는 것이므로 긴장할 필요가 없다고 되뇌었다. 진술할 때는 하지 않았다는 표현을 쓰는 대신 한 것에 대해서만 선별하여 얘기했다. 한 말은 잘 기억해뒀고, 다음번 진술 때 번복하지 않았다. 처음부터 체계적이고 계산된 논리로 거짓말을 만들어내려고 작정한 것은 아니었다. 자포자기의 심정이었으나 막상 형사 앞에 앉자 절박하고 별다른 대안이 없는 절실함이 그에게 거짓말을 시켰다.

나중에까지 그를 괴롭힌 것은 거짓말로 상황을 모면하고 그것을 자책하지 않는, 무감하고 부도덕한 자신에 대한 게 아니었다. 그는 침착하게 거짓말을 수행한 게 두렵지 않았다. 오히려 순간적인 실수와 충동이 자신을 망치게 내버려두지 않았다는 데서 오는 괴이한 자부를 느꼈다. 그는 난데없는 충동이 준 모멸감으로 괴로웠다. 아무런 매력도 없는 여자아이에게, 술에 절어 더러운 줄도 모르고 변기에 앉아 졸고 있는 아이에게, 왜 처음이자 유일한 충동을 느꼈던 것일까.

아이가 더 할 말이 남았느냐는 표정으로 그를 빤히 봤다. 그는 자신이 아이에게 무슨 말을 하게 될지 몰라 주저하고 있었다. 네가 그랬니, 라고 해야 하는지, 왜 그랬니, 라고 해야 하는지 생각했다. 이제 와서 드는 생각은 차라리 아이가 엽서를 보냈으면 좋겠다는 것이었다. 아이 말고 비밀을 폭로할 사람이 더 있다는 건 아무래도 두려운 노릇이었다. 그것은 자신과 아이의 묻혀진 기억만이 아는 비밀이어야 했다.

그러나 아이에게 뭔가를 묻기 전에 사과를 해야 한다는 생각이 그를 간섭했다. 하지만 그는 그렇게 하지 않았다. 아마 절대로 그렇게 하지 않을 것 같았다. 어쩌면 내일은 사과를 하고 싶어질지도 모르고, 그다음 날 하게 될지도 모르고, 몇 해가 지난 후 불쑥 사과를 하고 싶어질지도 모르지만, 적어도 지금은 그럴 마음이 조금도 없었다.

"그럼 이만 가던 길 가세요."

아이가 퉁명스럽게 말했다.

"그래, 이만 들어가라."

"근데 왜 찾아오셨어요?"

"지나가다 들렀다고 말했잖니."

"꼭 그런다기에요. 범인은 범죄현장에 다시 들른다잖아요."

"영화 너무 많이 봤구나."

"벌금 내고 우리가 얼마나 거지꼴이 됐는지 보러 오신 줄 알았죠. 걱정 마세요. 엄마가 몇 년째 모아뒀던 제 대학입학금 드린 거예요. 쓸데도 없는 돈이었으니 상관없고요."

"전철역이 어디니?"

"쭉 가시면 돼요."

"그래, 들어가라."

"아저씨."

"왜 그러니?"

아이는 말없이 한동안 그를 보기만 했다.

"아저씨, 맞죠?"

"뭐가 말이니?"

"그거요."

아이가 손을 뻗어 그의 사타구니를 가리켰다.

"너무 작아요. 발기해서 그 정도라니. 귀엽긴 하겠지만 쓸데는 없겠어요."

"네가 어떻게 아니?"

그가 웃으며 물었다. 아이가 그를 따라 씩 웃었다. 이제까지의 피로하고 수줍어하는 표정은 온데간데없어졌다. 그는 내심 아이가 자신을 지목해주길 바랐다. 좀 더 자신을 기억해주기를, 불확실한 감각으로서가 아니라 실증으로 떠올려주기를.

아이가 그를 살피며 천천히 입을 열었다.

"알긴요. 그냥 찔러본 거예요."

그는 무표정한 얼굴로 빤히 쳐다보고 있는 아이를 마주 보았다. 아이가 기분 나쁜 표정을 지었다.

"하지만 입에 넣어봤잖아요. 당연히 기억하죠."

그는 아이와 단둘이 이렇게 길게 얘기를 나눠본 적이 없었다. 그들 사이에는 언제나 경찰이나 형사, 검사나 아이의 어머니가 있었다. 조사를 받는 도중에 아이가 이런 얘기를 한 적도 없었다.

"왜 그 얘기를 경찰에 안 했니? 범인을 잡는 데 도움이 됐을 텐데."

"쪽팔려서요. 증명해보라면 뭐라고 해요? 넣어봐요?"

아이가 히히거리며 웃었다. 그가 조금 인상을 찌푸렸다.

"애당초 왜 날 지목했니?"

"그게 새삼 궁금하셨어요?"

"그래."

"그 술집에 있는 사람들 중에요. 아저씨 차림새가 가장 말끔했어요."

"그게 무슨 소리니?"

"아저씨 양복이 제일 비싸 보였다고요."

"돈 때문에 그랬다는 거니? 합의하려고?"

"네."

"안됐구나."

"세상일이 다 그렇죠, 뭐."

"잘되는 일도 있다."

"그래서 아저씨는 좋으세요?"

"뭐가?"

"무고해서요."

"좋고 말고도 없다. 당연한 거니까."

"나보단 낫잖아요. 안 그래요?"

그는 아이를 보고 웃었다. 아이는 어깨를 으쓱해 보이고는 제 집 쪽으로 걸어갔다. 그는 어떻게든 아이를 좀 더 잡아두고 싶어 조바심이 났다. 어쨌거나 비밀을 아는 사람은 자신과 아이뿐이니까. 아이 말고는 비밀에 대해 얘기할 사람이 없으니까. 하지만 마땅한 얘깃거리가 떠오르지 않아 걸어가는 아이의 뒷모습을 보고 서 있을 수밖에 없었다. 아이는 가다가 한 번 뒤를 돌아보았다. 그가 자신을 따라오는지 아닌지 확인하려는 것 같았다. 그가 멍하니 서 있는 걸 보고는 얼른 몸을 돌려 좀 더 빨리 걸어갔다.

그는 아이가 집으로 들어가는 걸 보고 뒤돌아섰다. 엽서는 누가 보낸 것일까. 아내가 보냈을까. 아내는 누구도 짐작 못할 그의 거짓말을 쉽게 간파해냈을 것이다. 아내만큼 그를 잘 아는 사람은 없으니까. 처음 얘기를 꺼냈을 때 애써 말을 돌리려던 것도 그 때문인지 몰랐다. 여직원이 보냈을 수도 있었다. 여직원의 눈빛은 늘 아내와 뭔가를 공모한 듯 수상쩍었다. 아내와 상관없이, 돈이 필요했거나 단순히 그를 놀리려던 것인지도 몰랐다. 아니다. 역시 아이가 보낸 것일 터였다. 예사롭지 않은 말투로 짐작건대 아이는 두고두고 그에게 앙갚음을 할 작정 같았다. 그런 생각들을 품고 좁은 골목길을, 여러 갈래로 나뉘어 그의 앞길을 가로막는 그림자를 밟아가며 서둘러 빠져나왔다.

골목길을 벗어나자 모퉁이에 편의점이 있었다. 그는 불빛이 새어나오는 편의점 유리창 앞에서 엽서를 꺼내 읽었다. 지금 다시 읽어보니 엽서에 적힌 문장은 익명의 누군가가 비밀을 털어놓은 것에 지나지 않았다. 우연히 그와 비밀이 같았을 뿐이다. 자신에게 보낸 것이라고 해도 흔하디흔한 비난과 경고에 지나지 않아 보였다. 그러니까 행운의 편지와도 같이, 쉽게 무시해도 좋은 것 말이다. 그 익명의 문장이 자신을 겨냥한다고 생각하다니 어리석었다. 짧은 순간 여직원이나 아내를 의심한 것도 어리석었다. 무엇보다 아이를 만나볼 생각을 하다니 어리석었다.

그는 결코 비밀을 엽서 따위에 적어 모르는 사람에게 보내거나 술김에 친구에게 털어놓거나 종교에 기대어 고해성사를 하는 일 따위는 없을 것이다. 비밀은 비밀인 채로, 그만의 것으로 남았다. 다행이었다. 한편으로는 두려웠다. 자신의 비밀을 아는 사람이 결국 자신뿐이라는 사실이. 엽서를 보낸 사람도 아마 그런 두려움 때문에 비밀을 털어놓았을 것이다. 그는 엽서에 비밀을 적어 보낸 사람의 나약함에 화가 났다. 이 세상에 자신과 비밀이 같은 사람이 있고 그가 뭔가 털어놓고 싶어하고 두려워한다는 것에 화가 났다. 이제껏 비밀을 담은 엽서가 그를 외롭지 않게 해줬다면 앞으로는 비밀의 동조자 때문에, 비밀의 유일성이 깨진 것 때문에 두고두고 외로울 것 같았다.

그는 엽서를 찢어 편의점 쓰레기통에 버리고 천천히 전철역 쪽으로 걸었다. 자신은 비밀과 관련된 모든 것을 유일하게 다 알고 있지만 어쩐지 아무것도 모르는 것 같았다. 그가 아는 것은 자신이 아무것도 모른다는 것뿐이었다. 어째서 그런 아이에게 충동을 느꼈는지, 아이는 어쩌자고 그를 끝내 기억하지 못하는지, 아이가 가진 유일한 증거가 하필이면 실증할 수 없는 감각인지, 아이는 왜 직감을 끝까지 몰아붙이지 않는지, 침착하고 단호한 거짓말의 내면이 무엇인지, 거짓말의 결과로 그에게 남은 것이 무엇인지, 비밀을 유지하면서 끝내 지키고 싶었던 게 과연 무엇이었는지, 그래서 그것들을 제대로 지켜냈는지 하는 것들에 대해서 말이다.

깊은 지하의 전철역으로 들어가며 그는 다짐했다. 누구에게도 오늘 밤에 대해서 말하지 않을 것이라고. 그를 지목한 비밀의 문장에 대해, 그를 아이에게 내몬 양심의 충동에 대해서 말이다. 낯선 성기의 감각을 잊지 않고 있는 아이에 대해, 그 아이가 들어간 연립주택의 어둠에 대해, 그가 돌아나온 좁은 골목길에 대해서도 마찬가지다. 그런 것들을 내내 비밀로 품는다고 해서 무슨 일이 일어날까. 아무 일도 일어나지 않을 것이다. 오직 그만이, 그리고 좁은 골목과 어둔 밤만이 노인이 될 때까지 비밀을 기억할 것이다.

손홍규
배우가 된 노인

1975년 전북 정읍 출생. 동국대 국어국문학과를 졸업하고, 2001년 《작가세계》 신인상을 수상하며 등단했다. 소설집 《사람의 신화》 《봉섭이 가라사대》 《톰은 톰과 잤다》, 장편소설 《귀신의 시대》 《청년의사 장기려》 《이슬람 정육점》 등이 있다.

노인이 처음 공원에 나타났을 때 사람들은 그가 은퇴한 교수이거나 고위공직자일 거라고 생각했다. 노인은 늘 구김이라곤 전혀 없는 회색 정장 차림이었는데 나이에 비해 여전히 풍성한 회색 머리칼과 어울려 묘한 기품을 발산했다. 등은 조금도 굽지 않았고 걸음걸이도 단정했으며 기다란 벤치에 다리를 꼬고 앉으면 청초한 교태마저 느껴졌다. 그의 기다란 다리는 학을 연상시켰기 때문에 그가 앉았던 자리에서 일어날 때면 어디론가 날아가버리기라도 할 듯 몸짓이 가벼워 보였다. 다리를 꼬고 앉을 때 양복바지가 팽팽해지면서 바지자락이 슬쩍 올라가 탄력 있는 양말에 감싸인 복사뼈가 드러났는데 그 도드라진 뼈는 목 가운데 자리 잡은 울대뼈가 그렇듯이 호리호리한 데다 몸태가 부드러워 여성적인 분위기를 풍기는 그에게 도저한 남성성을 부여하는 역할을 맡은 듯했다. 그는 보통 노인들이 즐겨 신는 체크무늬 단화가 아닌 길이 잘 든 가죽구두를 신었는데 구두는 잘 닦여 머리칼처럼 은은한 광택이 났다. 머리끝부터 발끝까지 일관된 회색 기운이 끊임없이 맴돌았다. 한마디로 그는 곱게 늙은 사내였다.

공원 북쪽 야트막한 산에는 산책로가 있었다. 공원에서 시작되어 공원에서 끝나는 그 산책로를 따라 숨을 헐떡이며 기다시피 걸으면서 악착같이 건강을 지키려 애쓰는 여느 노인들과 달리 그는 꼼짝도 않은 채 벤치에 앉았을 뿐이건만 혈색마저 좋았다. 그는 공원에서 크로케를 치거나 속보로 걷는 다른 노인들을 물끄러미 바라보기는 했지만 직접 그런 일에 끼어들지는 않았다. 그는 조용히 벤치에 앉아 소리 없이 호흡을 하는 것만으로도 건강을 유지할 수 있는 사람이었고 이런 사실이 비슷한 연배의 다른 노인들에게 불쾌감을 불러일으킨 듯했다. 이따금 육각 정자에서 벌어지는 술추렴이나 오락회에 그는 한 번도 불려간 적이 없었다. 하지만 내가 보기에 그는 공원을 소유한 유일한 사람이었다. 그는 홀로 공원을 소유했다. 그는 누구와도 공원에서 보내는 시간을 공유하지 않았으며 그런 사실을 불편해하지도 않는 듯했다. 그가 공원에 나타나면 공원을 구성하는 사물들이—놀이터의 미끄럼틀, 그네, 시소를 비롯해 한 가지 목적에 충실한 단순한 운동기구들, 일정한 간격으로 놓인 벤치와 아직 덜 자란 느티나무, 그리고 공원을 찾는 두어 종류의 새들과 좀처럼 사람의 손을 타지 않는 경계심 많은 고양이들마저—충성스러운 개처럼 그의 발치 앞에 엎드렸다. 공원 관리인은 말할 것도 없고 인근 주민들이 자율적으로 조직한 봉사단이 토요일마다 기다란 쇠집게로 쓰레기를 주우며 그의 앞을 지날 때면 이 공원을 계획하고 설계하고 건설한 사람의 동상 앞을 지나기라도 하듯 무심함을 가장했지만 감출 수 없는 존경심이 깃든 눈빛들로 그를 바라보는 거였다. 그들은 벤치에 앉아 우울한 낯으로 어딘지 모르는 곳에 시선을 던지는 노인을 관찰하면서 그 노인이 공원을 찾아주는 덕분에 자신들이 매주 이처럼 수고를 아끼지 않는 공원이 한층 더 품격 있는 휴식처가 되었다는 생각을 떠올리는 듯했다. 윗몸을 약간 숙인 채 다리를 꼬고 앉은 노인은 눈에 보이지 않는 무언가를 가볍게 품은 것 같았고 그 모습이 꼭 기타 연주자를 연상시켰는데 사람들이 그를 감탄의 눈길로 바라보며 지나갈 때면 이제 막 조율을 끝내고 객석을 바라보듯 턱을 들어올려 그들을 일별하기도 하는 것이었다.

공원은 화장터가 있던 자리였다. 새로 선출된 구청장은 화장터 이전을 공약으로 내걸었는데 구청장에 당선되자마자 정력적으로 사업을 추진해 그곳을 공원으로 바꿔냈다. 그래서 공원은 상업구역, 근린구역, 주택구역 등으로 정확하게 구획된 다른 도심과 달리 원래부터 뒤죽박죽이었던 이 낡은 도심의 다른 공간들과 마찬가지로 무례하기 짝이 없었다. 그 공원 옆에 외벽의 대부분이 통유리로 마감된 신축 건물인 구립 도서관이 들어섰고 새로 조성된 공원이 재채기를 하며 뱉어낸 사과 조각처럼 괴상한 모양의 쉼터가 공원과 도서관의 경계지대를 형성했다. 도서관 부속 공간인 쉼터는 공원을 기형적으로 축소한 곳인 듯도 했고 공원이라는 괴물이 꼬리를 감추며 사라지기 직전의 잔흔인 듯도 했다. 쉼터에서 도서관 건물을 바라보면 통유리에서 산란하는 빛들 때문에 난바다를 보듯 막막해졌고 그런 이미지 탓에 구조의 가능성이 희박한 대양 한가운데서 표류하는 듯한 기분이 더욱 강렬해지곤 했다.

내가 노인을 유심히 관찰하게 된 이유 가운데 하나는 노인이 일정한 벤치를 고수하지 않고 규칙적으로 혹은 불규칙적으로 자리를 옮겼기 때문이다. 일주일 동안은 놀이터 끝의 녹색 의자에 앉았다가 공원 지도가 그려진 팻말 옆 갈색 의자에 사흘을 머물렀다가 다시

놀이터 끝으로 가거나 크로케를 치는 다른 노인들의 엉덩이가 잘 보이는 가로등 아래 앉기도 했다. 그의 자리 이동은 하루 사이에 일어나지 않고 이처럼 일주일 혹은 며칠 간격으로 일어났기 때문에 무심코 하는 행동이 아니라 일관된 목적을 지닌 행동처럼 여겨졌다. 처음 몇 주 동안은 그의 행동에서 특별한 낌새를 눈치채지 못했으나 두 달이 지나자 그의 자리 이동이 퍽 신경질적인 행동이라는 기분이 들었다. 머리를 매만지기 위해 거울 앞에 섰다가 떠났다가 다시 돌아오기를 반복하는 까다로운 멋쟁이라도 보는 듯했다. 한번 벤치에 앉으면 좀처럼 자세를 바꾸지 않는 노인이 어느 날이 되면 인내심의 한계에 다다른 듯 자리를 바꾸는 이유가 궁금해졌다. 노인은 공원 남쪽 언저리를 떠나지는 않았다. 과감한 구청장이 성급하게 공원을 조성하면서 재생고무가 섞인 아스콘으로 조깅 트랙을 깔았는데 처음에는 환영받던 이 트랙이 다른 구의 친환경적인 트랙과 비교되면서 민원이 발생했다. 초여름으로 접어들 무렵 포클레인과 인부들이 몰려와 트랙을 갈아엎으며 공사가 시작되었다. 그라인더와 천공기가 내는 소음이 도서관 유리창을 우박처럼 두들겼고 이따금 건물 전체가 쿵 소리를 내며 울릴 정도의 진동이 느껴지곤 했다. 지하에서 발파작업이라도 하듯 알 수 없는 진동이 열람실을 강타하면 백여 개의 머리통이 일제히 칸막이 위로 둥둥 떠올랐는데 그럴 때마다 누군가의 카세트에서 이어폰 잭이 빠지면서 미국인의 목소리가 조롱처럼 울려퍼지곤 했다. 누구도 알 수 없었다. 조깅 트랙을 갈아엎는 공사의 소음이 그토록 웅장한 이유를. 아마도 다른 곳에서 규모가 큰 공사가 진행되는 중이라고 짐작할 뿐이었다. 도시건축을 전공했다는 누군가는 외곽순환고속도로 지하구간 공사장이 이곳에서 멀지 않으며 그곳에서 터뜨린 다이너마이트 소리가 도시의 하수관을 따라 여기까지 흘러들어온 게 분명하다고 말했지만 아무도 귀담아듣지는 않는 듯했다. 차라리 도서관에서 삼백 킬로쯤 떨어진 어떤 곳에서 지진이 일어났다고 하는 편이 더 나았을 것이다. 노인은 소음과 흙먼지를 견디며 벤치를 지켰다. 노인 앞으로 지나는 트랙을 뒤엎던 인부들이 안전을 이유로 노인을 다른 장소로 안내하려 했지만 헛수고였다. 그라인더가 그의 발아래서 불꽃을 튕겼고 천공기가 날려보낸 돌 부스러기가 그의 무릎에 맞고 떨어졌다. 도서관 자치위원회가 소음에 항의하자 공사 감독관은 도서관 외벽에 소음차단막을 설치하겠다고 위협했다. 도서관 이용자들은 참을 만하다며 자치위원회를 만류했고 공사가 끝날 때까지 통유리에 달린 작은 창들을 폐쇄하는 것으로 결론이 났다.

　공원을 찾는 노인들은 우르르 도서관으로 몰려와 신문 열람실에서 고성을 지르며 서로 다투다가 지하 구내식당으로 내려가 형편없는 식재료에 투덜대면서 밥을 먹고 쉼터에 앉아 자판기에서 뽑은 율무차 따위를 홀짝대면서, 커피를 마시거나 담배를 피우는 젊은이들을 한심하다는 듯 노려보곤 했다. 그들이 쉼터에 몰려 있으면 도서관 이용자들은 말년 병장 앞에 선 이등병처럼 주눅이 들어 슬금슬금 공원 쪽으로 물러났는데 공사가 시작된 뒤로는 그럴 수도 없어 식사 뒤에 누리는 짤막한 휴식시간을 아예 포기해버리기도 했다. 나는 그런 노인들 가운데 몇몇의 집요한 눈길을 받으면서도 꿋꿋이 버티곤 했는데 내게 정당한 훈계를 하고 싶어 몸살이 날 지경이라는 걸 눈빛만으로도 알 수 있었다. 그들은 나이를 먹으면서 가장 먼저 이성이 파업을 한 사람들처럼 굴었다. 그들의 눈빛은 내게 많은 생각을 떠올리게 했다. 그 나이를 먹을 때까지 죽지 않고 살아남았다는 자부심이 느껴졌다. 나는 그들의 자부심을 존경할 마음이 없었지만 한편으로는 그 나이에 이를 때까지 살아남을 자신이 없는 스스로가 초라하게 여겨지기도 했다. 윤희는 내게 야심을 지녔으되 그것을 실행할 능력이 부족한 사람들이 흔히 빠지게 되는 자기혐오일 뿐이라고 말했다. 하지만 윤희는 그 견해를 곧바로 철회했다. 내게 애초부터 야심이라는 게 있기나 했는지 의문이라는 사족을 달면서. 우리는 주말이면 여느 때와 마찬가지로 극장에 가거나 미술관에 갔다. 주말의 데이트가 연극 리허설처럼 여겨졌을 때 윤희가 분통을 터뜨렸다. 이게 다 너 때문이야! 그렇다. 나 때문이었다. 최연소는 아니지만 이른 나이에 지점장에 올랐을 때 나는 얼떨떨했다. 드문 일은 아니었으나 내가 그런 지위에 오르리라고 생각해본 적은 없었다. 내가 지점장이 되었을 때 보험업계는 불황이었고 아마도 그게 내가 지점장이 된 가장 큰 이유였을 것이다. 새로 영입한 두 명의 판매원은 나와 동갑이었는데 그들은 고객들에게 사기를 치고 수금한 돈을 챙겨 달아났다. 지점장이 된 지 반년 만에 사표를 쓰고 나왔을 때 윤희는 우리의 결혼을 당분간 미루는 게 좋겠다고 말했다. 나는 고개를 끄덕였다. 윤희가 권하는 대로 공무원 시험을 준비하기 위해 순순히 학원에 등록했고 앞날이 불투명하기로는 나 못지않아 보이는 젊은이로 우글대는 구립 도서관을 다니게 되었다. 윤희는 미술관 앞에서 쭈그리고 앉아 가슴을 두드리며 울었는데 왜 우냐고 묻는 내 목소리는 내가 듣기에도 바보스러웠다. 네가 한심하고 내가 한심해서 그래. 내가 한심하다는 말은 금방 알아들었지만 윤희가 스스로를 한심하다고 한 말은 여러 번 곱씹어보고서야 알아들었다. 한심한 놈을 만날 수밖에 없는 한심한 년이라는 뜻이었다. 알아듣게 되자 화가 났다. 언젠가 우리는 길거리에서 삿대질을 하며 싸우는 연인들을 보며 소리 죽여 웃기도 했는데 이번에는 우리가 그런 꼴이 되었다. 다시 입에 담기 힘든 비난이 서로를 겨냥하며 날아갔다. 다음 날 아침 발가락이 몹시 아파 병원을 찾아가다가 사이드미러가 부서진 승용차를 둘러싼 일가족을 보았다. 중년의 가장이 비슷한 연배의 아내에게 변명이라도 하듯 나지막한 목소리로 무언가를 설명하는 중이었고 부모가 험악하게 싸우지나 않을까 불안해하는 게 역력한 초등학생과 중학생으로 보이는 자매가 서로의 손을 꼭 잡고 있었다. 아마도 그들은 휴일의 외식을 포기해야 했을 것이다. 골절이 아니라는 진단을 받고 간단히 응급처치를 한 뒤 돌아오는 길에 승용차 앞에 홀로 앉아 금방이라도 눈물을 왈칵 쏟을 듯 절망적으로 담배를 피우는 중년 사내를 그냥 지나치지 못한 나는 무릎을 꿇고 용서를 빌었다. 제가 범인이에요. 중년사내는 한참을 말없이 담배만 피우다 왜 그랬냐고 물었는데 그 목소리가 무척이나 다정해서 나는 그만 윤희와 어떻게 다퉜는지를 시시콜콜 털어놓고 말았다. 우리는 함께 자동차 정비소에 가서 사이드미러 수리를 부탁했는데 정비소 직원은 통째로 교환하지 않으면 순정부품으로 수리해줄 수 없노라고 했다. 우리는 함께 분통을 터뜨렸고 익히 소문으로 들어 아는 자동차업계의 횡포를 일일이 거론하며 분개했다. 정비소 직원이 내놓은 싸구려 재생부품에 또 한 번 발을 굴렀다. 그리고 중년사내는 점점 대범해졌다.―남자는 약하지만 가장은 강하다!―부서진 것과 똑같은 걸로! 이왕이면 열선이 들어간 걸로! 전동접이식이면 좋지 않을까? 결국 내 일주일치 생활비가 전동접이식 사이드미러라는 거품이 되어 사라졌다. 우리는 공원 근처의 중국집에서 짜장면과 짬뽕을 안주 삼아 고량주를 서너 병 마셨고 유익하긴 하지만 실현 가능성은 적은 충고를 듬뿍 사례로 받은 뒤 형님 아우 사이가 되어 각자의 집으로 돌아갔다. 그 뒤로 나는 중년사내와 종종 골목에서 마주쳤는데 그가 아내 몰래 의미심장한 눈짓을 할 때마다 사는 일이 고단할 게 분명한 저 일가족과 맺게 된 고약한 인연을 새삼 돌아보게 되었다. 소심한 두 딸과 어수룩한 남편을 둔 중년의 여자가 나를 바라보는 눈길에는 의혹이 가득했으며 이처럼 낯선 누군가에게 불한당 취급을 받을 수밖에 없는 내 신세가 다시 처량하게 여겨지는 것이었다.

윤희는 한동안 내 전화를 받지 않았다. 이렇게 차이는구나 싶었는데 토요일 오후 윤희에게서 전화가 왔다. 나랑 싸운 거 후회해? 그럼, 당연하지. 내 가슴 작다고 한 것도? 으응. 언제는 네 손에 딱 맞는다며 좋다더니(그런 얘기까지 할 필요는 없지 않은가). 난쟁이 똥자루 운운하며 키 작은 여자는 원래 좋아하지 않았다고 했던 것도? 못생겼으면 성격이라도 좋아야지 했던 것도? 이런 식으로 윤희는 내가 어떤 비난의 말을 퍼부었는지를 세세히 상기시켜주었고 새삼 우리 역시 남들과 다를 바 없이 저속하고 비루한 방식으로 다투었음을 알게 되었다. 도서관 앞이니까 나와. 이미 나는 도서관 앞이었다. 나를 충분히 징계했다고 여겼는지 윤희는 언제 다툰 적이 있느냐는 듯 팔짱을 껐다. 열람실을 구경시켜줄 수는 없는 노릇이어서 쓸쓸한 겨울 끝 무렵의 공원을 거닐었다. 실추된 명예를 회복하려는 듯 우리는 고상한 단어들을 동원해 대화를 나누었고 그럼에도 불구하고 손상된 자존심을 온전히 되찾을 수는 없었다. 그러나 윤희의 머리에서 은은하게 풍겨나오는 싸구려 샴푸 냄새와 팔뚝에 와닿는 부드러운 젖가슴을 느끼며 나는 안도했다. 굳이 묻지는 않았다. 그사이 윤희에게 무슨 일이 있었다 해도 상관이 없지 않은가. 이렇게 지금 내 옆에 있으니 다행이다. 물론 짐작은 할 수 있었다. 윤희에게는 나 외에도 저울질할 수 있는 사내가 두어 명 더 있었다. 한 여자의 인생에 남자 서넛은 많다고 할 수 없었다. 어쩌면 그 사내들 가운데 윤희가 스스로 예사롭지 않다고 표현하는 가정형편에 무심한 사내는 나 하나뿐이었는지도 모른다. 윤희의 어머니는 한평생 외도를 하느라 가정을 돌보지 않은 남편을 원망하다 화병으로 세상을 떠났다. 윤희의 오빠는 아버지를 흠씬 두들겨팬 뒤 칠레로 이민을 가버렸다. 윤희는…… 고독한 딸이었다. 가족 가운데 누구도 자신의 말에 귀 기울이지 않는다는 사실을 깨달은 뒤로 윤희는 반드시 필요한 말을 해야 할 때가 아니면 입을 다물었다. 말하지 않았다고 해서 말이 생겨나지 않은 것은 아니었으므로 윤희의 가슴 밑바닥에는 발설되지 못한 말들이 하역된 채 녹슬었다. 나는 윤희가 오래된 드라마의 단역배우처럼 절규할 때 가슴을 두드리는 이유도 그래서일 거라고 짐작했다. 진실은 알 수 없었다. 스스로를 방어하기 위해 불행을 실제보다 부풀려서 이야기했을 가능성도 있기 때문이다. 그러나 무엇이 진실이든 마찬가지로 상관없었다. 윤희가 털어놓는 흔하고 진부한 가족사를 들을 때 나는 차라리 내가 말기 암 환자거나 치명적인 유전질병을 지닌 시한부 인생이라면 좋겠다는 생각을 했다. 윤희는…… 윤희라는 한 인간으로만 따지자면 내게는 퍽 과분한 상대였으므로.

그날이었다. 우리 결혼하자. 텅 빈 공원에서 윤희가 내뱉은 말이 바람에 뒹구는 쓰레기처럼 누군가에게 먹살을 잡힌 채 발을 질질 끌며 멀어져갔다. 윤희의 목소리에는 이처럼 의미심장한 문장을 이토록 가볍게 취급할 수밖에 없는 스스로에 대한 연민이 묻어났다. 지금 사는 집 부동산에 내놔. 혼수는 되도록 쓰던 것들 깨끗이 단장해서 쓰기로 하고 예물은 생략하자. 나는 간단한 커플링으로도 만족해. 내가 저축한 돈은 집 구하는 데 보탤게. 그리고 묻지도 않았는데 윤희는 아버지에게 기대할 건 없으므로 행운을 바라지는 말자고 덧붙였다. 나는 한 번도 본 적 없는 윤희의 아버지가—어쩌면 미래의 장인이기도 할—조금 미워졌다. 왜 미워해야 하는지 이유는 알 수 없었다. 조만간 아내가 될 여자가 내 앞에서 초라해졌기 때문인지도, 혹은 막연히 같은 남자이기 때문에 공유할 수밖에 없는 어떤 수치심이 내 안에서 꿈틀댔기 때문인지도.

부동산에 들렀을 때 나는 잘못 찾아온 게 아닌가 싶어 밖으로 나갔다가 다시 들어와야 했다. 거기에 그 노인이 있었다. 사십대 후반의 중개사는 나를 남동생이라도 대하듯 허물없이 굴었기에 나는 손님용 소파에 앉아 노인의 뒷모습을 흘끔거렸다. 노인은 공원에서와 마찬가지로 흐트러짐 없이 단정하게 앉아 중개사와 이야기를 나누었다. 그의 목소리는 세월조차 할퀴지 못한 듯했다. 풍파에 시달려본

적이 없는 듯한 맑고 낮은 톤으로 노인은 중개사가 맞선 상대라도 되듯 매혹적으로 말했다. 부동산에 가보았느냐는 윤희의 닦달이 아니어도 나는 도서관과 집을 오가는 길에 들르곤 하였다. 처음에 중개사는 전세 계약을 한 지 반년도 채 되지 않았는데 방을 빼려는 이유가 뭐냐고 물었고 나는 마땅히 핑계가 없어 결혼하기 위해서라고 답했다. 그 뒤로 중개사는 내가 왜 결혼한 뒤 이 동네에 살아야 하는지 새로운 이유를 한 가지씩 찾아내며 설득했고 얼굴도 모르지만 분명히 참한 색시일 게 분명한 예비신부의 행복을 위해 기다렸다는 듯 신혼부부에게 딱 어울리는 집이 나왔다며 당장이라도 그곳으로 안내하겠다고 고집을 부렸다. 그 말을 해주자 윤희는 아무래도 상관없다고 했지만 나는 도서관 쉼터에서 전투적인 태도로 율무차를 마시던 사람들을 떠올리고는 고개를 저었다. 내가 그 이야기를 했을 때 가장 복잡한 표정을 지은 사람은 바로 대범한 가장이었다. 그 사내는 내가 이 동네에서 신혼살림을 차리는 게 자신에게 이로울지 해로울지를 가늠하는 듯했고 내가 보기에는 대수롭지 않은 문제인데도 무척 심각한 문제에 직면한 것처럼 흔히 사람들이 머리에 쥐가 날 지경이 되었을 때 그렇듯이 안간힘을 쓰며 인상을 찌푸렸다. 그런 얼굴을 보고 있노라니 그 사내의 인생에 주제넘게 끼어든 것만 같아 나 역시 그와 똑같은 강도로 괴로워졌다.

   노인이 자리에서 일어나 몸을 돌렸을 때 눈이 마주쳤다. 왠지 나는 허둥대는 심정이었고 나도 모르게 고개를 꾸벅 숙였는데 노인은 인자한— 달리 표현할 수 없을 만큼 이 수식어가 딱 어울리는 그런 얼굴로 미소를 짓고 부동산 사무실을 사뿐사뿐 걸어나갔다. 그사이에

재빠르게 냉커피를 들고 내 앞에 선 중개사는 왜 이 동네가 신혼부부에게 좋은 곳인지를 이전과는 다른 이유를 들며 설명했는데 이번에는 중개사의 말을 전혀 알아들을 수가 없었다. 나는 호기심을 참지 못해 그 노인이 무엇 때문에 부동산을 찾아왔는지를 물었다. 중개사는 어깨를 으쓱하더니 이곳에 오는 사람은 집을 구하려는 사람과 살던 집에서 나가려는 사람밖에 없다며 힐난하는 목소리로 말했다. 설탕이 듬뿍 들어가 달짝지근한 냉커피를 마시며 두 가지 사실을 알게 되었다. 노인은 방에서 나가려고 하는데 그 방이 전세 삼천만 원짜리 반지하라는 것과, 전세 오천만 원으로 살고 있는 내 방이 두 달 가까이 나가지 않는 이유는 집주인이 전세금을 이천만 원이나 올렸기 때문이라는 것이었다.
　나는 내 방 침대에 누운 채 횡재한 기분으로 조금은 들떴다. 오천만 원으로 칠천만 원짜리 방을 얻어 살고 있는 듯해서였다. 하지만 그런 인위적인 행복은 얼마 가지 않았다. 윤희는 알지 못한다. 사표를 쓰고 나올 때 대출이 있었다는 걸. 그 돈으로 두 명의 판매원이 회사에 끼친 손해를 갚음했다는 것도. 윤희는 전세 팔천쯤의 방 두 칸짜리 빌라를 바랐다. 윤희가 이천쯤을 마련할 수 있었으므로 내가 거기에 천을 더 보태면 가능했다. 하지만 어디에서 그 돈을 구한단 말인가. 윤희는 전세자금 대출을 극도로 꺼렸는데 이유는 간단했다. 빚 없이 시작하고 싶어. 이해할 수 있었다. 대학 졸업 뒤 학자금으로 대출받았던 빚을 갚는 데 칠 년이 걸린 윤희는 매달 꼬박꼬박 자동으로 이체되는 대출금이 찍힌 통장을 바라보며 목숨이 빠져나간 듯한 기분이었다고 했다. 나는 꿈을 꾸고 싶었다. 부유하고 상냥한 남자의 손에 윤희의 손을 넘겨주면서 행복하길 바라, 라고 얼굴을 우그러뜨린 채 말하는 꿈을. 대신 꿈에 노인이 등장했다. 전세 삼천짜리 반지하방에서 꿈틀대던 거대한 구더기가 방문을 열고 계단을 오르면서 점차 회색 양복을 입은 늠름한 노인으로 변하는 꿈이었다. 내가 꿈에서도 납득할 수 없었던 건 그 노인이 행복한지 혹은 불행한지 알 수 없다는 점이었다. 왜 알 수가 없었던 것일까. 다른 꿈에서는 누가 등장하든 그 사람의 감정마저 선명하게 느낄 수 있었는데. 어쨌든 나는 무척 반가웠다. 딱히 우리에게 공통점이 있다면 같은 부동산에 방을 내놓았다는 거라고 할 수 있었다. 하지만 꿈에서 나는 그 공통점이 무엇보다 중요하게 여겨졌고 노인 앞에 무릎을 꿇은 채 어떻게 하면 당신처럼 곱게 늙을 수 있는지 비법을 알려달라고 사정하다가 잠에서 깼던 것 같다. 아마도 노인이 나를 후려치려는 듯한 몸짓을 하는 바람에 화들짝 놀라며 깼던 것 같다. 가능하다면 나는 단번에 노인이 되고 싶었다. 노인이 겪었을 삶은 생략한 채 우아하고 세련되게 단번에 늙어서 감히 나를 어쩌지 못한 이 힘난한 세상을 부드럽게 조롱하다 죽고 싶었다.

그즈음의 토요일 아침에 도서관으로 향하던 나는 승용차 앞에 쭈그리고 앉아 거의 죽음에 임박한 사람처럼 헐떡이며 담배를 피우는 중년의 가장을 보았다. 형님…… 소리가 나오다 말고 쏙 기어들어갔다. 일주일치 생활비를 들여 바꿔주었던 전동접이식 사이드미러가 죽어 자빠진 개의 혀처럼 축 늘어져 있었다. 이번에는 내가 범인이 아니었으므로 나는 편안한 마음으로 위로의 말을 던졌다. 전혀 위로를 받은 표정은 아니었다. 외려 사이드미러의 눈동자에는 이런 말들이 차례차례 떠올랐다. 이번에도 네 녀석이 한 짓이지, 분명히 너일 거야, 너여야만 해, 네가 했다고 말해줘, 제발 부탁이야…… 하마터면 나는 내가 한 짓이라고 거짓으로라도 실토해버릴 뻔했다. 그날 처음으로 대낮에 공원에서 노인과 대화를 나눈 터라 나는 탈진한 상태가 되어 조금 일찍 귀가해 침대에 누웠다. 현관문을 두드리는 소리가 났는데 소심하기 짝이 없는 소리여서 정말 누가 밖에 서 있다는 사실을 믿을 수가 없었다. 문을 열고 보니 사이드미러였다. 나는 사이드미러와 함께 주택단지 어귀의 실내 포장마차에서 소주를 대여섯 병이나 마셨다. 이 형님이 대뜸 내게 던진 충고는 바로 이거였다. 동생, 이 동네에서 살지 마. 그리고 한참을 전동접이식 사이드미러를 부순 불상놈을 욕하더니 전동접이식에 익숙하지 않아 버튼을 누르는 걸 깜빡 잊은 자신을 저주하기도 했다. 이 동네 놈팡이들은 사이드미러를 태권도 발차기용 미트쯤으로 아나 봐. 어쨌든 그 놈팡이들에 나도 속했으므로 맞장구를 칠 수는 없었다. 나는 이 중년의 가장이 유독 내게만 대범한 척 구는 거라고 짐작했다. 갓 입대한 신병이 나지막한 목소리로 동기들과 숨어 고참병을 욕할 때 익숙하다는 듯 내뱉는 상스러운 말들에 사실은 스스로도 놀라듯이 사이드미러도 음탕하거나 상스러운 낱말을 발음할 때 어딘지 모르게 부자연스러웠으며 숨길 수 없는 불안이 묻어났다. 아마도 사이드미러는 가정에서도 직장에서도 누구에게도 이와 같은 방식으로 대화하지는 않을 거였다. 그 사내의 고민을 들어줬으니 이번에는 내 고민을 털어놓을 차례였다. 마침 윤희에게 전화가 왔다. 윤희는 아버지와 어떻게 다투었는지를 자세히 설명했는데 이게 내게는 좋은 대화거리였다. 내 이야기를 듣는 도중에 사이드미러는 김치찌개를 퍼먹다가 흰 티셔츠에 국물을 흘렸다. 손으로 탁탁 털어내는 바람에 김치조각이 내 술잔에 풍덩 빠졌다. 그 가장이 겪은 고통이 너무 커서 나는 불만도 드러내지 못한 채 조심스레 새 술잔을 가져와야 했다. 마누라가 난리를 칠 텐데. 이런 말끝에 중년사내는 앞으로의 걱정 따위는 잊어버리겠다는 듯 쿵쿵대더니 나를 물끄러미 바라보았다. 그러니까 내 말이 다 끝났느냐는 뜻인 듯했다. 나는 고개를 끄덕였다. 참 신기해. 어떻게 그런 정신으로 지점장까지 했는지. 사실은…… 전임 지점장이 자살을 했거든요. 사이드미러는 놀란 눈으로 나를 훑어보았는데 마땅히 오래전에 귀신이 되었어야 할 녀석이 여태 목숨을 부지했다는 걸 이해할 수 없다는 눈빛으로 그렇게 했다. 우리는 점점 취했고 그러는 동안 내가 한 말을 사이드미러가 귀담아듣는다는 확신은 없었다. 나는 점점 가련한 중년의 가장이 아닌 나 자신에게 속삭이는 듯한 기분이 들었고 사실이야 어쨌든 그날 대낮에 노인과 나누었던 대화를 그런 식으로 복기했던 것이다. 그 노인을 제가 두 달 가까이 관찰했는데 참 이상하더란 말이죠. 형님도 저 공원에서 조깅 트랙 공사가 한창인 건 아시죠. ……노인은 부동산에서 지나쳤던 나를 기억했다. 으레 처음 낯을 트는 사람들이 나누는 인사 뒤에 달리 할 말이 없어 나는 방을 내놓으셨죠? 로 시작하는 뻔한 수작을 걸었다. 그런데 사실 무척이나 궁금했어요. 오늘 낮에 그 노인이 젊은 여자와 대화하는 걸 보았거든요. 게다가 왜 노인이 공사 때문에 불편한데도 한사코 공원 남쪽 부근만을 고집하는지도 알고 싶었어요. 왜 사연이 없겠어요. ……노인의 말에 따르면 노인의 어머니는 바로 공원이 있던 자리에서 한 줌 재가 되었다. 일제시대부터 그 자리에 화장터가 있었다. 그 시절 노인은 젊었고 어머니의 죽음에 가벼운 현기증을 느끼기는 했어도 진짜 슬픔이라 일컬을 만한 감정을 느끼지는 못했다. 매장하지 않고 화장을 한 이유만은 잘 기억했는데 내가 듣기에는 이런 불효자가 또 어디 있을까 싶을 만큼 매정하기 짝이 없었다. 명절이나 기일에 성묘를 하러 가기가 귀찮아서였다고 한다. 노인의 이야기에 귀를 기울이는 내내 땀이 흘렀다. 이마에 흘러내린 땀을 손등으로 닦는데 신경질이 났다. 노인은 이렇게 말했다. 어디인지 정확한 위치를 알 수 없어서라고. 고개를 돌렸을 때 보았던 공원 북쪽 야산의 실루엣이 기억에 선명한데 이 자리에서 보았는지 아니면 저 자리에서 보았는지 확신할 수가 없노라고. 나는 속으로 실없는 웃음을 흘렸던 듯하다. 이 노인은 범죄자인 것이다. 범죄자는 범행현장에 다시 찾아온다고 하지 않던가. 젊은 시절에 저질렀던 죄를 확인하기 위해 돌아온 평범한 늙은이라는 생각에 그동안 내가 품었던 경외감은 배신이라도 당한 듯 허물어졌다. 이윽고 노인은 헛웃음을 흘리며 자조하듯 덧붙였다. 내가 왜 자네에게 이런 말을 하는지 알 수가 없군. 그게 다…… 죽은 마누라 때문이지. 나는 속으로 생각했다. 어머니도 여기서 불사르고 아내마저 이곳에서 불사르셨군요. 대단한 방화범이십니다. 내 생각을 읽기라도 한 듯 노인은 고개를 저었다. 그리고 내게 물었다. 혹시 아까 보았나. 감색 투피스를 입은 여인을? 나는 고개를 끄덕였다. 그 여인마저 불사르지 못해 아쉬웠나요? 라고 묻고 싶은 걸 간신히 참으면서. 내 아내일세. 젊은 날의 아내지. 그리고 노인의 입에서 뜬금없는 말이 튀어나왔다. 아내는 웜홀을 통과해 여기에 나타난 거야. 그때부터 내 머릿속은 뒤죽박죽이 되었다. 노인의 정신이 온전하지 못한 거라는 생각이 들었다. 하지만 노인의 이야기에는 사람의 마음을 사로잡는 무언가가 있었다. 어렴풋이, 하지만 틀릴 수가 없는 기억이 떠올랐다네. 그 시절 어머니를 화장할 때 아내는 나와 함께 있었지. 어쩌면 그걸 기억하기 때문에 아내를 화장할 때 이곳을 선택했던 것인지도 모른다네. 젊은 날의 아내는 늙어버린 나를 알아보지 못하더군. 하지만 내가 고민을 털어놓을 대상이라는 사실만은 아는 듯했네. 아내는 내 앞에서 울었어. 젊은 날의 나와 결혼을 해야 할지 말아야 할지 고민이 된다고 했다네. 자네라면 뭐라고 대답했겠나? (그런 일이 일어날 턱이 없으므로 생각할 가치조차 못 느낍니다. 그런데 대체 웜홀이라는 단어는 어디서 배우셨나요.) 나는 단호히 고개를 저었네. 그 청년과 결혼하지 말라고. 내 말을 듣고 아내는 슬픈 얼굴이 되어 다시 웜홀을 통과해 과거로 사라졌다네. (정신이 이상한 게 틀림없었다. 그 여인은 공원 출입구를 통해 빠져나갔다. 쉼터에 앉아 율무차를 마시던 사람들이 음흉한 눈빛을 교환하며 그 여인의 몸매를 품평하기도 했으니까.)

내가 노인과의 대화를 복기하는 도중 사이드미러는 신음인지 웃음인지 모를 끽끽 소리를 여러 번 냈다. 혀 꼬인 내 목소리가 내 귀에도 바보스럽게 들렸다. 나도 말할 겁니다. 나와 결혼하지 말라고요. 나처럼 한심한 놈과 살면 네 운명도 한심한 게 되는 거라고 말해줄 겁니다. 호기롭게 외치면서 우리는 어깨를 겯고 비틀비틀 골목을 걸었는데 만약 중년 가장의 사모님이 허릿장을 지른 채 골목 한가운데 버티고 섰지 않았다면 거기에 주차된 차들의 사이드미러를 죄다 깨버렸을지도 모른다. 내가 마지막으로 들었던 말은 잘 가게 동생! 이 아니라 칠칠치 못하게 찌개 국물이나 흘리고 이게 대체 무슨 염병 지랄이야? 였던 것 같다. 그날 꿈에서 나는 공무원 시험에 합격했는데 사이드미러를 깬 은밀한 범행이 뒤늦게 드러나 해고되었다. 다음 날 아침 진저리를 치며 깨어난 나는 족히 삼 리터의 물을 마신 뒤 도서관이 임시휴일이라는 사실을 떠올리고는 다시 잠을 청했으나 그때까지도 머릿속에 맴돌던 의문 탓에 벌떡 일어나고 말았다. 사이드미러는 대체 어떻게 내가 사는 방을 정확히 알았을까. 나는 슬리퍼를 신은 채 동네 주민답게 방심한 태도로 골목을 어슬렁거렸다. 승용차가 주차된 자리가 사이드미러의 집 앞이라는 것쯤은 알았는데 그 오 층짜리 빌라 어느 곳이 정확히 그 일가족의 거처인지는 알지 못했다. 그리고 나는 건물 북쪽 반지하방과 담 사이 공간에 걸린 빨래들 사이에서 지난밤 사이드미러가 입었던 티셔츠를 보았다. 김치찌개를 흘린 그 티셔츠가 깨끗이 세탁되어 걸렸으나 나는 환상인 듯 티셔츠에 남은 얼룩을 보았다. 불현듯 사이드미러가 정말로 외로웠을 거라는, 내게 보여준 관심이 진심에서 우러나왔을 거라는 생각이 들었으며 어쩐지 이 동네에 살아도 괜찮겠다는 오싹한 생각마저 스멀스멀 솟아나는 거였다. 일요일 오후 내내 나는 노인이 사는 반지하방을 찾으려 애썼으나 끝내 발견하지는 못했다. 중개사에게 주소를 물으면 간단한 일이지만 왠지 나는 어느 날인가 반드시 노인의 방을 지나쳐가게 될 것이며 그런 순간이 오면 노인의 방을 알아볼 수 있으리라는 예감이 들었다.

일주일 뒤에 사이드미러는 내 방 침대에 걸터앉아 수상쩍은 제안을 했다. 고상하고 세련된 노인이 필요해. 중견기업의 회장 역할을 맡아줄 배우가. 배우라뇨? 사이드미러의 설명에 따르면 지인 가운데 불법적인 일에 천부적인 재능을 지닌 사람이 있는데 인터넷에서 떠도는 이른바 야동이라 불리는 동영상 사업에 손을 댔다고 한다. 퇴물로 분류된 몇몇 에로배우 출신을 섭외했는데 성기가 노출되는 촬영인 걸 알자 줄행랑을 쳤다고 한다. 꼴에 배우근성은 지녔단 말이지? 뻔한 거잖아. 스토리야 이미 나왔지. 몰래카메라 형식이라서 얼굴은 또렷하게 나오지 않을 거야. 주로 그 부분이 선명하게 나오도록 찍겠지. 그리고 사이드미러는 오른손을 쫙 펼쳤다. 오천만 원이요? 나는 한 대 얻어맞았다. 오백이지. 우리는 함께 공원으로 갔다. 사이드미러는 입을 딱 벌린 채 한동안 말을 잊었다. 우리는 모두 죄를 짓는 심정이었다. 사이드미러가 노인에게 주섬주섬 설명을 하는 동안 나는 어쩌다 노련한 뚜쟁이 역할을 맡게 되었는지를 생각했다. 마지막으로 사이드미러가 손가락 세 개를 폈다.―남자는 비열하게 용감하고 가장은 용감하게 비열하다!―나머지 이백이 우리가 중간에 가로챌 소개비인 모양이었다. 초여름의 햇살을 받으며 도서관이 우울하게 타올랐다. 나는 노인이 대번에 고개를 저을 거라고 예상했지만 그 예상은 빗나갔다. 사흘 뒤 우리는 불법적인 일에 천부적인 재능을 지녔다는 사람과 술자리를 가졌는데 이 사람은 재능이 퍽 다양했는지 총연출과 촬영감독을 모두 겸했다. 스태프는 따로 없었고 스무 살을 갓 넘긴 듯한 비쩍 마른 여배우와 내 또래의 사내가 전부였다. 노인과 나는 조촐한 술자리에서조차 소외를 당한 듯 말없이 구운 고기를 집어먹었다. 술자리가 파할 무렵 내 또래의 사내가 깨진 술병으로 제 손목을 긋더니 구급차에 실려가버렸다. 남은 다섯은 자리를 옮겨 이차를 갔는데 사이드미러의 지인은 그 자리에서 바로 나를 배우로 캐스팅했다. 회장과 젊은 여자의 정사가 영상의 전반부라면 이 죽일 연놈들을 응징하기 위해 뛰어드는 여자의 남자친구가 강간하듯 여자와 벌이는 정사가 후반부였다. 그 남자친구가 바로 내가 맡을 역할이었다. 노인은 담담했다. 노인이 지닌 범상치 않은 성스러움은 그런 자리에서도 퇴색하지 않았다. 반면에 나는 여배우의 놀림감이었다. 부들부들 떨었던 탓에 술을 자주 흘렸고 곱창이 숯덩이가 되도록 내버려두었다는 힐난을 들어야 했다. 윤희의 전화를 받을 때까지도 나는 내가 어디에 있는지조차 알지 못했다. 윤희는 아버지와 화해할 수 없다는 사실을 강조하면서도 집을 나가버린 아버지에 대한 걱정을 숨기지 않았다. 아빠가 사는 방에 가봤는데 나간 지 며칠 되었는지 밥통에 남은 밥이 딱딱해졌더라고. 나는 방금 뚜쟁이에서 배우로 신분 상승했다는 말을 할 수도 없었거니와 그렇게 받을 출연료가 우리가 필요로 하는 금액에는 턱없이 미치지 못한다는 사실도 말할 수 없었다. 대체 무슨 일인데 그래? 그냥 아르바이트야.

이틀 뒤 노인과 나는 고급 주택들이 위압적으로 내려다보는 골목 입구에서 악수를 나누었다. 얼마나 오래 걸릴지 알 수 없지만 여기에서 기다릴게요. 노인은 흔흔히 웃었다. 날개 꺾인 학 혹은 황새 한 마리가 사뿐사뿐 골목으로 걸어들어갔다. 사이드미러는 소개비를 포기했고 나는 배우 역할을 포기했다. 촬영장에서 생긴 일은 훗날 사이드미러를 통해 들어 알게 되었다. 노인은 수줍어하기는커녕 그런 일에 익숙한 사람처럼 행동했다고 한다. 감독은 노인의 물건이 생각보다 크고 빳빳해서 주의를 줬다. 그렇게 하시면 안 됩니다. 혐오감을 불러일으켜야 해요. 돈 많은 늙은이가 젊은 여자와 정사를 벌이는데 그렇게 힘차게 하시면 어떡합니까. 그제야 노인은 얼굴을 붉혔다고 한다. 놀던 가락이 있어서…… 그 동영상은 며칠 뒤 '강남 고급 주택가 몰카'라는 제목 따위로 인터넷을 떠돌았다. 물론 그곳은 강남이 아니었지만 무슨 상관이랴. 나는 동영상을 본 뒤 노인이 일인이역을 맡았음을 알게 되었다. 노인은 부유하고 염치없는 회장님 역할과 분노한 젊은 애인 역할을 동시에 해치웠다. 아마도 동영상 전반부에서 회장을 여배우와 떼어놓은 사람은 감독이었을 것이다. 노인은 옷을 갈아입고 뛰어들어왔는데 그러면서 감독과 역할을 다시 바꾼 것이었다. 나는 무엇보다 거죽만 남은 노인의 비쩍 마른 맨몸이 서글펐다. 노인의 피부를 잡아당기면 낡고 해진 외투처럼 훌렁 벗겨질 것만 같았다. 이런 사실은 모두 노인이 사라진 뒤 알게 되었으므로 그날 어둑해질 무렵 골목 입구에서 노인과 재회했을 때는 노인 앞에 어떤 운명이 기다릴지 짐작도 할 수 없었다. 노인은 나를 이끌고 식당에 들어갔다. 미국산이 아닌 한우라는 사실을 주인을 불러 다짐까지 받은 뒤에야 주문을 했다. 내가 좀 게걸스럽게 먹는 쪽이라면 노인은 한우의 육질과 육즙을 음미하면서 한 점 한 점을 신중하게 씹어 삼키는 쪽이었다. 나는 노인이 촬영장에서 겪은 일을 짐작만 할 수 있을 뿐 정확히 알 수는 없었기에 심사가 쓸쓸하고 비참해서 부러 태연한 척하는 거라고 생각했다. 그래서 조심스러울 수밖에 없었고 어쩌다 우리가 이처럼 식당에 마주 앉아 비싼 쇠고기를 함께 구워먹는 신세가 되었는지를 떠올렸다. ……알 수 없었다. 그저 같은 부동산에 집을 내놓은 사람들이라는 공통점 외에는.

  나는 노인에게 앞으로의 계획을 물었다. 노인은 이미 내게 말했다. 죽은 아내와의 사이에서 얻은 딸자식이 있는데 마흔이 가까운 지금에야 결혼을 하게 되었노라고. 돌아보니 연주―내 딸의 이름이라네―는 제 어미가 그렇게 되고 난 뒤부터 결혼을 서둘렀다네. 마음의 짐을 내려놓았다는 생각이었겠지. 어차피 나는 그 아이의 마음 어느 구석에도 자리 잡지 못했으니 당연한 일이라고 받아들이네. ……나는 아내가 죽을 때까지 머물렀던 요양원에 들어갈 생각이야. 아내가 머물렀던 바로 그 방에 들어갈 거라네. 나는 왜 하필이면 그 방이냐고 묻지 않을 수 없었다. 이번에도 웜홀 운운한다면 귀를 딱 막은 채 고기만 먹으리라 작정하면서. 아내는 죽기 전 일 년 동안 그곳에 있었지. 자주 방문하지는 않았다네. 아내는 정신이 먼 곳으로 가버린 지 오래였거든. 아내가 죽고 유품을 챙기러 갔을 때 무심코 창밖을 내다보던 중 내 몸에 금이 갔다네.―따지고 보면 그때부터 나 역시 부서지는 중이었지―창에 아내가 비쳤다네. 간호사는 아내가 창가에 앉은 채 요양원으로 통하는 길을 뚫어져라 바라보았다고 말해주었네. 간호사가 물으면 집 나간 남편이 돌아오길 기다린다고 대답했다는 거야. 내가 그랬다네. 나는 자신만만하고 부유하기까지 했지. 하지만 재주는 부족했어. 내가 떠난 동안 누군가는 나를 기다렸다는 이 단순한 사실을 깨닫기까지 너무나 오랜 세월이 걸렸어.

처음으로 노인의 이마에 잡힌 주름살이 눈에 들어왔다. 그 주름살은 마치 노인이 말하는 동안 서서히 모습을 드러낸 것만 같았다. 그 방이 폐쇄되는 바람에 내가 그 방에 들어가기로 결정되기까지는 어려움이 많았다네. 나는 무슨 뜻이냐고 물었다. 창에 비친 아내가 지워지지 않는다네. 요양원 관리자들은 이 사실을 쉬쉬하면서 그 방을 폐쇄하는 것으로 소문이 퍼져나가는 걸 막으려 했지. 나는 약속했다네. 그 방에 앉아 창에 새겨진 아내를 보는 것으로 여생을 마칠 것이며 누구에게도 이 사실을 말하지 않겠다고.

나는 다른 의문이 솟는 걸 억지로 누르며(웜홀 못지않은 황당한 말이었으니 당연하지 않은가) 왜 내게 말하는 거냐고 물었다. 내 딸과 결혼할 미래의 사위를 몰래 훔쳐본 적이 있다네. 자네와 닮았어. 물론 자네보다 나이는 많지. 사위는—이 낱말을 발음할 때 노인의 목소리는 처음으로 갈라졌다—내 딸이 어떤 환경에서 자라왔는지 어떻게 그 삶을 견뎌왔는지 잘 안다네. 모르고서는 지낼 수 있지만 알고서는 그러기가 힘들지. 고마웠다네. 간절히 바라면 창에 새겨지기도 한다네. 간절히 바라면…… 노인이 간절히 바라는 게 무엇인지 알 수 없었으나 노인이 무언가를 간절히 바란다는 사실만은 알 수 있었다. 그게 무엇인지 나는 결코 알 수 없으리라. 하지만 한 가지만은 안다. 불가능한 일이라는 것만은.

사흘 뒤에 부동산에 들렀다. 중개사는 두 가지 소식이 있다고 말했다. 좋은 소식과 나쁜 소식인데 관례에 따라 나쁜 소식부터 전한다며 집주인이 전세금을 천만 원 더 올렸다고 알려주었다. 좋은 소식은 노인의 방이 계약되어 새로운 세입자가 오늘 입주할 예정이라는 것이다. 나쁜 소식은 알아들었는데 좋은 소식은 한참이 지난 뒤에도 무슨 말인지 알아듣지 못했다. 중개사는 매니큐어가 벗겨진 손가락을 내 눈앞에 들어올리며 부동산 중개업의 고충을 늘어놓았는데 이따금 사무실 밖을 향해 고개를 돌리곤 했다. 그럴 때의 중개사는 고단한 삶을 사는 여느 사십대 후반의 여자와 마찬가지로 관록이 엿보였다. 여자의 관록이 말이다. 노인은 바로 어제 이 자리에서 모든 절차를 마쳤다. 중개사는 노인이 세 든 빌라 건물 전체를 주인에게 위탁받아 관리했기에 그 자리에서 바로 전세금을 내줬다고 한다. 그러자 노인은 고개를 젓더니 계좌번호가 적힌 쪽지를 보여주었다. 부탁이 있어요. 전세금 삼천만 원과 이 돈—오백만 원이라오—모두 지금 이 계좌로 송금해주시오. 어르신의 명의가 아닌데도 괜찮으세요? 노인은 중개사를 믿는다며 괜찮다고 말했다. 노인은 영수증을 써주었고 중개사는 노인이 원하는 계좌로 삼천오백만 원을 송금했다. 나는 수취인의 이름이 연주가 아니냐고 물었고 중개사는 흥미롭다는 듯이 눈빛을 빛내며 송연주가 맞노라고 대답했다. 적어도 나는 노인의 성이 무엇인지는 알게 된 셈이었다. 내게 삼백만 원을 남긴 독지가의 성을 말이다.

나는 중개사가 건네준 삼백만 원이 든 봉투를 안전핀이 빠진 수류탄처럼 안고 후들거리는 다리로 집에 돌아갔다. 그런 내 꼴을 사이드미러의 사모님이 목격했는데 그 눈빛은 더 이상 예전처럼 냉담하지는 않았다. 철없는 도련님을 바라보는 노련한 형수님의 눈빛이랄까. 그 눈빛 때문이었는지도 모른다. 나는 백오십만 원을 사이드미러에게 건네주었다. 아우! 감격한 사이드미러의 품에서는 축축한 땀내가 났다. 어쩌면 조만간 네 가족의 둥우리에 초대를 받을지도 모른다는 기대가 생겼다. 그날 오후 나는 윤희의 자취방으로 갔다. 울어서 눈이 퉁퉁 부은 윤희를 달래 한 시간 반이나 지하철을 타고 윤희의 아버지가 산다는 동네를 찾아갔다. 윤희가 알려주지도 않았는데 나는 반쯤 부서진 계단 아래 굳게 닫힌 반지하방 현관문 앞에 섰다. 자물쇠가 없었으므로 윤희의 눈동자에 기대가 떠올랐다. 현관문을 열고 들어갔을 때 콧속으로 밀려드는 냄새—부재의 냄새라고 표현할 수밖에 없는 쓸쓸하고 지독한 향기에 눈물이 울컥 솟았다. 예상했던 것과 달리 집 안은 휑뎅그렁했다. 방은 텅 비었다. 내 눈에는 아무것도 보이지 않았으나 적어도 윤희의 눈에는—아버지에게는 딸이 있었으므로—그 방에 새겨진 아버지가 보였던 것 같다. 이윽고 골목 앞에 트럭이 섰고 새로운 세입자가 부동산 중개업자와 함께 방에 들어왔다. 중개사는 이 방에 살던 분은 어제 살림을 정리해 떠났다고 말했다. 나는 알 수 있었다. 윤희의 통장에 우리로서는 거금이랄 수밖에 없는 돈이 입금되었으리라는 걸. 아마 윤희는 평생 의문을 품은 채 살게 될 것이었다. 아버지가 살던 방의 전세금보다 많은 액수의 돈이 어떻게 입금될 수 있었는지. 나는 찾아내지 못한 노인의 방이 바로 이곳임을 알았다. 그리고 나 또한 알지 못했다. 윤희의 아버지는 어떤 방식으로 몸을 팔았는지를. 윤희의 아버지도 나를 아는지를. 내가 누군가에게 좋은 사위로 여겨질 수 있는지를. 윤희의 아버지는 어떤 방식으로 최초이면서 최후인 연기를 열연했는지를.

  나는 노인이 어디로 갔는지 알 것 같았다. 요양원에서 폐쇄한 방을 돈 한 푼 없는 노인에게 내줄 리는 없었다. 노인은 이제 이 세상에는 없는 텅 빈 존재인 것이다. 어느 날 나는 동네를 산책하다가 세탁소에 걸린 낯익은 양복을 보았다. 세탁소 주인은 요즘 추세인 복고풍이라며 저렴하게 임대해주겠다고 말했다. 나는 양복을 빌려 입고 공원에 갔다. 그사이 조깅 트랙은 흙길로 바뀌었다. 노인의 옷을 입었다고 해서 단번에 노인이 될 수 있는 건 아니었지만 어쩐지 내 안에 노인이 한 명 거주하는 기분이었다. 이쪽 벤치에도 앉아보고 저쪽 벤치에도 앉아보았다. 노인이 왜 그처럼 옮겨다녔는지 알 것 같다. 어디에서 보아도 그 산이 그 산이었다. 그러니까 노인은 영영 젊은 시절에 자신이 정확히 어떤 자리에 섰는지를 알 수 없었을 것이다. 그건 과연 한 사람에게 무척 쓸쓸한 일일 테다. 나는 쉼터에 앉아 의심쩍은 눈길로 나를 바라보고 있을 다른 노인들 쪽으로 시선을 돌렸다. 나는 노인처럼 다리를 꼬고 앉은 채 배우가 된 듯한 기분으로 턱을 슬쩍 끌어당겼다. 사이드미러의 말이 귓가에 맴돌았다. 나는 저 노인들을 보면 저게 곧 나의 미래구나, 먼 일로만 알았는데 눈 한 번 깜빡하는 순간 내가 저렇게 앉아 율무차를 마시겠구나, 이런 생각밖에 안 들어. 나도 그렇다. 혐오스럽지 않은 인간이란 처음부터 불가능했다. 정체를 알 수 없는 진동이 느껴졌다. 도서관에서 사람들이 우르르 몰려나왔다. 어쩐지 이 동네에서 살 수도 있을 것 같다는 생각이 들었다.

이장욱
절반 이상의 하루오

1968년 서울에서 태어나 고려대 노어노문학과와 같은 과 대학원을 졸업했다. 1994년 《현대문학》 시 부문 신인상 당선 및 2005년 장편소설 《칼로의 유쾌한 악마들》로 제3회 문학수첩작가상을 수상하며 본격적인 작품활동을 시작했다. 소설집 《고백의 제왕》이 있으며, 시집으로 《내 잠 속의 모래산》 《정오의 희망곡》 《생년월일》 등이 있다. 웹진 문지문학상을 수상했다.

1

　내 일본인 친구의 이름은 다카하시 하루오(高橋春夫)인데, 그는 일본인답지 않게 여행을 매우 좋아했기 때문에 전 세계에 친구를 가지고 있었다. 하루오 자신의 말을 그대로 옮기면 이렇다. 나, 하루오는 일본보다 다른 나라에 친구들이 더 많다.
　실제로 세어보지는 않았다고 하지만 아마 사실일 거라고 생각한다. 그는 연중 일본보다 일본 바깥에 있는 시간이 더 길고, 일본에 있을 때는 "죽은 듯이" 시간을 보낸다고 한다. 아무도 만나지 않고 아무런 활동도 하지 않는다. 일부러 그러는 건 아닌데, 지내고 보면 그렇게 된다는 것이다. 심해어나 바다거북처럼 시간을 보내다가 문득 비행기를 타고 다른 나라로 날아간다. 그게 나, 다카하시 하루오가 살아가는 방식이다. 그는 그렇게 말했다.
　그럼 무슨 돈으로 생계를 유지하는가? 여행은 무슨 돈으로 다니는가?
　이것은 나의 질문이었지만, 곧 우문임이 밝혀졌다. 나는 여행을 하는 것이 직업이고, 여행을 함으로써 생계를 유지한다— 는 것이다.
　하루오의 대답은 사실이었다. 그의 홈페이지를 방문해보면 유수의 다국적 기업들이 배너광고를 띄워놓고 있었다. 한 귀퉁이에는 내가 일하는 외국계 회사의 광고도 보였다. 마케팅 코디네이션팀—이라고는 하지만 몇 안 되는 국내 대리점들의 공동 프로모션을 관리하는 수준—에서 일하게 된 지 얼마 되지 않았지만, 앞으로 해외 쪽으로 나가게 될지도 몰랐다. 그건 내가 바라는 바였다.

하루오는 영어로 홈페이지를 운영하고 있었는데, 그는 거기에 자신의 여행담을 연재하는 중이었다. 그 여행담은 꽤나 인기가 있는 모양이어서 전 세계에 폭넓은 독자층을 갖고 있었다. 조회 수를 보면 만 회는 보통이었고, 어떤 게시물은 십만을 넘기는 경우도 있었다. 덕분에 그는 세계 각국의 다종다양한 잡지에 자신의 글을 싣게 되었고, 책도 몇 권 냈다고 했다. 그리고 언젠가부터 여행은 그의 취미가 아니라 직업이 되었다는 것이다.

나는 영어공부 삼아서 자주 그의 홈페이지에 들렀다. 하루오의 문장은 대개 단문이었고 어려운 단어는 거의 없었다. 영어는 하루오에게도 내게도 외국어였으니까— 라고 말하면 이상하지만, 바로 그래서 편하기도 했다.

그의 글은 여행 정보를 전달하는 유의 것은 아니었다. 파리에 가면 노천주점에서 홍합요리를 먹어보라거나, 페테르부르크에서는 에르미타주 박물관보다 러시아 미술관이 좋다거나, 뉴올리언스라면 밤의 버번 스트리트를 강추한다거나— 그런 글이 아니라는 뜻이다. 일본과 비교하자면 이곳은 이렇고 저곳은 저렇다는 식의 내용도 없었다. 그는 관광지를 소개하지도 않았고 특별히 일본인으로서 글을 쓰지도 않았다. 그렇다고 맛깔스러운 에세이나 지적이고 감성적인 여행기도 딱히 아니었다. 나로서는 그런 것이 왜 그리 인기가 있는지 알 수 없을 정도로 그냥 무색무취하다고 할까. 그러면서도 나 자신부터 그의 게시물들을 멍하니 읽고 있으니 신기하다면 신기한 노릇이었다. 글에다가 중세의 마법 같은 걸 걸어놓은 게 아닌가 싶을 정도였다.

사실 그는 자신의 행적을 글과 사진을 통해 노출할 뿐이었다. '노출'이라고 해서 사생활을 까발리면서 쾌감을 얻는다는 뜻은 아니다. 말하자면 자신이 있는 곳에서 자연스럽게 살아가는 모습을 옮겨 적는다고 하는 편이 옳았다. 그곳이 뉴욕 타임스스퀘어이건 치앙콩의 후미진 골목길이건 개의치 않는다는 투였다. 타임스스퀘어에서는 뉴요커처럼 살았고 치앙콩에서는 치앙콩에서 나고 자란 태국인인 듯이 살았다. 그랬다. '살았다'고 말할 수밖에 없는 방식으로, 하루오는 여행을 했다. 그걸 '여행'이라고 할 수 있다면 말이지만.

어쨌든 낯설고 새로운 게 없지 않을 텐데, 하루오는 그런 것에 별다른 관심이 없는 것 같았다. 기껏해야 자기가 어디에 있는 것인지 갑자기 어리둥절해졌다는, 그런 정도의 느낌뿐이었다. 낯섦에 관심이 없는 여행가라니— 이건 거리 풍경에서 매일 신기함을 느끼는 노선버스 기사만큼이나 도대체 말이 안 되는 게 아닌가.

나는 그렇게 생각했지만, 독자들 가운데는 실제로 '프렌드'가 된 사람들도 있다고 하루오는 말했다. 어떤 친구는 온라인의 글로만 알고 있다가 우연히 여행을 간 곳에 살고 있어서 만나게 되고, 어떤 친구는 여행길에서 만났다가 나중에 그의 홈페이지에 들어와 연락을 주고받게 되고, 그렇다는 것이다.

우리—나와 그녀—로 말하자면, 후자의 경우였다. 여행 중에 만난 뒤 홈페이지에 들어가 독자가 되었다는 뜻이다.

2

하루오를 만난 건 몇 해 전 델리에서 바라나시로 가는 야간열차 안에서였다. 그녀와 나는 만난 이후 처음으로—실은 처음이자 마지막으로—함께 여행을 떠난 참이었다. 그것도 해외여행을.

사실 그녀는 외국이 익숙했지만, 나는 그렇지 않았다. 그때 나는 추리닝에 토익책을 끼고 사는 취업준비생이었다. 고교 시절까지만 해도 파일럿이 장래희망이었지만 해외여행이라고는 중국에 가본 게 전부인 위인이 나였다. 그것도 아버지가 추진한 동네 노인회의 마을여행에 억지로 끼어서였다. 사내는 모름지기 넓은 세상을 알아야 한다— 그게 아버지가 나를 어르신들의 중국여행에 끼워넣은 이유였다. 당신 자신이 비행기를 처음 타본다는 이야기는 하지 않았다. 내가 그때 '중원'의 넓은 세상에 나가서 한 것이라고는 건강식품을 파는 상점에서 가이드의 지루한 설명을 들으며 물건을 집었다 놨다 집었다 놨다 했던 것뿐이다.

그녀는 달랐다. 전 세계에 라인을 갖고 있는 외국계 N항공사의 객실 승무원이 되었으니까. 나는 파일럿이 꿈이었으되 책상머리에 앉아 핏발 선 눈으로 컴퓨터 화면을 노려보는 사무직원이 될 것이었고, 그녀는 안정된 공무원이 꿈이었으나 고도 구천 킬로미터의 허공에서 일하는 스튜어디스가 될 것이다. 이제 막 입사했을 뿐이지만 인천을 베이스로 미주 등지를 왕복하게 될 그녀의 미래는 밝았다. 미국 내의 호텔에서 퍼 디움(체류비)을 받으며 머물 자격이 있는 인생이라는 얘기다.

그러니까 이건 거대한 쇳덩어리인데 어디든 날아갈 수 있단 말이야. 가벼운 솜털이 가지 못하는 곳을 무거운 쇳덩어리는 왕래할 수 있다는 거지. 그녀는 첫 비행을 마치고 난 소감을 그렇게 말했다. 얼굴이 달떠 있었다. 꽤나 낭만적인 소감이네— 나는 그렇게 이죽거릴 뻔했지만, 그녀는 내 기분을 알아차리지 못하고 말을 이었다.

하룻밤 내내 비행기를 타고 머나먼 도시로 날아갔다가, 그곳의 호텔에서 시간을 보낸 후 다시 돌아오는 생활인 거야. 바다 건너의 마천루에 도착하면, 스무 시간밖에 날아가지 않았는데도 이틀이 지나 있는 거지. 돌아올 때는 반대야. 스무 시간이나 날아갔는데도 두 시간밖에 안 지나 있어. 시간을 호주머니에 넣었다가 다시 꺼내는 꼴이랄까.

그녀는 갓 내린 커피를 마시며 대단히 흥미롭다는 어조로 말했다. 그날 우리는 만난 뒤 처음으로 술을 마시지 않고 헤어졌다.

그녀 역시 내 꿈이 비행사였다는 걸 알고 있었다. 어렸을 때는 아카데미의 팬텀 시리즈나 하세가와 모델들을 수집했고 나중에 항공학교로 진학하는 걸 당연하게 생각할 정도였다. 집에서도 물론 반대하지 않았다. 문제는 시력이었는데, 고교 때 시력이 급하게 안 좋아졌기 때문에 안경을 써야 했던 것이다. 중대한 결격사유였다. 하지만 나는 꿈을 접지 않았다. 부모님을 졸라 라식수술을 받은 것이다.

그리고 그것으로, 모든 꿈이 물거품처럼 사라졌다. 나중에 알게 된 사실이지만 눈 수술은 치명적이었다. 신체검사 때 의사는 이렇게 말했다. 비행기라는 것은 전후좌우뿐 아니라 위아래로도 움직이는 기계지. 비행사는 급격한 중력의 변화에 견뎌야 해. 그런데 라식은 망막을 깎아내는 수술이야. 결론은? 기압이 갑자기 높아지면 시야가 흐려질 수도 있고, 최악의 경우 안구 자체가 터져버릴 수도 있다는 거지.

나는 하늘에서 안구가 터지는 상상을 했다. 수없이 했다. 구름 속을 날아가다가 갑자기 거대한 태풍을 만난다. 기체가 상하좌우로 급격히 흔들린다. 그러다 문득 태풍의 눈으로 진입한다. 태풍의 눈은 고요로 가득하다. 그 고요의 한가운데서 갑자기 안구가 펑, 터져버리는 것이다. 시야가 사라진다. 시야가 캄캄해지는 게 아니라, 시야라는 것 자체가 그냥 없어진다는 뜻이다. 상상력이 꿈을 죽이기도 한다는 것을, 나는 그때 알았다. 이불을 뒤집어쓰고 상상을 반복한 끝에, 나는 흔쾌히 꿈을 접을 수 있었다.

하지만 요즘도 출장을 갈 때마다 공항에 들어서면 묘한 느낌이 든다. 그곳에서는 모두들 제 몸만큼 커다란 가방을 두어 개씩 끌고 머나먼 곳으로 떠나거나 머나먼 곳에서 돌아온다. 그런 곳에서 정장을 한 채 보딩패스를 받고, 수화물을 보내고, 출국심사를 받기 위해 줄을 서서 허공을 바라보고 있으면…… 하릴없는 생각들이 나를 사로잡는 것이다. 세상의 모든 목적지들이란 어떻게 태어나는 것일까. 사람에게 목적지가 필요한 게 아니라 목적지가 사람들을 필요로 하는 게 아닐까. 인간이 떠나고 돌아오는 게 아니라 떠날 곳과 돌아올 곳이 인간들을 주고받는 게 아닐까? 알록달록한 표지로 된 서양 잠언집의 문장 같은, 그런 생각들 말이다. 그러니까, 그녀에게 여행을 제안한 건 나였다.

열차는 꽤 지저분했다. 침대차였지만 쿠페식이 아니라 개방형이었다. 위아래로 두 칸씩의 침대가 마주 보는 형태였다. 바닥에는 오물들이 흩어져 있고 상한 과일향기 같은 것이 차내를 흘러다녔다. 나와 그녀는 냄새 같은 것은 아랑곳없이 창밖과 열차 안을 번갈아가며 구경하고 있었다. 한국을 떠날 때는 한겨울이었는데 인도에 도착하니 초가을이구나. 그녀가 하나 마나 한 말을 중얼거렸다. 그게 지구라는 물건이야. 나 역시 하나 마나 한 말로 대꾸했다. 과연 그렇다고, 그녀는 고개를 끄덕였다. 낮의 창밖으로는 어느 나라에나 있을 법한 정겨운 시골 풍경이 지나갔고 밤의 창밖으로는 역시 어느 나라에나 있을 법한 캄캄한 어둠이 흘러가고 있었다.

시타푸르쯤을 지날 때였던가. 열차 안에서 바닥의 오물들을 치우기 시작한 사람이 있었다. 잠을 자거나 무료하게 시간을 보내고 있는 사람들 사이에 얌전히 앉아 있다가 문득 몸을 일으키더니, 어디선가 빗자루와 걸레를 가져와 물까지 슬슬 뿌려가며 객차 바닥을 청소하기 시작한 것이다. 중키에 호리호리한 체구의 젊은 남자였다. 남자가 그 열차의 직원이 아니라는 것은 누구나 알 수 있었다. 낡은 면바지에 헐렁한 그레이 티셔츠를 걸친, 평범한 복장을 하고 있었으니까.

저 사람, 뭐 하는 거야? 그녀가 남자 쪽을 턱으로 가리켰다. 다른 승객들 역시 그런 남자를 이상하다는 듯이 바라보고 있었다. 남자는 웃음 띤 얼굴로 승객들과 인사까지 나누며 청소를 계속하고 있었다. 남자가 가까이 다가왔을 때에야, 우리는 그의 얼굴이 인도인과는 다르다는 것을 깨달았다.

남자가 내 자리까지 와서 다리를 들어달라고 청했다. 나로서는 자연스럽게 그에게 말을 걸 기회가 생긴 셈인데, 내 입에서 나온 영어란 겨우 이런 것이었다.

당신은, 무엇을 하고 있습니까?

남자는 고개를 들어 나를 바라보더니 당연하다는 듯 대답했다.

나는, 청소를 하고 있습니다.

그의 싱거운 대답에 나는 다시 질문했다.

내 말의 뜻은, 왜 당신이 청소를 하고 있는가 하는 것입니다.

나는 '당신이'에 강세를 두고 말했다. 남자는 무표정하게 나를 바라보며 대답했다.

왜 내가 청소를 하면 안 되는 것입니까?

남자 역시 '내가'에 힘을 주어 대답했다. 나는 어이가 없어져서 실없는 웃음을 터뜨리고 말았다. 그녀가 끼어들었다.

이곳은 인도이고, 우리가 있는 곳은 다른 곳도 아닌 야간열차 안입니다. 인도의 열차는 대개 이렇게 지저분하고 오래된 차량으로 되어 있습니다. 그것은 자연스러운 것입니다. 그것 자체가 인도의 일부라고 할 수 있습니다. 당신은 직원이 아니라 승객이며, 그렇기 때문에 청소를 할 필요가 없다고 우리는 생각합니다.

거의 연설에 가까운 그녀의 말을 듣고 나더니, 남자는 천진한 표정으로 빙긋, 웃었다. 그리고 그가 한 말은 다소 뜻밖의 것이었다.

당신들과 나는, 친구가 되도록 합시다.

그것이 하루오와의 첫 만남이었다.

그 후 우리는 정말 '프렌드'가 되었다. 하루오의 얼굴을 보고 있다가, 그녀와 나 역시 서로를 마주 보며 빙긋, 웃고 말았으니까. 우리가 웃는 이유를 우리 자신도 딱히 잘은 모르겠다는, 그런 표정으로.

3

하루오는 짐을 챙겨 우리 자리로 옮겨왔다. 그리고 그 밤의 열차 안에서 내내 오랜 친구처럼 이야기를 나누었다. 처음 만났을 때조차 전혀 어색하게 느껴지지 않았다는 건 좀 의아한 일이지만, 하루오는 공기처럼 자연스럽게 우리에게 스며들었다.

말하자면 이런 느낌이었다. 여행자인 그녀와 나는 이쪽에 있고, 여행지의 풍경과 사람들이 저쪽에 있다. 이쪽과 저쪽은 서로를 바라보지만 그 사이에는 건널 수 없는 유리막 같은 게 있다. 우리는 유리막 저편의 세계를 구경하고 저편의 세계는 우리에게서 어떤 식으로든 수수료를 받는다. 여행이든 관광이든, 우리가 그 풍경 속에서 살아간다고는 할 수 없으니까.

그런데 그 중간에 하루오가 슥 들어와 양쪽의 경계를 흩트려놓는다. 유리막 같은 것이 갑자기 사라져버려서 바깥의 공기가 밀려들어온다. 그런 것이다.

새벽의 바라나시에 도착한 우리는 역시 같은 게스트하우스에 여장을 풀었다. 우리는 함께 노천카페에서 인도 맥주를 마셨고, 오토

릭샤들이 윙윙거리며 내달리는 바자르를 헤맸으며, 갠지스 강변의 가트(계단)에 앉아 이런저런 이야기를 나누었다. 하루오는 처음부터 우리와 함께 떠나온 사람처럼 자연스러웠고, 그녀와 나 역시 그걸 자연스럽게 여겼다.

그게 하루오가 가진 기묘한 재능이라는 것은 나중에서야 깨달았던 것 같다. 하루오와 맥주를 마시며 떠들고 있으면 내가 외국의 언어를 쓰고 있다는 느낌이 사라지곤 했다. 하루오와 바자르를 헤맬 때는 그녀보다 더 오래 알고 지낸 옛 친구와 걷고 있다는 착각에 빠지기도 했다. 그녀보다 더— 라는 표현을 빼고 말하긴 했지만, 그녀도 내 의견에 동의를 표했다.

하지만 하루오가 우리 곁에만 붙어지냈던 것은 아니다. 하루오에게는 하루오의 여행이 있다는 식이랄까. 하루오는 자주 사라졌다. 밤새도록 어딘가를 돌아다니다가 아침에 개처럼 지친 몰골로 나타나기도 했고, 어디선가 오토릭샤를 빌려와 혼자 먼지 날리는 시골길을 달리기도 했다. 인도인 친구들이라며 낯선 사람들을 게스트하우스로 데려와 '짜이'(茶)를 마신 일도 있었는데, 그럴 때 둥글게 앉아 있는 인도 사람들 사이에 일본인이 끼여 있다고 생각할 수 있는 사람은 거의 없었다.

하루오는 하루오의 주위에 아무도 없는 것처럼 자연스럽게 행동했다. 때로는 하루오 자신이 이미 하루오가 아닌 것처럼 보이기도 했다. 한번은 게스트하우스에서 가까운 바자르를 지나가다가 인도산 액세서리들을 파는 상인을 물끄러미 바라본 적이 있다. 저 사람, 어딘지 낯이 익다— 는 느낌이 들어서였다. 잠시 후 그녀와 나는 입을 딱 벌릴 수밖에 없었다. 그 복잡한 시장통에 좌판을 벌여놓고 액세서리를 팔고 있는 것은, 다름 아닌 하루오였던 것이다. 인도인 친구에게서 물품을 받아 파는 것이라고 말할 때의 하루오가 어찌나 천연덕스럽던지, 우리는 그가 이곳에서 나고 자란 사람이 아닌가 착각할 정도였다.

너는 내가 알고 있는 일본인과 다르다— 고 하루오에게 말한 적이 있다. 그때 하루오는 내 얼굴을 멍청하게 쳐다보더니, 너도 내가 알고 있는 한국인과 다르다— 고 대꾸했다. 예의 그 빙긋, 하는 웃음과 함께였다. 그건 당연한 일 아니냐는 투였다. 옆에 있던 그녀가 나를 향해 편견이 너무 많다고 비난한 것 역시 당연한지도 모른다. '일본인답지 않게 여행을 좋아하는 하루오' 어쩌고 한 것을 두고 하는 말이었다. 하긴 이 글의 첫 문장도 그렇게 시작했으니 나로서는 할 말이 없는 셈이다.

게다가 하루오는 엄밀히 말해서 전형적인 일본인도 아니었다. 하루오의 할아버지는 미국인이었고, 하루오의 어머니는 오키나와 태생이라는 것이다. 오키나와라면, 하고 그녀가 말했다. 대만 쪽에 있는 그 섬들인가? 류큐 제도라고 하던가?

하루오가 고개를 끄덕였다. 오키나와인들은 일본인이라고 할 수도 없고 일본인이 아니라고 할 수도 없고, 그렇다던데. 그녀가 애매하게 뇌까렸다. 그때 하루오가 던진 농담은 이런 것이었다.

말하자면, 절반 이상의 하루오는 어딘지 다른 하루오이다— 라고.

오키나와에서 나고 자란 하루오는 도쿄의 백부 댁으로 이주한 뒤에 이런저런 불행에 시달렸다고 한다. 하루오가 도쿄로 오자마자 오키나와의 부모님이 이혼한 게 첫 번째였다. 게다가 학교에서는 왕따에 시달렸다. 일본인으로서는 어딘지 모르게 이상한 외모에 말수가 적은 하루오로서는 교실이라는 우주에 적응하는 것이 가장 힘든 일이었다. 게다가 지원한 대학에는 보기 좋게 낙방까지 해버렸던 것이다.

하루오는 백부 집을 나와 무작정 여행을 떠났다고 한다. 일종의 '자살여행'이었지. 삶에 의욕이 없었고 죽음에 특별한 거부반응이 없었기 때문에─라고 하루오는 설명했다.

죽기 전에 그간 모아둔 돈을 모두 털어 여행을 가기로 마음먹은 하루오는, 절망에 빠진 청년답게 무작정 북극에 가고 싶다고 생각했다. 하지만 경제사정 등 여러 이유 때문에 결국 가까운 한국을 택했다고 한다. 부산에서 출발해 서울, 춘천, 속초를 거쳐 7번 국도를 타고 내려와 부산으로 돌아가는 루트였다.

여행의 첫날, 하루오는 이상한 느낌을 받았다고 한다. 부산 뒷골목의 어느 게스트하우스에서─아마도 그건 모텔이나 여관일 거라고 그녀가 정정해주었다─머물게 된 하루오는 전에 없이 길고 깊은 잠을 잤다. 깨어보니 낯선 방이었다. 몇 겹의 삶이 지나간 듯 오래 잔 느낌이었다. 그 아침, 천장을 바라보며 누워 있던 하루오는 어쩐지 바다 밑바닥에서 빠져나오는 기분으로 몸을 일으켰다. 창문을 열고 소음으로 가득한 거리를 내려다보았다. 희미한 햇살이 있었고, 무수한 자동차들이 지나다녔고, 매연이 뒤섞인 찬 공기가 창문으로 밀려들었다. 하루오는 아, 하고 짧은 신음을 내뱉었다. 어딘지 모르게, 그것은 새로운 세계였던 것이다.

아침식사를 위해 거리로 나갔다가 하루오는 사소하지만 이상한 경험을 하게 된다. 길 저편에서 다가오던 젊은 여자 하나가 하루오에게 이렇게 물었던 것이다.

혹시⋯⋯ 도를 믿으시나요?

하루오는 여자를 멍하니 쳐다보았다. 자신이 도를 믿는지 아닌지 알 수 없다는 표정을 짓고 있다가, 하루오는 자기도 모르게 빙긋, 웃음을 흘렸다. 여자도 하루오의 얼굴을 쳐다보고 있다가 그를 따라서 빙긋, 웃었다. 그것으로 그만이었다. 어쩐지 서로 더 이상 말이 필요 없어진 것 같은, 그런 기분이 된 것이다.

여자를 지나쳐 걸어가다가 하루오는 문득 이상한 느낌이 들었다. 여자가 한 말이 영어가 아니라는 것을 깨달았던 것이다. 물론 일본어도 아니었다. 발음으로 보아—하루오는 그 발음을 또렷이 떠올릴 수 있다고 했다—그것은 확실히 한국어였다. 자신이 아는 한국어라고는 김치와 불고기, 그리고 안녕하세요? 라는 인사말뿐이라고, 하루오는 덧붙였다.

여자와 헤어지고 찬 공기가 흘러다니는 거리를 걸어가면서, 하루오는 기이하게도 죽고 싶었던 마음이 어디론가 사라져버렸다는 사실을 깨달았다. 그것을 하루오는 이렇게 표현했다. 말하자면 그건, 나라는 존재가 오 센티미터쯤 다른 세계로 옮겨진 것 같은, 그런 순간이 아니었을까. 어쩌면 정말 도를 알게 된 것인지도 모르지만. 믿거나 말거나, 그건 겨울의 부산 남포동 거리에서 있었던 일이 분명하다—고 하루오는 진지한 표정으로 말했다.

4

 바라나시를 떠나기 전날 밤이었다. 우리는 게스트하우스의 방에 앉아 술을 마셨다. 하루오가 들고 온 포도주였다. 그녀와 나는 인도와 갠지스 강에 대해 여행자들다운 대화를 나누었다. 인도의 현재는 갠지스 강의 신비와 IT 산업의 결합이다— 라든가, 조지 해리슨은 갠지스 강변에서 죽음을 기다리면서 무슨 생각을 했을까— 같은 싱거운 이야기들이었다. 하루오는 간간이 웃어주었을 뿐이다.
 잠시 옅은 잠이 든 모양이었다. 어둠이 깊다는 느낌이 들었다. 깊은 물속에 잠겨 있는 기분이었다. 새벽 두 시나 세 시는 된 듯했다. 나는 술을 마시던 그대로 침대 위에 누운 채였다.
 어둠 속에서 하루오와 그녀가 이야기를 나누는 소리가 아련하게 들려왔다. 물속에서 들려오는 대화 같았다. 나는 무거운 눈꺼풀을 조금 들어올렸다. 하루오와 그녀가 눈에 들어왔다. 창밖에서 스며든 희미한 불빛이 하루오와 그녀에게 부드러운 실루엣을 만들어주었다. 그들은 나란히 앉아 가만히 손을 잡은 채 이야기를 나누고 있었다. 아주 오랜 연인들처럼 자연스러워 보였.
 이것은 밤과, 어둠과, 희미하고 연약하게 심장이 뛰는 물속의 풍경이라고 나는 생각했다. 그들의 모습이 너무 아늑하고 고요해 보여서, 나는 내가 깨어 있다는 기척조차 낼 수 없었다.
 나는 물고기처럼 다시 잠에 빠져들었다.

 아침에는 잔뜩 날이 흐려 있었다. 우리는 마지막으로 갠지스 강에 나가보기로 했다.

  우리는 아무런 목적 없이 걸었는데, 발이 멈춘 곳은 버닝 가트였다. 버닝 가트는 일종의 화장터로, 계단들 사이사이의 석조제단에 장작이 쌓여 있고 그 곁에 천으로 싸맨 시신이 순서를 기다리는 곳이다. 한쪽에서는 이미 장작불이 타오르고 있었다.

  우리는 가트 주변을 걸었다. 바람을 타고 검은 재가 점점이 우리를 지나갔다. 검은 재는 불규칙하게 흩날리다가 우리의 머리와 어깨에 내려앉았다. 그녀와 나는 곧 델리로 돌아가 인천행 비행기를 탈 것이었다. 하루오는 바라나시에서 네팔을 거쳐 방글라데시까지 내려가볼 요량이라고 했다. 거기 어디서 일본으로 돌아갔다가, 두어 달 뒤에는 남미를 돈 뒤에 쿠바를 거쳐 북미로 향할 거라는 계획도 덧붙였다. 일본에 있을 때는 "죽은 듯이" 시간을 보낸다는 이야기도 그때 들은 것이다.

  버닝 가트 뒤쪽으로 천으로 싸맨 시신들이 드문드문 수레 위에 놓여 있었다. 그 위로 빗방울이 떨어지기 시작했다. 천이 젖어들고 있었다. 내 곁의 수레에 놓여 있던 시신의 윤곽이 스르르 드러나는 것을, 나는 물끄러미 바라보았다. 가슴과 허리의 굴곡, 가는 다리선이 시신을 덮은 주홍색 천 위로 조금씩 도드라지고 있었다. 젊은 여성의 시신인 것 같았다. 나는 그 윤곽에서 시선을 떼지 못했다. 오늘은 춥네― 나를 힐끗 바라본 그녀가 몸을 여미며 중얼거릴 때까지.

  찬 안개가 물 위를 흘러다니고 있었다. 인도의 아침이라고는 믿을 수 없을 정도로 체감온도가 낮았다. 공기 중에 얼음을 몇 개 푼 것 같은 느낌이었다. 몇몇 인도인들만이 강물에 몸을 담그고 묵상을 하거나 가볍게 몸을 씻고 있었다.

강 저편은 황량해 보였다. 집도 사람도 보이지 않는 모래땅이었다. 그곳을 '죽음의 땅'이라고 부른다는 이야기는 게스트하우스의 주인이 해준 것이다. 가트에서 타고 남은 재들이 모두 그곳으로 흘러가기 때문에 붙은 말이라고 했다.

그녀와 나는 계단에 앉아 점점이 떨어지는 빗방울을 맞으며 강과 강의 저편을 바라보고 있었다. 우리가 무언가 생각을 하고 있었던 것 같지는 않다. 그저 물 위를 떠가는 재들을 바라보고 있었을 뿐이다. 아니면 재들이 우리를 바라보고 있었는지도 모르지만.

그때 우리의 눈에 들어온 물체가 있었다. 그것은 강물에 떠 있었는데, 가만히 보니 남자의 머리였다. 남자는 물 위로 머리를 내놓은 채 흘러가고 있었다. 처음에는 시신인가 싶었지만, 간혹 팔을 들어 물을 젓기도 하는 것으로 보아 헤엄을 치고 있는 게 틀림없었다. 그것은 확실히, 배영이었다.

간혹 수영을 하는 사람을 본 적이 있긴 하지만, 빗방울까지 듣는 차가운 아침에 배영이라니. 그녀와 나의 멍한 표정이 일그러지는 데는 그리 오랜 시간이 걸리지 않았다. 수영을 하고 있는 사람은 바로 하루오였던 것이다. 어느 결엔가 또 우리 곁에서 사라진 하루오가, 거기 물 위에 있었다.

하루오는 머리를 물 밖으로 내놓고 하늘을 바라보며 간간이 물을 저으며 흘러가고 있었다. '흘러가고 있다'고 표현할 수밖에 없는 속도였다. 아마도 강의 저편에 닿을 요량인지도 몰랐다. 하루오 주위의 수면에는 시신을 태우고 난 뿌연 재들이 형체 아닌 형체를 이루어 떠내려가고 있었다. 그런 하루오의 모습을, 우리는 가트에 앉은 채 멍하니 바라보고 있었다.

그녀가 중얼거리듯 말했다.

하루오가…… 떠내려가네.

나 역시 중얼거리듯 뭐라 대꾸했는데, 내 입에서 튀어나온 말은 나 자신에게도 어리둥절한 것이었다.

아무래도…… 절반 이상의 하루오니까.

그녀가 나를 돌아보았다. 내 목소리가 어딘지 퉁명스럽게 들린 모양이었다.

5

한국에 돌아온 뒤 나는 하루오의 홈페이지에 들러 그의 여행기 아닌 여행기를 읽기 시작했다. 어쩐지 탐닉이라고 해도 좋을 만한 열정이었던 것으로 기억한다.

하루오는 인도에서 만난 '프렌드'로 그녀와 나를 소개하고 있었다. 그것은 무관심도 아니었고 과도한 애정도 아니었다. 우리를 묘사의 대상으로 삼지도 않고 주인공으로 삼지도 않는다는 느낌이었다. 그냥 그녀와 내가 그의 글에서 숨 쉬고 있을 뿐이었다. 카트만두를 거쳐 치타공까지 가면서도 하루오는 황량하고 아득한 그곳의 풍광에 감탄하지 않았다. 그는 여행길에서 만난 이들과 자신이 어떻게 지냈는지, 어떤 음식을 먹을 때 어떤 생각이 떠올랐는지, 그런 시시콜콜한 것들을 기록해놓고 있었다. 얼마 뒤 문득 쿠바의 음악을 들려주면서도 이것은 단지 음악일 뿐이라는 듯 말했으며, 멕시코의 거리에서 목격한 강도 사건을 적으면서도 나리타의 어디인 것처럼 쓰고 있었다. 하지만 이상하게도 그 모든 글들에서 내가 떠올린 것은, 재와 함께 갠지스 강물 위를 떠가는 하루오의 모습이었다.

세월은 빠르게 흘러갔다. 하루오의 홈페이지를 방문하는 빈도는 눈에 띄게 줄어들었다. 시간이 흐르니까 어쩔 수 없지, 하는 느낌이었지만 실제로는 그의 글에 대해 그리 흥미를 느끼지 않게 되었다고 하는 편이 옳았다. 하루오는 그토록 많은 장소들에서 살아가고 있었지만, 그의 글이 나에게 주는 인상은 점점 줄어들고 있었다.

그의 글을 읽으며 느꼈던, 이유를 알 수 없는 탐닉도 희미해졌다. 마음이나 집중력이라는 것에도 탄생과 소멸의 주기가 있는 법이니까— 라고 나는 생각했다. 아마도 그 때문일 것이다. 그녀와 내가 헤어진 것 역시.

어느 날인가 그녀가 나를 불러낸 적이 있다. 그녀는 2단짜리 캐리어를 끌고 비행기에서 내린 모습 그대로 내 사무실 앞에 서 있었다. 퇴근하는 길인 모양이었다. 두 손을 앞으로 모아 캐리어의 손잡이를 잡고, 그녀는 가만히 서서 나를 바라보고 있었다.

그런 그녀를 향해 한 걸음 한 걸음 다가가는데, 무언가 내 가슴속을 지나가고 있다는 느낌이 들었다. 한줄기 텅 빈 바람인지도 모르고, 늙은 나무에서 마지막으로 떨어지는 잎사귀인지도 몰랐다. 이것으로 그녀와의 관계가 과거의 것이 되었다는 것을 나는 깨닫고 있었다. 그건 그녀도 마찬가지였던 모양이다. 그날 저녁식사를 하면서 서로 눈이 마주쳤을 때, 우리는 동시에 어색한 미소를 지었다. 우리

두 사람 사이에 앉아 있는 타락한 천사가 우리의 표정에 무거운 돌을 하나씩 올려놓는 느낌이었다. 돌이 떨어지면 잠시 미소가 돌아오려 하고, 그러면 그 짓궂은 천사는 무거운 돌을 하나 더 올려놓는 것이다. 나는 하루오의 그 빙긋, 하는 웃음을 흉내 내보려고 했지만 잘 되지 않았다.

나는 생각했다. 뭐랄까, 이건 그냥 일상적인 사건인 거야. 그래서 지금 당장은 아무런 영향도 미치지 않을 테니 괜찮아. 나는 그녀와 헤어져 집에 가서 잠을 잘 것이고, 내일은 출근을 할 것이고, 그리고 아무 일도 일어나지 않을 것이다. 나는 그런 엉뚱한 생각을 하면서 그녀와 마주 앉은 시간을 흘려보냈다. 기린과 펠리컨이 같이 앉아 있는 것처럼, 서로 말이 없었다.

다음 날 밤 그녀가 전화를 걸어왔다. 그리고 그 무렵 새로 사귄 미국인 애인에 대해 이야기했다. 새로 배운 악기라든가, 새로 익힌 외국어에 대해 설명하는 것 같은 어조였다. 같은 항공사에서 근무하면서 뭐가 어떻게 된 건지 모르게 자연스럽게 그렇게 되었다고 했다. 그것이 나와 헤어지게 된 원인인지 결과인지는 잘 모르겠다고, 그녀는 웃으면서 말했다. 나는 전화를 귀에 댄 채 고개를 끄덕였다.

어느 순간 인생은 '갑자기' 흘러가는 모양이다. 그 무렵 나는 같은 회사에서 근무하던 인턴 여직원과 가까워졌고, 모든 면에서 전형적인 연인관계로 발전해 있었다. 고향에서 홀로 지내시던 아버지를 모셔와 전쟁 같은 결혼식을 치른 것은 그로부터 얼마 뒤였다. 충동적으로 떠난 여행처럼, 모든 것이 내 곁을 획획 흘러간다는 느낌이었다. 결혼 후의 생활은 순탄치 않았다. 나는 자꾸 밖으로 돌았고, 아내는 그런 나를 견디지 못했다. 절반 이상의 나는 어디 다른 곳에서 살고 있는 듯한 느낌이었다. 그건 아마도 아내 역시 마찬가지였을 것이다.

해외 진출을 희망했던 것과는 달리, 나는 국내 대리점 관리를 벗어나지 못했다. 그도 그럴 것이 미국에 본부를 둔 모회사가 기우뚱거리는 바람에 한국지사 역시 인원 감축 등 사업 전반의 구조조정이 시작되던 때였기 때문이다. 모든 것이 뜻대로 되지 않는다고 생각했지만, 실은 내 뜻이 무엇인지도 정확히 알 수 없었다. 원인과 결과가 마구 뒤섞이는 느낌이었다. 아내와는 한 해를 채우지 못하고 결국 이혼에 합의했다. 불행은 불행을 따라다니는 모양인지, 이혼 수속이 진행되는 와중에 아버지가 돌아가셨다.

아버지는 고향집에서 눈을 감으셨는데, 나는 그걸 아버지의 작고 겸손한 행복이라고 생각했다. 아버지는 평생 한 번도 떠나지 않은 자신의 공간에서 고요히 눈을 감으신 것이다. 오래전 함께 중국여행을 떠나기도 했던 동리 어르신들은 이제 거의 남아 있지 않았다. 절반 이상이 세상을 떠난 탓이기도 했지만, 한편으로는 근방에 생긴 리조트 덕분이기도 했다. 그쪽에 땅을 갖고 있던 몇몇 고향어른들은 '한몫' 잡아서 도회로 나갔다고 했다. 반면 아버지를 포함한 많은 토박이들은 리조트 건설 반대시위를 벌이며 사이가 벌어졌다. 이후 리조트 쪽과 시청 쪽의 로비 몇 번에 시위는 유야무야되었다. 시간은 많은 것을 순식간에 바꿔놓았다. 고향은 고향이었지만, 나로서는 아무런 미련이 남지 않는 고향이었다.

사흘간의 장례는 참으로 간소했다. 가까운 곳에 살던 몇몇 지인들이 찾아오고, 내 직장 사람들 중 친한 이들 몇몇이 내려와 술을 마셔주고, 사설 공원묘지를 구입해 아버지를 모시고, 장례가 끝난 뒤 아버지의 유품들을 정리하고, 사망신고를 하고……

읍내의 부동산에 작은 집과 쓸모없는 텃밭을 내놓고 나오는데, 아버지의 친구이기도 한 주인이 생전의 아버지를 회고했다. 멀쩡하던 양반이 갑자기 쓰러졌다 깨어난 와중이었기 때문에 더더욱 가슴이 아팠다고 덧붙이면서였다. 이보게, 여기가 어딘가? 내가 태어난 곳이 맞는가? 내가 태어난 곳은 어디로 사라졌는가?— 아버지의 말을 들려준 뒤에 부동산 주인은 허공을 쳐다보며 안타까운 듯 혀를 찼다. 그래도 그 양반은 고향에서 뜨셨으니, 다행이지.

나는 정중한 인사를 건네고 부동산을 나왔다. 아마도 아버지의 옛 친구를 만나는 것도 마지막일 것이다. 집과 텃밭이 팔리면 전화와 팩스로 일을 처리할 것이었다.

나는 아버지의 방에서 아버지의 요를 깔고 누운 채 고향에서의 마지막 밤을 보냈다. 낡은 벽지가 그대로인 천장을 바라보며 붓꽃의 무늬들을 하나하나 세었다. 오십 개쯤의 붓꽃까지 세다가 숫자를 놓치면 처음부터 다시 세었다. 이백 개쯤의 붓꽃까지 세다가 숫자를 놓치면 처음부터 다시 세었다. 오백 개쯤의 붓꽃까지 세다가 숫자를 놓치면 처음부터 다시 세었다.

그녀와는 가끔 연락하고 지냈다. 아내가 아니라 스튜어디스였던 그녀 말이다. 한번은 아주 오랜만에 저녁식사를 함께 한 적도 있다. 하필이면 우리가 처음 연애를 시작한 바로 그날이었다. 목소리들이 마구 날아다니는 술집에서, 대화라는 걸 생전 처음으로 해보는 사람의 기분으로 그녀와 이야기를 나누던 오래전의 그날.

하필이면…… 이라고 했지만, 어쩌면 우리는 그날을 기억하고 있다가 우연을 빙자해 만난 것인지도 몰랐다. 다시 만날 것도 아니면서 옛 기념일이라니, 우리는 참 괴팍하군. 누가 먼저랄 것도 없이 그런 말들을 뱉어놓고는 동시에 웃음을 터뜨렸다. 샐러드의 키위드레싱이 좀 시었던지, 그녀가 얼굴을 찡그렸다. 내가 농담 삼아 물었다.

공중은 어때? 좋은 곳인가?

그녀는 뜻밖에 풀이 죽은 목소리로 탁자를 내려다보며 중얼거렸다.

공중은…… 외로운 곳이야. 창밖을 봐도 신호등도 없고, 마주 오는 구름을 향해 손을 흔들 수도 없고.

혼자 중얼거리듯 그녀는 말을 이었다.

공중에 있는 건 사람들뿐이지. 내가 시중들 사람들.

내가 짓궂게 반문했다.

비행기 속도가 시속 구백 킬로미터야. 선동렬이 던지는 공보다 여섯 배나 빨리 움직이는 기계 안에서 주스와 생수와 식사를 서비스하는 거지. 설마, 그걸 모르고 시작했다는 말이야?

그녀의 얼굴에 힘없는 미소가 떠올랐다가 사라졌다. 그녀가 문득 하루오 이야기를 꺼낸 것은 그 무렵이었다.

하루오를 봤어.

하루오? 하루오? 아, 하루오.

나는 그녀의 입에서 하루오라는 이름이 나오자 가벼운 감탄을 뱉어냈다. 물풀과 녹조와 쓰레기로 채워진 기억의 늪에 잠겨 있다가,

스르르 수면 위로 떠오르는 이름 같았다. 인도여행을 한 지 꽤 된 데다 그간의 생활에 변화가 심했기 때문인지, 이젠 '올드 프렌드'라는 느낌마저 들었다.

그녀의 이야기는 다소 뜻밖이었다. 그녀가 하루오를 본 것은 디트로이트 공항에서였다고 한다. 아니, 그게 하루오인지 아닌지는 확실하지 않지만— 이라고 얼버무리면서 그녀가 말을 이었다.

그녀는 승무원 전용 라인에서 순서를 기다리고 있었다. 두 손을 모아 예의 그 2단 캐리어를 쥐고 정복을 입은 채였다. 그런데 옆쪽 외국인 입국자들이 수속을 밟는 웨이팅 라인 쪽에서 작은 소동이 벌어지고 있었다.

한 남자가 공항경비대 소속 직원과 실랑이를 벌이고 있었던 것이다. 남자는 간간이 괴성을 지르면서 항의했고, 직원 두 명이 남자의 양팔을 잡고 조사실로 동행을 요구하고 있었다. 낡은 청바지에 헐렁한 갈색 니트를 입은 동양계 남자였다. 목소리와 억양으로 보아 일본인인 듯했는데, '일본인답지 않게' 격렬히 항의하더라는 것이다.

저것은 하루오이다— 라는 생각이 든 것은 실랑이를 벌이던 남자가 문득 그녀 쪽을 돌아보았을 때였다. 눈이 마주치는 순간 빙긋, 하는 웃음이 남자의 얼굴을 지나갔다고 생각한 것은, 아마도 자신의 착각이었을 거라고 그녀는 덧붙였다.

미국 공항에서는 전신 스캔이 '랜덤하게' 이루어진다고 그녀는 설명했다. 임의로 선택된 외국인 승객을 커다란 원통형 촬영실에 넣고 용의자처럼 두 팔을 들게 한 뒤 엑스레이 같은 것으로 전신을 스캔한다는 것이다. 9·11 테러 이후 강화된 조치라고 했다. 요구를 거부하면 때로는 입국허가를 받지 못할 수도 있었다.

그녀는 하루오를 돕지 못했다고 한다. 몰려온 공항경비대원들이 그를 조사실로 데려갔기 때문이었다. 단순한 항의를 넘어 일종의 난동을 부렸으니, 아마도 간단한 신상조사 후 입국거부 절차가 진행됐을지도 모르겠다고 그녀는 덧붙였다.

기념일이란 이렇게 쓸쓸한 것일까, 하는 생각을 나는 하고 있었다. 식당 창밖으로는 눈이 내리고 있었다. 겨울도 막바지인지라 소담스러운 눈송이는 아니었다. 젖은 눈, 젖은 눈, 나는 그렇게 중얼거렸다.

그녀는 앞으로의 계획에 대해 말했다. 조만간 항공사에서 근무하는 '캡틴'과 결혼이 예정돼 있으며, 로스앤젤레스에 정착할 계획이라는 얘기였다. 승무원 일은 이미 그만두었고, 한국은 이것으로 이별이라고 덧붙였다. 아주 길고 끝나지 않는 여행을 하게 된 셈이야— 라고 그녀는 말했다. 그래도 가끔은 놀러와. 하나 마나 한 말을 뱉으며 나는 고개를 끄덕였다.

헤어질 때 그녀가 지나가는 말인 듯 들려준 이야기는 이런 것이었다.

그때 바라나시의 게스트하우스에서 하루오와 밤새 이야기를 나누었잖아.

그녀는 젖은 눈이 떨어지는 하늘에 시선을 두고 말했다.

너도 우리를 바라보고 있었으니까 기억하겠지. 그때 우리가 어떤 이야기를 나눴는지 알아?

나도 눈발이 굵어지는 하늘을 바라보았다.

나는 하루오가 아름답다고 말했어.

폭설로 바뀌는 하늘에 시선을 둔 채 그녀가 말을 이었다.

그때도 하루오는 빙긋, 웃었는데, 그 웃음 뒤로 너무 쓸쓸한 표정이 떠오르는 거야.

그 표정 앞에서 그녀는 입을 다물 수밖에 없었다고 한다. 바라나시의 밤이 흘러가고 있었다. 그 어두운 방 안의 고요 속에서, 하루오가 지나가는 말인 듯 이렇게 말했다고 한다.

아름다운 건, 하루오를 제외한 모든 것이다.

그게 하루오의 말이었는데, 어딘지 건조한 그 말이 그때는 아주 조용하고 희박한 공기처럼 느껴져서, 뭐라고 더 말을 할 수가 없었다는 것이다. 그리고 그 순간, 그녀에게는 이상한 느낌이 들었다고 한다.

그녀가 젖은 눈을 손바닥으로 받으며 가만히 말했다.

작은 사랑이 하나 지나간 느낌이었어― 라고.

하루오에 대해서는 덧붙일 이야기가 하나 더 있다.

얼마 전부터 내가 일하는 한국지사는 위기를 극복하고 회복세를 타고 있었다. 나는 오랜 무력감을 느끼고 있었지만, 회사는 정치권에 발이 넓다는 신임회장의 강력한 의지에 힘입어 사세를 확장해가고 있었다. 한국지사가 동아시아 및 동남아시아 시장 쪽을 총괄하게 되면서 사내에는 고요한 흥분이 일고 있었다.

나는 해외영업 강화를 위해 시작된 프로젝트에 참여하게 된 후, 외국인 사원 신규채용을 추진하는 일을 진행하게 되었다. 다양한 아시아계 외국인들을 선발하는 작업이었다.

뜻밖에도 나는 지원자들 가운데 하루오와 비슷한 일본인을 발견했다. 온라인으로 받은 지원서에는 다카하시 하루오가 아니라 하라 교스케라고 적혀 있었다. 하지만 사진으로 보아 그는 다카하시 하루오의 바로 그 눈매와 콧날과 입술을 가지고 있었다. 전체적인 인상은 지원서의 사진 쪽이 훨씬 날카로웠지만, 아무래도 하루오인걸— 하는 생각을 떨칠 수 없었다. 나는 반신반의했지만 확인할 방법은 없었다. 하루오의 홈페이지가 어느 날 문득 폐쇄된 뒤로, 그의 근황은 물론 글도 전혀 접할 수 없었기 때문이다.

면접 때, 나는 하라 교스케를 직접 대면할 수 있었다. 하라 교스케는 스트라이프 양복을 맵시 있게 차려입고, 입가에 절제된 미소를 띠고 있는 남자였다. 일본인답게 예의와 절도를 안다는 느낌이 들었다. 일본의 소규모 무역회사에서 인턴으로 근무한 적이 있고, 최근 한국 여성과 사귀게 되면서 한국의 문화에 깊은 관심을 갖게 되었다고 했다.

하라 씨는 혹시 다카하시 하루오라는 이름을 따로 쓰지 않으십니까?

나는 그렇게 물었다. 하라 교스케는 나를 보고 무슨 뜻이냐는 표정을 지으며 갸우뚱하더니 또박또박 답했다. 자신의 이름은 하라 교스케이며, 다카하시 하루오라는 이름은 알지 못한다는 것이었다.

면접이 끝난 그날 밤, 나는 혼자 집에서 술을 마시다가 하라 교스케의 번호를 찾아 전화를 걸었다. 하라 교스케는 인사담당자가 밤늦게 전화를 걸었다는 게 이상한 모양이었다. 열 시가 넘은 시간이니 당연한 반응이었다. 나는 아랑곳없이 질문을 던졌다.

하라 씨, 당신은 정말 다카하시 하루오가 아닙니까? 당신은 오래전에 여행에 대한, 아니 삶에 대한 블로그를 운영한 적이 있고, 인도에서 나를 만난 적이 있습니다.

영문을 모르겠다는 듯한 침묵이 지나간 뒤, 하라 씨가 말했다.

그렇습니다. 나는 오래전에 인도를 여행한 적이 있고, 블로그를 운영한 적이 있습니다. 하지만 그것은 여행이나 삶에 대한 것이 아니라 글로벌 트렌드에 대한 것입니다. 물론 글로벌 트렌드 역시 삶에 대한 것이긴 합니다만…… 어쨌든 나의 이름은 하라 교스케이며 다카하시 하루오라는 사람은 알지 못합니다.

나는 하라 씨의 말이 끝나기 무섭게, 이상한 열에 들떠서, 단호하게 말했다.

그렇죠? 당신은 역시 다카하시 하루오가 아닙니다. 당신은 다카하시 하루오여서는 안 됩니다. 다카하시 하루오는 여전히……

전화기 저편에서 하라 씨는 침묵을 지켰다.

……여행 중일 테니까요.

그렇게 말한 뒤 나는 일방적으로 전화를 끊었다. 독한 중국술이 담긴 술잔을 들어 입에 털어넣었다.

얼마 뒤 나는 회사를 그만두었다.

이유는 여러 가지였다. 프로젝트가 지지부진해졌다는 것, 거기에는 나와 우리 팀원들의 책임도 있다는 것, 회사 쪽의 압박이 조금씩 들어오면서 팀 내 갈등이 심각해졌다는 것 등등.

나는 별다른 계획 없이 사표를 제출했다. 회사를 옮길 수도 있고, 어쨌든 홀몸이었으니 전혀 다른 일을 할 수도 있을 것이다. 하지만 마음은 어느 쪽으로도 움직이려 하지 않았다.

며칠 동안 침대에 누워 천장의 아라베스크 무늬들을 바라보며 시간을 보냈다. 삼백 개쯤의 무늬까지 세다가 숫자를 놓치면 처음부터 다시 세었다. 칠백 개쯤의 무늬까지 세다가 숫자를 놓치면 처음부터 다시 세었다. 구백 개쯤의 무늬까지 세다가 숫자를 놓치면 처음부터 다시 세었다. 천오백 개까지 세다가, 나는 문득 인터넷에 접속해 인도행 비행기 티켓을 구했다.

여행이나 다녀오자는 느낌도 아니었고, 도를 찾아가자는 마음도 아니었다. 이렇게 말해도 좋다면, 어쩐지 그래야 할 것 같았다고나 할까. 아마도 나는 뉴델리로 가서 바라나시행 야간열차를 탈 것이었다. 잠을 자거나 무료하게 시간을 보내고 있는 사람들 사이에 얌전히 앉아 있다가 문득 몸을 일으켜 청소를 시작할 것이었다. 그렇게 하고 있으면 누군가 이렇게 말을 걸어올지도 모른다.

당신은 혹시 다카하시 하루오를 아십니까?

라고.

나는 빙긋, 웃으며 이렇게 대답할 것이다.

절반 이상의 하루오라면,

아마도.

염승숙

습濕

1982년 서울 출생. 동국대 문예창작학과를 졸업하고 동 대학원에서 국문학 석사과정을 마쳤다. 2005년《현대문학》에 단편〈뱀꼬리왕쥐〉가 당선되어 등단했다. 소설집《채플린, 채플린》《노웨어맨》이 있다.

소나무

뭐지.

진구오는 무거운 눈꺼풀을 밀어올리며 한참을 바라보았다. 잠에서 막 깨어 시야가 흐릿한 데다 보일러실 쪽으로 나 있는 미닫이문의 불투명한 고방유리가 물에 번진 듯 어릿한 느낌마저 주어 더욱 알아보기 힘들었다. 아버지구나, 라고 판단하는 데 조금 시간이 걸렸다. 아버지는 볕이 들지 않아 어스레한 반지하방 한가운데에서 뒤돌아 등을 보이고 앉아 있었다. 무릎걸음으로 가까이 다가가니 아버지의 낡은 메리야스 어깨끈 사이로 생경한 무언가 비죽 솟아난 게 보였다. 네다섯 살 어린아이의 손 한 뼘만 한 길이였고, 파릇했다. 짧고 날카로운 잎사귀들이 자갈처럼 단단히 붙어 있었다.

소나무인가.

그는 놀랐다. 소나무 한 그루를 등에 진 아버지가 얇은 아사면 이불을 허리춤에 말고 끄덕끄덕 잠에 취해 있었다.

웬 거예요?

그가 눈을 비비며 물었다.

웬 소나무냐고요, 아버지.

아버지의 고개는 쉽게 들리지 않았다. 그는 아버지의 구부정한 어깨를 쥐고 모로 눕혔다. 아버지는 끙, 소리를 내며 다리를 교차시켜 두어 번 뒤척였다. 어느새 이렇게 얇아졌나, 그는 아버지의 허벅지에 무심코 손바닥을 가져다댔다. 잿빛 잠옷바지가 쑥 꺼져들었다. 아버지의 두 다리가 소나무의 그것처럼 얇고 뾰족해 보인다고 생각되자 어쩐지 어깻죽지에서 사르르 힘이 빠졌다.

소나무라니.

진구오는 중얼거리며 기지개를 켰다. 목, 어깨, 등, 팔, 허리까지 어디 한구석 찌뿌듯하지 않은 곳이 없었다. 그는 욕실 문을 열고 들어가 옷을 벗고 꽤 오래도록 샤워했다. 이를 닦고 선반장을 열자 안에는 비누 서너 개가 종이 갑째 쌓여 있을 뿐 텅 비어 있었다.

아버지, 수건이 없어요!

그가 제법 크게 소리쳤다. 그러나 딱히 어떤 대답이 들려오지도, 욕실 문틈 사이로 수건이 비죽 들어오지도 않았다. 아버지는 좀처럼 잠에서 깨지 않을 모양이었다. 하릴없이 문을 열고 나와 잰걸음으로 거실을 가로질렀다. 아무것도 걸치지 못한 몸 전체에 서늘한 공기가 부딪쳐왔다. 베란다 건조대에 널린 수건을 집어들어 젖은 머리칼을 감쌌을 때 아버지가 연회색 먼지덩이 같은 몸을 부스스 일으켰다.

몇 시냐.

일곱 시예요. 더 주무세요.

바짝 말라 있던 수건이 흐물흐물해지는 것을 느끼며 그는 그것을 머리에 그대로 얹어두고 방으로 들어가 속옷을 찾아 입었다. 짙은 남색의 정장바지를 다리에 꿰고, 흰 반팔 와이셔츠도 챙겨들었다.

배 중앙 부분이 살짝 구겨졌는데 다시 다려 입을까, 말까를 잠시 고민하다 구겨진 그대로 탁탁 털어 걸쳐입었다.

괜찮으세요?

넥타이를 손에 들고 거실로 나왔을 때 아버지는 일어난 그대로 계속 멍한 표정이었다. 딱히 생각에 빠져들었다고는 할 수 없이 그저 열없는 얼굴이었다. 소나무는 여전히 아버지의 등에 바느질이나 된 듯 고정되어 있었다.

아버지 등이요, 웬 거예요, 그게.

진구오가 다시 물었다.

등이요, 등.

아버지는 어깨 너머로 흘깃 시선을 두었다. 그러고는 한숨이었다.

글쎄다.

소나무예요.

그렇구나. 어쩐지 며칠 전부터 등이 가렵더라니.

두통이 올 것 같아 진구오는 입을 다물었다. 대신 척척한 수건을 무심히 바닥에 내던지고 아버지 곁으로 걸어가 양반다리를 하고 주저앉았다. 다 낡아빠진 선풍기의 미풍 버튼을 누른 뒤 그는 젖은 머리칼에 손을 집어넣어 흔들었다. 아버지와 아들이 침묵하는 동안 낡은 선풍기만이 탈탈거리며 돌아갔다. 미처 매지 못하고 왼쪽 어깨에 걸쳐둔 넥타이의 꼬리가 바람에 조금 움직였다.

등이 가려웠다니 무슨 말이에요, 그게.

말 그대로야. 귀가 가려울 때 손가락을 집어넣어 후벼보고 싶은 것처럼 말이다.

등이요?

그래.

등을 후벼보고 싶었다고요?

말이 그렇다는 소리다.

만화처럼 날개도 아니고, 소나무라니요.

알 게 뭐냐.

아버지는 체념한 표정이었다. 진구오는 약풍이라고 써진 선풍기의 버튼을 눌렀다. 무겁게 눌리는 달칵, 소리가 제법 컸다. 선풍기는 미풍보다는 조금 더 거칠게 털털 소리를 내며 돌았지만 바람이 한 단계 더 세게 불어온다는 느낌은 들지 않았다.

비가 또 올 것 같아요.

또 온다고 했다. 많이 온댔어.

그가 다시 입을 열었고, 아버지는 마른 입술을 벌려 대꾸했다.

수건.

네?

아버지는 미간을 좁히며 천천히 오른팔을 들었다. 아버지의 검지가 가리킨 곳에는 그가 머리에 얹었다 던져둔 젖은 수건이 한구석에 뭉쳐져 있었다.

수건 말이다.

치울게요.

매번 그러지 않냐.

치우면 되죠, 뭐.

넌 너무 수건을 많이 써.

제가 언제요.

머리카락 털어낸다고 하나, 몸 닦는다고 하나, 발 닦는다고 하나, 퇴근해선 샤워한다고 하나, 발 닦는다고 또 하나, 사방 천지에 젖은 수건 나부랭이야.

뭐 어때서요.

젖은 수건 줍다가 내 하루가 끝난다.

오버 좀 하지 마세요.

무거워.

네?

무거워서 말이다. 젖은 수건이 마음을 무겁게 만들어.

제가 저녁에 들어와서 세탁기 돌릴게요.

온 집 안이 다 축축해.

뭘 또 그렇게까지. 여름이라 샤워도 많이 하고, 또 장마라 잘 안 마르니까 그렇게 느껴지는 거예요. 아버지도 참 쓸데없이.

감상적이야, 라고 말하려다가 진구오는 입을 다물었다. 감상적, 이라는 말은 어쩐지 부자간의 대화에 다소 어울리지 않는다는 생각이 들었다.

별거 아니라니까요.

그러냐.

그렇다고 수건을 안 쓸 수도 없는 거잖아요.

너는 너무 많이 쓴다니까.

아니라니까요.

그래도 이거 봐라.

아버지는 등을 돌려 그의 눈앞에 바투 들이댔다.

그러니까 이게 웬 거냐고요.

모른다.

모르면 어떡해요.

축축해서겠지.

그러니까 이게 다, 젖은 수건 때문이라는 거예요?

그는 선풍기의 버튼을 끄고 흐트러진 머리칼을 대강 매만졌다.

어쨌거나 습기濕氣는 좋지 않다.

달팽이가 아닌 다음에야 저도 축축한 걸 좋아하진 않아요. 하지만 어째요, 장마인걸.

소나무는.

떼어봐야죠, 뭐.

그는 흡, 하고 숨을 한 번 크게 들이쉰 뒤 손바닥을 맞비볐다. 손가락 마디 사이에서 뚝 소리가 났다.

아버지, 허리를 좀.

뭐라고?

아니, 어깨랑 등이랑 좀 반듯이 펴보시라고요. 쭉.

쭉.

좀 더, 쭉.

쭉.

소나무가 눕네요. 뽑아볼게요.

뽑힐 것 같지 않은데.

아버지는 어깨를 곧게 편다기보다 굽은 어깨 그대로 한껏 뒤로 젖히는 자세를 취했다. 진구오는 하는 수 없다는 듯 소나무의 밑동을 두 손으로 잡고 서서히 힘을 주어 당겼다.

안 돼, 안 돼. 척추가 뿌리째 뽑히는 것 같다.

아버지가 고통스런 얼굴로 몸을 웅크렸다. 그는 황급히 손을 떼었다. 소나무의 밑동이라기보다는 아버지의 허리뼈를 손안에 쥐었던 것만 같은 기분이었다. 차가웠고, 단단했지만, 조금만 세게 힘을 주면 쉽게 바스러져버릴 것만 같았다. 그리고 무엇보다, 축축했다. 어쩐지 두렵고 조심스러워서 그는 아버지의 등에 다시 손댈 수 없었다. 아주 오랜 시간 가슬가슬한 모래사장 한가운데 선 채로 소금기 가득한 해풍을 맞고 있는 한 그루 소나무나 된 듯 아버지는 거친 숨을 몰아쉬었다.

아버지, 이거 정말 안 되겠는데요.

진구오는 발갛게 부풀어오른 손바닥을 들여다보며 말했다.

그래, 그래, 안 된다, 이제 안 돼.

잔뜩 겁먹은 짐승처럼 눈알을 좌우로 굴리며 아버지가 안 돼, 안 돼, 빠르게 대꾸했다.

등에, 귀

가렵더라니.

가려웠다고요?

그래.

가려움과 소나무, 그 둘 사이의 인과관계를 진구오는 이해할 수 없었다.

등에, 귀.

아버지가 말했다. 귀, 하고 발음할 때 동글게 내미는 입술에 하얀 주름이 조글조글했다.

귀요?

그래.

무슨 귀요.

어렸을 때 말이다. 등에 귀가 달린 사람들이 있단 얘기를, 아버지께 들은 적이 있지.

그건 무슨 소리예요, 또.

진구오는 툴툴거리면서도 아버지의 이야기를 무심한 듯 아닌 듯 들어주었다. 아버지가 등과 어깨와 목을 움츠릴수록 소나무는 자꾸만 일어섰다. 그 세모꼴을 바라보며 그는 와이셔츠의 깃을 세우고 천천히 넥타이를 둘러 늘어뜨렸다.

등의 양쪽 날개뼈 사이에 있더란다. 소나무가 돋아난 지금 이 자리에 말이다.

뭐가요.

귀 말이다, 귀.

아.

귀에 대해 말하고 있지 않았냐.

헷갈려요. 소나무랑, 수건이랑, 가렵다가, 이제는 귀라고요?

그래, 귀.

등에 귀가 달렸다고요?

몇 번을 되묻니.

이상하니까요.

세상에 이상한 건 없어. 이상하다고 느끼는 건, 뭐든 잘 듣지 않기 때문이다.

알았어요. 등에, 귀.

한숨을 내쉬다 그가 잠시 고개를 갸웃거렸다.

들려요?

아무래도, 귀니까.

귀가 그럼 세 개인 거네요.

어쨌거나 그런 셈이지.

더 잘 들릴까요?

좀 작기는 해도, 귀가 두 개인 사람들보다는 확실히 더 잘 듣는다던데.

그래서요?

글쎄다.

글쎄라니요.

글쎄, 그런 사람들이 있다고 아버지가 말씀해주셨지. 양쪽 날개뼈 사이의, 등 중앙 부분에 어른 엄지의 절반만 한 귀가 하나 더 매달린 사람들이 왕왕 있노라고.

그래서요.

그래서는 뭐 자꾸 그래서냐.

아니, 그러니까 그런 얘기를 할아버지가 왜 해주셨는데요.

왜냐고?

네.

내 등에도 있었으니까.

그게 뭐 대수냐는 듯 무념한 표정으로 아버지가 말했다.

뭐라고요?

진구오가 눈을 크게 뜨며 되물었지만 아버지는 입술에 붙은 과자 부스러기를 떼어내는 것처럼 나른히 손바닥을 들어 마른 얼굴을 훔쳐냈다.

자꾸 무슨 말씀 하시는 거예요, 살면서 아버지 등에 달린 귀 같은 건 본 적도 없는데. 뭐 실제로 있다고 쳐요. 불편해서 어떻게 살아요, 등에 귀가 달려 있으면. 바로 눕거나 기대지도 못하며 살 텐데.

타이의 매듭을 묶던 그가 따져물었다.

정확히 말하면 있었다는 거지. 서른 언저리까지 있었다. 네 말대로 등에 귀가 달렸다면 눕지도 기대지도 못할 거라 생각할 테지만 실제로는 전혀 안 그랬어. 귀는 생각보다 작은 크기였고, 고무공처럼 말랑말랑했고, 이리저리 잘 구부러졌고, 뭣보다, 뭘 어떻게 해도 아프거나 불편하지 않았어. 귀가 머리에 달렸어도 우리는 다 옆으로 누워서 자질 않나.

아.

그러고 보니, 하는 표정을 지으며 그는 잠시 수긍했다.

괜찮았다. 등에 달린 귀까지 도합 세 개의 귀를 지니고 사는 사실이 생활할 때 딱히 신경이 쓰이지도 않을 만큼. 그리고 남들보다 조금쯤 더, 잘 들을 수 있었지. 그것만은 분명했어. 등에 귀가 있다는 건, 생각보다 그렇게 나쁘지 않은 일이었다고.

별 뜻 없는 노랫가락을 흥얼거리듯 아버지는 그렇게 말한 뒤 천천히 눈을 감았다. 어딘지 모르게 그리운 얼굴이어서 진구오는 넥타이를 다 매고도 매듭에서 손을 떼지 못했다. 등에 귀가 돋아나 있다니 몸통이 유연한 버섯처럼 말인가, 하고 상상해보았지만 매끈하고 서늘하고 질척한 늪지대 위에 멀뚱히 서 있는 느낌이 들었을 뿐 그 이상도 이하도 아니었다. 그렇다면, 하고 그는 다시 등의 양쪽 날개뼈 사이에 돋아난 귀를 가진 먼 시절의 아버지를 떠올렸다. 아버지가 말한 귀처럼 아버지 역시 아주 작은 몸피를 지닌 사내아이였을 테고, 타고난 머리칼과 눈동자, 볕에 그을린 살빛, 흙더미에 나뒹군 손발톱마저도 몹시 검었을 거였다. 고무공처럼 말랑말랑한 귀, 어른 엄지의 절반만 한 크기의 잘 구부러지는 귀가 등에 달려 다른 이들보다 조금쯤 더 잘 들을 수 있었던, 검은 얼굴의 어리고 젊고 건강한 아버지라니. 지나치며 언뜻 보았던 낯익은 이의 뒷모습처럼 그것은 아쉽고 가물거리는 영상으로 진구오의 머릿속을 채웠다.

믿을 수 없겠지만.

아버지는 눈을 뜨고, 담배연기를 내뿜듯 입을 벙긋거렸다.

등에 귀가 달린 사람들이 많았어.

많았다고요?

그래, 잘 듣는 사람들이 태반이었지.

그럼요?

그럼이라니.

그럼 그 귀는요. 지금 어디 있는데요.

아버지는 후, 하고 숨을 내뿜었다.

글쎄다, 어디로 갔을까.

어디로 가다니요.

괜한 조급증이 일어 그가 답을 재촉했다.

어느 날 자고 일어나니 없어졌지 뭐냐.

없어졌다고요?

그래, 없어졌어. 감쪽같이.

감쪽같이.

그는 흥미가 반감된 듯 눈을 가늘게 뜨며 아버지를 바라보았다. 해가 다르게 키가 줄고 살이 빠져온 아버지는 살빛이 거무죽죽했고, 군데군데 반점이 생겨났고, 이마에 두어 줄가량의 깊은 주름이 패었으며, 전체적으로는 말라버린 모과처럼 쪼글쪼글했다.

아버지.

왜.

진구오는 가슴을 펴고, 크게 숨을 쉬고, 머리칼을 다시 매만졌다. 그리고 아버지의 굽은 어깨를 단단히 붙잡아세우며 말했다.

장기도 좀 두고, 배드민턴도 치러 나가세요. 근처에 실내 배드민턴 치는 곳이 있는데 좁긴 해도 나쁘지 않아요.

장기는 뭐고, 배드민턴은 또 뭐냐.

졸음이 몰려온다는 듯 아버지는 거슴츠레한 눈으로 그를 바라보았다. 장기가 장기고, 배드민턴이 배드민턴이지 뭐긴 뭐예요, 하고 그가 짐짓 웃으며 아버지의 허리를 손으로 쓸었다.

요즘 치매가 무섭대요.

치매 아니다.

아니니까 드리는 말씀이죠. 아니니까요.

아버지는 오후의 긴 볕 아래 조는 나팔꽃처럼 천천히 고개를 수그렸다. 진구오는 일어나 다시 방으로 들어가서 검은 양말 두 켤레를 손에 쥐고 돌아왔다. 한 켤레는 신고, 나머지 한 켤레는 여벌로 가방 안에 밀어넣었다. 그는 양말을 양손으로 말아올려 발에 끼웠다. 아버지는 그가 하는 양을 망연히 바라보다 어물어물 입을 떼었다.

자고 일어나니 귀가 없어졌단 말에 아버지가 쯧쯧, 혀를 차셨지.

할아버지가 왜요.

내 웃옷을 들춰 등허리를 쓸어보시지 뭐냐. 없네, 없군, 하셨어. 진심으로, 안타깝다는 얼굴이셨지. 그 얼굴을 도무지 잊을 수가 없어.

그래서요.

그래서는 뭐, 한마디 하셨다.

뭐라고요?

습기를 조심해야 한다.

습기를 조심해야 한다?

그래.

그러고는요?

그뿐이었어. 습기를 조심해야 한다고. 자라면서 언제고 아버지의 목소리를 들었다. 없네, 없군, 없네, 없군. 별거 아닌 말인데 그 말이 왜 그렇게도 서운하던지. 없네, 없군, 없네, 없군.

아버지.

그래.

장기도 두시고, 배드민턴도 치러 나가세요. 집에만 혼자 계시지 말구요.

치매 아니야.

아니니까요.

정말이다.

정말이니까요. 아버지, 저 출근해야 돼요.

다녀와라.

네.

구오야.

네.

이건, 어쩌지. 무겁지는 않다만.

아버지의 말대로라면 서른 무렵까지 아버지의 등에는 귀가 하나 더 돋아나 있었고, 그 귀가 사라진 자리에 긴 시간이 흘러 이제는 저 앙증맞은 모양새의 소나무가 자라났다는 것. 습기를 조심해야 했는데, 그러지 못해서 등에 소나무를 키우고 말았다는 것이다. 어떻게 받아들여야 할까. 진구오는 고민스러웠다.

아니다. 어서 다녀와라.

아버지는 끙, 소리를 내며 다시 모로 누웠다. 오늘 저녁엔 일찍 퇴근해 돌아와야겠다고 생각하며 그는 바짓단을 털고 일어나 가방을 챙겼다. 식탁의자에 걸쳐둔 양복재킷을 팔에 걸친 뒤 현관에 가지런히 놓인 밤색 구두를 신었다.

없네, 없군.

신발장에 세워둔 장우산을 꺼내들고 현관문을 열다가, 그는 멈칫 뒤를 돌아보았다. 등을 돌리고 누운 아버지는 그사이 잠에 빠져든

듯 조용했다. 문을 마저 열고 여남은 개의 계단을 걸어올라 지상으로 발을 내디뎠다. 날은 잔뜩 흐렸고, 약하게나마 여전히 빗줄기가 이어지고 있었다.

아침 여덟 시가 조금 넘은 시각 출근길의 지하철은 젖은 우산을 들고 우직하니 밀려드는 승객들로 만원이었다. 진구오는 사람들 틈바구니에 끼여 습기와 소나무에 대해서, 또한 그 둘의 인과관계에 대해서 고민해보려 애썼지만 뜻대로 되지 않았다. 바투 붙어선 중년의 아주머니가 꽤나 거칠게 껌을 씹어대는 통에 머리가 지끈거렸다. 위아래 검은색 바지정장을 입고 보랏빛 가죽 가방을 가슴에 껴안고 있었는데 구슬치기라도 하는 것처럼 딱 딱, 치아로 껌을 부풀리고는 허겁지겁 터뜨려댔다. 어느새 굵어진 빗줄기가 전동차의 창을 사선으로 기세 좋게 내리긋는 광경을 바라보다 그는 귀가 시끄러워 팔짱을 낀 뒤 눈을 감았다. 신경은 자꾸만 분산됐다.

더블엔젤스

진구오는 지하철역 입구로 올라오는 데만도 진땀을 뺐다. 골목마다 크고 작은 사무실이 밀집해 있는 탓에 유동인구가 많아 늘 북적이긴 했지만 오늘은 유독 심하다, 는 생각이 들었다.

어쩐지.

가까스로 역사를 빠져나온 그가 계단을 올라오자마자 중얼거렸다. 백여 명은 족히 되어 보이는 사람들이 물러가라, 결사반대, 등이 붉은 글씨로 적힌 피켓을 들고 도열해 있는 참이었다. 다 죽일 거냐,

그들은 목소리를 높였다. 기존에 지하철역 가까이 붙어 있던 낡은 저층 건물을 밀어내고 신축된 육 층짜리 건물 때문이었다. 도시는 어느 곳이나 재건축, 증축, 신축 등으로 하루가 다르게 경관이 바뀌었다. 공터를 밀어내고, 낡고 오래된 건물들을 서둘러 헐고 부쉈다. 오 층이나 육 층 높이의 직사각형 콘크리트 빌딩들이 배다른 형제처럼 머쓱히 자리를 꿰찼다. 새로 지어올린 건물에 들어서는 영업점들은 죄다 개성 없는 프랜차이즈 지점들이어서 어디든 엇비슷해 보였는데, 이 건물도 마찬가지였다.

지난 몇 달간 땅을 파내고 철근을 잇대어 건물을 세워올리더니 비스름한 병원과 약국, 은행 들이 곧장 자리를 차지했다. 그 뒤 음식점이며 커피전문점 등 온갖 체인 업소들도 가로꿰진 꼬치처럼 정렬되었다. coming soon, grand open이라고 써진 현수막이 건물 외벽에 경쟁적으로 나붙었다. 오토바이를 탄 아르바이트생들은 묘기 부리듯 왜틀비틀 주행하며 홍보전단과 명함 들을 거리에 흩뿌려댔다. 외국계열의 기업형 슈퍼마켓이 일 층에, 그리고 '일 잘하는 국회의원'이라는 붉은 현수막을 내건 정치인 사무실이 육 층에 꾸려진 것은 거의 동시였다. 소문만 무성하다가 기습적으로 이뤄진 제법 큰 규모의 SSM 입점에 인근 자영업자들은 지역 상권이 무너진다며 허탈해했다. 진구오는 보름이 넘도록 SSM 입점 반대 선언문이 적힌 종이 한 장을 손에 받아들고 출근했다.

우비를 입고 피켓을 든 채 몰려든 사람들로 혼잡스러운 거리를 그는 묵묵히 걸었다. 다 죽자는 거냐, 하고 누군가 외치면 다 죽자는 거냐, 하고 시위대가 복창했다. 빗줄기는 잠잠해지지 않고 바닥으로,

계속해서 바닥으로만 낙하하는 중이었다. 마침 국회의원 사무실의 개소식과 SSM 입점을 반대하는 자영업자들의 시위가 같은 날 같은 시간에 열리고 있었다. 화환을 등에 진 꽃집 배달꾼 두엇이 비켜요, 비켜요, 하며 시위대의 행렬을 비집고 끼어들었다. 인파를 헤치고 한 발짝 앞으로 내디딜 때마다 꽃대가 부러지거나 이파리가 바닥에 떨어져 나동그라졌다. 거센 빗줄기는 분무하듯 내리꽂혔다. 진구오는 비에 쫄딱 젖은 배달꾼들의 뒤를 쫓으며 물에 젖은 흙빛의 얼굴들을 하고 선 사람들을 바라보았다. 우비만 걸쳐서는 체온이 금세 내려갈 텐데, 하고 그는 생각했다. 건물의 출입구에 내걸린 국회의원 사무실의 나무 현판 앞에 늘어선 안내원 서너 명은 가슴에 꽃을 꽂고 일 잘하는 국회의원 아무개입니다. 언제나 여러분 곁에 있겠습니다, 하며 밝은 미소로 허리를 굽혔다. 이런저런 광경들을 바라보다 그는 녹색불이 켜진 횡단보도를 허둥지둥 건넜다.

비가 많이 오죠.

사무실에 들어서자마자 정윤민이 고개를 빼꼼 내밀었다.

큰비엔 우산도 소용없어요.

응, 그러네.

진구오는 빗물이 뚝뚝 떨어지는 우산을 접어 기다란 플라스틱 통 안으로 꽂아넣었다. 어깻죽지며 바짓단은 물론이고, 무릎 언저리까지 빗물에 푹 젖어든 채였다.

여기요. 바지랑 구두 닦으셔도 돼요.

정윤민이 팔을 뻗어 보드레한 노란 수건 한 장을 내밀었다. 부장님은 이미, 라는 말도 덧붙였다. 진구오는 슬쩍 눈치를 보며 부장의 자리를 바라보았다. 책상에 코를 박고 정신없이 일하는 부장의 정수리가 도도록이 튀어나와 보였다. 키가 크고 인물이 훤칠한 부장은 온화하게 생겼지만 말수가 적고 낯을 가렸다. 친화력이 좀 부족한 성격이었지만, 부하직원들에게 괜한 트집을 잡거나 휘두르려 하지 않아서 일하기는 편했다. 일중독인 면이 있어서 언제나 가장 먼저 출근하고, 가장 늦게 퇴근했다.

고마워.

진구오는 수건을 받아들고 바짓단을 툭툭 털다가, 근데 하루에 수건 몇 장이나 써, 라고 물었다.

수건이요? 글쎄요.

평균적으로 말이야.

두 장은 쓰죠, 아무래도.

두 장.

왜요, 하고 정윤민이 물었다.

아니야, 아무것도.

그는 의자에 더덜뭇이 엉덩이를 묻고 나서 손세수를 하듯 얼굴을 문댔다. 한 시간이 조금 못 되는 출근길이 어째서 매일같이 이렇게 피로감을 주는지 모르겠다고, 그는 우울하게 생각했다. 그에 더해 아버지의 귀, 소나무, 수건, 습기 같은 것들이 상처 위에 덧바른 연고처럼 머릿속에서 찐득거렸다.

이미영 씨는 좀 어때요?

정윤민이 물었다.

사장님이 어제 뭐라고 하시더라고요.

시위대의 확성기 소리랄지 고함 같은 것들이 꼭 닫아 걸어놓은 창 바깥으로 신음처럼 뒤엉켜 새어들었다.

왜.

일 진행이 더디다고요.

아직, 시간이 더 필요한데.

그는 머뭇거렸다. 조금 더 긴 시간을 들여 그녀를 보내주고 싶다, 요 며칠 계속 그런 마음이었다. 시간이 부족하다는 걸 알지만, 왜 그런 기분이 자꾸만 드는지 제대로 설명할 수는 없지만, 그녀에 대해 알고, 이해하고, 납득하고 그런 뒤 자신이 일을 처리하는 데까지는 얼마간의 시간이 더 주어졌으면, 하고 바랐다.

필요하면 쓰셔야죠. 며칠만 더 둘러대세요.

정윤민이 싱긋 웃었다. 엉뚱하고 다정한 그와는 입사동기였다. 고작해야 사장 한 명과, 부장을 포함해 사원 셋으로 운영되는 작은 회사에서 입사동기, 라는 말을 쓰는 건 다소 민망했지만 같은 날 면접을 보고 합격한 사이인 것만은 분명했으니 아니랄 수도 없었다. 진구오보다 세 살 아래였지만 동기니까 말을 놓자, 라고 했는데도 정윤민은 싹싹 웃어 보일 뿐 좀처럼 말을 쉽게 놓지 못했다. 면접 때 마주한 정윤민은 한눈에 봐도 평범해 보이는 인상은 아니었다. 작달막한 키에 얼굴이 희어 소년 같은 인상이었는데 말씨가 약간 어눌하고 행동도 산만했다. 컴퓨터 프로그래밍을 전공한 진구오와 달리 정윤민은 미대 출신이어서 첫날엔 그가 이 회사에 면접을 보고 합격했다는 사실부터가 의아하게 생각되었다.

만화가가 되고 싶어서 대학 졸업하고도 한 삼 년 정도는 미친 듯이 그림만 그렸어요. 진짜로 밤에 잠도 안 잤어요. 무엇에든 잘 집중합니다.

그의 자기소개였다.

왜 삭발을 했죠?

사장이 묻자 그는 자신의 민머리를 매만지며 머쓱한 듯 씩 웃었다.

어울릴 것 같아서요. 면접 때 잘 보이고 싶어서 깎았는데 어때요, 괜찮아요?

천진한 표정으로 웃으며 머리통을 썩썩 매만지는 그를 보며 사장이 웃음을 터트렸다. 부장은 예의 그 무표정을 유지했다. 그는 아랑곳없이 가방을 뒤적이며, 근데 배고프지 않아요? 빵 드실래요? 하다가는 앗, 썩었네, 아깝다, 라며 얼굴을 찡그렸다. 그가 가방에서 꺼내 든 옥수수 크림빵은 정말로 절반 가까이 곰팡이가 슬어 있었다. 그때는 어이가 없어서 진구오도 긴장을 풀고 같이 웃어버렸다. 허리께인지 등인지 팔을 뒤로 뻗어 긁적거리던 사장은 그다지 많은 질문을 하진 않았다. 호쾌한 걸음걸이로 다가와 둘의 손을 동시에 잡고 위아래로 흔들었다. 둘 외에 지원자가 없었던 것은 아닌가, 의구심이 들었지만 어쨌든 취직이 되어 다행이라는 안도감이 먼저였다. 짧은 면접을 마친 그날로 책상을 배정받고, 업무를 배웠다. 신축 건물 육층에 마련된 사무실은 깨끗하고 단정했지만 페인트 냄새가 미처 다 빠지질 않아 조금 어지럽기도 했다.

어느 틈엔가 세계는 인터넷으로 확장되거나 통제되고 있죠. 일상은 온라인과 오프라인으로 이분되었습니다.

사장은 열의에 가득 찬 손짓으로 설명했다. 머리숱이 적은데 그는 자꾸만 머리칼을 손으로 쓸어올려 보는 이로 하여금 그 행동을 의식하게 만드는 버릇이 있었다. 진구오는 작고 두툼하고 주름진 그의 손에서 이유 모를 친근함을 느꼈다.

현대인이라면 누구나 이 둘을 관리하고, 양쪽을 오가며 생활합니다. 이제 오프라인뿐 아니라 온라인에서도 사망신고와 장례절차가 필요해진 시대가 됐어요.

온라인 상조회사란 게 그런 의미였네요, 하고 정윤민이 흥미롭다는 듯 눈을 빛냈다. 사장이 말을 받았다.

그렇습니다. 사망자의 사후 처리를 도맡아 해주는 장례절차 서비스가 기존의 상식적인 상조회사라면, '온라인'이라는 말이 덧붙여졌다는 것에 그 차이가 있겠죠. 우리 '더블엔젤스'는 일정 금액을 지불하고 인터넷 계정 처리에 관한 유언을 남기면 사이버 장례식을 치러주는 외국계 사이트를 벤치마킹해 세워진 신종 사업체입니다. 인터넷 포털사이트와의 협업 없이도 특정 개인이 온라인상에 남긴 모든 발자취를 추적할 수 있는 딜리트delete 프로그램을 자체 개발하는 데 성공했어요.

그렇구나.

진구오는 사장의 설명을 듣는 내내 속으로 생각했다. 확실히 그렇구나, 그런 마음만이 들었다. 사장의 말에 틀림은 없었다. 오늘날 우리는 누구나 인터넷을 접한다. 컴퓨터의 전원을 켜고, 인터넷 브라우저의 창을 열고 접속해, 가상의 세계와 맞닥뜨린다. 그것은 일상의 범주보다 훨씬 크고 거대하며 변화무쌍하다. 그곳에서도 역시 무엇이든 쉽게 부수고 건설하는 것이 가능하다. 온라인의 영역에서조차 그래서 우리는 우편함을 세우고, 집을 짓고, 이웃을 맺고, 모임을 만들고, 대화하며 기록한다. 그저 당연하다고만 여겨왔는데, 온라인 세계에 남겨지는 그 모든 제 발자국이나 흔적 같은 것들을 죽은 후에 장례를 치르듯 모조리 '처리' 하고픈 마음이 들 수도 있구나, 그것을 누군가에게 부탁하고 말끔히 떠나는 일이라는 게 가능하구나, 진구오는 몰랐던 문제의 모범답안을 읽는 사람처럼 입술을 맞물었다.

'더블엔젤스'는 인터넷 유저들의 입소문을 타고 점점 많은 인기를 끌었다. 홈페이지에 가입하는 회원들이 부쩍 늘어났다. 온라인 상조의 장례절차를 의뢰하는 회원들은 우선 간단한 신상명세와 함께 이력서, 자기소개서를 등록했다. 다음으로 자신이 온라인에 개설한 모든 이메일 주소와 비밀번호를 입력한 뒤, 자신의 온라인 활동 내역— 미니홈피며 블로그, 카페, 커뮤니티는 물론이고, 트위터나 페이스북과 같은 SNS 주소—도 상세히 기재했다. 회원들의 대부분은 자신의 사후에 도착할 지인의 이메일이나 쪽지를 대신해 '잘 지내요' 와 같은 마지막 인사말을 전해주길 바랐고, 개인 기록이 온라인 상에 떠돌아다니지 않도록 관련된 모든 정보를 가능한 한 온전히 삭제해주길 희망했다. '더블엔젤스'는 회원의 사망신고가 행정안전망을 통해 접수되었을 경우, 생전의 요청대로 그와 관련한 모든 인터넷 온라인상의 정보를 처리해주었다. 친구들에게 마지막 이메일을 보내고, 각종 사이트에 올린 사진 정보들의 소유권 이전이나 관리, 삭제까지 도맡았던 것이다.

이미영 씨는 진구오에게 배정된 첫 의뢰인이었다.

나이는 서른셋이고요, 여성분입니다.

신규 회원 브리핑 회의 때 부장이 이미영 씨에 대해 짤막히 소개했다.

현재 위암 4기라고 적었네요. 이분은 구오 씨가 맡아주세요.

냉정히 말하자면 이것은 염을 하거나 운구를 도맡는, 실제로 행해지는 타인의 장례절차를 돕는 일이 아니다, 라고 그는 스스로를 이해시켰다. 자신은 육체의 죽음을 다루는 것이 아니라 이미 죽은 자가 온라인상에 남긴 어떤 기록이나 정보 따위를 그러모으고 정리한 뒤, 그의 요청대로 처리해주기만 하면 되었다. 어느 학교 졸업생의 생활기록부를 들여다보는 일처럼 그것은 그저 활자화된 기록을 더 들어나가는 것에 다름 아니며, 컴퓨터 프로그램을 동원해 모조리 삭제한다 해도 그것은 의뢰인의 의지와 선택에 따른 것일 뿐 감정을 더해야 할 성질의 것은 아니라고 애써 마음을 다잡곤 했던 것이다. 그런데도 매일 긴장하지 않을 수 없었다. 등록된 파일의 용량으로 미루어보아 이미영 씨는 자신의 신상정보를 상당 부분 자세하게 적어둔 듯 보였는데 사망 전까지는 회원의 아무런 정보도 열람할 수 없었으므로 진구오는 괜스레 초조하고 강박적인 기분에 시달렸다.

잘 들어줘라

그러지 않으려고 했는데도 하루걸러 한 번은 꼭 집 앞 포장마차에 들렀고, 소주잔을 기울였다.

온 마음을 다해 명복을 빌어주는 것만이 우리의 최선이라고, 사장님이 말씀하셨잖아요?

정윤민이 이따금 맞은편에 앉아 우동의 면발을 후루룩 삼키다가 빠져나갔다. 그랬지, 사장님이 특유의 그 작은 입을 생쥐처럼 오물거리며 오전 회의를 마무리 지을 때마다 그런 말씀을 덧붙이곤 하셨지, 진구오는 고개를 주억거리며 소주로 마른 목을 축였다. 명복을 빌어준다, 라는 것에 대해서 그래서 그는 닳아버린 지문을 들여다보듯 검식해보지 않을 수 없었다. 자신보다 겨우 세 살 많은 여자가 짧은 생을 마친 뒤 걸어가는 저승길에 복을 받기를 기원하는, 그 마음이라는 것에 대해서. 진심은 때로 의도치 않게 고약한 뉘앙스를 풍긴다고, 그는 생각했다. 이미 죽어버린 사람의 복을 빌어주다니 그것이야말로 부질없고 허망한, 산 자들만의 격식이 아닌가 하는 마음이 들어서였다.

또 이따금은 아버지가 느릿한 걸음으로 우산을 두 개 들고 찾아와서는 그가 마시던 소주병이 마저 동나길 기다렸다가 함께 집으로 돌아가기도 했다. 그냥 뛰어가면 되는데 뭐하러 나오셨어요, 하고 그가 괜히 술기운에 불퉁거리면 아버지는 장맛비만 한 독毒이 없지 않냐, 하고 대꾸했다. 그런 날엔 구부러진 아버지의 등을 내려다보고 걸으며, 자신의 나이와 엇비슷했을 아버지의 젊은 날을 추적추적 떠올리며 빗물을 밟았다. 아버지는 일평생 튼튼한 팔을 움직여 사람들의 머리카락을 잘라주고, 수염을 깎아주던 이발사로 살았다. 흰 가운을 입고, 손을 청결히 닦은 뒤 바리캉을 집어드는 순간의 아버지는 그 어느 때보다도 삶의 의욕으로 충만해 보였다.

제 아들 돌잔치 때 말입니다, 손님. 아들이 뭘 집었는지 아세요?

글쎄요.

한번 맞혀보세요.

아버지는 귀 뒤와 목선으로 이어지는 지저분한 머리칼을 바리캉으로 깨끗이 밀어내며 손님들에게 즐거운 얼굴로 그런 질문을 반복했다.

연필인가요, 아니면 명주실?

아닙니다, 아니에요.

그럼요?

연필도 아니고, 명주실도 아니죠. 바리캉이었어요. 바로 제 손에 들린 이 바리캉 말입니다.

손님이 웃고, 아버지도 웃었다. 어린 진구오는 이발소에 딸린 작은 살림방에서 그 웃음소리를 들었다. 엎드려 글씨를 쓰거나 그림도 그리면서 이따금씩 고개를 들어 아버지가 바닥에 떨어뜨리는 검은 머리칼들을 바라보았다. 그럴 때마다 자신이 돌잡이 때 정말 바리캉을 집었는지 어떤지는 모르지만 그것을 집어 아버지가 기뻐한 것만은 사실인 듯싶다고 수긍하곤 했던 것이다. 하지만 아버지가 바리캉을 들고 사람들의 머리를 손질해주는 일은 점차 그 횟수가 줄어들었다. '헤어숍'의 간판을 단 고급 미용실이 우후죽순으로 늘어나던 시절이었다. 그에 더해 남자들마저도 더 이상 바리캉으로 머리카락을 깎으려 하지 않으면서 점차 이발소를 찾는 손님들은 줄고 줄어 사라졌다. 남산 중턱에 위치한 어느 오래된 이발소가 '추억의 장소'라는 타이틀을 달고 텔레비전 프로그램에 등장한 어느 날에 진구오는 놀랐다. 변화는 당연하지만 망각은 두려운 것이라고, 그는 생각했다. 사람들이 무엇을 그렇게 빠른 속도로 잊어버릴 수 있다는 사실이 다만 놀랍고도 애석했다.

　가게의 월세를 내기도 힘들 정도로 손님들의 발길이 끊기자 아버지는 시대 저편의 유물처럼 서 있던 이발소의 입간판을 내다버렸다. 그러고는 어깨에 뽕이 들어간 흰 가운을 입고 꺼칠한 얼굴로 바깥으로만 돌아다녔다. 아버지는 가운을 양복의 재킷처럼 맞춰 입었는데 지나치게 싼값을 고집하느라 쉽게 늘어지고, 정전기가 심하고, 빨면 급속도로 줄어들고, 쉽게 염색물이 들었으므로 언제고 볼품없어 보였다. 아버지는 목욕탕에서 때밀이 겸업을 시작했다. 때를 밀어준 뒤, 이발도 해드릴까요? 라는 말을 두근거리는 마음으로 물었다. 댄스교습소에서는 차차차도 수강했다. 스텝을 밟아 돌아나가며, 머리 자르실 때 되지 않으셨어요? 라는 말을 파트너에게 건넸다. 수증기 가득한 탕 안에서도, 댄스교습소의 마룻바닥 위에서도, 사람들은 이발에는 별 관심을 보이지 않았다. 그저 그 순간을 모면하려는 듯이 즉흥적으로 물었다.

　바리캉은 일본어죠?

　그때마다 아버지는 흥분하며 손을 내저었다.

　아니에요, 아닙니다. 바리캉은 절대로 쪽발이 말이 아닙니다.

　그럼요?

　프랑스어죠, 프랑스어. 불어란 말입니다.

　아버지는 한평생 프랑스에는 가본 적이 없었지만 '바리캉 드 마르', 이발기계란 뜻의 그것이 분명한 프랑스어라는 사실에 자부심을 가졌다.

　바리캉이 뭐라고.

아버지의 굽은 등과, 바짝 말라버린 어깨와 허리춤을 바라보다 진구오는 불쾌해진 뺨을 손바닥으로 감싸며 그런 말을 뇌까렸다.

바리캉이 뭐라고 그렇게 등이, 어깨가, 허리가, 응, 그게 뭐예요, 그게.

무슨 말이냐.

어두컴컴한 밤의 한가운데 검은 우산을 쓴 아버지가 그를 올려다보았다. 아버지의 등이 풍덩 젖어들어 있었다.

아무것도 아니에요.

내가 어때서 그러냐.

그는 픽, 웃어버리고 말았다.

하긴, 그래요. 뭐가 어떻다고.

힘이 많이 드니.

아버지가 앞만 보고 걸으며 물었다. 진구오는 순간 콧등이 시큰해졌지만, 그것을 들키지 않으려고 그 역시 앞만 보고 걸었다.

아니요.

첫 직장이니 당연히 힘들겠지.

아니라니까요.

아니면 됐다.

정말 아니에요.

그는 고집스럽게 부정했다. 비 때문에 바짓단이 젖어 축축했고, 술을 마신 탓에 위장이며 머릿속도 옴팡 젖어 더욱 축축하기만 하던 귀갓길이었다.

잘 들어줘라.

아버지가 후, 하는 숨소리와 함께 낮은 목소리로 말했다.

그것이 무엇이든, 잘 들어주는 것이 중요하다.

바람마저 강하게 불어 우산을 두 손으로 꼭 쥐고 아버지와 나란히 걷던 그 밤을, 진구오는 기억했다. 때때로 마음이, 비바람이 휘도는 날처럼 많은 것들이 뒤섞이고 얼크러져 나뒹구는 순간마다 아버지의 말이 떠올랐다.

잘 들어주는 게, 중요해.

진구오는 멍한 얼굴로 중얼거렸다.

뭐라고요?

오른편에 앉은 정윤민이 다시 고개를 내밀었다.

아니, 아니야.

그가 손사래를 쳤다.

오늘 좀 이상하신데요, 라며 정윤민이 싱글거리고는 그의 얼굴을 요모조모 살피는 시늉을 했다.

아니래도.

이미영 씨의 자료를 뒤적이며 그는 아버지를 생각했다. 아버지의 등, 아버지의 귀, 아버지의 소나무, 그건 또 어떻게 처리해야 하는 것일까. 아버지가 여전히 소나무를 등에 지고 모로 누워 잠들어 있을 걸 떠올리니 긴 긴 장마가 지겹고 지루하게 느껴졌다. 때로는 수직으로 때로는 휘어지며 떨어져내리고 있을 이 비의 근원이라는 곳이 너무나 높고 멀어 아득해 보였다. 출근시간에 늦더라도 아버지와 조금 더 대화를 나누었어야 하는 게 아니었나, 병원으로 바로 모시고 갔어야 하는 건 아니었을까 아찔하고 복잡한 마음이 들면서, 한편으로는 너무하다 이건 좀 너무, 라는 생각이 컥, 복받쳤다.

사장님이 늦으시네요.

정윤민이 손에 쥔 볼펜을 돌리며 목소리를 낮춰 말했다. 어느덧 정오가 다 돼가는데, 부장은 여전히 고개를 들지 않고 있었다.

어제 아주 늦게 퇴근하신 것 같아요. 커피잔 쌓여 있던 걸 보면.

정윤민이 말했다. 그러네, 하고 진구오는 서둘러 고개를 끄덕였다. 그리고 다시 모니터의 화면을 바라보며 이미영 씨에 대해 생각했다. 그녀의 사십구재가 얼마 남지 않았다는 사실을 떠올리니 속이 갑갑해져 숨쉬기가 수월하지 않았다. 사무실 바깥에서 시위대가 틀어놓은 확성기 소리가 진한 빗소리와 함께 한층 더 크게 들려왔다.

꿈을 꾸면 슬퍼진다

이미영 씨의 온라인 사후 기록을 열람하게 되기까지는 그리 오랜 시간이 걸리지 않았다. 그녀는 온라인상에 남겨진 자신의 모든 것들을 모조리 삭제해주길 원했다.

저의 아무것도, 남지 않았으면 좋겠어요. 온전히 잊혀졌으면 해요.

그녀가 생전에 미리 입력해둔 자기소개서의 말미에는 그렇게 쓰여 있었다. 아무것도 남지 않았으면 한다, 온전히 잊혀진다면 좋겠다, 그러니 잘 부탁한다, 라는 부분을 그는 반복해서 확인했다. 오프라인에서의 그녀는 이미 사라졌으니 이를테면 온라인의 평지 구석구석에 남겨졌을 자신의 발자국이나 그림자의 흔적마저도 그녀는 깨끗이 지워 없애주기를 바라고 있는 것이다.

진구오는 그녀가 생전에 작성한 정보들을 토대로 천천히 온라인 장례를 준비했다. 그녀의 이력서와 자기소개를 거듭해 읽었고, 그녀의 메일 계정을 열람했다. 처음에 그는 의욕적으로 그녀의 자취를 좇았다. 그녀는 여러 개의 선택지 중 가장 간결하고 담백한 인사말을 골라두었다. 안녕, 행복해. 그는 여남은 개의 포털사이트를 누비며 그녀의 메일 주소록을 꼼꼼히 확인한 뒤 지인들에게 '안녕, 행복해'가 담긴 메일과 쪽지를 보냈다. 마지막 인사를 건네는 데만 꼬박 나흘이 걸렸다. 그 후 그녀가 개설해둔 미니홈피와 블로그, 트위터와 페이스북, 가입한 카페며 커뮤니티, 각종 클럽을 방문해 아이디와 활동 내역을 확인했다. 일촌과 이웃, 팔로어와 같은 그녀의 '인연'들을 파악하는 가장 기본적인 절차만 해도 일주일 가까이 소요되었다.

구오 씨.

사장이 두어 번쯤 어깨를 두드리고 지나갔다. 그러나 그는 속도를 내지 못했다. 그녀의 메일함을 비우고, 계정을 삭제하고, 개인 온라인 페이지들을 한 장 한 장 지워나가는 데 자신도 왜 이리 더딘지 스스로를 납득할 수 없었다. 다만 그녀를 지우기 위해서는 먼저 그녀를 알아야만 했는데, 그녀에 대해 알면 알수록 정작 그녀를 쉽게 지워버리기가 어려웠다. 수백 장에 가까운 미니홈피 사진첩 안에서 그녀는 웃거나 찡그리거나 정면을 응시했다. 블로그나 커뮤니티 게시판에 고민을 토로하고, 안부를 묻고, 일상의 소소한 기록들을 적어 올렸다. 그는 그녀가 남긴 수백, 수천 갈래의 궤적을 따라 이동하면서 키보드 위에 손가락을 얹은 채로 거듭 딜리트, 를 눌러댔으나 지워지는 것은 온라인상의 기록일 뿐 그의 머릿속에서까지 말끔히 지워지지는 않았다.

괜찮아요?

정윤민이 소보루니 크림이니 하는 이런저런 종류의 빵과 함께 걱정스런 얼굴을 들이밀 때마다 그는 숨을 몰아쉬었다. 지우기만 하면 되는 일이야, 하고 마음을 다잡았다. 하지만 그럴수록 오히려 더 자주 망설이고 머뭇거리게 되었다. 수레에 한가득 담긴 오렌지라도 쏟아진 듯 그녀의 일생이 매일같이 구두코 앞으로 데굴데굴 굴러오는 기분이었다. 허리를 구부려 오렌지를 담고, 담고, 또 주워 담다가 그것의 시큼한 향기나 껍질 표면의 우둘투둘한 질감 같은 것들을 새삼스레 의식하게 되는 과정이었다고도 말할 수 있었다.

모조리 지워주세요.

꿈에서도 그녀는 그렇게 말했다. 홀가분하다는 얼굴이었다.

모조리요?

네. 완전히 잊히고 싶어요.

완전히 말이죠.

이미 말했듯 저의 아무것도 남지 않았으면 좋겠어요.

왜요.

남김없이요. 굳이 한 번 더 표현하자면 깡그리, 랄까요. 나한테도 그럴 만한 권리쯤은, 있는 거잖아요.

미영 씨는 왜…… 아나운서가 되고 싶었는데요?

권리, 라는 말을 속으로 곱씹다가 진구오가 물었다.

알면서 뭘 물어요.

가장 좋아한다는, 딸기우유색 립스틱을 바른 그녀의 입술이 오밀조밀 움직였다. 교내 방송국 제작부에서 활동했던 그녀는 대학교 축제 때 등 떠밀려 마이크를 잡았다. 그리고 수많은 관중들이 자신의 이야기에 집중하던 순간의 희열을 잊지 못해 졸업반 무렵 제법 유명하다는 아나운서 아카데미에 등록했다. 현역 아나운서를 수백 명 배출했다는 학원이었고, 등록하는 데만도 대학의 한 학기 학비에 맞먹는 금액을 지불해야 하는 곳이었다. 발성법이나 기사원고 작성 같은 기초 교육부터 라디오나 뉴스 진행, 카메라 테스트 등의 실전 훈련을 배웠다. 학원에 등록한 초기에 그녀는 미니홈피며 블로그, SNS의 페이지에 꿈은 이루어진다, 파이팅, 과 같은 문장들을 가장 많이 게시했고, 아나운서 지망생들이 개설한 다양한 커뮤니티에 가입했다.

얼굴은 반반한데 앞니가 조금 벌어졌네. 방송용 카메라로 보면 사실 좀 아쉬운 부분이지.

학원 강사가 다가와 그녀에게만 특별히 귀띔해준다는 듯 말을 건넸다. 그녀는 깜짝 놀라 거울을 들여다보았다. 이제껏 살면서 전혀 의식하지 못했을 정도로 미세한 벌어짐이었다. 강사는 한번 가봐, 내 이름 대면 잘해줄 테니, 라며 치과 명함을 한 장 건넸다. 그녀는 '아나운서 아카데미 수강생 할인'이라고 입구에 써붙인 치과를 바지런히 드나들며 앞니를 교정받았다. 강남에 위치해 있는 데다 단기간의 신속한 치료로 금액이 다소 비쌌지만 아카데미 수강생 명목으로 할인을 받아 다행이라고 생각했다.

아직 뭘 잘 모르는구나, 카메라가 잘 받는 옷은 따로 있어.

어느 날엔 아카데미 상담실의 총무가 다가와 아나운서 지망생과 실제 방송국 아나운서들만 단골로 드나든다는 맞춤양장점을 슬쩍 소개했다. 그녀는 지난번 응시했던 첫 시험에서 떨어졌던 이유가 복장 때문이었나, 싶어 또 깜짝 놀라 거울에 전신을 비춰보았다. 깔끔하고 단정하게만 입으면 되지, 생각하면서도 적잖이 신경 써서 입은 아이보리색 투피스 차림이었다.

한번 가봐, 내 이름 꼭 말하고. 그럼 잘해줄걸.

총무도 그녀에게 명함을 건넸다. 그녀는 한 벌에 백만 원 가까이 하는 고급 양장들의 가격이 부담스럽고, 부모님께 조금 더 아쉬운 소리를 해야 하니 마음이 불편했지만, 어쩔 수 없다고 자신을 설득했다. 그녀는 아르바이트 자리를 하나 더 구했다. 아카데미 강좌를 수강하는 시간 외의 모든 시간을 돈 버는 데 할애하는 셈이었다. 아카데미는 강좌 등록금 외에도 교재비와 특강비를 별도로 지불해야 해서 자꾸만 돈이 필요했고, 무엇보다 한번 가봐, 내 이름 대면 잘해줄 거야, 의 소개가 주변에서 끊임없이 밀려들었다. 헤어메이크업, 피부관리실, 주얼리숍, 이미지컨설팅, 컬러테라피연구소, 성형외과, 외국어회화학원…… 등 고치고, 바꾸고, 갈아치우고, 소비해야 하는 것들이 너무나 많았다. 이것을 좀 더, 여기 이 부분을 조금 더, 하는 마음으로 그녀는 아르바이트로 돈을 벌고, 아카데미에 돈을 썼다. 그녀는 더욱 다양한 온라인 모임 사이트에 가입해 하나라도 더 새로운, 고급정보를 얻으려 노력했다. 그러나 부족한 점을 꾸준히 메우고 보완해 아나운서 시험에 응시했음에도 불구하고 그녀는 번번이 불합격되었다.

꿈을 꾸면 슬퍼진다.

그녀가 자신의 미니홈피 다이어리에 마지막으로 올린 글은 바로 이것이었다. 꿈을 꾸면 슬퍼진다는, 그 짧고 간결한 문장 한 줄이 그녀에게 누적된 피로감 전부를 대변해주는 말 같았다. 꿈을 꾸는 것이 언제부터 슬픈 일이 되었는지는 모르겠다. 그저 그녀는 아나운서 지망생으로 이십대를 보냈고, 지나버린 청춘을 아까워하기도 전에 암세포가 온몸에 퍼져 죽었다. 그리고 꿈을 꾸어 슬퍼진 그녀는 이제 세상에 없다는 사실만이 진실이었다. 진실을 아는 것도 슬픈 일이지, 라고 진구오는 중얼거리지 않을 수 없었다. 그는 자신이 치르는 이 온라인 장례절차라는 것이 어쩌면 타인의 생을 한 권의 책처럼 읽어치운 뒤 매몰차게 태워버리는 행위는 아닐까, 하는 마음이 들어 자꾸만 미안하고 또 미안해졌다. 딸꾹질이 멈추지 않는 시간을 망망히 참고 견디는 기분이었다.

잘 모르겠더라고요.

사무실 책상에 앉아 있을 때도, 지하철에 서서 덜컹이며 집으로 돌아갈 때도, 장마로 눅눅해진 장판에 코를 묻고 엎드려 오지 않는 잠을 청할 때도, 눈을 뜨거나 감은 시간 전부, 그래서 이미영 씨의 목소리가 등 뒤로 달라붙어왔다.

이 모든 게 거대한 함정은 아닐까요.

뭐라고요.

함정이요.

함정.

매일 아침 눈을 뜰 때마다 생각했어요. 애초에 내가 이루고 싶었던 것은 무엇이지, 가고자 했던 곳은 어디지, 하고 말이에요. 나는 쉬지 않고 일해 돈을 벌고, 원하는 일을 하고 싶어서 돈을 써요. 내가 돈을 쓰는 그곳이 다시 돈을 벌죠. 돈을 벌고, 또 돈을 쓰는 일이 왜 이다지도 피로하고, 고단하고, 외로운 일일까 생각하면요, 그냥, 자꾸만 모든 게 다 의심스러워져요. 결국에는 꿈꾸지만 않으면 되었던 것을요. 꿈을 가져서, 나는 어느 순간 거대한 맨홀 아래로 빠져버린 기분이에요. 맨홀 뚜껑을 들어올려주는 사람은 많지만, 그들은 결코 나에게 손을 내미는 게 아녜요.

그럼요?

손을 벌리죠.

그가 묻고, 그녀가 빠르지도 느리지도 않은 속도로 대답했다. 숨을 들이쉬고 내쉴 때마다 얇고 엷은 그녀의 눈썹이 굽이치듯 오르내렸다.

왜 고치지 않으면 안 되는지, 어째서 바꿔나가지 않으면 안 되는 것인지도 납득하지 못하면서, 매일같이 교정받는 삶을 살았어요. 이십대 시절 내내 말이죠. 뭐든 닥치면 열심히는 했는데, 돌이켜보면 사실 그건, 별로 유쾌한 시간은 아니었던 것 같아요. 즐겁지 않았거든요. 그런데 겨우 이 나이에 위암이라니 어디 짐작이나 할 수 있었겠어요?

일생이라는 것이 왜 이렇게 칙칙하게 생겨먹었는지 참 우습지 않냐, 며 그녀는 쓸쓸히 웃었다.

그러고 보니

눅눅한데 에어컨을 좀 돌려볼까요, 하고 정윤민이 말했다. 진구오가 머리를 감싸쥔 채 좋을 대로, 라고 말하려는데 번쩍 하는 무언가가 사무실을 휘감았다.

지금 이거, 번개인가요?

정윤민이 자못 놀란 눈을 하고 묻자마자 기어코 쾅, 소리가 나며 천둥이 쳤다. 이어 다다다, 소리가 나며 창틀이 부서질 듯 빗줄기가 거세게 내리꽂히는 소리가 들려왔다. 태풍이 오려나 봐요, 라고 정윤민이 혼잣말을 하듯 입술을 달싹였다. 부장은 흘끔 고개를 들어 두리번거리다가는 다시 출무성하게 쌓아올려진 서류더미에 코를 묻었다.

아아, 눅눅해요.

정윤민이 에어컨 앞으로 걸어가 전원을 켜고 송풍 버튼을 눌렀다. 에어컨의 바람 날개가 접혀 올라갔고, 차지도 덥지도 않은 미적지근한 바람이 사무실 안을 휘돌았다. 장맛비 내리긋는 처마 아래 서 있는 것처럼 다다다, 소리가 너무나 가까이 크게 들려와 그는 도무지 아무것에도 집중할 수가 없었다. 번개가 치고, 천둥이 울리고, 비가 거세진다. 눅눅하고, 축축하고, 습해진다. 그는 아버지가 해준 말을 곱씹었다.

습기를 조심해야 한다고 했는데.

뭐라고요?

정윤민이 되물었지만 그는 입을 떼지 못했다. 아버지는 지금 무얼

하고 있을까. 날카로운 이파리의 소나무를 등에 진 채 식사를 하고, 화장실을 드나들며, 방 곳곳에 나뒹구는 젖은 수건 따위를 주우며, 이런 젖은 수건 따위를 줍다 내 하루가 끝난다고 화를 볼칵거리는 중은 아닐까.

잊혀지고 싶은 사람이 어디 있겠니.

먼 데 시선을 두며 아버지도 쓸쓸히, 언젠가 그렇게 말했다. 이발소가 추억의 장소라니 시팔, 웃기지도 않네, 라며 진구오가 그답지 않게 화를 냈을 때 아버지는 예의 그 검은 얼굴로 텔레비전 앞에 앉아 있었다. 수건을 쓰고, 빨고, 말리고, 접어 개는 일을 평생 동안 해온 아버지가 그날도 여느 때와 다름없이 어깨를 옴츠리고는, 바싹 마른 수건의 네 귀퉁이를 착착 모아 접고 있었던 것이다. 그저 그렇게 잊고 잊히는 것이 인생의 자연스러운 이치인 거라는 투의, 어른답게 타이르는 훈계나 잠언 따위를 기대했는데 아버지는 생각지도 않게, 나는 잊혀지고 싶지 않은데 말이다, 라고 말하며 허리를 푹 숙였다. 투정을 부리듯 조금은 분하고 억울하다는 뉘앙스로, 나는 잊혀지고 싶지 않은데 말이다, 하고 그러나 그것도 아주 잠깐, 아버지는 곧 허, 하고 웃으며 고개를 번득 들었더랬다. 수건으로 얼굴을 감싼 아버지의 납작한 뒤통수와 희고 얄브스름한 머리칼 따위를 진구오는 지금도 잊지 않고 있다. 물기 묻은 손을 들어 바싹 마른 수건의 표면을 매만질 때마다 잊혀지고 싶은 사람이 어디 있겠니, 하던 아버지의 목소리가 생생히 맴돌았으므로, 그래서 그는 '잊히다'라는 것에 대해 자주 고민하지 않을 수 없었다.

없네, 없군.

아버지의 목소리가 웅덩이에 차오르는 빗물처럼 귓가로 고여들었다. 무언가 속 안엣 것이 뭉근히 번져 색이 짙어지는 걸, 그는 느꼈다.

아, 그러고 보니.

창밖을 바라보던 정윤민이 획, 고개를 틀어 그를 바라보았다.

어제…… 다투시는 것 같더라고요.

다투다니.

사모님이시겠죠.

아, 또 전화를.

진구오는 사장이 출근하지 않는 것이 그래서일까, 생각하며 입을 다물었다. 오십이 넘은 나이에 기러기라니 한심하지, 라며 사장은 회식 때마다 잔뜩 술내를 풍기며 집으로 돌아갔다.

벌써 십 년이 다 돼가는데 말이지. 이렇게 머리칼이 후두두 빠져버리고 마는 시간이라고, 십 년은.

손바닥으로 머리를 연신 문질러대며 사장은 기러기라니, 기러기 따위, 라고 반복해 떠들어대곤 했던 것이다.

언성을 살짝 높이시더라고요. 여태 그러신 적은 없었잖아요. 나도 이제 지쳤어, 라고 하시던걸요. 일부러 들으려고 한 건 아니었는데.

정윤민이 빵 봉지를 잡아뜯으며 어물거렸다. 어라, 곰팡이, 라며 그는 실망한 얼굴로 빵을 휴지통 안으로 밀어넣었다.

이렇게 빨리 상하다니. 꿉꿉해라, 정말이지 장마는.

축축하니까, 라고 진구오가 대꾸했다. 나도 이제 지쳤어, 수화기에 대고 그런 말을 하는 사장의 얼굴은 언뜻 잘 그려지지 않았다. 그만 돌아와주면 안 되겠느냐고, 이토록 긴 시간 동안 홀로 외로워해야 할 거라고는, 아니 물론 인간은 언제 어느 때고 혼자일 수밖에 없는 미약하고 심약한 동물이지만, 사실은 우리가 너무나 오래 떨어져 지내다 보니 이제는 좀, 힘이 좀 든다고, 사장은 편지지 말미의 추신처럼 아마도 그렇게 덧붙였을 것이다. 불현듯 뒤늦게 생각났다는 투로 진심을 축소시켜 꺼내 보여야 하는 건 고독한 일이다. 그것은 분명 그렇다. 한 번 더 번개가 치고, 이어 한 번 더 천둥이 울렸다. 창문을 때리는 빗줄기가 누군가의 다급한 노크나 구둣발 소리처럼 들렸다.

  혹시 말이야.

  진구오가 정윤민을 향해 천천히 물었다.

  혹시?

  그러니까, 혹시, 등이 가렵다거나 뭐 그런 말씀은 없으셨나. 사장님 말이야.

  가방을 뒤적이다 또 다른 빵 봉지 하나를 꺼내 손에 들고 부스럭거리던 정윤민이 그 순간 고개를 바짝 치켜들었다.

  아, 그러고 보니.

없네, 없군

  사무실을 나서자마자 물비린내가 훅 끼쳤다. 진구오는 우산을 푹 눌러쓰고 지하철역을 향해 되돌아 걸었다. 다 죽일 거냐, 다 죽자는 거냐, 는 외침이 여전히 확성기를 타고 퍼졌다. 하지만 거센 빗소리에 번져 앞뒤가 잘린 탓에 죽일, 죽자, 만 반복되어 들려오는 기분이었다. 국회의원 사무실의 개소식은 일찌감치 끝이 났는지 언제나 여러분 곁에 있겠습니다, 하고 허리를 굽혀대던 이들은 보이지 않았다. 화환 너덧 개만이 오종종 서서 그들을 대신하는 듯했는데 그중에 하나는 모로 쓰러진 채였다. 그는 걸음을 빨리해 시위대 틈을 파고들었다.

여기 서명 좀 해주세요, 하고 낯모를 누군가 조심스레 그의 팔을 잡았다. SSM 입점 반대 성명서에 이름과 주소를 적은 뒤, 그는 역사 아래로 뛰듯이 걸어내려갔다. 잊어야 하는 것과 잊지 말아야 하는 것, 잊혀지는 것과 잊혀지지 않는 것의 간극에 무엇이 위치해 있는지, 그는 알 것도 모를 것도 같았다. 사라지는 것은, 잊혀지는 것은, 어떤 의미로든 슬픈 것이다. 그것은 연민도 무엇도 아니지만, 때로는 노력해서라도 기억해야 하는 수고가 필요한 게 아닌가, 하는 생각만이 덧없이 되풀이될 따름이었다. 그는 양말과 구두가 물에 젖어 퉁퉁 불어버린 발을 끌며 걸었다. 그리고 지하철 전동차에 올라타 차체의 흔들림을 예민하게 감지하며 구불구불 이동해 집으로 돌아갔다.

다시 역사의 계단을 오르고, 평지를 걷고, 다시 반지하 계단을 내려가 현관문 앞에 섰을 때, 그는 잠시 어깨를 떨었다. 우산도 별 소용없이 그의 등은 함빡 젖어버려 한기가 돌았다. 없네, 없군. 없네, 없어. 아래윗니가 절로 부딪쳤다. 아버지의 말이 자꾸만 들리고, 그 말을 내뱉었을 때의 서운한 낯빛도 눈앞에 선연히 떠올랐다.

없네, 없군.

그는 제 손을 등 뒤로 돌려 빗물에 젖어버린 와이셔츠를 떼어냈다.

없네, 없어.

그러고는 현관문의 둥근 손잡이를 오른쪽 방향으로 잡아돌렸다. 젖은 손의 물기 때문에 둥근 스테인리스 손잡이가 미끌미끌해져 자꾸 헛돌았다. 그는 질척거리는 발밑을 느끼며 구둣발을 번갈아 들었다. 빗물이 반지하 계단을 타고 스멀스멀 내려오고 있었다.

습기를 조심해야 한다고 했는데.

그는 거듭 마른침을 삼키며 습하다, 비습裨濕하다, 라고 중얼거렸다. 현관문에 조심스레 가만 다가서서 귀를 바짝 붙여대고, 무언가 들으려 애를 썼다. 다다다, 와 같은 소리가 들려오는 것도 아닌 것도 같았다. 노랫가락으로도, 울음으로도, 무음無音으로도 들렸다.

김이설
흉몽

1975년 충남 예산에서 태어나 2006년 《서울신문》 신춘문예에 단편소설 〈열세 살〉이 당선되면서 작품활동을 시작했다. 소설집 《아무도 말하지 않는 것들》, 장편소설 《나쁜 피》《환영》이 있다.

뒤돌아볼 자신이 없었다. 분명히 나를 따라오고 있었다. 버려진 어구들과 폐그물이 군데군데 쌓인 공터는 어둑했다. 걸음을 빨리할수록 쫓아오는 발소리도 가빠졌다. 나는 숨을 들이쉬고 달렸다. 타다다닥, 젖은 흙내가 솟구쳤다.

보름 전이었다. 잡화점 앞에서 주인집 남자와 맞닥뜨렸다. 안에서 막 나오던 참이었다.

"안에 내 아들놈 있소?"

나는 헝클어진 머리를 매만졌다.

"지금 내 새끼랑 같이 있다 나오는 거냐고!"

나는 대답을 하지 않았다.

"나와봐라!"

남자가 소리쳤지만 아들은 얼굴을 내밀지 않았다.

"이제 귀까지 멀었냐?"

그래도 조용했다.

"얼빠진 놈."

혼잣말을 한 남자가 나를 위아래로 훑었다.

"혼자 사는 아줌씨여도 그렇지, 창창한 젊은것을, 아무리 정신 나간 놈이라도 이러면 안 되는 거 아냐?"

남자의 말이 다 끝나기도 전에 나는 뒤돌아섰다. 주인집 남자가 따라온 건 그날부터였다.

막차가 끊겼지만 포구는 오히려 생기가 돌았다. 즐비한 횟집과 카페는 자정이 넘은 시간인데도 북적였다. 멀리 등대의 빨간불이 번쩍였고, 검은 바다 저편에도 집어등이 훤했다. 포구는 여행객들과 연인들로 낮게 소란스러웠다.

말이 포구지, 고기잡이배들은 대부분 인근의 다른 포구에 집선했다. 오랫동안 비운 어판장의 벽면은 붉은 녹으로 얼룩덜룩했다. 변변한 횟집이나 제대로 된 낚시가게 하나 없던 포구에 사람들이 드나들기 시작한 건 이태 전이었다. 구불구불한 포구 진입도로를 따라 소나무를 심어 억지로 숲을 조성했기 때문이었다. 언덕에 불과했지만, 모텔과 펜션이 지어졌다. 그 덕에 횟집과 카페도 들어선 셈이었다.

주인집 아들이 돌아온 건 진입도로 공사가 한창이던 무렵이었다. 버스에서 내리자, 평상에서 막걸리를 마시던 주인집 남자가 손짓했다. 남자 앞에는 키가 크고 비쩍 마른 청년이 고개를 숙여 앉아 있었다.

"인사드려라. 바깥채에 사시는 분이다."

청년이 꾸벅 인사를 했다. 도시에서 공부를 한다던 아들이었다. 남자가 더 큰 소리로 말을 이었다.

"한집에 사니 한가족 같은 분이다. 알았어?"

아들이 다시 고개를 끄덕였다.

"다 큰 놈이 대답할 줄도 몰라!"

마침 담배를 찾는 손님이 들어섰다. 남자의 말은 거기에서 끊겼다.

사람들은 포구의 유일한 잡화점에서 음료수, 주전부리 등을 샀다. 간혹 낚싯대를 찾는 사람들도 있었다. 나도 귀갓길에 소주와 컵라면, 담배 등을 사곤 했다. 아들에게 밤 장사를 맡기게 되었다던 주인집 남자는 이미 불콰하게 취해 있었다. 나는 서둘러 마을로 향했다. 자정이 넘도록 일한 날이었다. 피곤에 절어 아무 데라도 눕고 싶은 시간이었다. 이십여 분만 걸으면 작은 마을이 드러났다. 예전에는 뱃사람들이 많이 살았다는데 지금은 폐가가 더 많았다. 사람이 사는 집은 민박을 치는 곳이었다. 주인집도 마찬가지였다. 그나마 주인집 남자가 철에 따라 꽃게를 잡고, 잡화점도 운영하는 덕에 마을에서는 제법 사는 축에 속했다. 나는 민박집으로 쓰이는 바깥채의 가장 끝 방에서 삼 년째 살고 있었다.

자기 아들과 몸을 섞은 걸 알아챈 날이어서, 할 말이 남은 줄 알았다. 그래서 발걸음을 늦췄다. 주인집 남자의 발걸음도 느려졌다. 멋쩍어 도망치듯 걸음을 재촉하니, 뒤따르던 발소리도 빨라졌다. 하루 이틀은 그러려니 했다. 사흘이 지나고, 일주일이 넘도록 쫓아왔다. 우연이 아니었다. 그렇다고 왜 따라오느냐 묻기도 뭐했다. 자정을 넘긴, 동네사람들 하나 보이지 않는 밤이었다. 급기야 지난밤에는 남자가 덥석 내 팔을 잡았다.

"매일 따라와도 뒤 한번 안 돌아보데."

팔을 뿌리치며 몸을 돌리자, 남자가 헤벌쭉 웃었다. 술 냄새가 얼굴을 덮쳤다.

"밤길은 둘이 걸어야 안 무섭고, 술은 같이 마셔야 맛이지."

그러더니 먼저 걸음을 옮기는 것이었다. 나는 뒤로 물러났다. 우뚝 멈춘 남자가 어서 오라고 재촉했다. 온몸에 소름이 돋았다. 아들에 대한 이야기를 꺼내지 않아서 무서웠다. 선뜩한 바람이 불자 풀벌레 소리가 뚝 그쳤다. 주인집 남자가 집으로 들어간 뒤에야 나는 걸음을 뗄 수 있었다.

방문을 잠갔다. 안채에서 주인집 남자의 고함이 들렸다.
"꼴에 사내새끼라고 말이야! 내 당장 저 새끼 목을 따든지!"
"무슨 말을 그렇게까지……"
우당탕, 넘어지는 소리가 들렸다. 아들이 돌아온 이후로 주인집 내외는 밤마다 시끄러웠다. 나는 컵라면에 뜨거운 물을 부었다.
"그래서 저놈은 여기서 썩어 죽겠대?"
남자가 여자를 잡아먹듯이 다그쳤다.
"입을 꽉 다문 걸, 그 속을 내가 무슨 수로 알겠냐구요."
여자의 울음소리가 낮게 들렸다.
"그렇게 닦달을 했는데도 소용이 없으면, 이제 포기해도 되잖아요. 기대를 맙시다. 그냥 살아 있는 것만 다행이라고 생각하자구요."
"내가 저를 어떻게 키웠는데, 지금 그런 말이 나와!"
끝났나 싶으면 부서지는 소리가 들리고, 잠잠하다 싶으면 남자의 목소리가 커졌다.
주인집 여자의 말마따나 아들은 말을 하지 않았다. 작정을 하고 입을 다문 모양이었다. 남자는 매일 아침마다 집으로 들어서는 아들한테 벙어리새끼는 필요 없다고 고함을 쳤다. 쓸모없는 새끼 나가 죽으라며 칼을 휘두르기도 했다. 그래도 아들은 대꾸가 없었다. 제 화를 못 이긴 남자가 아들을 개 패듯이 패도 신음 한번 뱉지 않았다. 결국 여자가 아들을 그러안고 나뒹굴어야 소란이 끝났다. 남자가 욕을 해대며 집을 나선 뒤에야 여자는 마루 끝에 앉아 눈물을 찍어댔다.

"안 그래도 속상한데 저 인간까지 왜 지랄인지 몰라. 동네 헛소문만 돌고…… 창피해서 나다니질 못하겠네, 진짜. 나더러 죽어라, 죽어라 하는 거지……"

소문이라면 나도 들었다. 버스 안의 동네 노파들은 제각각 떠들었다. 가르치던 교수에게 공부하던 걸 도둑맞았다더라, 공부를 한 게 아니라 큰 회사에 다니다가 잘렸다, 회사가 아니라 공장에 다녔다던데, 그 공장에서 병에 걸렸다며, 사귀던 여자를 아비가 말려서 아들이 돈 거야, 그게 아니라 결혼할 여자에게 사기를 당했단다. 꽃뱀한테 걸려 전 재산을 날렸다는 둥, 얼굴이 번듯해서 여자들한테 술 따라주는 데서 일했다는 둥, 감옥에 다녀왔다는 둥, 거기서 남자에게 당했다는 둥. 시간이 지나도 소문은 가라앉지 않았다. 아마 밤마다 싸워대는 주인집 내외 때문일지도 몰랐다. 여하튼 도시의 큰 대학에서 공부하고 있다고, 곧 박사가 될 거라고 자랑하던 주인집 여자는 더 이상 아들에 대해 말하지 않았다.

주인집 아들은 내 품에 안겨서도 입을 열지 않았다. 언제였던가. 막차에서 내리자마자 평상에 주저앉은 날이 있었다. 아이가 울면서 전화를 걸었던 날이었다. 이모부가 찾아와서 엄마 있는 곳을 대라며 윽박질렀다는 것이다. 오후에는 마침내 나를 찾아낸 형부가 월급을 차압하니 마니, 한바탕 난리굿을 벌였다. 늘 녹초로 귀가했지만, 그날은 유난히 더 힘들었다. 역한 비린내가 짙어지더니, 온몸이 축축해졌다. 눈을 뜨니 주인집 아들이 우산을 들고 서 있었다. 나도 모르게 졸았던 모양이었다. 주인집 아들이 검은 봉지를 내밀었다. 안에는 소주와 컵라면, 담배가 들어 있었다. 봉지를 받아들며 처음으로, 주인집 아들을 자세히 쳐다봤다. 겁먹은 눈동자, 불규칙한 호흡과 이마에 흐르는 식은땀이, 어쩐지 나를 보는 것 같았다. 같이 마실래요? 주인집 아들이 잠깐 주저하더니, 고개를 끄덕였다.

　나 역시 아들 앞에서는 입을 다물었다. 말을 하지 않아도 된다는 암묵적인 합의, 서로의 몸을 더듬는 것만으로도 충분하다는 감정의 일치는 평온한 밤을 보내게 했다. 아들은 내 팔을 베는 걸 좋아했다. 아들의 머리를 천천히 쓸다가 잠이 들곤 했다. 그런 날은 깊고 단 잠을 잘 수 있었다.

　면이 불기 전에 소주병을 땄다. 플라스틱 컵에 따라 한 모금 마셨다. 온몸에 가시가 박힌 것처럼 쑤셨다. 몸은 고된데도 수월히 잠들지 못했다. 못 자면 다음 날 일을 할 수가 없다. 그러니 주인집 아들을 만나거나, 술기운으로 쓰러져야 했다. 방 안에 부연 담배연기가 가득했다. 텔레비전을 틀어놓고, 퉁퉁 불은 면발을 안주 삼아 소주를 마셨다. 차라리 깨어나지 않기를 바랐지만, 새벽이면 어김없이 눈이 떠졌다. 공복에 담배를 피우고, 식은 컵라면 국물로 입가심을 하면 잠이 깼다. 주인집 아들이 돌아오기 전에 집을 나서야 했다. 함께 밤을 보낸 이후로, 아침마다 벌어지는 주인집의 소란이 견디기 힘들었다.

네댓 정거장 거리였지만 걷기에는 멀었다. 잡화점 앞에서 주인집 아들이 담배를 피우고 있었다. 서로 알아봤지만, 인사는 하지 않았다. 버스에 올라 자리에 앉으면 검은 물빛을 숨긴 바다가 햇빛에 반짝였다. 바다를 등지고 버스가 출발했다. 버스에는 읍내 병원에 가는 노파들이 대부분이었다. 지난밤 안부를 주고받는 노파들 사이에 있다 보면, 나의 생도 얼마 남지 않은 것 같아서 마음이 고요해졌다. 그러나 그때뿐이었다. 버스에서 내려 잰걸음으로 '러브스토리' 모텔로 들어섰다. 아침 열 시부터 자정까지 일하는 곳이었다.

프런트에서 사모가 화장을 하고 있었다.

"커피 한잔 하고 시작해."

눈썹 문신만 도드라졌던 허연 얼굴에 눈화장을 하고, 입술에 색을 칠하자 그제야 사람처럼 보였다.

"자긴 젊고 고운데 왜 화장을 안 해? 그러면 게으르단 소리 들어. 여자는 죽을 때까지 꾸며야지."

사모의 커피잔에 빨간 입술 자국이 남았다. 지난밤 숙박 객실은 아홉 개, 빈 객실은 여섯 개였다. 혼자 치우려면 빨리 움직여야 했다. 나는 청소도구를 들고 맨 위층인 사 층으로 올라갔다.

전기세 운운하며 엘리베이터를 타지 말라는 사모 때문에 언제나 계단으로 다녔다. 남들은 즐기려고 빨리 올라가고, 나는 일하기 위해 느리게 올랐다. 청소도구를 끌며 걷는 복도는 관처럼 좁고 어두웠다.

객실 청소는 환기부터 시작했다. 침대 시트와 이불을 바꾸고, 청소기를 돌린 후에, 욕실 청소, 빈 용품을 채워넣는 것이 순서였다. 똑같은 일을 여섯 번 반복한 후, 그사이 빈방들도 같은 차례로 치웠다. 점심나절이 지나서야 허리를 폈다. 온몸이 땀에 젖고, 허기가 졌다.

사모는 점심을 먹으러 갔다 오는 길에 김밥 두 줄을 사다줬다. 그것이 내 점심이었다. 비품상자들로 가득 찬 창고방은 겨우 다리를 펴고 누울 만큼만 비어 있었다. 청소도구 옆에는 사장 내외만 쓰는 정수기까지 있었다. 객실의 정수기와 달리 꼬박꼬박 정기점검을 받는 정수기였다. 정수기 위에는 늘 사과 몇 알과 과도가 놓여 있었다. 사모의 간식이었다. 막 김밥 하나를 입에 넣은 참이었다. 전화벨이 울렸다. 벽에 기대앉았던 나는 허리를 곧추세웠다. 남편이었다.

*

다니던 공장에서 인원 감축을 강행하면서 남편은 일자리를 잃었다. 평생 공장에서 일한 사람이 쫓겨난 뒤에 갈 곳은 많지 않았다. 결국 막노동판이었다. 그마저도 매일 있는 일도 아니었다. 허탕으로 돌아온 날이면 방구석에서 온종일 소주를 마셨다. 취하면 벽을 향해 중얼거렸다. 모두 공장 때문이라며 자조했다. 차라리 화를 내면 같이 싸울 수 있었다. 고함이라도 지르면 당신을 그렇게 만든 공장에 불이라도 내라고 을러댔을 것이다. 그러나 남편은 그저 혼자 취해 조용히 고꾸라져 잠이 들었고, 다음 날 새벽이면 다시 인력시장으로 나섰다.

마냥 그렇게 살 수는 없었다. 어떻게든 돈을 끌어모았다. 남편의 형제들과 내 친정 자매들에게도 돈을 꿨다. 시댁의 밭 몇 뙈기, 친정 엄마의 가락지까지 팔아치워 토스트가게를 시작했다. 가맹금만 내면 본사에서 알아서 다 해준다는 프랜차이즈 분점이었다. 학교와 시장통 사이에 있는 점포여서 목도 좋았다. 하지만 반년도 되지 않아 문을 닫았다. 하루 종일 식빵을 구워봤자 백 장도 팔지 못했다. 가겟세 한번 제대로 내보지 못했다. 남편과 나는 신용불량자가 되었다. 순식간에 애 하나 닐 방조차 구할 수 없게 된 것이었다. 남편이 당분간 떨어져 지내자고 했다.

"애, 학교는 보내야지."

일곱 살 아이를 친정에 맡기기로 했다. 어선을 수리하는 아버지와 어시장에서 회를 뜨는 엄마는 모두 칠십이 목전이었다. 하지만 아이의 취학통지서라도 받게 하려면 어쩔 수 없었다. 남편은 지방 공사장을 전전하고, 나는 모텔 일을 시작했다. 빚쟁이들도 빚쟁이지만, 언니와 동생에게도 면목이 없어 내 거처를 숨겼다. 몰래, 멀리서라도 아이를 보기 위해서 친정에서 멀지 않은 포구여야 했다.

남편에게서는 뜨문뜨문 연락이 왔다. 잘 지내냐는 말에는 아직은 살아 있다며 헛웃음을 흘렸다. 곧 갈게. 통화를 마칠 때면 여지없이 그 말이었다. 그랬던 남편이, 근처에 와 있다는 것이었다.

306호의 문을 열자 담배 냄새가 심했다. 화장실 문을 열고 내실로 들어갔다. 제일 먼저 창문을 열었다. 저편 하늘이 주황색이었다. 언덕을 가로지르는 샛길은 포구로 향하는 지름길이었다. 그 길을 걸어가는 남녀가 보였다. 이 방에서 나간 사람들일지도 몰랐다. 내선 벨이 울렸다. 209호. 사모가 다음 청소할 방을 알려줬다. 성수기가 아니어도 주말은 회전이 빨랐다. 서둘러야 했다. 반쯤 벗겨진 시트를 한 번에 빼내, 바닥에 뭉쳐진 이불과 수건을 한데 말아 문밖으로 던졌다. 빈 음료수병을 치우고, 바닥에 굴러다니는 휴지 뭉치들을 주웠다. 갈색의 긴 머리카락이 여기저기에 엉켜 있고, 쓰레기통에 붙은 콘돔은 잘 떨어지지 않았다.

테이블 위에 지갑이 있다. 두툼한 빨간색 장지갑이었다. 나는 지갑을 열었다. 삼단으로 펼쳐지는 지갑의 가운데에 사진이 있었다. 돌쯤 된 아이와 젊은 부부였다. 여자는 갈색 긴 머리였다. 턱턱턱, 복도에 발소리가 났다. 나는 놓였던 자리에 지갑을 얼른 내려놨다. 청소기 스위치를 올렸다. 남자가 구두를 신은 채 들어섰다. 테이블 위의 지갑을 잡아채자마자 나를 흘끔 쳐다봤다. 지갑을 펼쳐 안을 꼼꼼히 살피고서야 방을 나갔다. 사진 속의 남자는 아니었다.

청소기를 돌린 후에 시트를 갈았다. 시트를 깔 때마다 나도 모르게 신음소리가 났다. 팽팽하게 잡아당긴 후에 무릎을 꿇고 매트리스 안으로 시트를 끼워넣는 일은 아무리 해도 수월해지지 않았다. 사모는 한 번도 안 쓴 것처럼 해놓으라는 말을 입에 달고 살았다. 손바닥으로 침대 위를 한 번 더 훑은 후에 바닥을 닦았다. 내실 거울의 얼룩을 지우고, 빈 부품을 채운 뒤에 욕실 청소를 시작했다. 능숙하게 물기 하나 남기지 않고 마무리했다. 삼 년 동안 하루도 거르지 않고 매일 하는 일이었다.

숲에 들어선 숙박시설 중에서 '러브스토리' 모텔이 포구에서 가장 가까웠다. 창문을 열면 멀찍이 바다가 보였다. 그 덕에 대실 손님이 많은 편이었다. 방을 나서기 전에 마지막으로 창문을 닫았다. 공사장 소음이 사라졌다. 피서 철이 끝나자 새로 올라가는 펜션이 수두룩했다. 장난감처럼 생긴 집, 아기자기하게 꾸며놓은 정원, 마치 그림책에서나 봤을 법한 풍경이 매일 조금씩 완성돼갔다. 그 사이에 우뚝 서 있는 러브스토리 모텔은 음침하고 볼품없었다. 사모는 펜션 때문에 장사 망하게 생겼다고 우는소리를 했지만, 사장은 아랑곳하지 않았다. 세상이 망하지 않는 이상, 모텔이 망할 이유는 없다고 했다.

"말이야, 그 짓을 하려고 몇십만 원씩 돈 쓰는 놈들이 이상한 것들이지. 몇만 원이면 되는데 왜 그런 낭비를 해. 안 그래, 아줌마?"

나는 고개를 끄덕였다.

"생각을 해보라고. 아줌마라면 펜션에 가겠어, 모텔에 가겠어?"

누우면 발가락 끝에 텔레비전 모서리가 닿는 방, 주인집 아들은 두 다리를 다 펼 수도 없는 그 방이, 나에게는 가장 안락한 곳이었다. 내가 일하는 곳이 누군가에게 애욕의 공간이듯, 아버지와 세상을 피해 숨은 아들의 은신처는 내가 유일하게 편히 잠들 수 있는 방이었다. 209호 청소를 끝내니 프런트에 사장이 앉아 있었다. 낮에는 사모가, 밤에는 사장이 프런트를 지켰다. 갈 사람은 어서 가. 사장이 시계를 쳐다봤다. 어느새 열두 시였다.

남편은 모텔 건물 옆에 구부정하게 서 있었다. 처음 보는 가방을 품에 안은 채였다. 삼 년 만에 만난 남편은 생판 남 같았다. 원래도 살집이 없었는데, 더 말라 뼈가 튀어나올 것 같았다. 남편에게서 썩은 내가 났다. 가방에서 나는 냄새 같기도 했다.

"밥은 먹었어?"

남편이 고개를 저었다. 포구 앞의 포장마차에 앉아 홍합탕과 소주를 시켰다. 남편은 연거푸 소주를 마신 뒤에, 홍합 국물을 들이켰다. 남편에게서 나는 냄새 때문에 다른 손님들이 자꾸 흘깃거렸다.

"애는 보고 왔어?"

"멀리서만…… 나를…… 못, 알아……보더라."

"그렇다고 그냥 와?"

남편은 입을 다물었다. 하긴 꼴이 말이 아니었다. 얼룩 때가 덕지덕지 내려앉은 옷과 악취 때문에 마치 노숙자 같았다. '그 꼴로 살았던 거야?' 차마, 그렇게 물어볼 수는 없어, 자꾸 한숨이 나왔다.

"가자."

빈 그릇만 내려다보던 남편이 엉거주춤 일어났다.

남편과 나는 좀처럼 입을 열지 못했다. 오랜만에 만나서 그런지, 서로의 몰골이 형편없어서 그런지, 모를 일이었다. 잡화점 앞에 서 있던 주인집 아들이 남편을 멀뚱히 쳐다봤다. 남편은 아들의 시선을 알아채지 못했다.

방에 들어선 남편이 이리저리 서성였다. 남편이 디딘 자리에 까만 얼룩이 묻었다. 뭣보다도 우선 씻겨야 했다.

"갈아입을 옷은 있어?"

남편이 우뚝 서서 두리번거렸다. 가방 쪽으로 손을 내밀었다.

"가방, 이리 내려놔."

남편이 소스라치게 놀라며 가방을 재빨리 움켜쥐었다. 두 눈이 번뜩였다. 가방을 잡은 손이 부들부들 떨렸다.

"빨랫거리면 이리 내. 지금 빨게."

나는 가방을 잡아당겼다. 남편이 나를 밀쳤다. 그 바람에 엉덩방아를 찧으며 넘어졌다.
"왜 그래, 당신?"
남편의 눈가에 살기가 솟았다. 나는 팔을 번쩍 들었다.
"알았어, 안 만질게. 일단 씻어. 씻고 나와."
내가 뒤로 물러나도 남편의 눈빛은 좀처럼 사그라지지 않았다.

주인집 여자는 오늘따라 죽을 듯이 비명을 질렀다. 때려부수는 소리가 가라앉기를 기다리다, 잠깐 조용해진 틈에 문을 두들겼다. 매일같이 싸움이 벌어졌지만 유난히 요란한 날이 있었다. 맞는 소리가 좀처럼 그치지 않는 날이면, 일부러라도 여자를 불러내곤 했다. 그러지 않으면 사람 하나 죽어나갈 것 같았다. 벌컥 문이 열리더니 주인집 여자가 맨발로 뛰쳐나왔다. 헐렁한 티셔츠의 목덜미가 찢겨 있었다.
"괜찮으세요?"
"이러다 내 명에 못 죽지……"
여자가 숨을 헐떡였다.
"저 인간 잠들 때까지만 같이 있어줘, 응? 매번 미안하네. 내가 참 창피해서……"
여자가 나보다 먼저 바깥채로 걸어갔다. 저기요, 나는 조심스럽게 입을 뗐다.
"아저씨나 아드님 옷을 좀 빌릴 수 있을까요?"
여자가 멍하게 나를 쳐다봤다. 나는 남편이 들렀다고 했다. 사정이 있어서……, 말을 흐리자 여자는 더 이상 묻지 않았다.

　주인집 아들의 옷은 남편에게 너무 컸다. 남편은 가방을 품고 웅크려 앉아 나를 올려다봤다. 남편 앞에 마주 앉았다.

　"무슨 일 있었어? 말 좀 해봐."

　입을 다문 남편은, 가방을 손에서 놓지도 않고 내 안으로 파고들었다. 남편은 오로지 내 몸을 탐하기 위해 찾아온 사람 같았다. 나는 남편을 밀어낼 수도, 그렇다고 한껏 열지도 못했다. 이내 진저리를 치듯 남편이 부르르 떨었다. 남편의 앙상한 엉덩이를 그러쥐었다. '이 사람은 아주 돌아온 걸까. 남편과 같이 지내면 월세를 더 내야 하나. 우리가 같이 살 수는 있을까. 언제쯤이면 세 식구 모두 같이 지낼 수 있을까. 그럼 지금보다는 나아질까. 나아지는 건, 뭘까……' 어느새 남편은 내 위에 널브러진 채 잠이 들었다.

　입을 벌리고 잠든 남편의 얼굴은 핏기가 없었다. 죽은 듯이 자면서도, 가방은 여전히 꽉 쥐고 있었다. 남편의 코에 손을 대봤다. 옅은 숨이 들락거렸다. 나는 가방을 조심스럽게 열었다. 가슴이 덜컥 내려앉았다.

　수돗가에 쪼그려 앉아 세숫대야에 물을 받았다. 섬뜩한 한기가 느껴졌다. 정신을 차려보니 세숫대야의 물이 넘쳐 두 발이 얼음장처럼 차가웠다. 남편의 옷을 대야에 담갔다. 색이 빠지듯이 검고 붉은 물이 천천히 퍼졌다. 얼룩은 핏자국이었다. 빤다고 될 일 같지 않았다. 나는 쓰레기를 태우는 드럼통에 옷을 집어넣었다. 담배 하나를 피운 뒤에, 불씨 남은 꽁초를 드럼통에 던졌다.

　작은 불길에도 온몸이 금세 뜨거워졌다. 연기가 잦아들자 동네 개들이 짖어댔다. 가방 안에 든 건 돈이었다. 무슨 보상금이라도 받았나. 비죽 웃음이 났다. 그러다 덜컥 겁이 났다. 제대로 번 돈이라면 그렇게 들고 다닐 이유가 없을 터였다. 그래도 돈은 돈 아닌가. 좋았다 말았다, 종잡을 수 없어 심란했다.

남편은 새벽같이 일어났다. 일어나자마자 가방을 끌어안았다. 나는 다시 물었다. 남편은 떼꾼한 눈으로 나를 쳐다보기만 했다. 말하지 않겠다고 결심이라도 한 것 같았다. 알았어. 그럼 이것만 말해봐. 나는 가방을 가리켰다.

"가방의 돈은 뭐야. 당신 돈이야?"

남편의 눈동자가 커졌다. 하지만 대답을 들어야 했다. 어떻게든 알아내야 했다. 내처 물었다.

"그 돈, 당신이 번 거야? 써도 되는 돈이냐고."

남편이 슬금슬금 뒤로 물러났다. 말 좀 해봐! 남편이 고개를 절레절레 흔들었다.

"그럼, 훔친 돈이야?"

남편은 나를 노려봤다. 가방을 뺏으려고 덤벼들자 남편이 두 팔을 뻗어 막아섰다. 나는 다시 달려들었다. 남편이 발로 찼다. 둔중한 통증이 온몸에 퍼졌다. 나는 몇 번이고 남편에게 기어오르고, 그때마다 남편은 점점 더 세게 나를 걷어찼다.

"이럴 거였으면 왜 왔어! 차라리 죽지!"

남편과 나는 들짐승처럼 숨을 헐떡였다. 남편이 무릎으로 기어오더니, 들썩이던 내 가슴에 얼굴을 파묻었다. 남편의 아래는 이미 딱

딱했다. 바지춤을 내리는 남편을 힘껏 밀었다. 저쪽으로 나뒹군 남편이 나를 멀뚱히 쳐다봤다. 바깥에서 인기척이 들렸다. 나가야 할 시간이었다.

"말해놨으니까, 때 되면 주인집 아줌마가 밥 줄 거야. 먹고 있어. 어디 가지 말고."

나서다 말고 뒤돌아섰다. 아무 일도 없었다는 듯이 무릎을 세워 앉은 남편은 고개를 숙였다. 공장에서 떠밀려 나왔을 때도, 벽에 대고 술주정을 할 때도, 토스트가게가 망했을 때도, 지방 공사장으로 떠나던 날도 저렇지 않았다. 가방에 돈이 많은데도, 왜 저러고 앉아 있는지 도대체 알 수가 없었다. 무언가 잘못되었다는 것만 분명했다.

대문 밖에 서 있던 주인집 남자가 나를 가로막았다.

"남편을 끌어들였다고?"

"무슨 말씀을 그렇게……"

"남편이 맞기는 한 거야?"

대답할 새도 없이 남자가 말을 이었다.

"사내까지 들락거리게 하는 여자를 집에 둘 수야 없지. 혼자 산다고 해서 싸게 방 내준 거니까, 여기서 살 거면 얼른 내보내."

남자가 헛기침을 하고 안으로 들어갔다. 마음 같아서는 당장이라도 방을 빼고 싶었다. 저기 주인집 아들이 걸어오는 것이 보였다.

*

모텔에 들어서니, 지갑을 찾으러 왔던 남자가 프런트 앞에 서 있었다.

"저 여자네요."

사모가 다짜고짜 창고방으로 나를 끌고 갔다.

"자기가 훔쳤니?"

"무슨 소리세요?"

"어제, 두고 간 지갑 찾아갔다는데. 맞아?"

"네."

"현금이 없어졌대."

"저 아니에요. 지갑에 손도 안 댔다고요."

"신고하겠다고 저러잖아."

"안 훔쳤으니까 마음대로 하라고 하세요."

"여기 일은 누가 하고? 경찰이 들락거리면 어떤 손님이 좋다고 들어오니?"

"그럼 안 훔쳤는데도 훔쳤다고 해요?"

"지금 치워야 할 객실이 잔뜩이다. 잘 생각해. 전화 한 통이면 일하겠다고 달려올 조선족들 많아."

기가 막혔다.

"훔치지도 않은 돈을 나보고 물라는 말이에요?"

"그러든지 말든지, 하여간 당장 해결하란 말이야. 시끄럽지 않게!"

사모가 먼저 방을 나갔다. 수중에 현금이라고는 천 원짜리 몇 장이 전부였다. 가방 안의 돈이 떠올랐다. 처음에는 남편이 어떻게 번 돈인지 걱정이었지만, 이제는 쓸 수 있는 돈이기만 바랐다.

급한 대로 월급에서 제하기로 하고 사모가 남자에게 돈을 쥐여줬다. 별일을 다 겪으며 살아왔지만, 이렇게 두 눈 멀쩡히 뜬 채 돈을 날려먹는 건 처음이었다. 하기야, 몇 년째 매달 갚아가는 이자도 도둑맞은 돈 같았다. 그러니 나에게 돈을 떼인 사람들의 속은 오죽할까. 가슴에 돌덩이가 박힌 것처럼 답답했다. 숨을 깊게 쉬고, 객실로 올라갔다. 여자 지갑이었다는 것이 그제야 떠올랐다. 주차장으로 달려나가봤지만 소용없었다. 남자의 차는 사라지고 없었다.

살면서 억울한 일이야 흔하게 겪었다. 느닷없이 백수가 된 남편이나, 빚내서 차린 가게에서 돈 한 푼 못 번 것도 억울한 일이었다. 열심히 살았다. 아득바득 아끼며 살았는데도 은행에 저금 한번 해본 적이 없다. 수중에 푼돈이라도 생기면 나에게 돈을 떼인 일가들에게 이자부터 보냈다. 게으르지도 않고, 노력을 안 한 것도 아닌데, 늘 그 자리였다. 내 배를 곯아도, 내 아이 제대로 못 살피며 사는데도 늘 여기였다. 남들이 피땀 흘려 번 돈을 내가 날려먹어 식구들이 뿔뿔이 흩어져 사는 것이었다. 내가 잘못했으니 마땅히 내가 받아야 할 벌이라고 생각했다. 하지만 잘못하지 않은 일까지 내 탓이 되는 세상이었다. 그걸 내 힘으로 막을 도리가 없다는 것이 답답했다. 답답해서 억울했고, 억울해서 허망했다. 나만 잘못 사는 것 같아서 분했다.

일을 마치고 모텔을 나설 때는 몸뚱이가 땅속으로 가라앉을 것 같았다. 발바닥이 화끈거리고, 손목과 허리가 욱신거렸다. 바닥에 등만 대도 좋을 것 같았다. 그러나 막차마저 끊겨 모텔에서 포구, 마을까지 걸어가야 했다. 어쩔 수 없다는 건 언제나 한계를 마주하는 일이었고, 원하지 않는 일을 해야 한다는 뜻이었다. 어쩔 수 없다는 건 도망칠 데가 없다는 의미였고, 도망쳐서도 안 된다는 뜻이었다.

잡화점 평상에 털썩 주저앉았다. 입안이 바짝 말라 뱉은 숨에서 단내가 났다. 어느 횟집에서 취한 사내들의 노랫소리가 들렸다. 통유리 카페 안에는 팔짱을 낀 남녀가 멀리의 등대를 바라보고 있었다. 주인집 아들이 옆에 앉더니, 내 무릎 위에 손을 올렸다. 나는 고개를 저었다. '남편이 돌아왔어. 게다가 그날 이후로 당신 아버지가 매일 밤 나를 따라온다고.' 내가 하려던 말을 알아챈 걸까. 내 눈을 지그시 쳐다보던 아들이 손을 거두었다. 그러고는 잡화점 안으로 들어갔다. 다른 때 같았으면 나도 따라 들어갔겠지. 하지만 지금은 아니었다. 나는 마을을 향해 걸었다.

가방에는 만 원짜리 지폐가 가득이었다. 모두 얼마일까. 그 정도면 우선 식구들에게 얼마간이라도 갚을 수 있겠지. 다른 사람도 아니고, 피붙이들에게 꾼 돈부터 갚아야 예의겠지. 그게 도리일 거야. 도리라는 건 잘 알겠는데, 이상하게 내키지 않았다. 그 돈으로 빚을 다 갚을 수는 없었다. 친정에 맡긴 아이를 데리고 올 수도, 세 식구가 함께 살 집을 얻을 수도 없었다. 그러니 빚 갚는 것 말고, 다른 데 쓰면 안 될까. 화장품도 사고, 미장원도 가고, 발이 편한 신발도…… 그 돈이면, 내 몸 하나 포구에서 도망칠 수도 있었다. 그 돈을 나 혼자 쓰려면 남편을 내쳐야 하는데. 상상은 제멋대로 가지를 쳤다. 그러다 이내 고개를 저었다. 무슨 돈인지도 모르면서 어떻게 쓸까 골몰하다니. 아니지, 그래도 없는 것보다는 낫지 않은가. 여하튼 남편이 들고 온 돈이었다. 내가 써도 되지 않나. 이제껏 어떻게 살았는데. 그럼 일단, 빚을 갚자. 쓰면 안 되는 돈이었다면 몰랐다고 하지. 목이 타들어가는데 흘려주는 물을 마다하는 사람이 어디 있느냐고 말이다. 가방 속의 돈 생각만 해도 숨통이 트이는 것 같았다. 어떻게든 그 돈이 갖고 싶어졌다.

한참 걷다 뒤돌아보니, 주인집 아들이 멀리서 나를 지켜보고 있었다. 저치는 왜 입을 다문 걸까. 알 도리가 없었다. 얼마나 힘든 일을 겪었는지 짐작조차 불가능했다. 하지만 어렴풋이 이해는 됐다. 오죽 시달렸으면 말이다. 그런데 남편은, 돈까지 가져온 남편은 이해가 안 됐다. 사실은 이해하고 싶지 않은 것 같았다. 풀벌레 소리가 들리지 않았다. 마을 초입의 가로등도 꺼져 있었다.

불쑥, 폐가에서 시커먼 게 튀어나왔다. 소스라치게 놀라 그대로 주저앉았다. 고개를 들어보니 주인집 남자였다. 사람 놀라게……, 순간 남자가 내 입을 막았다. 발버둥을 치는데도 끌고 가는 남자의 완력을 막을 재간이 없었다. 남자의 씩씩거리는 숨소리가 폐가에 울렸다.

내동댕이쳐진 나는 뒤로 물러섰다. 아무리 바닥을 더듬어도 손에 잡히는 게 없었다. 깨진 시멘트 사이사이로 웃자란 풀들만 무성했다. 어느새 벽에 다다랐다. 남자가 발길질을 해댔다. 정신이 아득해졌다.

"감히 내 새끼랑 지랄염병을 떨어? 그리고 남편을 끌어들여? 양심도 없는 년!"

나는 비명을 질렀다. 남자가 연신 내 뺨을 올려쳤다. 나는 껄껄거리며 숨을 삼켰다.

"어디, 계속 소리쳐봐. 남편도 와 있는데 동네 소문 내볼까?"

남자가 내 위로 올라오는 걸 힘에 부쳐 막을 수 없었다.

"잘못했어요. 다시는 안 그럴게요. 제발……"

덜덜 떨면서 살려달라고 빌었지만 남자는 내 아랫도리를 벌렸다. 그때였다. 억, 소리가 나더니 남자가 기우뚱 중심을 잃었다.

남자 뒤에 기다란 검은 그림자가 매달려 있었다. 주인집 남자가 제 목을 감싸며 버둥거렸다. 검은 그림자가 끙끙거리며 계속 힘을 주자, 컥컥대던 주인집 남자의 두 팔이 맥없이 뚝 떨어졌다. 그림자가 낮게 신음소리를 뱉었다. 남자가 쿵 소리를 내며 바닥으로 떨어졌다. 더 이상 움직이지 않았다. 타다다닥, 그림자가 어느새 폐가를 벗어나고 있었다. 나는 옷도 못 추스르고 밖으로 나갔다. 길고 마른 체구의 그림자가 포구 쪽으로 사라졌다.

온몸에 진흙범벅이 된 내 몰골을 보고도 남편은 무표정이었다. 오히려 품에 안은 가방을 더 세게 그러안았다. 그저 가방을 뺏길까 봐 두려워할 뿐이었다. 그까짓 게 뭐라고! 나는 남편에게 사납게 다가들었다. 이리 줘! 달란 말이야! 가방을 낚아챘다. 남편이 나를 처음 본 사람처럼 눈을 동그랗게 떴다. 그러더니 무릎을 꿇고 양손을 비볐다.

"제발 돌려주세요. 그 돈 없으면 전 죽어요."

그러거나 말거나, 나는 계속 소리쳤다.

"싫어! 어차피 이 돈 나랑 네 새끼 주려고 갖고 온 거 아냐? 우리 식구 사람답게 살자고, 사람이길 포기하면서 벌어온 돈 아니야? 그럼 써야 될 거 아냐!"

남편과 서로 가방을 잡아당겼다. 가방끈이 팽팽해졌다. 손잡이의 실밥이 두두둑 뜯어졌다.
"아아—악!"
남편이 괴성을 질렀다. 멈추지 않을 기색이었다. 나는 손을 놓았다. 뒤로 벌렁 넘어진 남편은 그래도 비명을 질렀다. 남편이 입을 다물 때까지 나는 손에 잡히는 대로 집어던졌다. 소주병과 재떨이, 주전자와 컵, 국물이 남은 컵라면 용기까지……, 남편은 온몸으로 다 맞아냈다. 남편의 턱 밑으로 라면국물이 뚝뚝 떨어졌다. 남편이 비실비실 웃기 시작했다. 남편이 미친 건지, 내가 미친 건지 알 수 없었다. 사위가 고요해질수록 남편의 웃음소리는 점점 더 커졌다. 나는 비틀거리며 방을 나섰다.

*

폐가에 널브러진 주인집 남자의 목에는 둘둘 말린 폐그물이 감겨져 있었다. 나는 그 폐그물을 집어들었다. 그리고 내 목에 천천히 감쌌다. 거칠고 질긴 폐그물을 서서히 잡아당겼다. 앗! 나도 모르게 비명을 질렀다. 날카로운 것에 찔린 모양이었다. 손을 대보니 피가 묻어났다. 한 손으로 목을 감쌌다. 상처가 깊은지 좀처럼 피가 멎질 않았다. 손바닥에 묻은 피가 점점 끈끈해졌다. 나는 폐그물을 옷 속에 숨겨 폐가를 나섰다.
골방에 앉아 있던 주인집 아들이 바들바들 떨고 있었다.
"왜 그랬어?"

아들은 여전히 입을 다물고 나를 올려다봤다.

"말해봐. 말을 해야 알지. 그래야 내가 뭐라도 하지. 말 좀 해. 시체…… 같이 숨길까? 아니면 지금 당장 나랑 도망갈래? 말해, 말 좀 하라고, 말! 지금 네가 이러고 있을 때가 아니잖아. 어쩌자고, 왜 그랬어, 왜! 내가 뭐라고……"

차마 말을 잇지 못했다. 나도 모르게 눈물이 비어져나왔다. 아들이 우는 나를 물끄러미 쳐다보더니, 입을 벌려 눈물을 핥기 시작했다. 뜨겁고 축축한 아들의 혀가 내 얼굴과 어깨를, 가슴과 배꼽과 아랫도리를 천천히 쓰다듬었다. 그래도 눈물은 그치지 않았다. 투두두둑, 비 오는 소리가 들렸다.

그날 밤부터 내린 비가 며칠 동안 이어졌다. 기온이 갑자기 낮아졌고, 공터의 잡초들은 금세 제 빛깔을 잃었다. 주인집 여자는 남편이 사라졌다고 경찰에 신고했다. 그날 오후 경찰은 폐가에서 남자를 찾아냈다. 아랫도리가 벗겨진 채 죽은 남자는 고인 빗물에 퉁퉁 불어 있었다고 했다.

경찰이 모텔로 찾아온 건, 주인집 남자를 발견한 다음 날이었다. 주변 인물 탐색이라고 했다. 내가 몇 시에 귀가했는지, 그 전에 어디에서 누구와 있었는지 물었다. 나는 다짜고짜 주저앉았다. 나를 겁탈한 게 주인집 남자인 줄 몰랐다고 거짓말을 했다. 검은 그림자가 나타나자마자 도망쳐서 그 뒤의 일은 모른다고 말했다. 부끄러워서 아무에게도 말할 수 없었다고, 그래서 그동안 입을 다물었다고 변명했다.

주인집 남자의 목을 조인 폐그물은 남편의 가방에서 발견되었다. 경찰에게 잡혀가면서도 남편은 비실비실 웃었다. 부디, 남편이 제정신으로 돌아오지 않기만을 바랐다. 나는 경찰들과 주인집 여자 앞에서 눈물을 보였다. 하지만 아들 앞에서는 더 이상 울지 않았다.

모텔의 창고방으로 거처를 옮겼다. 전보다 더 늦은 시간에 잠이 들고, 더 일찍 일어났다. 더 많은 침대 시트를 갈고, 더 꼼꼼히 욕실의 물기를 닦았다. 불을 끈 창고방에 누우면 좀처럼 잠이 오지 않았다. 그럼 소주를 마시는 대신 돈을 꺼내들었다. 하나하나 세다 보면 새벽은 금방이었다. 종종 문고리가 덜컥거렸지만 무섭지 않았다. 나는 매일 밤 과도를 꼭 쥐고 잤다.

친정 부모님 몰래 아이를 찾아가, 곧 데리러 오겠다고 약속했다. 밤낮으로 잡화점에서 나오지 않는 아들의 얼굴은 점점 더 허옇게 변했다. 나는 족발이나 순대를 사들고 가거나, 같이 컵라면을 먹곤 했다. 때로는 평상에 앉아 함께 줄담배를 피우기도 했다.

그사이 목의 상처는 거뭇한 흉터를 남겼다. 흉터를 보기 위해서는 거울 앞에 서야 했다. 고개를 최대한 옆으로 돌렸다. 흰자가 다 드러나도록 눈을 흘겼다. 찢어진 눈매가 나를 노려봤다. 흉측했다. 저기 돈이 든 가방이 보였다. 자꾸 웃음이 비어져나오는 걸 참을 수 없었다.

3부
제37회 이상문학상 선정 경위와 심사평

2013년도 제37회 이상문학상
심사 및 선정 경위

 2013년도 제37회 이상문학상 심사는 2012년 12월 초부터 시작되었다. 이상문학상 후보작 추천위원들이 천거한 작품들을 놓고 예심위원들이 대상 후보작을 12편으로 한정하였다. 이 작품들은 최종심사를 담당한 심사위원들에게 12월 중순에 전해졌다. 심사위원은 다음과 같다.

이상문학상 최종 심사위원

김윤식(문학평론가)
서영은(소설가, 1983년 대상 수상)
윤후명(소설가, 1995년 대상 수상)
권영민(문학평론가, 본지 주간)
윤대녕(소설가, 1996년 대상 수상)

 최종심사는 지난 1월 3일 열렸다. 이날 심사위원들은 2013년도 이상문학상 우수작 후보로 아래의 아홉 작품을 선정하였다.

2013년도 제37회 이상문학상 우수작 후보(가나다 순)

김애란, 〈침묵의 미래〉
김이설, 〈흉몽〉
손홍규, 〈배우가 된 노인〉
염승숙, 〈習濕〉

이장욱, 〈절반 이상의 하루오〉
이평재, 〈당신이 모르는 이야기〉
천운영, 〈엄마도 아시다시피〉
편혜영, 〈밤의 마침〉
함정임, 〈기억의 고고학—내 멕시코 삼촌〉

　이 가운데 심사위원들이 대상 후보작으로 지목한 작품은 김애란, 이장욱, 편혜영, 천운영의 작품이었다. 이장욱의 경우는 시적 언어와 감각적 표현의 서사적 가능성을 확보하고 삶의 또 다른 영역을 하나의 이야기로 형상화하는 데에 성공하고 있다는 평을 받았다. 편혜영의 소설은 현실에서의 삶의 문제성을 포착하는 특유의 방식이 주목되었고, 천운영의 경우는 모성의 부재 공간을 채워나가는 감성을 발견하고 이를 서사화하는 방법에 높은 점수를 주었다. 하지만 이들 작품이 대부분 주제의 무게를 느끼기 어려운 단편성에 기초하고 있는 데다가 소재와 그것을 이야기로 만들어가는 방법에 지나치게 기대고 있다는 약점도 지적되었다.
　김애란의 단편소설 〈침묵의 미래〉는 인간이 사용하고 있는 언어의 생성과 그 사멸의 과정을 인간 자신의 운명처럼 그려내고 있는 일종의 관념소설의 형태를 취하고 있다. 심사위원들은 서사를 극단적으로 절제하면서 내면적인 사유의 공간을 이야기의 무대 위로 끌어올려놓고 있는 이 작품의 주제의식과 우화적 방법에 주목하였다. 이 소설의 이야기는 인간이 언어를 상실하는 과정을 개인의 죽음과 연결시켜놓기도 하였지만, 언어 자체가 스스로 그 존재와 가치를 되묻고 그 운명에 대해 질문하게 하는 우의적 방법을 서사적으로 활용하였다. 이러한 방법을 통해 언어의 사멸이라는 현상이 현대문명을 살아가고 있는 인간에게 본질적인 문제가 되고 있음을 설득적으로 말해주고 있다. 심사위원들은 일상성의 깊은 늪에 빠져 있는 우리 소설 문단에서 새로운 상상력의 가능성을 표현하고 있는 이 소설의 성과를 높이 평가하여 만장일치로 이 작품을 2013년도 제37회 이상문학상 대상 수상작으로 선정하기로 결정하였다.

  우수작으로 추천된 함정임의 〈기억의 고고학―내 멕시코 삼촌〉, 염승숙의 〈습濕〉, 이평재의 〈당신이 모르는 이야기〉, 김이설의 〈흉몽〉 등도 우리 소설의 새로운 가능성을 보여주는 작품으로 거론되었음을 밝힌다.

2013년도 제37회 이상문학상
심사평

이상에게 물어보기
— 김윤식 · 문학평론가

〈날개〉(1936)의 작가 이상은 첫 줄에 이렇게 썼다. "박제가 되어버린 천재를 아시오?"라고. 이어서 "나는 유쾌하오. 이런 때 연애까지가 유쾌하오."라고. 김애란 씨의 〈침묵의 미래〉를 읽으며 나는 이상을 연상했다. 어째서 그러한가.

21세기 초반을 넘어선 오늘의 시점에서 볼 때 소설이란 성립되는 것일까. 또 성립된다면 연애처럼 유쾌한 것일까. 이상은 아니라 했다. 19세기 소설이 그러하다면 20세기 소설은 그와 다른 것이어야 한다는 것. 〈날개〉가 그런 물건인 것.

21세기에 나온 〈침묵의 미래〉도 그러할까. 당연히도 이상에게 물어보아야 한다. 그런 이상이 시방 없는 마당이라면 어째야 할까. 나와 너, 우리들이 답해야 할 수밖에 없다. 맨 먼저 눈에 띄는 것은 서사적인 것의 거부현상이 아닐까 싶다. 모든 서사적인 것을 다 써먹은 판에 그런 것이 무슨 큰 의미가 있으랴.

그다음 눈에 띄는 것은 무엇인가. 심리묘사 거부현상이 아닐까 싶다. 밑도 끝도 없이 의식과 무의식을 넘나들기인 것이 《율리시즈》(1922) 이래 소설이란 이름으로 판을 쳤다. 이 두 늪을 건너갈 방도는 과연 있을까. 있을지도 모른다고 〈침묵의 미래〉의 작가는 생각하는 것 같다.

언어가 그 방도의 하나라는 것. 소설이란 없고 오직 글쓰기만 있다는 것. 글쓰기이되 목숨을 건 글쓰기라는 것. 이는 어쩌면 최후의 글쓰기에 대한 도전이 아닐 것인가. 언어 탄생 이전, 전생과 차생의 미구분 상태에서 언어를 그리워하기인 것. 또 언어에 오염될까 망설이기인 것. '소수언어박물관'이 갖는 의미가 여기에서 왔을 터.

글쓰기의 주체는 없고, 동시에 대상도 없는 것. 있는 것이라곤 이름에 달라붙은 몇 가지 단서들뿐. 이 단서들조차도 어차피 침묵의 미래 속에 깜박거릴 뿐. 이를 두고 〈날개〉의 작가 이상이 어쩌면 이렇게 훈수를 해주지 않을까 싶다. 《두근두근 내 인생》(2011)에서 보여준, 단편과 장편의 미구분 지대를 헤맨 이 작가의 몸짓이 '이상문학상'에 제법 접근된 것이겠다, 라고.

아, 침묵, 모든 부재를 있음으로 바꾸는 고요
— 서영은 · 소설가

문학 외적 환경은 갈수록 위축, 척박해지고 있는데, 외롭고 고단한 길에서 꾸준히 변신을 시도하고 나름대로 보람 있는 결실을 맺고 있는 작가들의 최근작을 대하며 고마움이 앞섰다.

하지만 아이디어 차원의 소재로 새로움을 추구하고, 조립식 스토리로 억지스럽게 삶을 담아내려 하는 경향은 지양되어야 한다.

천운영의 〈엄마도 아시다시피〉는 아들이 돌아가신 어머니의 부재를 독특한 방법으로 자기 삶 속에 복원하는 이야기이다. 누구나 겪기 때문에 일반화되는 슬픔과 상실감. 그러나 이 작품에서는 '나'만의 슬픔과 상실감으로 내밀화되는 극진한 과정이 매우 설득력 있게 그려져 있고, 그 울음이 존재의 근원에 이르러 부재를 내포한 따스한 현존으로 빙의하는 이야기가 흥미롭다.

편혜영의 〈밤의 마침〉은 건조하고 덤덤한 문체가 오히려 상징성이 풍부하고, 그 속에 숨겨져 있는 문제인식이 사뭇 날카롭다. 이야기가 전개됨에 따라 의도적 망각 속에 가려져 있던 주인공의 '밤'의 비밀이 베일을 벗으며, 거짓과 타협하고 불편한 진실을 외면함으로써 간신히 파국을 면한 위태로운 삶이 드러난다. 진실 또는 비밀의 정체를 직시한다고 해서 삶에 어떤 변화가 있는지, 그 답을 유보하는 것이야말로 이 작품의 숨겨진 주제라 할 것이다.

이장욱의 〈절반 이상의 하루오〉는 독특한 개성을 지닌 인물에 대한 이야기인 동시에 일상과 여행, 여기와 저기, 어제와 오늘, 삶과 죽음 사이에 존재하나 존재하지 않는 경계에 대한 이야기이다. 우리 속의 관념으로 인해 나타났다 사라지는 기묘한 신기루. 나의 나 아닌 것의 아바타 같은 것…… 시적 영감을 형상화하고 행간에 풍부한 의미를 담아 소설 이상의 것을 전달해주는 이 작가의 또 다른 작품이 기대된다.

김애란의 〈침묵의 미래〉는 '소수언어박물관'에 대한 기이한, 소름 끼치도록 공포스러운 스케치이다. 이 박물관이 이 세상 어딘가에 있든, 아니면 작가의 순수한 상상의 산물이든 그것은 그다지 중요하지 않다. 종족과 함께 탄생하고, 종족의 소멸과 함께 사라지는 언어, 그리고 아득한 침묵 세계로의 환원과 우주 만물로의 회귀에 대한 깊은 통찰을 내용으로 하는 이 인류문화사적 소설은 기존의 서사를 무시했다 하더라도 그 다채로운 사유의 파노라마만으로도 서사를 대신하고도 남음이 있다. 젊은 작가의 이 대담한 시도는 2012년에 한국문학이 거둔 의미심장한 성과라 해도 과장이 아닐 것이다.

김애란의 새로운 날개
— 윤후명·소설가

애초에 큰 기대를 안 한 것은 요즘의 소설에 대한 전반적인 실망과 우려의 마음 때문이었다. 소설이 급전직하로 타락하여 아무런 감흥도 주지 못하고 있는 상황은 언제까지 계속되는 것인가. 날개란 과연 무엇이며, 있기는 한 것인가. 소설은 상업적 성취의 도구에 불과한 것일까. 빨리빨리 온다고 온 것이 이토록 경박한 논리의 세계라면 우리는 인류사를 왜곡하는 데 앞장선 책임을 회피할 수 없을 것이다.

아니라고 항변하고 광야曠野를 외로이 가겠다는 결기조차 퇴색하고 마는 혼돈의 시대에 윤동주는, 카프카는 어디에 묻혀 있을까. 아무리 홀로 외친다 한들 메아리조차 없는 광야狂野의 일이라면, 결국 종말을 말할 수밖에 없단 말인가. 그러나, 늘 그렇듯이 소설은 있다. 말이 없을 수 없다면 글이 없을 수 없고, 따라서 소설이 없을 수 없다. 소설이 과연 무엇이냐는 관점이 문제인 것이다. 소설이 무엇이라고 규정할 근거는 어디에도 없다. 더군다나 규정이 속박이 된다면 더더욱 그렇다. 우리 소설이 한없이 초라하게 된 것은 속박의 권위에 속아 스스로의 날개를 묶게 된 소설가들 자신에게 있다. 그러니까 소설은 소설이라고 하는 순간 소설로서의 숨이 끊어지는 속성임을 간과하고 소설가연하고 있었다는 말이 되겠다. 소설가와 출판관계자 들 모두 그 케케묵은 걸 가지고 돈을 벌겠다고 괴나리봇짐 싸들고 나선 마당에 무슨 희망이 있을 까닭이 없다.

좀도둑들이 들끓는 고갯길 밑 주막에 들른 김애란이 괴나리봇짐 속에서 내놓은 물건은 뜻밖의 것이어서, 침침한 눈이 번쩍 뜨였다. 아무 말도 하지 말라는 듯 던져놓은 〈침묵의 미래〉. 설마 팔겠다고 넣어온 건 아니겠지, 하면서 흘끔흘끔 곁눈질하고 있는 사이에 나는 '침묵의 미래'란 새로운 날개의 다른 뜻임을 받아들였다. 마치 '알 수 없는 또마'를 만나러 길담서원에 갔을 때처럼 나는 설렜다. 이건, 이건, 이것은…… 김애란의 일축一蹴에 나는 잠 못 이루었다.

물론 이장욱의 지극히 순애보 같은 〈절반 이상의 하루오〉는 충분히 아름답고 매력적이었다. 오랫동안 지지부진하던 답답함을 씻어주는 감각이 일본 것을 앞지른다는 느낌도 기대 이상이었다. 그러나 왜 일본이며 왜 일본인이냐는 물음을 던지지 않을 수 없었다.

근래 우리 소설들에서 자주 보이는 바, 외국 혹은 외국인이 '왜?'의 문제를 도외시하고 등장할 때, 소설은 흔들린다. 정체성의 문제란 소설의 핵심이기 때문이다. 거기에 입혀진 서사는 오히려 수사에 지나지 않는다.

이평재의 〈당신이 모르는 이야기〉는 새로운 무엇을 보고 있는 의욕이 엿보이는 작품이었다. '그리네스'를 앞세워 미래의 부조리 세계를 구축하는 상상력이 단연 돋보였다. 인간성의 객체화를 고발하는 의도가 드러나며 조금은 불편한 이것이 문학의 본령을 향한 진정성이 아닐까도 여겨졌다.

관념적 주제와 문화론적 상상력

— 권영민 · 문학평론가, 단국대 석좌교수

2013년도 이상문학상 최종심사에 오른 작품 가운데 나는 편혜영 씨의 〈밤의 마침〉, 천운영 씨의 〈엄마도 아시다시피〉 그리고 김애란 씨의 〈침묵의 미래〉를 주목하였다. 이 작품들은 최근 우리 소설이 빠져들고 있는 일상성의 깊은 늪에서 벗어나고자 하는 의욕을 여러 가지 방식으로 보여준다.

김애란 씨의 〈침묵의 미래〉는 문명 비판을 위한 일종의 우화를 만들어내고 있다. 이 소설은 전통적인 개념의 서사를 드러내지 않는다. 작가 자신의 깊은 문명적 통찰과 사색을 보여주는 관념적인 수필처럼 읽힌다. 하지만 이 소설은 서사를 극단적으로 절제하면서 인간이 사용하고 있는 언어의 생성과 그 사멸의 과정을 인간 자신의 운명처럼 그려내고 있다. 내면적인 사유의 공간을 이야기의 무대 위로 끌어올려놓고 있는 셈이다. 나는 이러한 작가의 시도 자체가 갖는 새로운 의미를 주목했다.

첫째는 이 작가가 보여주고 있는 문명적 시각이다. 지구상의 어떤 종족이 자기 언어를 상실하는 과정은 자기 문화와 역사와 그 존재의 정체성 자체가 소멸함을 의미한다. 이것은 거대한 문화적 제국주의가 '문화'라는 이름으로 자행하는 또 다른 문화의 파괴를 의미한다. 지구상의 인종들이 사용하고 있는 육천오백여 종의 언어 가운데 그 절반 이상이 소멸의 위기에 처해 있다. 소수민족의 언어가 소멸되어버리는 현상은 경제운용의 통합, 정보통신의 발달, 국제교류의 증대에 의해 가속화되고 있는 세계화 과정 속에서 더욱 심화된다. 열세한 민족의 언어가 문화 경제적인 흡인력에 의해 우세한 민족의 문화에 휩쓸려버리면서 그 사회적 기능을 상실하고 있는 것이다. 이 같은 언어문화 파괴현상은 어떤 공동체가 형성해온 유형무형의 역사적 산물들이 서로 다른 문화와의 접촉을 통해 붕괴되거나 변질될 수 있다는 단순한 지배논리로 이해되어서는 안 될 일이다. 지식정보의 소통의 편의를 위해 궁벽한 자기 언어를 버리고 가장 편리한 영어를 쓰자는 식의 극단적인 기능주의적 발상이 가끔 우리나라에서조차도 화제가 되었던 적이 있다. 그러나 이러한 반문화주의적 경향을 지속적으로 방치할 경우, 심각한 인류사적 차원의 문화적 과제들을 야기하게 된다는 점을 깊이 깨달아야 한다.

둘째는 작가가 시도하고 있는 관념적인 우화의 형식이다. 이 소설에서 작가는 인간이 언어를 상실하는 과정을 개인의 죽음과 연결시켜보기도 하고, 언어 자체가 삶의 현장에서 떠나 제도적으로 보호되는 현상을 설명하기도 한다. 그러나 무엇보다도 이 소설에서 주목되는 것은 '나는 누구일까. 그리고 몇 살일까.' '나는 누구일까. 그리고 몇 명일까.' '나는, 누구일까. 그리고 어찌 될까.' 라는 질문이다. 언어 자체가 스스로 자기 존재와 그 가치를 되묻고 자기 운명에 대해 질문하게 함으로써 언어의 사멸이라는 현상이 더욱 현대문명을 살아가고 있는 인간에게 본질적인 문제가 되고 있음을 말해준다. 특히 문자언어가 음성언어를 대신하는 현상에 대한 작가의 인식이 주목된다. 소리 대신에 지금은 모두가 기계적 작동을 통해 문자를 애용한다. 음성언어가 드러내는 현장성과 그 상황성이 모두 제거된 채 문자라는 기호만이 기계를 통해 전달된다. 소리의 죽음이 가져오는 침묵의 세계는 결국 인간과 인간 사이의 대면과 접촉의 단절을 의미한다. 작가는 이러한 현상을 우화적 상징을 통해 그려낸다.

편혜영 씨의 〈밤의 마침〉은 개연성의 문제에 대한 소설적 재해석에 해당한다. 작가는 이 소설에서 성폭행범으로 지목되어 고통을 당해야 했던 한 사나이를 화자로 설정하여 피해 당사자인 소녀와 대면하게 한다. 이러한 소설적 구도는 플롯이라는 이름으로 반복하여 문제 삼아온 서사의 원리를 거부하고자 하는 의도를 담아낸다. 어떤 개연성을 말하기 위한 방식이 결코 필연적인 것을 의미하지는 않는다는 사실을 작가는 주목한다. 전통 서사의 기법에 기대고 있는 독자들은 과연 화자 자신이 가해자인가를 묻게 되지만 이 소설은 그런 질문법을 거부한다. 개연성이란 말 그대로 개연성일 뿐이다. 인간의 삶은 그러한 가능성 위에서 펼쳐지는 일상을 통해 성립된다.

천운영 씨의 〈엄마도 아시다시피〉는 '엄마의 죽음'을 처리하는 방식과 태도를 그려낸다. 작가가 주목하고 있는 것은 엄마의 죽음 이후 모성의 부재 공간을 메우지 못하고 방황하는 사람들의 모습이다. 다소 과장된 느낌이 있기는 하지만 엄마의 죽음은 존재의 기반이 무너지는 듯한 엄청난 충격이 된다.

대상 수상작으로 김애란 씨의 〈침묵의 미래〉를 선정하는 데에 적극 찬성했다. 작품을 관념적인 방향으로 이끌어가지 않고 우화적 형식을 빌려 주제를 형상화하는 데에 성공하고 있는 작가적 상상력을 높이 평가했기 때문이다.

말(言語)에 대한 사유의 묵시록
— 윤대녕 · 소설가, 동덕여대 교수

본심에 올라온 12편의 작품을 거듭 읽어나가는 동안 문득 숨이 멎고 고개가 절로 숙여지는 경험을 했다. 한 편의 소설을 만들어내기 위해 혼신의 힘을 기울여 고투한 흔적들이 역력했기 때문이다. 심사가 진행되는 과정에서 '작가를 포함한 모든 예술가는 스스로 보상받을 수밖에 없는 존재'라는 말이 나왔는데, 여느 때와 달리 나는 그 말이 매우 비감하게 들려왔다. 더불어 심사라는 것 자체가 어쩐지 부당하고 부조리한 형식이 아닌가, 라는 새삼스러운 상념에 사로잡혀 있었다. 그러므로 이 글은 모쪼록 12편의 소설에 대한 경의와 헌사의 발언이 되었으면 하는 바람이다.

박형서의 〈끄라비〉는 태국에 있는 실제 지명을 제목으로 빌려온 작품이다. 하지만 이 소설에서 '끄라비'라는 공간은 작품의 주인공이자 화자인 '나'를 대상화한 원형적 처소로 등장한다. 이 환유화된 신화적 공간에서 '나'는 사랑에 눈뜨고 사랑에 빠지며 사랑에 버림받는다. 이 모든 과정은 당연하게도 불확정성의 지배를 받는다. '나태에 가까운 평화'로 다가왔던 '끄라비'는 돌연 대홍수의 재앙으로 변해 나의 기대와 환상을 무참히 짓밟아버린다. 이것이 삶과 사랑의 피할 수 없는 속성이자 운명임을 작가는 '내'가 '끄라비'로 귀속되는 마지막 장면을 통해 잠언적으로 보여주고 있다.

편혜영의 〈밤의 마침〉을 읽으면서 나는 모리스 블랑쇼가 명명한 '바깥의 글쓰기'라는 말을 줄곧 떠올리고 있었다. 누구에게도 말할 수 없는 '밤의 시간대'에 발생한 사건이 서사의 중심축을 이루고 있다는 점, 실증이 불가능한 지점을 작가가 응시하고 있다는 점, 게다가 '낮의 시간대'에서는 그 모든 일이 증발해버리고 만다는 점에서 말이다. 한데 중요한 것은 그 밤의 시간대에 발생했던 사건이 함축하고 있는 바가 실은 우리가 끌어안고 있는 삶의 공통된 속성들이라는 데 있다. 가령 불확실성, 모호성, 돌발성, 가변성 그리고 원천적으로 타자와 공유가 불가능한 '비밀'의 상존이 그러하다. 이러한 점들을 자각하고 나면 인간 존재라는 것이 한없이 비루하고 또한 결코 자신을 '실증'할 수 없기에 절대적으로 외롭고 고독하다는 사실과 직면하게 된다. 〈밤의 마침〉은 이렇듯 삶의 전제조건이라고 할 만한 요소들을 존재론적으로 확장하면서 공명을 낳는 작품이다.

김애란의 〈침묵의 미래〉는 낯설다. '낯설다'는 것은 그동안 이 작가가 보여준 아름답고 견고한 이야기체의 구성에서 멀찌감치 벗어나, 마치 묵시록의 세계를 엿보는 듯한 뜻밖의 행보를 보여주고 있기 때문이다. 작가에게 무슨 일이 있었던 걸까? 라는 의문이 듦과 동시에 불현듯 숨이 멎는 대목이었다. 아마도 작가는 다른 지점, 다른 세계로 이동하기 위해 홀로 사투를 벌이고 있었던 듯하다. 소설 전편에 그러한 흔적들이 만연하다. 이 작품은 언급했듯 '침묵'에 대한, 아니 말(言語)에 대한 사유의 묵시록이다. 태초에 침묵이 끌어안고 있던 세계의 성스러움이 '말'의 태어남으로 인해 인간 존재는 오히려 감당할 수 없는 고독에 처하게 되었다. 언어는 곧 욕망이자 권력이며 억압이다. 따라서 뒤늦게 고향('침묵')으로 돌아가려 하나, 그곳은 이미 황폐화된 공간으로 변했거나 사라져버린 이후이다. 그 이후의 세계를 살아가는 우리는 각자 완전히 고립돼 있으며 갇힌 공간('소수언어박물관')에서 각자 소멸의 과정을 묵묵히 지켜볼 수밖에 없는 고통스러운 타자로 변해 있다. 〈침묵의 미래〉는 말의 시작과 끝이 침묵이라는 것, 언어를 사용한다는 것은 끊임없이 의미를 지워가는 행위에 다름 아니라는 것, 그로 인해 자기 운명에 갇힌 채 각자 '마지막 화자'로 살아갈 수밖에 없다는 비감한 통찰을 드러내고 있다.

　그렇다면 운명적으로 말을 통해 세계를 구축하려드는 작가는 과연 어떤 존재일까? 그래도 삶은 계속될 터인데, 지금부터 무슨 이야기를 해야 하는 것일까? 이 불가해한 지점으로 작가는 자의적 귀환을 한 셈이다. 섶을 지고 불에 뛰어드는 각오와 심정으로 말이다. 이것이 바로 이 작가의 다음 작품을 고대하는 까닭이기도 하다. 그러나 삶은 계속될 것이므로.

　수상을 진심으로 축하드린다.

'이상문학상'의 취지와 선정 방법
알기 쉽게 풀이한 이상문학상 제도

1. **취지와 목적** : 〈문학사상〉(이하 주관사라고 한다)이 제정한 '이상문학상(李箱文學賞)'(이하 '본상'이라고 한다)은 요절한 천재 작가 이상(李箱)이 남긴 문학적 업적을 기리며, 매년 가장 탁월한 소설 작품을 발표한 작가들을 표창하고, 《이상문학상 작품집》(이하 '작품집'이라고 한다)을 발행하여 널리 보급함으로써, 순수문학의 독자층을 확장케 하여 한국문학의 발전에 기여할 것을 목적으로 한다.

《이상문학상 작품집》에 대한 독자의 관심이 고조됨에 따라 순문학 독자층이 광범위하게 형성됨으로써, 일찍이 한국은 물론 다른 나라에서도 유례를 찾아보기 어려운 순문학 중·단편집의 초장기 베스트셀러시대가 실현되었다는 것이 문단의 정평이다.

2. **수상 대상 작품** : 전년도 심사 대상(對象) 작품의 마감 이후인 당해년도 1월부터 12월 말 사이에 발표된 작품은 모두 심사 대상에 포함된다. 문예지(월간지의 경우 당해년도 1월 초부터 12월 말일 이전에 발행된 '2월호'에서 다음 해의 '1월호'까지 포함된다)를 중심으로 해서, 각종 정기간행물 등에 발표된 작품성이 뛰어난 중·단편소설을 망라하여, 1년 내내 독특한 방법으로 예비심사를 거쳐 본심에 회부한다. 예비심사 과정에서는 물망에 오른 작품의 작가에 대하여, 대상 또는 우수작상으로 선정될 경우, 본상의 규정에 따른 수락 의사 유무를 직접 또는 간접적으로 타진한다. 중·단편소설을 시상 대상으로 하는 까닭은 문학의 중심이 장편소설에서 점차 중·단편소설로 이행하는 추세를 감안하고, 작품 구성과 표현에 있어서의 치밀성과 농축성으로, 짙고 강렬한 소설 미학의 향기와 감동을 자아내게 한다고 믿기 때문이다.

3. **상의 종류** : 본상은 대상(大賞) 1명과, 10명 이내의 대상에 버금하는 작품에 대한 우수상을 선정하되 경우에 따라 복수의 대상 수상자를 선정할 수 있다. 그리고 기

수상작가를 포함하여 중견 및 원로작가의 문학적 공로도 감안해 당해년도의 뛰어난 작품에 수여하는 '이상문학상 특별상' 1명을 선정한다.

4. **포상의 방법** : 본상의 포상은 제3항에 명시된 각 상의 매절고료가 포함된 현상금을 일시불로 수여하는 방법과, 판매 실적을 감안하여 추가적인 상여금을 지급하는 두 가지 방법 중 수상자로 하여금 수상 수락 전에 서면으로 그중 한 방법을 자유롭게 선택게 한다.

5. **'본상' 의 현상고료** : 위 제3항의 '본상' 의 대상(大賞) 중 일시불 방식은 발행 부수와 관련없이 3,500만 원을 지급하고, 우수상은 각각 300만 원을 지급한다.

위 항의 일시불 방식이 아닌, 발행 2년이 경과한 이후부터의 판매부수에 따른 추가적인 상여금을 원하는 수상자에게는, 2003년부터 1차로 시상 당시 대상(大賞) 수상자는 2,000만 원, 우수상 수상자는 200만 원을 지급하고, 작품집 발행 후 2년이 경과한 이후부터, 매년 말에 당해년도의 '작품집' 발행부수에 따라, 1부당 정가의 10%를 각 수상자별로 균분하여 10년간 지급토록 한다.

6. **특별상(현상고료)** : 특별상은, 기수상작가를 포함하여 한국문학 발전에 공로가 현저한 문단의 원로작가 또는 '본상' 의 우수상을 3회 이상 수상한 작가로서, 당해년도에 우수 작품을 발표한 작가에게 '본상' 의 대상(大賞) 작품과는 별도로 수여하며, 현상매절고료는 500만 원으로 정한다.

7. **예심 방법** : 예심은 월간 〈문학사상〉 편집진이 매 연도의 1년 동안 각 매체에 발표된 작품을 수집하여, 주관사의 편집위원과 편집주간 및 편집진으로 구성된 이상문학상 운영위원회에서 대학교수·문학평론가·작가·각 문예지 편집장·일간지 문학담당 기자 등 약 100명에게 수시로 광범위하게 추천을 의뢰하여 비밀리에 예비심사를 진행한다. 3회 이상 우수상을 받은 작가는 당해년도에 발표된 작품 중 뛰어난 1편을 선정하여 본심에 회부할 수 있다.

그 모든 자료를 일괄하여 주관사 편집주간이 중심이 되어 편집위원들과 예심위원들의 의견을 수렴하여, 연간 2분기로 나누어 본심에 회부할 작품을 선별한다.

이와 같은 독특한 예심 방법은 소수의 예심 및 본심의 심사위원이, 짧은 시일 내에 수많은 작품 속에서 본심에 회부할 작품을 선정하고 본심 심사위원이 단시간에 여러 작품을 심사하고 수상 작품을 선정하는 일반적인 문학상 심사제도의 단점을 보완하고, 되도록 문학 발전에 관심이 깊고, 전문 지식을 지닌 다수의 전문가에 의해 장기간에 걸쳐 많은 작품을 수시로 검토하여 심사 대상에 망라함으로써, 신중하고 세심한 예심 과정을 밟기 위한 것이다.

8. **본심 방법** : 예심을 거쳐 본심에 회부된 작품은, 권위 있는 평론가와 작가로 구성된 5인 이상 7인 이내의 심사위원회에 넘겨져, 수일간 개별적인 검토를 거친 후 본심 회의에서 최종 결정을 한다. 본심 회의는 대체토론을 통해 본심에 회부된 작품 가운데 10편 내외의 작품을 먼저 선정한다. 이 작품 속에서 1편(예외적인 경우 2편)의 대상(大賞) 작품을 선정하고, 나머지 작품 중에서 우수상 작품을 선정한다. 수상 작품 결정에 있어 심사위원의 의견이 일치하지 않을 경우에는, 무기명 비밀 투표로써 다수결 원칙에 의하여 최종 결정을 한다.

그러므로 이상문학상의 대상과 우수상은 모두 거의 동일 수준의 작품이라고 볼 수 있으며, 전문 문학인이나 독자의 주관적인 판단에 따라 그 평가는 달라질 수 있을 뿐이다. 그 때문에 한 번 우수상을 받은 작가는 대부분 자주 우수상을 받게 되며, 3~4회 내지 5~6회 만에 대상을 받게 되는 경우가 대부분이다.

9. **저작권** : 대상(大賞) 수상 작품(이하 '대상 작품' 이라고 한다)의 저작권은 본상의 수상 규정에 따라 주관사가 보유한다. 단, 2차 저작권(번역 출판권, 영화화·연극화 등의 저작권)은 저자에게 있고,《이상문학상 작품집》발행 후 3년이 경과하면 동 대상 작품을 저자의 작품집 또는 저자의 전집에 한해서 수록할 수 있다. 다만, 어떤 경우에도《이상문학상 작품집》의 표제(대상 작품명)와 중복되거나, 혼동의 우려가 없도록 하기 위하여 대상 작품명을 대상 수상작가 작품집의 서명(書名, 표제작)으로는 쓰지 않기로 한다.

10. **이상문학상 작품집 발행** : 〈이상문학상 운영 규정〉에 따라 대상(大賞) 작품과 주관사가 본상의 규정에 따라 저작자의 승낙을 받은 저작권법상의 편집저작권을 보유한 우수상 작품 및 특별상 작품을 모아, 염가 대량 보급을 목적으로《이상문학상 작품집》을 발행한다.

이 작품집은 이상문학상의 공정성과 권위를 독자에게 다시 묻고, 수록된 작품과 그 작가들에 대한 표창과 홍보의 뜻도 담고 있다. 한편 이 작품집은 해마다 문단의 작품 경향과 흐름을 알 수 있는 앤솔러지적인 성격을 띠고 있다. 또한 이 작품집은 아무리 세월이 흘러가도 한 사람이라도 독자가 있는 한 이윤을 초월해서 제한 없이 영구히 보급함으로써, 이상문학상과 그 수상작가에 대한 영원성과 영예를 오래도록 선양하고 세계에 그 유례를 찾아볼 수 없는 문학상 작품의 영원성을 유지케 한다.

그런 뜻에서《이상문학상 작품집》은, 그 영예로운 작가와 작품을 일과성(一過性)

이 아닌 영구적으로 널리 독자에게 보급하여 읽히게 하고, 그 작가에 대해 더욱 탁월한 작품을 창조하기 위한 끊임없는 격려와 기대의 뜻을 담고 지속적인 홍보와 보급에 힘쓰고 있다. 때문에 30여 년 전의 작품도, 계속해서 한결같이 널리 알리고 홍보를 계속하여, 독자의 관심권에서 벗어나지 않도록 하는 매우 독특한 작품집으로 정착되었다. 그러한 노력은 작품의 우수성과 더불어, 이 작품집이 매년 수많은 독자들에게 애독서로 선택되어, 20여 년 전의 《이상문학상 작품집》도 계속 새로운 독자가 끊이지 않고 있다. 그처럼 여러 작가의 작품을 보아 매년 한 권의 책으로 묶은 중·단편 창작 소설집이 장기간에 걸쳐 다량으로 발간되고 있는 것은 세계적으로도 매우 희귀한 예로 알려지고 있으며, 그것은 우리의 문학과 독자의 성장도와 함께 성숙도를 가늠케 하는 한국문학의 상징적 발전의 척도이기도 하다. 그 같은 예는 세계 제일의 출판대국이며, 인구만도 우리의 9배 내지 3배에 가까운 미국이나 일본에서도 찾아보기 어려운 순수문학 중·단편집의 대량 보급 현상과 아울러 순수문학 애호 인구의 엄청난 증가 현상을 말해주고 있다.

11. 이상문학상 운영위원회 : 주관사의 발행인을 위원장으로 하고 월간 〈문학사상〉의 편집인과 편집주간 및 문학사상 이사회가 선임한 3인의 위원으로 구성되며, 본상의 제도와 운영에 관한 모든 업무를 관장한다.

12. 이상문학상 심사위원회 : 이상문학상 운영위원회는 매 연도마다 5~7인의 이상문학상 심사위원을 위촉하여 이상문학상 심사위원회를 구성한다.

동 심사위원회는 주관사의 편집주간의 주재로, 이상문학상의 대상(大賞)과 우수상 그리고 특별상을 수여할 작품을 심의 결정한다. 수상자를 결정함에 있어 의견의 일치를 보지 못할 경우는 무기명 비밀 투표로써 결정한다.

13. 규정의 수정 : 본 규정은 이상문학상 운영위원회에서 3분의 2 이상의 찬성으로 수정할 수 있다.

2002. 12. 20. 개정
문학사상
이상문학상 운영위원회

제37회 이상문학상 작품집

1판 인쇄 | 2013년 1월 16일
1판 발행 | 2013년 1월 18일
1판 19쇄 발행 | 2013년 4월 25일

지은이 | 김애란 외
펴낸이 | 임홍빈
펴낸곳 | (주)문학사상
주소 | 서울특별시 송파구 오금동 91번지(138-858)
등록 | 1973년 3월 21일 제1-137호
편집부 | 02-3401-8543~4
영업부 | 02-3401-8540~2
팩시밀리 | 02-3401-8741~2
홈페이지 | www.munsa.co.kr
이메일 | munsa@munsa.co.kr
지로계좌 | 3006111

* 잘못 만들어진 책은 구입하신 서점에서 바꾸어 드립니다.
* 값은 표지 뒷면에 표시되어 있습니다.

ISBN 978-89-7012-884-9 03810